무엇을 어떻게
가르쳐야 하는가?

무엇을 어떻게
가르쳐야 하는가?

박미정 옮김

바다출판사

톨스토이

목차

1. 훈육과 교육 7

2. 인민교육의 장에서 사회활동에 대하여 66

3. 누가 누구에게서 글쓰기를 배울 것인가?
   농민의 아이들이 우리에게서?
   혹은 우리가 농민의 아이들에게서인가? 174

4. 교육의 정의와 진보 215

5. 교육잡지《야스나야 폴랴나》발행 중단에 대해 265

6. 교육학 과제에 관하여 267

7. 농촌 교사 274

8. 인민교육에 관하여 278

9. 1월 12일 교육 기념일 382

10. 훈육에 관하여 390

11. 교사의 중심 과제는 어디에 있는가? 403

옮긴이 해설 민중, 자유, 삶 중심의 톨스토이 교육 이념 411
레프 톨스토이 연보 418

일러두기

- 이 책은 러시아 국립문학출판사(모스크바, 1928~1958)가 출간한 《톨스토이 전집》 중 8권의 교육 관련 글 후반부를 번역하였습니다.
- 이 책에 나오는 성경구절은 개역개정판 《성경전서》를 기본으로 하되 옮긴이가 원문 내용을 반영하여 번역하였습니다.
- 본문 하단에 있는 주는 저자의 것입니다. 옮긴이 주는 문장 뒤에 '옮긴이'로 표시하였습니다.
- 인명, 지명을 비롯한 외래어는 국립국어원의 외래어표기법을 따랐으나 몇몇 경우 일상적으로 널리 쓰이는 용례가 있으면 이를 참고하였습니다.
- 단행본과 정기간행물 등은 겹화살괄호(《 》)로 표기하였으며, 단편·시·논문·기사·장절 등의 제목은 홑화살괄호(〈 〉)로 표기하였습니다.

1.   훈육과 교육

정확한 정의가 없고 서로 혼용되어 사용되지만, 사상을 전달하기 위해서는 필요한 말들이 많이 있다. 훈육, 교육 그리고 학습 같은 단어들이 그러하다.[1]

---

1 《시대》《열람실》《교육》《동시대인》 같은 잡지의 최근 발행호에는 '야스나야 폴랴나'를 다룬 기사가 있다. 며칠간 나는 《러시아 통신》에 실린 기사를 읽었는데, 이 기사에 따로 답변해주고 싶을 만큼 여러 면에서 아주 감동적이었다. 《야스나야 폴랴나》 1호에서 내가 이야기했던 것을 다시 한 번 반복하자면, 나는 《동시대인》의 기사처럼, 개인적이고 악의적인 공담을 이끌어내는 논쟁이 두렵다. 내가 추구하고 중요하게 여기는 논쟁은 충분히 말하지 못한 것을 해명하고, 과장과 일방적인 것에서 물러나는 것이다. 내가 비평에서 금하는 것은 개인적인 생각에 따른 근거 없는 찬양, 얼굴을 마주하거나 마음에 기대어 동정심을 유발하는 찬양, 아이가 공부하고 열심히 노력할 때 머리를 쓰다듬어줌으로써 나타나는 찬양이다. 또한 개인적인 반감을 드러내는 물음표와 느낌표로 채워진 진술 기법을 발휘한 밑도 끝도 없는 질책도 마찬가지다. 나는 오로지 경멸에 찬 침묵이나 나의 모든 기본적인 입장과 결과에 대한 양심적인 논박을 요구한다. 내가 특별히 이것

때때로 교육가들은 훈육과 교육의 차이점을 인정하지 않는다. 그러면서도 훈육, 교육, 학습이나 교습 같은 단어를 사용하지 않고서는 자기 생각을 표현할 수 없다. 이러한 단어들에 부합하는 독립적 개념은 반드시 필요하다. 어쩌면 우리가 본능적으로 이 개념들을 정확한 진짜 의미로 사용하고 싶어 하지 않는 데 원인이 있을지도 모르겠다. 그러나 이 개념들은 개별적으로 존재할 권리가 있다. 독일에서는 에어치웅

을 말하는 이유는 3년간의 활동으로 상식에 어느 정도 반하는 결과에 이르렀기 때문이며, 내가 내린 결론에 대해 의문과 위선적인 의혹을 가지고 조롱하는 것보다 더 경박한 것이 없기 때문이다. 미래의 나의 비평가에게 하는 다른 부탁은 **나에게 동의하거나 동의하지 말라**는 것이다. 지금까지 '야스냐야 폴랴나'에 관해 언급된 많은 견해들은 다음과 유사하다. "훈육의 자유는 유익하다. 이를 결코 부정해서는 안 된다. 그러나 '야스냐야 폴랴나'가 이른 결론은 극단적이고 일방적이다." 이를 극단적이라고 말해서는 안 될 것 같다. 이것이 극단적이라면 이유를 대야만 한다. 나의 결론은 하나의 이론이 아니라 여러 이론과 사실에 기반을 둔 것이다. 두 입장 가운데 나는 오로지 하나만을 요구한다. 완전히 진지한 경멸, 혹은 완전히 진지한 동의나 반박 말이다. '야스냐야 폴랴나'에 관한 첫 번째 기사에 나타난 모든 생각과 의혹 중에서 해명을 가장 많이 요구하는 것은 잡지 《교육》의 논문에 나타난 견해인 듯하다. 이 논문에서는 두 개의 견해가 특히 인상적이었다. 눈에 띄는 첫 번째 견해는 비정상적이고 우연한 현상인 문학어의 의미와 관련된다. 이 문제에 관해서는 나중에 이야기할 것이다. 지금은 훈육 사업에 학교의 개입 여부에 관한 권리의 문제를 해명하는 것에 집중해보고자 한다. 비평가는 이 문제를 아래와 같이 제기한다.

"야스냐야 폴랴나 학교의 학생에게 주어진 배움의 충분한 자유로부터 궁극적인 결과를 기대하면서, 우리는 다음에 주목하지 않을 수 없다. 만일 학교가 훈육 사업에 개입하지 말아야만 한다면 학교는 어떠해야만 하는가? 그리고 훈육 사업에 학교가 개입하지 않는 것이 의미하는 바는 무엇인가? 훈육의 요소가 심지어 고등학교 재학 중인 젊은이들의 지식에 기여한다면, 배움, 특히 기초 교육에서 훈육을 분리시킬 수 있겠는가?"

Erziehung(훈육)과 운터리흐트Unterricht(교습)라는 개념을 명확하게 구분한다. 훈육은 교습을 포함하고, 교습은 훈육의 중요한 수단 가운데 하나이며, 모든 교습은 훈육의 요소erziehliges Element를 지니고 있다는 사실이 인정된다. 교육 즉 빌둥 Bildung이라는 개념은 훈육 혹은 교습과 혼용되기도 한다. 가장 보편적인 독일식 정의는 다음과 같다. 즉 훈육은 어떤 시대의 결과로 나온, 인류의 완성이라는 이상에 걸맞은 최고의 인간 교육이다. 도덕적 발달을 내포하고 있는 교습은 목적 달성을 위한 특별한 수단은 아닐지라도 가장 중요한 수단 가운데 하나가 된다. 교습 외에도 목적 달성의 수단으로는 피훈육자를 규율과 강제, 양육Zucht에 따르게 하는 것도 있다. 규율과 강제, 양육은 훈육의 목적 달성에 도움이 되는 잘 알려진 조건들이다.

독일인이 말하기를, 체조로 신체를 단련하듯 인간의 영혼도 단련해야만 한다Der Geist muss gezüchtigt werden.

언급했다시피 독일에서는 교육 즉 빌둥이 사회에서, 심지어 가끔은 교육학 문헌에서조차 교습, 훈육과 혼용되거나 훈육 문제와 관련이 없는 사회적 현상으로 여겨진다. 나는 불어에서 교육이라는 개념에 부합하는 단어를 전혀 보지 못했다. 에뒤까시옹Éducation, 앵스트뤽씨옹instruction, 씨빌리자씨옹 civilisation[2]은 완전히 다른 개념이다. 영어에도 교육이라는 개

---

2 습득, 교훈, 교화.

넘에 정확하게 부합하는 단어는 없다.

독일의 교육 실무자들은 때때로 훈육과 교육을 전혀 구별하지 않는다. 그들의 개념에서 훈육과 교육은 분리할 수 없는 하나의 총체로 결합되어 있다. 유명한 디스터베크[3]와 이야기하면서 나는 그에게 교육, 훈육, 교습에 대해 물어보았다. 디스터베크는 이것을 세분화하는 사람에 대해 빈정대며 비평하였다. 그의 개념에는 이들이 결합되어 있었다. 그럼에도 불구하고 우리는 훈육, 교육, 교습에 대해 이야기하였고, 서로 명확하게 이해하게 되었다. 그러자 그는 스스로 교육은 모든 교습에 포함되어 있는 훈육의 요소를 지닌다고 말했다.

이 단어들의 의미는 도대체 무엇이고, 어떻게 이해되어야 하며, 어떻게 이해될 수 있는가?

나는 이 주제에 관해 교육가들과 나눴던 담화와 논쟁들을 되풀이하지 않을 것이고, 같은 주제에 관해 문헌에 기록된 반대 의견을 인용하지도 않을 것이다. 왜냐하면 이것은 너무 길기 때문이다. 또 교육에 관한 내 첫 번째 글을 읽는다면, 모두 내 말의 진리를 확인할 수 있기 때문이다. 여기에서는 이 개념들의 기원과 차이점 및 해석이 명확하지 않은 원인을 규명해보고자 한다.

교육가의 개념에 따르면 훈육은 교습을 포함한다.

---

3 아돌프 디스터베크Adolph Diesterweg(1790~1866). 독일의 교육가이자 자유주의 정치인으로, 페스탈로치를 계승한 교수법 개혁의 선구자로 평가받는다. ― 옮긴이

그러므로 소위 말하는 교육학은 오로지 훈육만을 다루고 있으며, 교육받는 사람은 훈육자에게 완전히 예속된 존재로 여겨진다. 훈육자를 통해서만 교육받는 사람은 교육 혹은 훈육의 효과를 얻을 수 있다. 그렇다고 책, 이야기, 기억, 예술적 혹은 신체적 훈련과 같은 것이 이러한 효과를 낼 수 있는지는 모르겠다. 외부의 모든 세계는 훈육자가 적당하다고 생각하는 한에서만 학생에게 영향을 미칠 수 있다. 훈육자는 세상의 영향력이 미치지 않는 벽으로 자신의 피훈육자를 에워싸려 한다. 그리고 그들은 오로지 자신들의 과학적인 학교-훈육의 깔때기를 통해 유익하다고 여겨지는 것만 허용한다. 나는 소위 시대에 뒤떨어진 사람들이 어떤 일을 했는지 혹은 하고 있는지에 관해 이야기하는 것이 아니다. 나는 경박한 인간과 싸우지도 않을 것이다. 나는 소위 가장 우수하고 진보적인 훈육자가 보여주는 훈육이 어떻게 이해되고 구성되는지에 관해 말할 것이다. 여러 곳에서 미치는 삶의 영향은 교사의 보호로 비켜가고, 학교는 책에 담긴 지혜라는 넘을 수 없는 벽으로 둘러싸여 있다. 그리고 이 벽을 통과하는 삶의 교육적 영향은 훈육자가 좋아하는 한에서만 허용된다. 삶의 영향은 인정되지 않는다. 교육학은 이렇게 보고 있다. 왜냐하면 스스로 최고의 인물을 교육하기 위해서 무엇이 필요한지 알 권리가 자신들에게 있다고 생각하고, 피훈육자로부터 훈육 외의 모든 영향력을 없애는 것이 가능하다고 여기기 때문이다. 훈육은 이렇게 실천된다.

이와 같은 시각에 기초하여 훈육과 교육은 자연스럽게 혼용된다. 왜냐하면 훈육이 없다면 교육도 있을 수가 없음을 인정하기 때문이다. 교육의 자유를 어렴풋이 의식하기 시작한 최근에 훌륭한 교사들은 다음과 같이 확신하게 되었다. 즉 교습은 훈육의 유일한 수단이지만, 이 교습은 강제적이고 의무적이다. 그렇게 훈육, 교육, 교습이라는 이 세 가지 개념이 모두 혼합되어버렸다.

교육 이론가의 개념에 따르면, 훈육은 한 사람이 다른 사람에게 미치는 영향인데, 여기에는 세 가지가 있다. 1)훈육자의 도덕적 영향 혹은 강압적 영향 – 삶의 이미지와 처벌. 2)학습과 교습. 3)피훈육자에게 미치는 삶의 영향력에 대한 지도.

우리는 개념의 오류와 혼동이 발생하였다고 확신하고 있는데, 이것은 교육학이 교육이 아니라 훈육을 목표로 삼고, 삶의 모든 영향을 예견하고 측정하고 규정하는 것이 불가능하다는 점을 모르기 때문에 발생했다. 모든 교사들은 학교에 있는 동안 삶의 영향을 차단하려고 노력함에도 불구하고, 등교 전과 하교 후에는 삶이 그 영향력을 지니게 된다는 데 동의한다. 삶의 영향력은 너무나 강해서 학교 훈육에서 얻은 모든 영향을 대부분 지워버린다. 하지만 이때 교사는 오로지 학문의 발전과 교육의 기술이 부족하다고 여기고, 기존 방식에 따라 훈육하는 것을 자신의 과제라고 여긴다. 이들은 교육 즉 사람을 교육하는 방식의 연구와 자유로운 교육에 협력하는 것을 과제로 삼지 않는다. 나는 운터리흐트Unterricht, 학습, 교습이 에어치웅Erziehung, 훈육의 한 부분이고, 교육은 이 모든 것을 포괄한다는 의견에 찬성한다.

훈육은 교육학의 대상은 아니지만 교육학이 주목하지 않을 수 없는 현상 가운데 하나다. 단지 교육만이 교육학의 대상이 되어야 하며 또 될 수 있다. 확신하건대, 넓은 의미에서 교육은 인간을 발전시키고 인간에게 더 넓은 세계관을 제공하고 새로운 지식을 알려주는 모든 영향력의 총화다. 아이의 놀이, 고통, 부모의 체벌, 책, 노동, 강제적인 학습과 자유로운 학습, 예술, 과학, 삶, 이 모든 것이 교육이다.

교육은 일반적으로 삶이 인간에게 미치는 모든 영향의 결과(우리가 '인간의 교육'이라는 의미에서 말할 때는 '교육받은 사람'을 의미한다) 혹은 인간에게 미치는 모든 삶의 조건의 영향 그 자체로 이해된다('독일인, 러시아 농부, 귀족의 교육'이라는 의미에서, 우리는 사람이 나쁜 교육 혹은 좋은 교육을 받는다고 말한다). 여기서 우리는 후자만 다룰 것이다.

훈육은 피훈육자가 어떤 도덕적 습관을 습득하게 할 목적으로 어떤 사람이 다른 사람에게 영향을 미치는 것이다(우리는 이렇게 말한다. "그들이 그를 위선자, 도둑 내지는 착한 사람으로 길러낸다." "스파르타인들은 용감한 사람들로 양육된다." "프랑스인들은 일방적이고 자기만족적인 사람으로 훈육한다."). 교습은 어떤 사람이 다른 사람에게 지식을 전달하는 것이다(체스 경기, 역사, 제화 기술을 가르칠 수 있다). 학습은 교습의 그림자다. 이것은 학생에게 어떤 신체적 습관을 체득하게 할 목적으로 어떤 사람이 다른 사람에게 미치는 영향이다(노래, 목공일, 춤, 노젓기를 배우고 암기한다). 교습과 학습이 자유롭다면 이것은 교육의 수단이고, 학습이 강압적이고 교습이 배타적일 때 이것은 훈육의 수단이 된다. 즉 훈육자가 필요하다고 여기는 대상만을 가르친다. 진리는 명확하다. 그리고 진리는 본능적으로 모든 사람들에게 나타난다. 당신이 나눠진 것을 합치고 나눠지지 않는 것을 분리시키며 기존 사물의 질서에 생각을 맞출지라도, 진리는 명백하다.

훈육은 우리에게 훌륭해 보이는 사람을 양성할 목적으로 어떤 사람이 다른 사람에게 행하는 강압적이고 강제적인 영향이다. 그러나 교육은 인간의 자유로운 관계다. 이 관계는 지식을 얻고자 하는 어떤 사람과 이미 획득한 지식을 알리고자 하는 다른 사람의 요구에서 비롯된다. 교습 즉 Unterricht는 교육과 훈육의 수단이다. 훈육과 교육의 차이점은 오로지 강제성이다. 바로 훈육이 강제성의 권리를 인정하고 있다. 훈육은 강압적인 교육이다. 교육은 자유롭다.

프랑스어로 éducation, 영어로 education, 독일어로 Erziehung인 훈육은 유럽에 존재하는 개념이다. 교육은 러시아와 독일의 일부에만 존재하는 개념이다. 독일의 일부는 이 개념과 거의 일치하는 Bildung이라는 단어를 가지고 있다. 프랑스와 영국에는 이 개념과 단어가 결코 존재하지 않는다. Civilisation은 계몽이고, instruction은 러시아어로 번역되지 않는 유럽의 개념으로서 학교의 풍부한 학문적 지식이나 그 전달을 의미한다. 그러나 이것이 학문적인 지식과 예술, 신체의 발전을 포괄하는 교육은 아니다.

나는 《야스나야 폴랴나》의 1호에서 교육 사업에 대한 강제의 권리를 말한 바 있다. 내가 거기서 증명하고자 한 것은 다음과 같다. 첫째, 강제는 불가능하며 둘째, 강제는 아무런 결과도 낳을 수 없거나 비참한 결과를 낳을 것이며 셋째, 강제는 독단 외에는 다른 기반을 가질 수 없다(체르케스인은 도둑질을 가르치고, 회교도들은 이교도를 살해하라고 가르친다). 학문의 대상으로서 훈육은 없다. 훈육은 도덕적 전제주의에 대한 지향을 원칙으로 한다. 훈육은 인간 본성의 사악한 면을 표출한 것이고, 인간 사상의 미성숙함을 보여주는 현상이며, 때문에 이성적인 인간 활동 즉 학문의 긍정적 기반이 될 수 없다. 이러한 점을 군이 말할 필요는 없을 것이다.

훈육은 어떤 사람이 다른 사람을 자신과 똑같은 사람으로 만들려는 갈망이다(부자에게서 부를 뺏으려는 가난한 사람의 갈망과 생기 있고 힘이 넘치는 젊은이를 보았을 때 노인이 느끼는 질투. 이 질투의 감정은 원칙과 이론으로까지 고양된다). 훈육자가 열심히 아이들의 훈육에 전념하는 유일한 이유는 아이들의 순수함에 대한 질투와 아이를 자신과 닮게 만들려는 바람, 즉 훨씬 더 망가뜨리려는 희망이 이와 같은 갈망의 기반에 놓여 있기 때문이라고 나는 확신한다.

나는 비열한 방법으로 푼돈을 수중에 넣는 고리대금업자의 문지기를 알고 있다. 12살 된 총명한 아들을 야스나야 폴랴나 학교로 보내라는 나의 충고와 부탁에, 그는 붉은 얼굴에 자신 만만한 미소를 띠며 똑같은 말로 계속 둘러댔다. "그게 그러 니까, 백작님. 저에게 가장 필요한 것은 내 정신을 아들에게 새겨넣는 것입니다." 그리고 그는 아이를 여기저기 끌고 다니 면서, 12살 아들이 아버지에게 밀을 주러 오는 농부들을 속이 는 법을 배웠다고 칭찬하고 있다. 사관학교와 군대에서 훈육 을 받았으며, 자신들이 받았던 훈육의 정신으로 무장된 교육 만을 훌륭하다고 여기는 이런 아버지들을 누가 모르겠는가? 사실 대학 교수와 신학교 수도사도 자신의 정신을 똑같이 주 입하고 있는 것은 아닐까? 잘 알려진 본보기에 따라 사람들 을 의도한 대로 만드는 훈육은 **유익하지 않고 당연한 것도 아 니며 가능하지도 않다.** 이와 같은 사실은 너무나 쉽게 증명되 고, 이미 한 번 증명하였다. 이것을 다시 증명하고 싶은 마음 도 없다. 여기에서 나는 한 가지 의혹을 제기하는 것으로 그 치고자 한다. 훈육의 권리는 존재하지 않는다. 나는 훈육을 인정하지 않는다. 또 훈육받는 모든 젊은 세대들도 훈육을 인 정하지 않고 인정하지 않았으며 인정하지 않을 것이다. 그들 은 언제 어디서나 훈육의 강제성에 격앙되어 있다. **당신은 무 엇으로 이 권리를 증명하려 하는가?** 나는 아무것도 모르겠고 어떤 생각도 나지 않는다. 그렇지만 당신은 한 사람이 자신이 원하는 대로 타자를 만들려는, 존재하지도 않았던 새 권리를 인정하고 생각해냈다. 이 권리를 증명해보라. 하지만 권력에 의한 악용 사실이 존재하고 있고 또 이미 오래전부터 존재해왔다는 점만으로는 안 될 것이다. 원고는 당신이 아니라 우리이며, 당신은 피고일 뿐이다. 사람들은 나에게 불안한 아이를 달래듯이, 《야스나야 폴랴나》에서 밝혔던 내 생각을 몇 차례나 구두와 인쇄물로 반박하였다. 사람들은 나에게 이렇게 말했다. "의심의 여지 없이 중세 수도원에서 훈육하듯이 훈육하는 것은 옳지 않다. 그러나 김나지움과 대학은 다른 문제다." 또 어떤 사람들은 말했다. "의심의 여지 없이 그것은 그렇다. 그러나 그런 것에 너무 주의를 기울인다면, 다른 것은 불가능하다는 점에 동의해야 할 것이다." 내가 느끼기에 이러한 반박의 방식은 생각의 진중함이 아니라 약점을 드러내고 있다. 문제는 이렇게 제기된다. 한 사람이 다른 사람을 훈육할 권리를 가질 수 있는가 없는가? '대답할 수 없다. 하지만……'이라고 해서는 안 된다. '있다 혹은 없다'로 대답해야만 한다. 만일 '있다'라고 대답한다면 유대인 회당과 수도승의 학교는, 여러분들의 모든 대학과 마찬가지로, 존재의 합법적인 권리를 가지게 된다. 만일 '없다'라고 대답할 경우, 대학이 완전하지 않고 사람들도 대학을 완전하지 않다고 인정한다면, 훈육기관으로서 여러분의 대학은 불법기관이 된다. 나는 이론에서뿐만 아니라 실제로도 중간을 보지 못했다. 나에게는 라틴어를 수업하는 김나지움도, 급진주의 혹은 유물론을 가르치는 대학 교수도 불쾌하기는 마찬가지다. 김나지움 학생들도, 대학생들도 선택의 자유는 없다. 내가 관찰한 바에 따르면, 모든 종류의 훈육 결과는 똑같이 기형적이다. 사실 우리의 고등교육기관의 학습 과정은 21세기 우리 후손들에게 이상하고 무익해 보이지 않겠는가? 지금 중세시대 학교가 우리에게 그렇게 보이듯 말이다. 그렇다면 다음과 같이 단순한 결론에 쉽게 이를 수 있다. 즉 만일 인류의 지성사에서 절대적인 진리는 없고, 끊임없이 하나의 오류가 다른 오류로 교체된다면, 무슨 근거로 젊은 세대에게 오류가 될 것이 분명한 지식을 가르쳐야 하는가? 흔히들 '만일 언제나 그랬다면, 당신은 뭐가 걱정인가? 또 그렇게 될 것인데'라고 말해왔고 말할 것이다. 나는 결코 그렇게 생각하지 않는다. 만일 사람들이 언제나 서로를 죽이려 했고, 살인이 언제나 자행되었을지라도, 살인을 원칙화해야 하는 것은 결코 아니다. 특히 살인의 원인이 밝혀지고, 살인을 저지르지 않고도 해결 가능성이 제시된다면 더욱 그렇다. 중요한 것은 당신이 왜 인간의 일반적인 훈육의 권리를 인정하면서, 나쁜 훈육을 비난하는가라는 점이다. 아들을 김나지움에 맡기면서 아버지는 비난한다. 종교는 대학을 비난한다. 정부도 비난하고, 협회도 비난한다. **모든 사람의 권리를** 인정하거나 어떤 사람의 권리도 인정하지 않는다. 나는 중간을 보지 못했다. 학문은 우리가 훈육의 권리를 갖는가 혹은 갖지 않는가라는 문제를 해결해야만 한다. 왜 진실을 말하지 않는가? 사실 대학은 사제식 교육을 좋아하지 않기에 신학교보다 더 나쁜 것은 없다고 말한다. 성직자들도 대학식 교육을 좋아하지 않기에 대학보다 더 나쁜 것은 없다고 말한다. 그들은 대학을 교만과 무신론의 학교일 뿐이라고 말한다. 부모들은 대학을 비난한다. 대학은 군사학교를 비난하고, 정부는 대학을 비난하고, 대학은 정부를 비난한다. 누가 옳고 누가 그른 것일까? 죽은 사람이 아니라 살아 있는 사람이 가진 이성적인 사고는 이와 같은 질문을 눈앞에 두고 일목요연한 학습용 그림을 만드는 일에만 매달릴 수 없다. 이성적인 사고는 이 질문에 답해야만 한다. 이 생각을 교육학이라 부를 수 있을지 없을지는 상관없다. 두 가지로 대답할 수 있다. 하나는 우리의 가까운 사람이나 우리가 더 사랑하거나 더 두려워하는 사람이 가진 이 권리를 인정하는 것이다. 대다수의 사람이 이와 같다(사제인 나는 신학교가 가장 좋다고 생각한다. 군인인 나는 군사학교를 선호한다. 대학생은 대학만을 인정한다. 우리 모두는 어느 정도 날카로운 논증으로 자신의 편견을 구축하고, 우리와 반대되는 사람도 똑같은 일을 한다는 것을 전혀 깨닫지 못한 채 이렇게 생각해버린다). 또 다른 답변은 누군가의 훈육할 권리를 결코 인정하지 않는 것이다. 나는 후자의 방법을 선택했고, 왜 그러한지 증명하고자 애써왔다.

　나는 러시아 대학뿐만 아니라 유럽의 모든 대학도 머지않아 전혀 자유롭지 않게 될 것이라 말할 수 있다. 또한 대학은 전제정치처럼 다른 기반을 갖지 않을 것이고, 수도원만큼이나 기형적인 것이 될 것이다. 나는 미래의 비평가들에게 나의 결론을 외면하지 말라고 부탁하고 싶다. 내가 거짓말을 했든, 아니면 교육학 전부가 잘못을 저질렀든, 중간은 있을 수 없다. 이처럼 훈육의 권리가 증명되지 않는 한, 나는 훈육을 인정할 수 없다. 하지만 내가 훈육의 권리를 인정하지 않을지라도, 훈육한다는 사실, 그 현상 자체를 인정하지 않을 수는 없다. 그리고 이것을 설명해야만 한다. 훈육은 어디에서 생겨난 것일까? "이 어머니는 나쁜 사람이기에 딸을 양육할 권리를 가지고 있지 않아. 그녀에게서 딸을 데려와야 해. 이 기관도 나빠. 기관을 폐쇄해야 해. 하지만 이 기관은 훌륭해. 이 기관은 유지해야겠어"라고 말하는 우리 사회의 이상한 시각과 설명할 수 없는 모순은 어디에서 생겨난 것일까? 어떤 결과로 훈육이 존재하는 것일까?

만일 수세기 동안 교육에서의 강제 즉 훈육이라는 비정상적인 현상이 존재했다면, 이 현상의 원인은 인간의 본성에 뿌리를 두어야만 한다. 그 원인을 나는 1)가족에서, 2)종교에서, 3)국가에서 그리고 4)사회에서(엄밀한 의미에서 우리의 관료와 귀족 집단에서) 찾는다.

첫 번째 원인을 살펴보면, 아버지와 어머니는 자신들이 어떠할지라도 아이들이 그들처럼, 적어도 그들 자신이 원하는 대로 해주길 바란다. 이와 같은 경향은 너무나 자연스러운 것이어서 그들에게 분개해서는 안 된다. 모든 개인이 자유롭게 발전할 권리를 가졌다는 생각을 부모 각자가 깨닫기 전에는 다른 어떤 것도 요구해서는 안 된다. 게다가 부모는 다른 사람보다 더 자식이 어떻게 될 것인지에 집착한다. 그래서 자식을 나름대로 가르치려는 그들의 경향은 옳지 않지만 자연스러운 것이라고 말할 수 있다.

훈육이라는 현상을 야기한 두 번째 원인은 종교다. 이슬람교, 유대교 혹은 기독교 신자들은 자신들의 교리를 인정하지 않는 자는 구원받을 수 없고, 그의 영혼은 영원히 파멸한다고 굳게 믿는다. 그래서 이들은 강제적일지라도 모든 아이를 불러 자신들의 교리에 따라 훈육시키려 들지 않을 수가 없다.

다시 한 번 반복하지만 종교는 합법적이고 이성적인 훈육의 유일한 기반이다.

세 번째이자 가장 본질적인 훈육의 원인은 어떤 목적을 위해 필요한 인간을 양육하려는 정부의 요구에 있다. 이 요구를 기반으로 군사학교, 법률학교, 기술학교는 물론 기타 학교가 설립된다. 만일 정부의 노예가 없다면 정부도 없을 것이고, 정부가 없다면 국가도 없을 것이다. 따라서 이 원인은 반박하기 어려운 정당성을 지닌다.

네 번째 원인은 결국 **사회**의 요구에 있다. 엄밀한 의미에서 이 사회는 우리의 귀족, 관료, 일부 상인으로 대표된다. 이 사회에 필요한 사람은 조력자, 방관자, 참여자다.

나는 이어질 논의를 명확하게 하기 위해, 독자들에게 다음 상황에 특별히 주목해달라고 요청하는 바이다. 학계와 문학에서는 가정 훈육의 강압에 대한 비난이 끊임없이 이어지고 (부모가 아이들을 타락시킨다고들 한다. 그러나 아버지와 어머니가 아이를 자신들처럼 만들려는 바람은 자연스러운 일이다), 종교적인 훈육에 대한 비난도 목격하게 되며(1년 전에 유럽 전체가 강제적인 기독교식 훈육을 받은 한 유대인 때문에 탄식한 적이 있다. 그러나 나에게 맡겨진 아이에게 내가 신봉하는 유일한 종교의 영원한 구원 수단을 알려주고 싶은 희망보다 더 합당한 것은 없다), 관리와 장교의 훈육에 대한 비난도 마주하게 된다. 이러한 현상들은 두드러지게 나타난다. 그런데 우리 모두에게 필요한 정부는 어째서 정부와 우리를 위한 관료를 양성하지 않는 것일까? 사회의 교육에 대한 비난은 들리지 않는다. 대학을 갖춘 특권 사회는 민중과 모든 대중에 반대되는 개념으로 양육되고, 자긍심 외에는 어떤 정당성도 가지고 있지 않다. 그럼에도 불구하고 특권 사회는 언제나 옳다. 왜 이런 것일까? 내가 생각하기에, 우리는 우리를 비난하는 누군가의 목소리를 듣지 못하는 것 같다. 왜냐하면 언론이나 강단에서 하는 말이 아니면 듣지 않기 때문이다. 하지만 이것은 민중의 강력한 목소리이고, 그 목소리에 귀 기울여야 한다.

가난한 사람을 위한 인민학교와 보육원부터 여자기숙학교, 김나지움과 대학에 이르기까지 오늘날 우리 사회에 있는 사회적 학교를 원하는 대로 검토해보라. 여러분은 모든 학교에서 이해할 수 없고 어떤 사람의 눈에도 띄지 않는 현상 하나를 발견할 수 있을 것이다. 농민, 소시민에서 시작하여 상인, 귀족에 이르기까지 부모들은 그들의 환경에 낯선 개념들로 자녀들을 훈육시키는 것에 불평을 늘어놓는다. 상인과 고루한 귀족들은 이렇게 말할 것이다. "우리는 우리 아이들을 무신론자나 자유사상가로 만들어내는 김나지움과 대학을 원하는 것이 아니다." 농민과 소시민은 그들의 자녀들을 농부 대신 백

수로 만들거나 서기를 양산하는 학교, 보육원, 기숙학교를 원하지 않는다. 이와 함께 인민학교에서부터 고등교육 시설에 이르기까지 예외 없이 모든 교사는 자신들에게 맡겨진 아이들을 그들의 부모와 닮지 않게 훈육하는 그 한 가지에만 신경 쓴다. 몇몇 교사는 순진하게 이를 인정하고, 몇몇 교사는 인정하지 않지만, 자신을 성취해야 할 교육의 표본이라고 생각한다. 또한 그들은 아이들의 부모를 거칠고 무식하고 단점이 많은 자의 표본으로 여긴다. 그래서 그들의 피훈육자는 절대로 그렇게 되어서는 안 된다. 생활로 인해 망가지고 이상해진 여교사는 무릎 굽혀 인사하고 옷깃을 세우는 기술과 불어에서 인간의 본성이 완성된다고 생각한다. 그녀는 스스로를 의무를 다한 순교자로 여긴다. 그녀가 훈육에 쏟은 모든 노력은 부모의 영향으로부터 아이를 완전히 떼놓을 수 없기에 헛수고가 된다. 그녀의 피훈육자들이 러시아어를 잊어버리고 불어로 서툴게 말하기 시작하고, 또 가정부와 노닥거리고 부엌에서 소란을 피우며 맨발로 걸어 다니는 것을 잊어버리기 시작하며, 고맙게도 알렉산드로스 대왕과 과들루프를 배우게 되지만, 가족들과 만날 때면 이 모든 것을 잊어버리고 다시 평범한 습관을 체득해버린다. 그녀는 당신에게 이러한 사실을 은밀하게 알려줄 것이다. 이 여교사는 자신의 피훈육자 앞에서 거리낌 없이 그들의 어머니 혹은 주변의 모든 여자들을 조롱할 것이다. 뿐만 아니라 그녀는 피훈육자들의 이전 환경에 대해 아이러니한 태도를 취하며, 그들의 시각과 이념을 바꾸는 것을 자신의 공로로 여기게 된다. 나는 훈육되는 사람들의 모든 시각을 완전하게 바꾸어야 하는 기술적·물질적 환경에 대해 말하고자 하는 것이 아니다. 집에는 생활의 모든 편의시설이 있다. 예컨대 물, 쿠키, 좋은 식재료, 잘 차려진 식사, 청결하고 안락한 방 등이 있다. 모든 것은 어머니와 가족 전체의 노동과 배려에 달려 있다. 노동과 배려가 클수록 편리함이 커지고, 노동과 배려가 작을수록 편리함도 줄어든다. 이것은 단순한 일이다. 그러나 나는 이것이 프랑스어와 알렉산드로스 대왕보다 훨씬 더 유익하다고 생각한다. 사회적 훈육에서는 노동을 통해 일정하게 보장되던 삶이 사라지면서, 여학생들은 음식이 더 좋으냐 나쁘냐, 베갯잇이 더 깨끗하냐 더 더럽냐, 바닥이 잘 닦였냐 아니냐에 대해 걱정하지 않게 되었다. 뿐만 아니라 여학생들은 마음대로 청소하거나 청소하지 않을 자기 방이나 자기 공간도 없고, 조각과 리본으로 옷을 치장할 기회도 없다. "그래, 쓰러진 자는 때리지 않는 법이다"라고 독자 가운데 열의 아홉은 말할 것이다. "기숙학교와 기타 학교에 관해서도 달리 무엇을 이야기할 수 있겠는가"라고 말할 것이다. 아니, 기숙학교는 쓰러진 자가 아니다. 그것은 서 있다. 훈육의 권리를 지지대 삼아 굳건히 서 있다. 기숙학교는 김나지움, 대학보다 결코 더 기형적이지 않다. 모든 학교의 기반에는 똑같은 원칙이 있다. 그 원칙은 바로 원하는 대로 다른 사람을 만들 수 있는 한 사람 혹은 소수 집단의 권리를 인정하는 것이다. 기숙학교는 쓰러져 있지 않다. 수천 명의 여학생이 존재하고 있고 존재할 것이다. 왜냐하면 그들은 훈육에 힘쓰는 김나지움과 대학과 똑같은 교육의 권리를 가지고 있기 때문이다. 차이는 단지 우리가 어떤 이유에선가 원하는 대로 훈육할 가족의 권리는 인정하지 않고 아이들을 음탕한 어머니에게서 떼어내서 보육원에 맡긴다는 것이다. 그리고 그곳에서는 타락한 여교사가 아이를 망치게 된다.

우리는 종교가 훈육할 권리를 가지면 안 된다고 생각한다. 그래서 우리는 신학교와 수도원 학교도 반대한다. 우리는 정부가 이 권리를 가지는 것도 인정할 수 없으며, 기타 군사학교, 법률학교에도 만족할 수 없다. 그렇지만 우리는 **사회** 즉 민중이 아닌 상류사회가 자신들의 방식으로 훈육할 수 있는 권리를 인정해준 교육기관, 가령 여자기숙학교와 대학의 합법성을 부정할 힘이 없다. 대학? 그렇다. 대학. 나는 이 지혜의 전당을 분석하고자 한다. 나의 관점에서 보자면 대학은 여학교에서부터 한 발짝도 앞서 있지 않다. 뿐만 아니라 대학에는 손을 들어 자유롭게 질문조차 할 수 없는, 사회의 전제주의라는 악의 근원이 있다.

기숙학교는 포르테피아노라고 불리는 악기와 프랑스어가 없다면 구원이 없다고 판단했다. 이러한 기숙학교와 똑같이 한 명의 지식인 또는 지식인 집단(이 집단을 유럽 학문의 대표자라는 의미로 사용해도 좋다. 우리는 유럽의 학문으로부터 우리 대학 조직을 계승한 듯하다. 어쨌든 이 지식인 집단은 향후 대학을 조직할 다수의 참여자들과 비교하자면 아주 소수였다)이 가장 발전된 수준에서 **모든** 학문을 연구할 수 있는 대학을 창립하였다. 모스크바, 상트페테르부르크, 카잔, 키예프, 타르투, 하리코프에 이러한 학교를 만들었고, 앞으로 사라토프와 니콜라예프에도 만들 것이라는 점을 잊지 말라. 원하는 곳이 있다면, 그곳에는 최고로 발달된 모든 학문 연구를 위한 시설이 만들어질 것이다. 나는 이런 지식인들이 이와 같은 시설을 생각해냈다는 사실이 의심스럽다. 여교사 편이 훨씬 자연스럽다. 여교사에게는 본보기가 있다. 바로 그녀 자신이다. 대학의 본보기는 너무나 다양하고 복잡하다. 그러나 이와 같은 조직이 만들어졌고, 훨씬 더 불확실하지만, 우리에게 이 기관에 맞는 사람들이 있다 치고, 이 기관의 활동과 결과를 더 살펴보기로 하자. 나는 이미 어떤 교육 시설일지라도, 적어도 어떤 다른 기관이 아니라 바로 사회생활을 준비시키는 대학에서는 프로그램을 증명하는 것이 불가능하다고 말한 바 있다. 내가 반복해서 말하건대, 학부를 세분화할 필요성을 증명할 수 없다. 선입견 없는 사람들은 여기에 동의할 수밖에 없을 것이다.

여교사처럼 대학도 교육의 참여를 허용하는 첫 번째 조건으로 원래의 생활 환경으로부터의 분리를 꼽고 있다. 일반적으로 대학은 7년간 김나지움의 수련 과정을 거치고 대도시에 거주하는 학생들만 받아들인다. 소수의 청강생들은 김나지움이 아니라 가정교사의 도움으로 김나지움과 동일한 과정을 거친다.

김나지움에 입학하기에 앞서 학생은 시골 학교나 인민학교 과정을 통과해야만 한다.

　나는 역사에 입각한 학술적인 인용도 하지 않을 것이고, 의미심장하게 유럽 국가들의 교육 실태와 비교도 하지 않을 것이다. 나는 단지 러시아에서 우리 눈앞에 펼쳐지는 것만 말하고자 한다.

　우리 교육 제도는 모든 계층에 교육을 보급하는 것을 주된 사명으로 삼는다는 것에 모두가 동의하길 바란다. 특정 지배 계층의 교육을 지탱하는 것이 아니다. 우리는 어떤 부자나 귀족의 자녀를 교육하는 것을 염려하기보다는(이들은 러시아가 아니라면 유럽의 교육 시설에서 교육받을 것이다) 문지기와 제3 길드 상인, 소상인, 사제의 자녀나 과거 농노의 자녀에게 교육 기회를 주는 것을 소중히 여긴다. 나는 농민에 대해 말하지는 않을 것이다. 이것은 결코 실현되지 않을 꿈일 뿐이다. 한마디로 대학의 목적은 최대한 많은 사람들에게 교육을 보급하는 것이다. 도시 소상인이나 지방의 소귀족 자녀의 사례를 들어보자. 먼저 그들에게 읽고 쓰는 법을 가르친다. 알려진 대로, 수업은 이해할 수 없는 슬라브어를 암기하는 것이고, 암기는 3~4년 동안 계속된다. 이 수업에서 얻은 지식은 생활에 적용할 수 없다. 여기에서 얻은 도덕적 습관은 노인과 스승을 존경하지 않고, 때로는 책을 경시하게 한다. 가장 문제시되는 것은 태만과 게으름이다.

　석 달이면 배울 수 있는 것을 3년간 배우는 학교가 태만과 게으름의 학교라는 것은 증명할 것도 없다. 책을 보고 꼼짝 않고 6시간 동안 앉아 있어야만 하는 아이는 30분이면 배울 수 있는 것을 하루 종일 배우면서 가장 해로운 나태함에 물들게 된다. 이 학교에서 돌아왔을 때 부모의 십중팔구, 특히 어머니는 자녀들이 어느 정도 망가졌고 육체적으로 쇠약해졌으며 자신들과 소원해진 것을 발견할 것이다. 그러나 자녀들을 세상에서 성공한 사람으로 만들려는 욕구는 자녀를 더 멀리 군소재지 학교로 돌려보내도록 자극한다. 이 학교에서 태만, 기만, 위선을 배우고 육체적으로 쇠약해지는 일이 계속해서 큰 힘을 발휘한다. 군소재지 학교에서는 여전히 건강한 얼굴을 볼 수 있을 것이다. 그러나 그런 학생을 김나지움에서는 드물게 볼 수 있고, 대학에서는 거의 볼 수 없다. 군소재지 학교의 교과목은 첫 번째 학교보다 훨씬 더 생활에 적용할 수 없다. 여기에서 알렉산드로스 대왕, 과들루프, 자연현상에 대한 허황된 설명이 시작된다. 이것은 거짓된 자긍심과 부모에 대한 증오심 외에는 학생에게 아무것도 줄 수 없다. 여기에서는 교사가 학생의 본보기가 된다. 교사에게서 들은 것, 즉 지구는 둥글고 공기는 질소와 산소로 이루어진다는 것을 기반으로 교육받지 못한 순박한 사람들을 마음 깊이 증오하는 이 학생들을 누가 모르겠는가! 소설가들이 유쾌하게 비웃어대는 멍청한 어머니는 군소재지 학교를 졸업한 후 육체적으로 도덕적으로 변해버린 자녀들에게 한층 더 슬픔을 느낀다. 시험과 강제적인 방식을 동원한 김나지움 과정이 시작된다. 이 방식은 위선, 기만, 태만을 확대시킬 뿐이다. 상인과 소귀족의 아들은 어디에서 하인과 점원 찾을 수 있는지는 모른다. 하지만 그들은 프랑스어와 라틴어 문법, 루터의 이야기를 외우고 모국어가 아닌 언어로 의회정치 체제의 장점에 대해 날카롭게 서술할 수 있다. 어디에도 적용할 수 없는 이러한 거짓된 지식 외에, 그는 빚을 지고, 사람을 기만하고, 부모의 돈을 편취하고, 방탕하게 사는 것 등을 배운다. 이러한 가르침들은 대학에서 결정적인 발전을 이루게 될 것들이다. 김나지움에서 우리는 이미 아이가 가정에서 아주 멀어지는 광경을 보게 된다. 교양 있는 스승은 학생을 태어난 환경보다 높은 곳으로 끌어올리기 위해 애쓰고, 이 목적을 달성하기 위해 그에게 벨린스키[4], 매콜리[5], 루이스 등을 읽힌다. 이 모든 것은 학생이 이것에 특별히 관심 있어서가 아니라, 스승의 말을 빌리면, 전반적으로 **그를 발전시키기** 위한 것이다. 그리고 김나지움 학생들은 어렴풋한 개념과 그에 상응하는 말 즉 진보, 자유주의, 유물론, 역사적 발전 등을 기반으로 자신의 과거를 의심스럽고 낯설게 바라본다. 교사의 목적은 달성된다. 그러나 부모, 특히 어머니는 큰 의혹과 슬픔을 품고 자녀인 바냐를 바라본다. 그는 쇠약해져 있고, 낯선 언어로 말하고, 낯선

---

4 비사리온 벨린스키Vissarion Belinsky(1811~1848). 러시아의 문예비평가이자 급진주의자. — 옮긴이

5 토머스 배빙턴 매콜리Thomas Babington Macaulay(1800~1859). 영국의 정치가이자 역사가. — 옮긴이

지식으로 생각하고, 담배를 피우고, 와인을 마시고, 자기 확신과 자기 만족으로 충만해 있다. 이미 일은 틀어졌고, 부모들은 "다른 사람도 그러잖아. 그래야만 해. 반드시"라고 생각한다. 그리고 바냐는 대학으로 출발한다. 부모는 자신들이 잘못했다고 스스로에게 말할 수가 없다.

이미 이야기했다시피, 대학에서 건강하고 생기 넘치는 얼굴을 보는 일은 매우 드물다. 그리고 존경심을 가지고 혹은 존경심은 없더라도 침착하게 자신이 살아왔고 또 살아가게 될 주변 환경을 보는 사람도 전혀 볼 수 없을 것이다. 그는 주변 환경을 경멸과 혐오에 차서 아주 유감스럽게 바라본다. 학생들은 주변 사람들과 부모도 그렇게 바라본다. 마찬가지로 사회적 위치에 따라 그가 직면하게 될 활동도 똑같은 방식으로 본다. 오직 세 가지 직업만이 특별히 그에게 황금빛 광명으로 비춰진다. 그것은 학자, 작가, 관료다.

교과목 가운데 삶에 적용시킬 수 있는 것은 하나도 없다. 또한 수업은 〈시편〉과 오보돕스키의 지리학을 암기하는 것과 똑같은 방식으로 진행된다. 나는 학생들이 실험하도록 강요받는 화학, 물리, 해부학, 천문학 같은 과목을 예외로 볼 것이다. 나머지 철학, 역사, 법, 인문학과 같은 과목들은 시험에 답할 목적으로 외우기만 한다. 진학시험이든 졸업시험이든 모두 똑같다. 나는 이 글을 읽고 있을 교수들의 거만하고 경멸하는 표정을 느낀다. 교수들은 나에게 적의조차 드러내지 않고, 소설가인 내가 중요하고 비밀스러운 일을 전혀 이해하지 못한다는 것을 증명하기 위해 자신들의 높은 위엄에서 결코 내려오지 않는다. 나는 이 사실을 알고 있다. 그렇다고 해서 이성과 관찰 결과를 제쳐둘 순 없다. 나는 이러한 교수들은 물론이거니와 보이지 않게 학생들에게 행해지는 교육의 비밀도 결코 인정할 수 없다. 이 비밀은 교수들의 강의 내용 및 형식과는 무관하다. 나는 이 모든 것을 인정할 수 없다. 이것은 비밀스럽고 아무도 설명할 수 없는 고전적인 훈육의 교육적 영향을 내가 인정하지 않는 것과 마찬가지다. 고전적인 훈육에 관해서는 논쟁할 필요조차 없다. 전 세계적으로 인정받는 현인과 존경할 만한 품성을 지닌 사람들은 인간의 발전을 위해서는 라틴어 문법을 배우고 원어로 그리스 시와 라틴어 시를 깨우치는 것이 가장 유익하다고 확신한다. 비록 이 시들을 번역본으로 읽을 수 있을지라도 말이다. 하지만 나는 이것을 믿을 수 없다. 이것은 인간이 발전하기 위해 한 발로 세 시간을 서 있어야만 한다는 것과 같다. 이것은 경험 하나만으로 증명할 수 있는 것이 아니다. 그런데 경험으로 원하는 모든 것을 증명한다. 시 낭송자는 읽고 쓰기를 배우는 가장 좋은 방법은 〈시편〉을 외우게 만드는 것이라고 경험으로 증명한다. 제화공은 기술을 배우는 가장 좋은 방법은 아이들에게 2년 동안 물 긷기, 장작 패기 등을 시키는 것이라고 말한다. 이러한 방식으로 원하는 모든 것을 증명할 것이다. 내가 이 모든 것을 말하는 이유는 내가 대학의 지지자들에게서 역사적 의미, 비밀스러운 교육의 영향, 국가 훈육 체계의 일반적인 관계에 관해 들으려는 것이 아니고, 옥스퍼드 대학이나 하이델베르크 대학의 예를 들으려는 것이 아니다. 이것은 내가 단순하고 합리적으로 판단하기 위함이고, 그들 스스로도 그렇게 판단하도록 하기 위함이다. 내가 아는 것은 오로지 16~18살에 대학에 입학하여, 입학한 학부에 따라서 나를 위한 학업의 영역이 아주 독단적으로 정해져 있다는 점이다. 나는 학부에 따라 나에게 등록된 어떤 수업에 간다. 나는 교수가 나에게 읽어주는 모든 것을 반드시 들어야 할 뿐만 아니라, 한 단어로 된 것이 아니라면 문장 그대로 외워야만 한다. 만일 내가 이 모든 것을 다 외우지 못한다면, 교수는 졸업과 진급 시험에 필요한 증명서를 주지 않을 것이다. 나는 이미 수백 번이나 반복되는 직권남용에 대해서는 말하지 않겠다. 이 증명서를 얻기 위해 나는 교수가 좋아할 만한 습관을 체득해야만 한다. 가령, 항상 첫 줄에 앉아서 필기하거나 시험을 볼 때는 놀라거나 즐거운 표정을 짓거나 교수와 똑같은 신념을 가지거나 그의 저녁 모임에 제시간에 방문해야만 한다(이것은 내가 꾸며낸 것이 아니라 모든 대학에서 항상 들을 수 있는 학생들의 견해다). 강의를 들으면서 나는 교수의 견해에 동의하지 않을 수도 있고, 연구하고 있는 대상에 대해 읽은 것을 기초로 교수의 강의가 옳지 않다는 것을 찾아낼 수도 있다. 나는 어쨌든 그것을 들어야만 하고, 최소한 외워야만 한다.

대학에는 교수가 언급하지 않지만 존재하는 신념이 있다. 그것은 교황처럼 교수도 실수하지 않는다는 신념이다. 게다가 교수에 의한 학생들의 교육은 마치 모든 신관이 그렇듯 비밀스럽고 은밀하게 이루어진다. 이 교육은 문외한과 학생들에게 경건함을 요구한다. 교수는 임명되는 즉시 강의를 시작한다. 그가 본래 멍청하거나 직무를 수행할 동안 멍청해지더라도, 학문에서 완전히 도태되더라도, 그 성품이 인간답지 못하더라도, 그는 살아가는 동안 계속 강의를 할 것이다. 그리고 학생들은 자신의 만족과 불만을 표현할 수 없다. 게다가 교수가 강의하는 것은 학생 외에 모든 이들에게 비밀이다. 어쩌면 이것은 나의 무지의 소산일 수도 있다. 하지만 나는 교수들의 강의를 엮은 참고서를 보지 못했다. 이와 같은 수업이 있다 하더라도 100분의 1 정도일 것이다.

이것은 무엇을 의미하는가? 교수는 최고의 교육 시설에서 러시아 법의 역사 혹은 시민법과 같은 학문을 가르친다. 그렇기에 그는 이 학문을 가장 발전된 상태로 알고 있고, 학문에 대한 다양한 모든 시각을 통합하고 그 가운데 가장 현대적인 시각을 선택하여 왜 그렇게 되었는지 증명할 수 있다. 그는 무엇 때문에 우리 모두와 유럽 전체를 버려두고 자신의 지혜의 성과를 오로지 수업을 듣는 학생들에게만 전달하는 것일까?

과연 그는 좋은 책을 만들기 위해 많은 돈을 투자하는 훌륭한 출판업자가 존재한다는 사실을 모르고 있을까! 과연 그는 문학 작품을 평가하는 문학비평서가 있고 학생들이 수업시간에 문학 작품을 필기하는 것보다 집에서 침대에 누워 그 책을 읽는 것이 훨씬 더 편하다는 것을 모르고 있단 말인가! 만일 해마다 학문이 변하고 보충된다면, 해마다 보충하기 위한 새로운 논문들이 발표될 수 있을 것이다. 출판계와 사회는 감사할 것이다. 도대체 왜 그들은 수업 내용을 출판하지 않는 것인가?

나는 이것을 문헌적 성공에 대한 무관심이라고 설명하고 싶다. 그러나 불행히도 나는 학문의 신관들이 때로는 그들의 전공과 무관한 가벼운 정치 논문의 출판은 마다하지 않는 것을 알고 있다. 내가 두려운 것은 바로 이런 점이다. 만일 수업 내용이 출판된다면 100개 가운데 90개의 수업은 우리의 미진한 문헌 비판마저도 견딜 수 없기 때문에 대학 수업의 비밀이 생긴 것은 아닌가라는 것이다. 왜 끊임없이 강의를 해야만 하고, 왜 학생들의 손에 자신이나 다른 사람이 쓴 양서 한두 권 혹은 10여 권을 쥐어주지 않는 것인가?

대학에서 교수 자신이 반드시 강의를 해야만 한다는 조건은 대학의 관습적 도그마에 해당한다. 나는 이 관습을 믿지 않고, 증명할 수도 없다. "구술로 전달하는 것이 지식에 훨씬 더 잘 각인된다"라고 사람들은 내게 말할 것이다. 이것은 아주 잘못된 것이다. 내가 알기로는 나를 비롯한 많은 사람들은 구술로 전달받을 때는 아무것도 이해하지 못하지만 집에서 편안하게 책을 읽을 때는 이해가 잘된다. 이것은 예외가 아니라 일반적인 규칙이다. 구두로 전달하는 것은 학생들이 반론을 할 기회를 가질 때, 강의가 수업이 아니라 토론일 때만 의미를 지닌다. 이때에만 우리 대중은 교수들에게서 그들이 30년 동안 계속해서 우리의 아이와 형제들을 가르쳤던 참고서의 출간을 요구할 권리를 가지지 않는다. 최근의 질서에 따르면 강의는 오로지 위로의 의식일 뿐 어떤 의미도 가지지 않는다. 특히 강의의 중요도에 따라 위로를 준다.

나는 대학의 개선 수단을 찾는 것이 아니다. 나는 강의에서 반대할 수 있는 학생의 권리를 허용한 다음에야 대학의 가르침이 의미를 가진다고 말하는 것도 아니다. 내가 알고 있는 교수와 학생에 한해서, 학생들은 장난치고 제멋대로이며, 교수들은 권력에 의지하지 않고서는 냉정하게 논쟁할 수 없다. 그리고 상황은 훨씬 더 악화될 것이다. 그러나 내가 생각하기에 이 때문에 학생들은 결코 침묵해서는 안 되고, 교수는 그들에게 떠오르는 모든 것을 말할 권리를 가져서는 결코 안 된다. 여기에서 모든 대학 구조는 그릇된 기반 위에 서 있다는 점이 나타난다.

상호교육을 목적으로 한 사람들의 모임이라는 그 이름과 기본 이념에 부합하는 대학은 용납된다. 우리에게 알려지지 않았지만 이와 같은 대학들이 러시아 곳곳에서 생겨나고 있고 존재한다. 사람들이 대학에, 학생들의 동아리에 모여서 읽고 서로 논의하여 마침내 어떻게 모이고 논의할지에 관한 규칙을 만들어내고 있다. 여기에 진짜 대학이 있다. 우리 대학들은 그 조직의 거짓된 자유에 대한 모든 공허한 논의에도 불구하고 여자기숙학교나 군사학교와 아무런 차이도 없는 시설이다. 군사학교가 장교를 양성하고, 법률학교가 관리를 양성하듯, 대학은 관료와 대학 교육 관계자를 양성한다(이것은 모두에게 알려졌듯이, 독특한 관등, 신분, 카스트 같은 것이다). 나는 최근 대학에서 발생한 사건을 가장 단순명료하게 설명할 수 있다. 학생들은 셔츠 옷깃을 풀어도 되고, 교복의 단추를 채우지 않아도 된다. 그리고 강의에 결석을 해도 학생들을 처벌하고 싶어 하지 않는다. 그 결과 모든 조직은 거의 무너졌고 쓰러졌다. 문제를 바로잡기 위해서 방법은 하나뿐이다. 그것은 다시 강의에 결석하면 학생 감옥에 수감시키고, 교복을 다시 단정히 입히는 것이다. 영국의 제도를 본보기로, 학업성취가 만족스럽지 않고 행실이 바르지 못하면 벌을 주고, 특히 학생 수를 필요한 만큼 제한한다면 훨씬 더 좋다. 이것은 지속될 것이고, 이러한 제도에서 대학은 우리에게 예전에 제공했던 사람들을 제공할 것이다. 사회 구성원의 교육기관으로서, 좁은 의미로 최고위 관리를 위한 교육기관으로서 대학은 합리적인 곳이다. 그러나 대학에서 러시아 사회 전체를 위한 교육기관을 만들고 싶다면, 대학은 적당하지 않다고 판명되었다. 나는 결정적으로 군사학교에서는 제복과 규율이 필요하다고 인정하지만 왜 대학에서는 어떤 근거로 자유에 대해 말하고 군사학교의 방식이 없어도 된다고 생각하는지를 이해할 수 없다. 대학에서의 가르침도 똑같이 시험, 강요, 강령이 있고, 학생들이 반박하거나 강의를 거부할 권리를 가지지 않는데도 말이다. 독일 대학의 예가 우리를 당황스럽게 할 수 있다. 하지만 우리가 독일의 예를 취할 필요는 없다. 독일인에게 모든 관습과 법은 신성하다. 그러나 우리에게는 불행인지 다행인지 모르지만 그 반대다.

대학의 문제에서도, 교육의 일반 문제에서도 모든 불행은 주로 사람들 때문에 발생한다. 사람들은 따져보지 않고 시대의 이념에 복종하여, 그 결과 두 주인을 같이 섬길 수도 있다고 생각한다. 이들이 바로 내가 《야스나야 폴랴나》에서 밝혔던 생각에 대해 다음과 같이 말하는 사람들이다. "사실, 가르치기 위해 아이들을 때리고 주입식으로 외우게 하는 시대는 지나갔어요. 이것은 매우 지당한 말입니다. 그렇지만 때로는 회초리 없이는 불가능하고, 때로는 외워서 배우도록 해야 한다는 데에는 동의하실 겁니다. 당신이 옳습니다. 그러나 왜 그렇게 극단적이어야 하는지……."

어쩌면 이 사람들의 판단이 기분 좋을 수 있다. 그러나 이런 사람들이 진리와 자유의 적이다. 그들은 단지 당신의 생각을 읽은 다음, 자기들 마음대로 당신의 생각을 바꾸고 자르고 재단하기 위해서 당신에게 동의하는지도 모른다. 그들은 자유가 필요하다는 것에 결코 동의하지 않는다. 그들은 단지 우리 시대의 우상 앞에 고개를 숙이지 않는 것이 두려워서 이것을 말하고 있을 뿐이다. 그들은 권력을 손에 쥔 주지사를 눈앞에서 찬양하는 관료와 같을 뿐이다. 나는 이들보다 수천 배나 더 나의 친구인 사제를 지지한다. 그는 사람들이 신의 율법을 모른 채 불행하게 죽을 수도 있다는 것에 관해서는 논할 것이 없다고 노골적으로 말한다. 때문에 아이를 구원하기 위해서는 어떤 방법일지라도 아이들에게 신의 율법을 가르쳐야 한다. 그가 말하기를 강제는 필요하고, 수업은 수업이지 유희가 아니다. 이런 자와는 함께 토론할 수 있다. 하지만 폭정과 자유를 위해 봉사하는 무리들과는 결코 안 된다. 이 무리들이 지금 우리가 처한 대학의 독특한 상태를 초래하였다. 이 상태에는 어떤 특별한 외교술이 반드시 필요하다. 또 피가로의 말처럼, 누가 누구를 속이는지도 알 수 없다. 학생들은 부모와 교사를 기만하고, 교사는 할 수 있는 모든 변화와 새로운 조합을 동원하여 부모, 학생, 정부 등을 기만한다. 그러고는 우리에게 이것은 반드시 그래야만 한다고 말한다. 또 그들은 우리를 향해 잘 모르는 당신은 우리의 일에 상관하지 말라면서, 여기에는 독특한 기술과 특별한 지식이 필요하다고 말한다. 이것이 역사적 발전이라고 전한다. 문제는 너무나 단순한 것처럼 여겨진다. 어떤 사람들은 가르치기를 원하고, 다른 사람은 배우기를 원한다. 할 수 있는 한 가르쳐도 좋고, 원하는 만큼 배워도 된다.

대학에 관한 코스토마로프[6] 기획안이 한창 문제시되었을 때, 나는 어떤 교수 앞에서 이 기획을 옹호했던 기억이 있다. 교수는 나에게 다시없이 사려 깊고 진지하게, 또 감동적이며 은밀하게 거의 속삭이듯 말했다. 그는 공포에 사로잡혀 나를

---

6 니콜라이 코스토마로프Nikolai Kostomarov(1817~1885). 상트페테르부르크 대학 역사학 교수. ─ 옮긴이

처다보며 이렇게 말했다. "당신은 이 기획이 무엇인지 알고나 있습니까? 이것은 새로운 대학을 위한 기획이 아니라 대학의 폐지안입니다." 나는 "그게 어떻다는 겁니까? 이것은 아주 좋을 수도 있습니다. 왜냐하면 **대학은 정상이 아니니까요**"라고 대답했다. 어떤 사람도 대학이 훌륭한 곳이라는 것을 증명할 수 없었던 것처럼, 그 교수도 대학이 좋은 것이라는 점을 나에게 증명할 수 없었기에 나와 더는 논의하지 않으려 했다.

모든 사람은 전부 인간이다. 심지어 교수도. 어떤 노동자도 그가 빵조각이라도 얻게 해주는 공장을 폐쇄해야 한다고 말하지 않을 것이다. 이것은 그가 계산을 했기 때문이 아니라 무의식적으로 그렇게 한다. 대학의 큰 자유에 신경 쓰는 무리는, 어린 꾀꼬리를 방으로 가져와 꾀꼬리에게 자유가 필요하다고 확신한 다음, 새장에서 꾀꼬리를 풀어주며 자유를 주기 위해 끈을 묶으려 애쓰는 자와 같다. 그렇지만 그들은 꾀꼬리가 다리에 묶인 끈에서 벗어나지 못하고 다리가 부러져 죽어 있는 것을 보고 놀랄 것이다.

누구도 민중의 요구에 따른 대학의 설립에 대해 생각하지 않았다. 이것은 불가능한 일이다. 왜냐하면 민중의 요구는 알려지지 않았고, 알려지지 않은 채로 남아 있기 때문이다. 그러나 대학은 정부 일각의 요구로, 일부 상류사회의 요구로 설립되었다. 그리고 대학 진학을 준비시키는 교육기관이 단계적으로 이미 갖춰져 있다. 이 교육기관의 단계는 민중의 요구와는 아무런 관계가 없다. 정부는 관료, 의사, 법률가, 교사가 필요하다. 대학은 이들을 양성하는 기반이 된다. 지금 상류사회에는 잘 알려진 모델에 따른 자유주의자가 필요하다. 대학이 이 자유주의자를 양성해준다. 하지만 이러한 자유주의자가 민중에게는 전혀 필요 없다는 점에 오류가 있다.

일반적으로 대학이 부실한 것은 하부 교육기관이 부실하기 때문이라고 말한다. 나는 그 반대라고 확신하는데 인민학교, 특히 지방 학교의 부실은 주로 대학의 그릇된 요구로 발생한다.

지금 대학의 실상을 살펴보자. 강의실에 있는 50명의 학생 가운데, 앞의 두 줄에 앉은 10명의 학생은 노트를 가지고 있고 필기도 한다. 이 10명 가운데 6명은 학교와 김나지움에서 체득한 아첨으로 교수에게 잘 보이기 위해서 필기한다. 나머지 4명도 모든 수업을 필기하고자 하는 열망으로 필기한다. 그러나 네 번째 강의에서는 단념해버린다. 그들 가운데 두 명 혹은 세 명, 즉 한 반의 15분의 1 혹은 20분의 1만 강의를 듣는다. 사실 한 강의도 놓치지 않는 것은 어렵다. 수학 과목에서(다른 모든 과목도 마찬가지지만) 한 강좌만 놓쳐도 강의간 연계성이 사라진다. 학생이 참고서를 본다면 그에게는 다음과 같은 단순한 생각이 자연스럽게 떠오른다. 즉 참고서나 다른 사람의 필기를 보는 것이 똑같을 때, 강의를 필기하는 쓸데없는 작업을 할 필요가 없다. 모든 교사가 반드시 알아야만 하는 것은, 수학과 다른 모든 과목에서 교사가 아무리 자세하고 명확하고 흥미롭게 수업하고자 노력할지라도, 어떤 학생도 교사의 결과와 증명을 **계속해서** 따라갈 수는 없다는 것이다. 학생들은 매우 자주 멍해지거나 놀고 싶을 때가 있다. 학생들은 '어떻게? 왜? 앞에는 뭐였지?'라는 의문이 들곤 한다. 진도를 따라갈 수 없지만 교수는 계속해서 진도를 나간다. 대학생들의 가장 큰 걱정은(지금 나는 가장 나은 경우만 말하고 있다) 시험에 대비할 수 있는 필기와 참고서를 얻는 것이다. 많은 학생들은 다음과 같은 이유로 강의를 들으러 간다. 즉 아무것도 할 것이 없기에 더는 지겹지 않으려고, 혹은 교수를 만족시키기 위해서, 또 아주 드문 경우지만 100여 명의 교수 가운데 한 명이 인기가 있고 그의 강의를 듣는 것이 학생들 사이에 지적으로 세련된 것이라는 유행 때문에 강의에 간다. 학생들의 관점에서 보자면 수업은 언제나 시험에 필요한 공허한 형식으로 간주된다. 많은 학생들은 재학 중 자신의 전공이 아니라 전공과 관계없는 것을 공부한다. 이 프로그램은 학생들이 가입한 동아리에 의해서 결정된다. 강의는 대개 군인들이 훈련에 임하듯 진행된다. 시험은 열병식처럼 지루하지만 필요한 것으로 여겨진다. 동아리에 의해 형성된 프로그램은 최근까지 크게 다양하지는 않다. 대부분은 벨린스키의 오래된 논문과 체르니솁스키[7], 안토노비치[8], 피사레프[9]의 새 논

---

7 니콜라이 체르니솁스키Nikolay Chernyshevsky(1828~1889). 러시아의 철학자이자 혁명가. 《무엇을 할 것인가》의 저자. — 옮긴이

8 막심 안토노비치Maxim Antonovich(1835~1918). 〈동시대인〉지의 문학비평가. 체르니솁스키가 체포된 후 이 잡지의 대표를 맡았다. — 옮긴이

9 드미트리 피사레프Dmitry Pisarev(1840~1868). 러시아의 사회비평가이자 문학비평가. — 옮긴이

문을 읽고 또 읽는 것으로 이루어진다. 이외에도 공부하고 있는 과목과는 아무런 관련이 없지만 유럽에서 빛나는 성공을 거둔 새로운 책, 가령 루이스, 버클[10] 등의 저서를 읽기도 한다. 주로 하는 일은 금서 읽기와 금서 정서하기다. 이것은 포이어바흐, 몰레스호트[11], 뷔히너, 특히 게르첸[12]과 오가료프[13]의 책이다. 정서하는 모든 일은 가치에 따라서가 아니라 금지의 정도에 따른다. 나는 정서를 많이 한 학생을 보았는데, 그가 한 정서는 4년간 배운 모든 수업과는 비교할 수 없을 만큼 많았다. 이 노트에는 푸시킨[14]의 가장 혐오스러운 시와 릴레예프[15]의 무익하고 색깔 없는 시작품도 포함되어 있다. 또한 학생들이 하는 일은 다양한 종류의 중요한 문제에 대한 수집과 담화로 이루어진다. 이것은 가령 소러시아 독립운동, 민중 사이에서의 읽고 쓰기의 확산, 교수와 감독관에게 해명이 요구되는 사건에 대한 공동 대처, 두 집단 즉 귀족과 평민의 통합

---

10 헨리 토머스 버클Henry Thomas Buckle(1821~1862). 영국의 사학자로 《영국 문명화의 역사》라는 저서가 유명하다. — 옮긴이

11 야코프 몰레스호트Jacob Moleschott(1822~1893). 네덜란드의 생리학자이자 철학자로 1860년대 러시아에서 그의 사회유물론 저서가 인기를 누렸다. — 옮긴이

12 알렉산드르 게르첸Aleksandr Gertsen(1812~1870). 러시아의 사회비평가이자 혁명가. 《누구의 죄인가》의 저자. — 옮긴이

13 니콜라이 오가료프Nikolay Ogaryov(1813~1877). 러시아의 시인이자 사회비평가. — 옮긴이

14 알렉산드르 푸시킨Aleksandr Pushkin(1799~1837). 러시아의 시인이자 소설가. 대표작으로 《예브게니 오네긴》 《청동의 기사》가 있다. — 옮긴이

15 콘드라티 릴레예프Kondraty Ryleyev(1795~1826). 러시아의 시인이자 1825년 데카브리스트 봉기를 주도한 혁명가. — 옮긴이

등에 관한 문제다. 이 모든 것은 때로는 우습기도 하지만, 철없는 청춘이 그러하듯 종종 사랑스럽고 감동적이고 시적이다. 그러나 문제는 젊은이들, 소지주의 아들이나 제3길드 상인의 아들이 이와 같은 일에 몰두한다는 점이다. 이들의 아버지는 자신에게 도움을 줄 인간이 될 것이라는 희망으로 대학에 보냈다. 어떤 아버지는 아들이 자신의 작은 영지를 생산적인 것으로 만드는 일을 도울 것이고, 또 어떤 아버지는 더 정당하게 이윤을 얻을 수 있는 장사를 도울 것이라는 희망을 가지고 있다. 이런 학생 집단에서 교수들에 대한 생각은 다음과 같다. 어떤 교수는 근면하지만 아주 멍청하고, 어떤 교수는 유능하지만 학문에서는 뒤떨어진다. 어떤 교수는 청렴하지 못해서 그의 요구를 들어주는 학생만 지도한다. 어떤 교수는 인류의 웃음거리다. 그는 30년 동안 밑도 끝도 없는 말로 써내려간 자신의 원고를 차근차근 읽기만 한다. 학생들이 사랑하고 존경하는 교수가 50명 중 한 명만 있을지라도 그 대학은 행복하다.

진급시험을 쳤던 예전에는 교과목의 연구는 아닐지라도 시험 직전 필기를 암기하는 일이 매해 벌어졌다. 지금은 이와 같은 암기가 두 번 일어난다. 2학년에서 3학년으로 진급할 때와 졸업 직전에. 예전에 총 재학기간 중 네 번 치르던 제비뽑기가 지금은 두 번 실행된다.

진급시험이나 졸업시험이 있는 현재와 같은 구조의 시험은 얼마나 자주 시행되든 상관없다. 무의미한 제적, 제비뽑기, 교수의 개인적인 호감과 독선, 학생들의 부정행위는 계속해서 존재할 것이다. 나는 대학에서 시험제도를 만든 사람이 이것을 체험해봤는지는 모르겠다. 그러나 상식이 보여주고 있듯이 그리고 내가 여러 번 경험했고 많은 사람들이 나에게 동의하듯이, 시험은 지식의 척도가 될 수 없고 단지 교수의 잔인한 독선을 위한 것이며, 학생들의 입장에서는 야비한 부정행위를 위한 경연장일 뿐이다. 나는 살면서 세 번의 시험을 보았다. 첫해에 나는 과제로 논쟁을 벌였던 러시아 역사 교수때문에 1학년에서 2학년으로 진급하지 못했다. 나는 수업을 한 번도 빼먹지 않았고 러시아 역사를 알고 있었음에도 말이다. 게다가 이 교수는 내가 우리 수업의 다른 학생들보다 월등히 독일어를 잘 알고 있었음에도 불구하고 독일어 점수를 1점 주었다. 이듬해 나는 러시아 역사에서 5점을 받았다. 왜냐하면 기억력이 가장 좋은 동료 학생들과 논의한 다음, 우리는 한 문제를 외웠기 때문이다. 나는 내가 외웠던 바로 그 문제로 시험을 치게 되었다. 지금도 기억하는데 마제파[16]의 전기였다. 이것은 1846년의 일이다. 1848년에 나는 상트페테르부르크 대학의 대학원 시험을 봤다. 말 그대로 아무것도 몰랐고, 시험 치기 전 일주일 동안 준비하기 시작했다. 나는 밤을 새웠고, 민법과 형법에서 대학원 합격 점수를 받았다. 하

---

16 이반 마제파Ivan Mazepa(1639~1709). 우크라이나의 카자크 지도자이자 민족 영웅. ― 옮긴이

지만 나는 한 과목당 일주일도 준비하지 않았다. 올해인 1862년에도 나는 대학을 졸업하고 시험 전 일주일 동안 시험 과목을 준비하기 시작한 학생들을 보았다. 올해에도 나는 네 학생들이 성적표를 위조했다는 것을 알고 있다. 또한 어떤 교수는 학생이 웃었다는 이유로 5점이 아니라 3점을 주었다는 것도 알고 있다. 교수는 그에게 "우리는 웃을 수 있지만, 너는 안 돼"라고 지적하고 3점을 주었다.

　나는 단 한 사람도 여기 언급한 사례들을 예외적인 것으로 받아들이지 않기를 바란다. 대학에 정통한 모든 사람들은 이 사례들이 어쩔 수 없는 예외가 아니라 규칙이라는 사실을 알고 있다. 의심하는 사람이 있다면, 우리는 수백만 가지 사례를 들 수 있다. 내무성과 법무성의 내부고발자가 있듯이 인민교육부에서도 내부고발자를 찾을 수 있을 것이다. 이 조직이 똑같이 남아 있는 한, 이 일은 1848년에도 1862년에도 있었고 1872년에도 있을 것이다. 교복과 진학시험의 폐지는 이 사태를 자유롭게 하는 데 어떤 도움의 목소리도 낼 수 없다. 이것은 낡은 외투에 새 천 조각을 덧대는 것이다. 이것은 낡은 외투를 망가뜨릴 뿐이다. 새 술을 헌 부대에 담을 수 없다. 나는 대학의 옹호자들이 이렇게 말할 것이라고 예상한다. "그래 이게 사실이죠. 혹은 사실의 일부죠. 그러나 당신은 애정을 가지고 수업을 좇아가는 학생들이 있다는 사실을 잊어버리고 있습니다. 그들에게 시험은 전혀 필요 없습니다. 중요한 것은 당신이 대학 교육의 영향력을 잊어버렸다는 겁니다." 아니,

나는 아무것도 잊지 않았다. 먼저 전자에 대해, 즉 독립적으로 공부하는 학생에 대해 말할 것이다. 그들에게 조직화된 대학은 필요 없으며, 오로지 참고서 즉 도서관만 있으면 된다. 그들에게는 들을 수 있는 강의가 아니라 지도교수와의 대화가 필요하다. 그러나 소수의 사람들이 문학가나 교수가 되려고 하지 않는다면, 대학은 이 소수를 위해 그들의 환경에 적합한 지식을 줄 수 없을 것이다. 중요한 것은 이 소수가 교육이라고 불리는 것에 영향을 받는다는 것이다. 그래서 나는 이것을 대학의 타락한 영향이라고 부른다.

대학의 교육적 영향에 대한 두 번째 반론은 신앙에 기반을 두고 있다. 이것은 무엇보다 먼저 증명되어야만 한다. 대학이 교육의 영향력을 가지고 있고, 이 비밀스러운 교육의 영향이 어디에서 나왔는지 누가 어떻게 증명할 수 있겠는가? 교수들과의 소통도 아니다. 소통에서 얻을 수 있는 신념과 사랑은 없다. 대부분 두려움과 불신만 있을 뿐이다. 학생들이 책에서 알 수 없는 어떤 새로운 것을 교수에게서 알 수는 없다. 그렇다고 교육의 영향이 똑같은 일을 하는 젊은이들의 모임에 있다고 할 수 있나? 의심의 여지 없이, 그들 대부분은 학문에 관심을 가진 것이 아니다. 당신이 생각하듯이, 그들은 시험과 교수 기만, 자유주의 운동의 준비에 관심을 기울인다. 그리고 그들은 주변 사람과 가족으로부터 유리되어, 동료애를 수단으로 인위적으로 결합된 사람들 사이에 정립되어 있는 모든 것에 관심을 기울인다. 이 동료애는 원칙이 되고, 자기 만족과 자만에까지 이르게 한다. 나는 가족과 함께 살고 있는 학생들과 같은 예외적 경우에 대해 이야기하지는 않을 것이다. 그들이 학생들을 타락시키는 교육의 영향을 받는 일은 많지 않다. 나는 어려서부터 학문을 등진 사람과 같은, 극히 드문 예외도 말하지 않을 것이다. 그들은 끊임없는 노동 때문에 이 영향을 전혀 받지 않는다. 사실 사람들은 생활과 노동을 준비한다. 모든 노동은 노동에 숙달되는 것 외에도 질서, 규칙을 요구한다. 또 사람들과 함께 살고 소통할 수 있는 가장 중요한 능력을 요구한다. 농민의 아들이 주인이 되고, 사제의 아들이 찬양대석에서 성경을 읽는 사제가 되고, 키르키스인 목부의 아들이 목부가 되는 것을 보라. 그는 이미 어려서부터 생활과 자연과 사람과 직접적인 관계를 이루고, 어려서부터 일하면서 유익하게 배우고 있다. 또한 그는 삶의 물질적인 측면에서 생활을 보장받는 법, 즉 의식주를 통해 생활을 보장받는 법을 배운다. 반면 이 학생들을 보자. 그들은 집에서, 가족에게서 떨어져 나와 생활에 필요한 돈도 없이(왜냐하면 생활을 위한 수단은 필요에 따라 부모님이 책정해주기 때문이다. 그러나 이 모든 것은 유흥비로 지출된다) 젊음을 유혹하는 것으로 가득한 낯선 도시에, 모일수록 더 빈곤해지는 동료들 사이에 던져졌다. 그들은 가르침도 목적도 없이 오래된 것을 버리고 새로운 것에는 적응하지 못한다. 여기에 극히 예외적인 학생들의 상황도 있기는 하다. 그러나 학생들 가운데에 이런 사람들이 반드시 생긴다. 정부에 영합하는 관료들 혹은 사회에 영합하는 어용교수나 어용작가, 혹은 목적 없이 예전의 생활을 박차고 나와 방탕한 젊은 시절을 보내어 삶에서 자기 자리를 찾지 못한 사람, 이른바 **대학 교육을 받은** 뛰어난 사람, 즉 신경질적이고 병적인 자유주의자들 말이다. 대학은 우리의 중요한 제1의 훈육 기관이다. 대학은 처음으로 훈육의 권리를 취득하고, 결과적으로 처음으로 훈육의 불합리성과 불가능성을 증명하고 있다. 사회적인 관점에서만 보자면 대학의 성과는 정당화될 수 있다. 대학은 인류에 필요한 인물이 아니라 타락한 사회에서 요구하는 인물을 양성한다.

대학 과정은 끝난다. 나는 모든 면에서 가장 훌륭한 피양육자 한 명을 상상으로 그려보고자 한다. 그는 가족에게로 간다. 아버지, 어머니, 친척들 모두가 그에게는 낯설다. 그는 그들의 신앙을 믿지 않고 그들의 희망을 바라지 않는다. 그는 그들의 신이 아니라 우상에게 기도한다. 아버지와 어머니는 기만당한다. 그리고 아들은 종종 그들과 함께 한 가족으로 친해지기를 기도하지만 이미 불가능하다. 내가 말한 것은 미사여구도 아니고 환상도 아니다. 나는 자신의 가족에게로 돌아간 많은 학생들을 알고 있다. 그 학생들은 종종 부모의 믿음을 모욕하고 결혼, 명예, 상업과 같은 모든 신념에서 가족과 의견을 달리했다. 하지만 다 끝났다. 부모는 오늘날의 시대가 그러하며 오늘날의 교육이 그러하다는 생각으로 스스로를 위로한다. 또 부모는 그들의 세계는 아니지만, 적어도 아들 스스로 성공을 거두어 살아갈 방법을 찾고 심지어 부모를 도울 방법도 찾을 것이며, 나름대로 행복해할 것이라고 생각한다. 불행히도, 이 부모들 열의 아홉은 실수하는 것이다. 대학 과정을 마친 다음, 학생들은 머리를 어디로 조아려야 할지 모른다. 이상한 일이다. 그들이 얻은 지식은 어떤 사람에게도 필요하지 않으며, 그 누구도 그들을 위해 아무것도 주지 않을 것이다. 그들이 가진 지식을 유일하게 적용할 수 있는 것은 문학과 교육학, 즉 다시 사람들에게 불필요한 것을 교육시키는 학문뿐이다. 이상한 일이다! 러시아에서 교육은 드물게 이루어진다. 그래서 교육은 소중하고 높게 평가되어야만 한다. 그러나 실상은 반대다. 우리에게는 기술자가 필요하지만 부족하다. 그리고 유럽 전역에서 기술자를 초빙하고 그들에게 비싼 대가를 지불한다. 교양 있는 대학 관계자들이(우리에게 교양 있는 사람은 많지 않다) 기술자가 필요하다고 말하지만, 왜 우리는 그들을 소중히 여기지 않고, 그들도 어디로 사라져버렸단 말인가? 오늘날 목수, 석공, 미장공의 과정을 마친 사람들 가운데 노동자일 경우 통상 15~17루블을 받고, 청부받은 장인의 경우 한 달에 25루블을 받는다. 그런데 왜 학생은 10루블만 받으면 기뻐할까? (나는 문학가와 관료를 예외로 하고, 학생이 실용적인 활동에서 돈을 받을 수 있는가에 대해 말하고 있다.) 오늘날 개간해야 할 땅을 가진 지주가 왜 토지 관리인인 농부에게는 300~500루블을 지불하지만, 대학 연구자와 자연과학자에게 200루블도 지불하지 않는 것인가? 철도를 부설할 때 고용자인 농부는 수천 명의 노동자를 관리하지만 왜 대학생들은 못할까? 만일 학생들이 좋은 보수를 받는 일자리를 얻는다면, 왜 그들은 대학에서 획득한 지식이 아니라 졸업 후 체득한 지식을 통해 얻은 것일까? 왜 법대 학생들은 장교가 되고, 수학과 자연과학계 출신 학생들은 관료가 되는가? 풍요롭게 1년을 산 농부는 집에 50~60루블을 가져오지만, 왜 1년을 산 학생은 100루블의 빚을 질까? 왜 사람들은 사제 출신이든 대학 출신이든 관계없이 교사에게 한 달에 8~10루블을 지불하는 것일까? 왜 상인은 대학생을 점원으로 고용하지도, 딸과 결혼시키지도, 집에 들이지도 않지만 농부 출신의 젊은이에게는 허용하는 것일까? 사람들은 나에게 다음과 같이 말할 것이다. 이것은 사회가 여전히 교육의 가치를 제대로 평가할 수 없기 때문이라고. 또한 대학 출신 교사는 아이들을 때리지 않고, 대학 출신 관리자는 노동자를 기만하거나 예치금으로 노동자를 예속하지 않고, 대학 출신 상인은 눈금을 속이지 않기 때문이라고. 교육의 열매는 폐허와 불행의 열매처럼 그렇게 감지되는 것은 아니기 때문이라고. 비록 이 주장이 나와 상반되지만, 나는 그럴 수도 있겠다고 대답할 것이다. 학생은 정직하든 정직하지 않든 결코 업무를 주도할 수 없다. 만일 할 수 있다면 본성에 따라, 도덕적 습관의 공통된 체계에 따라 업무를 이끈다. 그는 이 체계를 학교와 상관없는 삶을 통해 체득하였다. 나는 정직한 학생도, 반대로 정직하지 않은 학생도 똑같이 알고 있다. 설령 대학 교육이 인간의 정의감을 발전시킨다 할지라도, 교육받지 않은 사람은 학생들보다는 교육받지 않은 사람들을 더 좋아하고 더 높게 평가한다. 왜 이른바 교양인이라고 불리며 재산도 있는 귀족, 문학가, 교수들이 공직 외에는 학생들을 전혀 활용하지 않는지 의문이다. 나는 공직자의 보수가 업적과 지식의 기준이 될 수 없기에 보수를 근거로 공직에 관해 말하지는 않겠다. 모든 사람들에게 알려져 있다시피 학생, 퇴역 군인, 파산한 지주, 외국인들은 생활비를 벌어야 할 경우 수도로 간다. 그리고 그들은 인맥과 욕망의 정도에 따라 관리기관에서 일자리를 얻는다. 만일 그들이 일자리를 얻지 못한다면 모욕당했다고 여기게 된다. 그래서 나는 직장의 임금에 대해 얘기하지 않을 것이다. 하지만 나는 묻고 싶다. 학생들을 가르치는 교수가 한 달에 수위에게 15루블을 주고 목부에서 20루블을 준다. 하지만 왜 그 교수는 자신을 찾아온 학생에게 관리가 되도록 **격려하는 것** 외에 아무 일자리도 줄 수 없어서 안타깝다고 말하는가? 그 교수는 학생에게 10루블을 주며 출판될 창작물을 정서하거나 교정하는 일을 제안한다. 아니면 그 교수는 지방 학교에서 얻을 수 있는 지식만으로 가능한, 즉 글을 쓸 줄만 알면 되는 일자리를 그에게 제안한다. 로마법의 역사, 그리스 문학, 적분 계산법을 활용할 수 있는 곳은 없으며 있을 수도 없다.

이런 상황에서 대부분의 경우, 대학에서 아버지의 곁으로 돌아온 아들은 부모의 기대에 부응하지 못하고, 가족에게 짐이 되지 않기 위해서 일자리를 얻어야만 한다. 이 일자리는 글을 쓸 수만 있으면 되기에, 그는 글자를 아는 러시아의 모든 사람들과 경쟁하게 된다. 관료는 대학 졸업자의 하나의 특권으로 남아 있다. 그러나 관직에 있기 위해서는 인맥과 다른 조건들이 중요하다. 그 밖에 대학 졸업자의 또 다른 특권은 자유방임이다. 그러나 어디에서도 활용할 수 없다. 내가 생각하기에, 공직 외에 높은 보수를 주는 직장에 종사하는 대학 졸업자 비율은 아주 적다. 확신컨대, 대학 졸업자의 활동에 대한 믿을 만한 통계자료는 교육학에 대한 중요한 자료가 될 것이다. 나는 나의 예상과 기존 자료로 해명하고자 했던 진실을 이 자료가 수학적으로 증명해줄 것이라 확신한다. 그 진실이란 대학 교육을 받은 사람들이 많이 필요 없다는 것이다. 그래서 그들은 주로 문학과 교육학, 즉 사람들의 삶에 필요 없는 교육과정의 영원한 반복에 자신의 활동을 집중시킨다.

그러나 나는 독자 대부분이 자연스럽게 제기하는 다음과 같은 하나의 반론 혹은 더 정확히 반론의 근원을 예견하지 못했다. 즉 왜 유럽에서 어느 정도 효율적인 최고 고등교육이 우리에게는 적용되지 않는 것일까? 유럽 사회는 러시아 사회보다 교육이 더 발달했는데, 어째서 러시아 사회는 유럽 국민들이 걸었던 그 길로 가지 못하는 것인가? 이 반론은 첫째, 유럽 국민이 걸었던 그 길이 가장 좋은 길이고 둘째, 전 인류가 똑같은 길을 걸어가고 있고 셋째, 우리의 교육이 국민에게 정착되고 있다는 것만 증명된다면 확실해질 것이다. 동양 전체는 유럽인과는 완전히 다른 방식으로 교육되었고 교육되고 있다. 만일 어린 가축, 늑대, 강아지에게 고기를 먹여 키우고, 이 방식을 통해 최고의 발육 상태에 도달한다는 것이 증명된다면, 과연 내가 망아지와 토끼를 기르면서 고기가 아닌 다른 것으로는 최고의 발육 상태에 도달할 수 없다고 결론지어도 무방한가? 과연 이 상반된 실험의 결과로 나는 결국 새끼 곰을 기르면서 그에게 고기가 필요한지 귀리가 필요한지 결론지을 수 있겠는가? 실험을 통해 나는 곰에게 둘 다 필요하다는 것을 알았다. 만일 고기를 먹여 기르는 것이 더 자연스럽게 느껴지고 예전의 실험이 나의 전제를 확증시켜준다고 할지라도 나는 망아지에게 고기를 계속해서 줄 수 없다. 만일 망아지가 매번 고기를 거들떠보지 않는다면 망아지의 몸은 이 음식을 받아들이지 않기 때문이다. 우리의 토양에 옮겨진 유럽식 교육도 형식과 내용에서 이와 똑같다. 러시아 민중이라는 조직은 이 교육을 받아들이지 않는다. 이와 함께 러시아 민중이라는 조직을 지탱해주고 있는 다른 음식이 있어야만 한다. 왜냐하면 민중은 살아 있기 때문이다. 육식 동물에게 풀처럼, 이 음식은 우리에게 음식이 아니다. 그러나 어쨌든 역사적·생리학적 과정은 이루어진다. 우리가 인정할 수 없는 이 음식을 민중이라는 조직이 받아들이고 있다. 그리고 거대한 짐승은 단단해지고 장성해가고 있다.

앞서 언급한 모든 것을 요약하면서 다음 상황으로 가보자.

1)교육과 훈육은 두 가지 다른 개념이다.

2)교육은 자유롭다. 그래서 합당하고 공평하다. 훈육은 강제적이다. 그래서 합당하지 않고 불공평하다. 훈육은 이성으로 정당화될 수 없기에 교육학의 대상이 되지 못한다.

3)현상으로서 교육은 a)가정, b)신앙, c)정부, d)사회에서 그 원리를 가진다.

4)가정, 종교, 정부의 훈육의 기반은 자연스럽고 그 필요성이 인정된다. 사회적 훈육은 인간 이성의 오만함 외에는 그 기반이 없다. 그래서 가장 해로운 결과를 지닌다. 예를 들면 대학과 대학 교육이 그러하다.

교육과 훈육에 대한 우리의 견해가 일부 해명되었고, 교육과 훈육의 경계가 정의되었다. 지금에서야 우리는 잡지《훈육》(1862년 5호)에서 글레보프 씨가 제기한 문제에 답할 수 있다. 그가 제기한 것은 교육 문제를 진지하게 탐구할 때 자연스럽게 발생하는 첫 번째 문제들이다.

1)만일 학교가 훈육 문제에 개입하지 말아야 한다면 학교는 왜 존재해야만 하는가?

2)훈육 문제에 학교가 개입하지 않는다는 것은 무엇을 의미하는가?

3)훈육의 요소가 고등교육기관에서 수학하는 젊은이들의 지식에도 유입되었다면, 가장 기초적인 학습에서 훈육을 구별하는 것이 가능한가?

(우리는 훈육의 요소가 주입된 고등교육기관의 형식이 결코 우리의 모델이 되지 않는다는 점을 이미 설명하였다. 우리는 저급한 교육기관처럼 고등교육기관의 질서를 부정할 뿐만 아니라, 그곳에 모든 악의 원천이 있다고 본다.)

제기된 문제에 답하기 위해서 우리는 이 문제들을 다음과 같이 재정립할 것이다. 1)훈육에 학교가 개입하지 않는다는 것은 무엇을 의미하는가? 2)개입하지 않는 것이 가능한가? 그리고 3)훈육에 개입하지 않을 때 학교는 어떻게 해야만 하는가?

오해를 피하기 위해, 먼저 학교라는 단어를 어떤 의미로 사용하는지 설명할 필요가 있다. 나는 잡지 《야스나야 폴랴나》 1호에서 이 단어를 같은 의미로 사용한 바 있다. 나는 학교를 공부하는 건물, 교사, 학생, 교육의 어떤 경향을 의미하는 것으로 이해하지는 않는다. 나는 학교를 가장 보편적인 의미로 **교육받는 사람에 대한 교육하는 사람의 의식적 활동**으로 이해한다. 즉 교육의 한 부분으로 이해한다. 이 활동이 어떻게 표현되어도 상관없다. 가령 신병에게 총의 조작을 가르치는 것도 학교이고, 대중강의를 하는 것도 학교이고, 마호메트교 교육기관에서 수업을 하는 것도 학교이고, 박물관을 만들어 원하는 사람에게 개방하는 것도 역시 학교다.

이제 첫 번째 질문에 답하고자 한다. 교육 문제에 학교가 개입하지 않는다는 것은 학교가 피교육자의 신앙, 신념, 성격의 교육(형성)에 개입하지 않는다는 것을 의미한다. 이 개입하지 않음은 피교육자가 요구하고 원하는 가르침을 받을 수 있는 자유를 피교육자에게 완전히 위임함으로써 성취된다. 또한 이 자유는 피교육자가 필요로 하고 원하는 만큼 가르침을 받고 그에게 필요하지 않고 원하지 않는 배움을 피할 수 있는 것이다.

공개 강의와 박물관은 훈육의 개입이 없는 학교의 가장 좋은 사례다. 대학은 훈육 문제에 개입한 학교의 전형이다. 이 기관에서 학생들은 정해진 학년, 프로그램, 일련의 선택된 과목에 얽매이게 된다. 또한 학생들은 시험을 요구받고, 시험에 따라 권리를 보호받는다. 더 정확히 말하자면, 지시사항을 준수하지 않을 경우에 권리를 상실하게 된다(시험을 치는 4학년 학생은 가장 힘든 벌로 위협받는다. 이 벌은 김나지움과 대학에서 고생한 10~12년간을 잃어버리는 것이고, 12년의 고생을 견뎌내어 얻고자 했던 이익을 박탈당하는 것이다). 이 기관의 모든 것은 학생이 처벌의 위협 아래에서 훈육의 요소를 교육으로 받아들이도록 그리고 이 기관의 설립자가 요구하는 신념, 확신, 성격을 습득하도록 고안되어 있다. 학문의 한 과정을 배타적으로 선택하고 처벌로 위협하여 형성된 강제적인 훈육의 요소는 진중한 관찰자에게 신체적인 형벌을 가하는 기관만큼이나 강력하고 명백해 보인다. 경솔한 관찰자가 바로 신체적인 형벌을 가하는 기관을 대학의 대척점에 두고 있는데도 말이다.

반대로 유럽과 아메리카에서 꾸준히 성장하고 있는 공개 강의는 지식의 일정한 영역에 얽매이지 않고, 처벌로 위협하여 집중할 것을 요구하지 않는다. 오히려 이 공개 강의는 학생들에게 일정한 기부를 요구한다. 바로 이 점으로 인해 대학과는 반대로 학생들이 갖추려는 근거와 선택의 완전한 자유가 증명된다. 바로 여기에 학교가 훈육에 개입함과 개입하지 않음이 의미하는 바가 있다. 만일 개입하지 않는 것이 상급 교육기관과 성인들에게는 가능하지만, 하급 교육기관과 어린이들에게는 불가능하기에 우리는 아이들을 위한 공개 강의 사례는 볼 수 없다고 사람들이 말한다면, 나는 이렇게 답할 것이다. 만일 우리가 학교라는 단어를 너무 자의적으로 해석하지 않고 상술한 정의대로만 받아들인다면, 지식이 부족하고 나이가 어린 사람을 위해 훈육에 개입하지 않고도 자유로운 교육의 영향을 많이 발견할 것이다. 심지어 이 영향은 상급 교육기관과 공개 강의의 수준에도 미칠 수 있을 것이다. 친구와 형제들에게서 읽고 쓰기를 배우는 것이 이와 같고, 서민 아이들의 놀이가 이와 같다. 우리는 이 놀이의 교육적 효과를 향후 발행될 잡지에서 논문으로 다루고자 한다. 또 공개적인 공연과 인민극장이 이와 같다. 그림과 책이 이와 같고, 이야기와 노래, 노동, 결국 야스나야 폴랴나 학교의 시도도 이와 같다.

첫 번째 문제에 대한 답변은 두 번째 문제, 즉 이와 같이 개입하지 않는 것이 가능한지에 대한 답변을 부분적으로 제공한다. 이론적으로 이 가능성을 증명할 수는 없다. 이 가능성을 뒷받침해줄 수 있는 한 가지는 전혀 훈육되지 않은 사람 즉 자유로운 교육의 영향을 받은 민중이 어떤 훈육이라도 훈육을 받은 사람보다 더 순수하고, 강하고, 담대하고, 자립적이고, 공평하고, 인간적이고, 무엇보다 더 필요한 사람이라는 것을 보여주는 것이다. 그런데 많은 사람들은 이 명제의 증명을 왜 요구하지 않을까? 이것을 증명하기 위해서 나는 많은 것을 이야기해야 한다. 하나의 예만 들어보겠다. 동물학적으로 볼 때, 훈육받은 사람들의 자손은 왜 더 진화하지 않았는가? 훈육받은 짐승의 본성은 나아지고 있지만, 훈육받은 인간의 본성은 퇴화되고 약화된다. 훈육된 집안의 자녀 100명과 훈육되지 않은 서민의 자녀 100명을 무작위로 뽑아서 원하는 부분 즉 힘, 유연함, 지식, 습득 능력, 도덕성 등 모든 부분에서 비교해보자. 우리는 훈육받지 않은 집안의 아이들이 매우 우수하다는 점에 놀라게 된다. 나이가 적을수록 더 우수하다. 반대의 경우도 마찬가지다. 도출된 결과를 말하는 것은 두렵다. 하지만 결과는 이와 같다. 개인적 경험과 내적인 감정 때문에 이 견해가 유익하다고 말하지 않는 사람들에게 하급 학교에 개입하지 않을 수 있다는 가능성을 증명하는 것은 결론적으로 가능하긴 하다. 하지만 이것은 오로지 민중을 교육하는 수단인 자유로운 영향력에 대한 양심적인 연구와 문제에 대한 전면적인 고찰, 그들에 관한 일련의 많은 실험과 보고에 의해서만 가능하다.

훈육 문제에 개입하지 않을 때 학교는 어떻게 해야만 하는가? 앞서 언급했다시피, 학교는 교육받는 사람에 대한 교육하는 사람의 의식적 활동이다. 교육의 경계 즉 자유의 경계를 넘지 않기 위해서 교육하는 사람은 어떻게 행동해야 할까? 이렇게 대답할 수 있다. 학교는 신념, 신앙, 성격의 도덕적 영역을 침범하지 않으면서 정보, 지식(지시instruction)을 전달하겠다는 하나의 목적을 가져야만 한다. 교육의 목적은 학문 하나여야만 한다. 교육의 목적이 인간의 개성에 학문이 미치는 영향의 결과여서는 안 된다. 학교는 학문으로 도출된 결과를 예단해서는 안 된다. 학문을 전할 때 전제되어야 할 것은 학문의 적용에 대한 완전한 자유다. 학교는 하나의 학문도, 어떤 일련의 학문군도 필수적인 것이라 여겨서는 안 된다. 학교는 학문을 받아들일지의 권리를 학생에게 부여하면서, 가진 지식을 전달해야만 한다. 학교 프로그램의 구축은 이론적인 시각, 이런저런 학문이 필요하다는 확신이 아니라 교사의 지식이라는 하나의 가능성에 기반을 두어야만 한다. 예를 들어 설명해보겠다. 나는 교육기관을 설립하기를 원한다. 나는 이론에 맞춘 프로그램을 만들지 않을 것이고, 또 그 프로그램에 맞춰 교사를 뽑지도 않을 것이다. 나는 지식을 알리는 것을 천직으로 여기는 모든 사람들에게 그들이 할 수 있는 수업이나 강의를 해보게 한다. 물론 우리는 예전의 경험에 따라 수업을 선택할 것이다. 즉 우리는 듣기를 꺼려 하는 과목을 가르치지 않을 것이고, 러시아 시골에서 스페인어나 점성술, 지리학을 가르치려 하지 않을 것이다. 이것은 시골에서 상인이 외과수술 기구나 크리놀린 가게를 개점하지 않는 것과 같다. 우리는 교육의 공급에 대한 수요를 예견할 수 있다. 그러나 우리의 결정적 판단은 오로지 경험에 의한 것이다. 10푼트[17]의 타르와 1푼트의 생강이나 포마드를 교환한다는 조건으로 타르를 판매할 수 있는 가게 하나도 열 권리를 우리는 가지고 있지 않다. 우리는 생산품 가운데 소비자가 어떤 것을 사용할 것인지에 대해서는 신경쓰지 않는다. 우리는 소비자가 그들에게 필요한 것이 무엇인지 알고 있다고 믿을 뿐이다. 우리는 소비자의 요구를 추측하고 그에 답하는 일로 충분하다. 어쩌면 동물학 교사 한 명, 중세 역사 교사 한 명, 교법 교사 한 명, 측량술 교사 한 명을 찾을 수 있을지도 모르겠다. 만일 이 교사들이 수업을 뛰어나게 할 수 있다면 수업은 모순적이고 우연한 것으로 보일지라도 유익할 것이다. 나는 일련의 학문들을 이론적으로 조화롭게 만들어낼 가능성을 믿지 않는다. 모든 학문은 자유롭게 배울 수 있을 때, 사람들의 지식과 조화롭게 어우러진다. 사람들은 이렇게 말할 것이다. 프로그램의 이러한 우연으로 인해 유익하지 않고 해롭기까지 한 학문이 교과과정에 편승될 수 있다고. 그리고 학생들이 충분히 준비할 수 없기 때문에, 많은 학문을 가르치는 것이 불가능해질 수 있다고. 이에 답하자면 첫째, 어떤 사람에게도 해롭거나

---

17 러시아의 옛 무게 단위로 1푼트는 약 0.41킬로그램. — 옮긴이

무익한 학문이란 없으며, 만일 무익하고 해로운 학문이 있을 경우에도 배움의 자유가 있기 때문에 학생들이 이를 수용하지 않으려는 건전한 생각과 요구가 존재한다. 둘째, 나쁜 교사에게는 준비된 학생이 필요하고, 훌륭한 교사에게는 산수를 애매하게 아는 학생보다 아예 모르는 학생에게 대수학이나 해석기하학을 가르치는 것이 더 쉽고, 고대의 역사를 배우지 못한 학생에게 중세 역사를 가르치기 시작하는 것이 더 쉽다. 나는 초등학교의 산수와 러시아 역사 강의를 못하면서 대학에서 미분과 적분 혹은 러시아 시민법의 역사를 가르치는 교수를 신뢰할 수 없다. 나는 그가 훌륭한 교수라는 점을 믿을 수 없다. 나는 과목의 한 부분만 잘 가르친다는 사실이 가능한지 알 수 없고, 그 유익함과 공로도 모르겠다. 중요한 것은 이 공급은 언제나 그 수요에 답할 것이고, 학문의 모든 단계에는 충분한 학생과 교사가 있다는 점이다. 이것이 내가 확신하는 바이다.

사람들은 나에게 말할 것이다. 어떻게 교육하는 자가 가르침을 통해 훈육의 효과를 얻는 것을 마다하겠는가라고. 이 열망은 가장 자연스럽고, 교육자가 피교육자에게 지식을 전달하는 과정에서 자연스럽게 요구되는 것이다. 이 열망은 교육자에게 일을 할 수 있는 힘을 주고, 그에게 필요한 만큼의 열정을 준다. 이것을 부정하는 것은 불가능하다. 그리고 나는 이 열망을 부정하는 것에 대해 생각해본 적이 없다. 이 열망의 존재는 교육 사업에서 자유의 필요성을 나에게 더 강하게 확신시켜준다. 역사학을 사랑하고 이를 가르치는 사람에게 인간의 발전에 유익하고 필요하다고 여겨지는 역사적 식견을 학생들에게 전달하려는 시도를 금지시켜서는 안 된다. 또한 수학이나 자연과학을 공부할 때 교사가 가장 좋다고 여기는 방법을 전수하는 것도 금지시켜서는 안 된다. 오히려 훈육의 목적을 예견하는 것은 교사를 고무시킨다. 그러나 문제는 학문에서 훈육의 요소는 강제적으로 전달될 수 없다는 데 있다. 나는 이 상황에 대해 독자들의 이목을 충분히 집중시키지 못했다. 예컨대 역사나 수학에서 훈육의 요소는 교사가 담당 과목을 열정적으로 사랑하고 그 과목을 알고 있을 때에만 전달된다. 그때 이 사랑은 학생들에게 알려지고 교육적으로 그들에게 영향을 미친다. 반대의 경우도 있다. 즉 언제 어딘가에서 어떤 과목이 훈육적으로 작용한다고 결정되고, 한 사람이 강의를 맡고 다른 사람이 강의를 듣도록 명령받았다면, 가르침은 완전히 반대되는 목적에 이르게 된다. 다시 말해서, 학문적으로 훈육되지 않을 뿐만 아니라 학문을 외면하게 만든다. 흔히들 학문은 훈육의 요소erziehliges Element를 가지고 있다고 한다. 이 말은 옳을 수도 그를 수도 있다. 이 명제에는 훈육에 대한 기존의 역설적인 시각의 기본적인 오류가 존재한다. 학문은 학문일 뿐이고 아무것도 지니고 있지 않다. 훈육의 요소는 학문의 가르침, 학문에 대한 교사의 사랑, 애정 어린 전달, 학생과 교사의 관계에 놓여 있다. **학문을 통해 학생들을 훈육하고자 한다면, 자신의 학문을 사랑하고 학문에**

통달하라. 그러면 학생들이 당신을 사랑하고 학문을 사랑할 것이다. 그러면 당신은 그들을 훈육시킬 수 있다. 그러나 만일 당신 스스로 학문을 사랑하지 않는다면, 당신이 어떻게든 배울 것을 강요할지라도 학문은 훈육의 효과를 불러일으키지 못한다. 여기에도 역시 하나의 기준, 하나의 구원이 있다. 교사의 수업을 들을 것인가 혹은 듣지 않을 것인가, 교사의 훈육의 영향을 받아들일 것인가 혹은 받아들이지 않을 것인가, 이것은 또다시 학생들의 자유다. 즉 학생에 의해서만 교사가 학문을 알고 있는지 그리고 학문을 사랑하는지가 결정된다.

그렇다면 훈육에 개입하지 않을 때 학교는 어떻게 될 것인가?

학교는 지식을 다른 사람에게 전달할 목적을 가진 어떤 사람이 전방위적이고 다양한 의식적 활동을 하는 것이다. 학교는 우리가 원하는 것을 그저 강제적이고 수완 좋게 받아들이도록 강요할 수 없는 곳이다. 어쩌면 학교는 우리가 이해하는 것처럼 칠판이 있고, 긴 의자가 있고, 교단과 교사와 교수가 있는 그런 곳이 아닐 수도 있다. 이것은 인형극, 극장, 도서관, 박물관, 담화 형식일 수도 있고, 일련의 학문과 프로그램이 가는 곳마다 아주 다르게 편성될 수도 있다. (나는 나의 경험만 알고 있을 뿐인데, 야스나야 폴랴나 학교는 내가 정한 과목들을 세분화시켜 6개월 동안 운영되었다. 그런데 일부는 학생과 학부모의 요구로, 일부는 교사의 지식 부족으로 6개월 만에 완전히 바뀌어서 다른 형식을 수용하였다.)

나는 이런 말을 듣게 될 것이다. 그러면 우리는 무엇을 해야만 하는가? 정말 지방의 학교는 그렇게 없어질 것이고, 김나지움도 그렇게 없어질 것이고, 로마법 역사 수업도 없어질 것인가? 인류는 어떻게 될 것인가? 만일 학생들에게 그 수업이 필요하지 않고 당신이 더 개선시킬 수 없다면, 없어질 것이다. 또 나는 이런 말도 듣게 된다. 그렇지만 사실 학생들은 그들에게 무엇이 필요한지를 언제나 알고 있는 것도 아니고, 아이들은 실수도 한다 등등. 나는 이와 같은 논쟁은 하지 않을 것이다. 이 논쟁은 가령 인간의 본성이 인간을 판단할 권리를 가지는가와 같은 문제로 우리를 이끌고 간다. 나는 이것에 대해 알지 못하고 이 분야를 다루지도 않을 것이다. 내가 말할 수 있는 것은, 만일 우리가 무엇을 가르쳐야 하는지 알 수 있다면, 내가 러시아 아이들에게 강제적으로 프랑스어, 중세시대 계통학, 절도기술을 가르칠지라도 방해하지 말라는 것이다. 나는 당신이 그랬던 것처럼 모든 것을 증명할 것이다. 라틴어 학교가 그렇게 없어진다면, 나는 무엇을 할 것인가? 나는 이 말을 또 다시 듣고 있다.

두려워 말라. 라틴어와 수사학은 사라지지 않을 것이고, 100년은 더 존재할 것이다. 왜냐하면 (한 환자가 말했듯이) "약을 구매하면 먹어야 하기 때문이다." 어쩌면 내가 불명확하고 어색하고 불확실하게 표현한 이 생각들은 100년 후에도 여전히 공감대를 이루지 못할 수도 있다. 100년 후에도 학교, 김나지움, 대학 같은 기존의 모든 기관들은 퇴색되지 않을 수도 있고, 공부하는 세대의 자유를 인정하여 자유롭게 구성된 교육기관은 성장하지 못할 수도 있다.

2.　　　인민교육의 장에서 사회활동에 대하여

《야스나야 폴랴나》3호에서는 인민학교에 관한 정부 기획안을 검토한 바 있다. 이것을 검토하면서 내가 보여주고자 했던 것은 오로지 하나다. 바로 인민교육 사업은 너무나 복잡하고 너무나 독특해서, 인민의 요구를 만족시키기 위해서는 많은 연구와 노력이 필요하다는 것이다. 특히 예전에 수용되었던 시각과 요구로부터 자유로울 필요가 있다. 내가 느끼기에 이 기획안은 인민으로부터 유리되어 있기에 인민의 요구를 알지 못한다. 그래서 이 기획안은 적용될 수가 없다. 기획안은 대부분 활용되지 못했던 것 같다. 하지만 기획안의 사상 그 자체는 명확하고 이성적이며 논리적으로 여겨졌고, 앞으로도 그럴 것이다.

기획안이 무엇을 원하는지 그리고 이 기획안이 어떤 대책을 세우고자 했는지는 분명하다. 여기에는 시종일관 하나의 이념이 있다. 이 이념은 인민교육을 정부에 종속시키는 것이다. 우리는 이 이념에 동의하지 않는다. 하지만 이 이념은 명확하고 분명하며 지속적으로 표현되고 있다. 지금 우리 앞에 펼쳐진 것은 기획안이 아니다. 이미 모든 과정에서 정부가 아닌 단체, 엄밀한 의미에서 교양 있는 러시아 단체가 준비한 활동이 펼쳐진다.

우리는 《인민담화》 《지식인》 《양서 보급회》의 편찬에 대해, 특히 문맹퇴치위원회에 관해 이야기하고 싶다. 지금 우리 앞에 이 활동이 펼쳐지고 있고, 우리는 의혹과 공포로 이 활동 앞에 멈춰 서 있다. 이것은 도대체 무엇인가? 인민을 위해 이 위원회는 무엇을 원하고 대체 무엇을 하고 있는지 이해할 수 없다.

사람들은 우리가 정부의 기획안을 검토하면서 트집을 잡았다고들 한다. 지금 여기에서 우리는 진심으로 뉘우치고 있다. 만일 우리가 인민을 위해서 인민교육에 관한 정부의 후원과 단체의 후원 중 선택할 수 있고 다른 선택안은 없다면 우리는 정부 후원의 기획안을 쌍수를 들고 환영했을 것이다. 나는 만일 인민이 문제가 무엇인지 이해한다면 그들도 같은 견해를 보일 것이라 생각한다.

《지식인》 《인민담화》의 편찬 활동은 개별 논문 주제가 될 수 있다. 그러나 내가 보기에 《양서 보급회》는 스스로 진지하게 자신을 되돌아보지 않고, 즉시 자신들의 활동을 엘리자베스 프라이[18]와 로살리아[19]의 출판물에 의거하여, 가난한 사람들을 위한 극장으로 대체할 것이다. 이제 우리는 '문맹퇴치위원회'에 주목하고자 한다. 이 위원회는 교육의 장에서 인민이 러시아 상트페테르부르크의 계몽된 사회로부터 기대할 수 있는 활동 사례로 인정될 수 있다. 우리는 이와 같은 '문맹퇴치위원회' 활동을 검토하는 것으로 제한하고자 한다. 덧붙여 우리는 이 위원회가 승인한 도서목록에서 《양서 보급회》와 《인민담화》의 출판물도 접하게 될 것이다.

인민교육의 장에서 사회활동의 표상인 문맹퇴치위원회에 대한 중요한 반론을 담은 첫 번째 문제는 다음과 같다. 즉 **문맹퇴치위원회는 도대체 무엇인가?** 문맹퇴치위원회의 프로그램은 이 문제에 대답해야 할 것이다. 그리고 이 프로그램이 우리 앞에 있다. 하지만 이 프로그램에 대한 의혹은 우리에게 충분히 해명되지 않는다.

황실자유경제협회 산하 문맹퇴치위원회 업무 프로그램

---

18 엘리자베스 프라이Elizabeth Fry(1780~1845). 영국의 사회운동가이자 자선가. 감옥 개혁에 관심을 기울였으며, 죄수들의 자녀를 가르치고자 애썼다. 톨스토이는 1861년에 출판된 《위인전: 엘리자베스 프라이Жизнеописание замечательных людей:Елизавета Фрей》를 가리키고 있다. ─ 옮긴이

19 로살리아Rosalia. 12세기 시칠리아의 성녀. 엘리자베스 프라이의 전기와 함께 《위인전: 로살리아 자매님Жизнеописание замечательных людей:Сестра Розалия》도 출판되었는데, 톨스토이는 이 책을 염두에 둔 듯하다. ─ 옮긴이

1)1861년 4월 6일 황실자유경제협회 제3부에서 문맹퇴치 위원회 설립

위원회는 무엇이고, **문맹퇴치**는 무엇인가? 표트르 대제 시대부터 우리는 독일인에게는 의미가 있지만, 우리에게는 아무 의미가 없는 외국어에 너무나 익숙해져 있다. 그래서 우리는 외국어에 대해 고민하지 않고, 그 단어에서 알고 있는 어떤 것을 찾으면서 조용히 지나쳐 간다. 만일 내가 《모스크바 통보》에서 아르바트 지구에 러시아 목초지 관개를 위한 위원회가 정부의 요구로 설립된다는 기사를 읽는다면, 나는 그 즉시 이것이 도대체 무엇인지에 관해 정확하고 명확한 개념을 잡았을 것이다. 나는 대표자, 각료들, 비서들을 생생하게 떠올릴 수 있다. 나는 각료들이 이 일을 하는 이유, 이 일을 할 권리, 위원회 발족의 이유를 설명하고, 이 위원회 활동의 형상을 예측할 수 있다. 이 모든 것은 근본적으로 아주 오랫동안 우리에게 친숙하고 익숙한 것이다. 그러나 사적으로 활동한다면, 나에게는 저절로 수천 가지 의문점이 떠오른다. 첫째, 이것은 왜 위원회인가? 도대체 사립위원회란 무엇인가? 사립위원회는 어떤 이유로 발족했나? 왜 위원회의 위원들은 페트로프와 이바노프가 아니라 N. N. 씨와 M. M. 씨인가? 왜 N. N. 씨와 M. M. 씨가 위원회를 차지하고 있는가? 누구도 그들에게 이것을 명령하지 않았고, 누구도 그들에게 이것을 요구하지 않았다. (나는 앞으로 조국과 업무에 대한 사랑이라는 변치

않는 답변을 생략할 것이며, 이 점은 독자가 양해해주길 바란다. 조국에 대한 사랑은 여러분이 원하는 곳에서 표현할 수 있지만, 업무에 대한 사랑은 업무의 지식을 전제로 한다.) 이 위원회는 어떻게 조직되었나? 왜 위원회는 그렇게 조직되었나? 등등. 이 문제에 대한 답을 우리는 앞으로 찾아볼 것이다.

2)협회의 모든 회원, 동료, 직원들은 문맹퇴치위원회에 가입할 수 있다. 문맹퇴치운동을 확산시킬 수 있고 확산시키고 싶어 하는 각 계층의 외부 인사들은 제3부에서 규정 19번과 20번 조항에 기초하여 문맹퇴치위원회를 위한 단체의 동료와 직원으로 선출된다. 외부 인사들은 귀부인과도 관계되는데, 이들의 참여는 교육 사업에 유익한 면이 있다.

각 계층은 물론 부인들도 가입할 수 있고, 심지어 위원으로 선출된다. 왜 이익이 될 만한 인물들이 가입하고 위원으로 선출되는 것일까? 교육 사업(프로그램의 작성자가 칭한 대로 문맹퇴치사업)에 유익하고, 러시아 어딘가에서 아이들을 가르치거나 출판업에 종사하는 인물들이 떠오른다. 왜 이 사람들은 어떤 위원회의 가입 신청서를 작성하는 데 소요되는 15분이라는 시간을 허비하는 것인가? 사실 모든 사람들, 특히 교육 사업에 종사하는 모든 사람들을 공개적으로 어리석은 사람이라고 간주하는 것은 정말 잘못된 것이다. 정부가 어떤 학위를 가진 사람들이 어떤 관등을 받는다고 설명하는 것은 당연하다. 관리는 지위를 주고, 지위는 돈을 준다. 그런데 무엇 때문에 N. N. 씨와 M. M. 씨로부터 증서를 받으려고 하는 것일까?

3)위원회는 대체로 농민계층을 위한 문맹퇴치운동과 여러 유용한 지식의 확산에 유념하고 있다. 이 위원회는 농민의 교육 상태에 따라, 특별한 요구가 있는 **것에서**['곳에서'일 것이다] 자신의 활동을 강화시킨다.

말이 모호하다는 것은 의미가 모호하다는 명확한 징후다. 내가 지적한 오타(굵은 글씨 부분)를 교정해도, 이 단락은 이상한 의미를 가진다. 농민의 교육 상태에 따라 위원회의 활동을 강화시켜달라는 특별한 요구가 어떤 지역에 일어났는지를 누가 말할 것이고 결정할 것인가? N. N. 씨와 M. M. 씨다. 그 외 다른 사람은 없다. 또 다음과 같은 중요한 단락이 있다.

4)이것을 달성하기 위해서 a)위원회는 러시아의 여러 지방에 설립되어 이미 존재하는 마을의 사립학교, 보육원, 주일학교에 대한 정보를 수집한다. b)그들의 조직, 그들의 방식, 그들이 직면한 장애와 궁핍을 알아본다. c)이때 마을 주민들의 요구에 특별한 주의를 기울이면서, 위원회는 그 요구를 해소할 방법을 찾고, 기존 학교가 성공적으로 활동할 수 있도록 하며, 설립자에게 발전을 위한 견고한 원리와 수단을 제시하려고 노력한다. d)마을 유지, 교사들과 친분을 유지하면서,

위원회는 그들의 요구사항을 들어주고, 교육학적 조언을 하며, 가능한 한 교육학 교본과 교재를 공급한다. 그리고 위원회 출판물이나 다른 문학 기관을 통해 인민교육에 유익한 정보를 보급한다. e)위원회는 다양한 교습법을 연구하고 교재, 참고서와 마을에서 읽을 만한 책을 살펴보고, 특별한 재능을 가진 저자를 격려한다. 위원회는 출판물을 공개함으로써 진부하고 동시대 교육의 요구에 부합하지 않는 해로운 이념을 추적하기 위해 노력한다. 그리고 위원회는 활동과 관련된 여러 가지 문제를 해결하기 위한 대회를 개최한다. f)위원회는 인민들의 독서를 위한 다양한 서적, 참고서, 호외를 출간한다. 이때 위원회는 협회가 책정한 액수에 따라, 어떤 경우에는 무료로 원하는 마을 주민에게 이 모든 것을 보급한다.

4번 조항에 나타난 목적을 달성하기 위해서 위원회는 a)에서 f)까지의 방식을 받아들인다. 그런데 우리는 a)에서 f)까지의 방식을 실현시키기 위해서 위원회가 어떤 방법을 사용하는지 알 수 없고 상상할 수도 없다. 위원회는 어떻게 a)모든 학교의 정보를 무슨 근거로 수집할 것인가? 위원회는 어떻게 c)학교 발전을 위한 **견고한** 원리와 수단을 제시할 것인가? 위원회는 어떻게 d)지시와 교육 지침을 내릴 것이며, e)누가 교습법을 논의하고, f)누가 책을 선별하고 출판할 것인가? 다시 N. N. 씨와 M. M. 씨 얘기를 해보자. 위원회를 맡고 있지만 학교의 직접적인 종사자가 아닌 이분들이 어떻게 학교의 종사자보다 이 모든 일을 훨씬 더 잘할 수 있을까?

5)위원회의 자금은 자유경제협회 측에서 이 문제로 지불 가능한 비용의 일부를 지원할 것이다. 자금은 주로 다음과 같이 조성된다. a)위원회 회원들의 자발적인 일시 납부금 혹은 연간 납부금에서, b)외부 인사와 공공기관의 일시 기부금이나 연간 기부금에서, c)위원회를 위한 수업인 공개 강의 모임에서 등등. 이렇게 조성된 자금은 문맹퇴치운동의 확산을 위한 자금이라는 기치 아래 협회의 다른 총액과는 별도로 집계된다.

지금까지 위원회는 300루블 정도 모금했다. 나는 여기에서 러시아 전체가 혜택을 받기에는 결코 충분하지 않다는 것을 알고 있다. 앞으로 더 모을 것이라고도 생각하지 않는다. 만일 내가 인민교육을 위해 20코페이카를 기부하고 싶다면, N. N. 씨와 M. M. 씨가 관리하는 곳에 보내지 않을 것이다. 나는 책을 사서 그 책을 아이들에게 선물할 것이다. 아이는 나에게 감사하며 책을 읽게 될 것이다. 만일 내가 인민교육에 내 시간을 할애하고 싶다면, 나는 모든 사람을 회원으로 받아들일지 혹은 선택적으로 받아들일지에 관해 논쟁을 벌이는 위원회에 가지 않고, 아이들을 가르칠 것이다. 만일 내가 1000루블을 기증하고 싶다면, 관리할 수 있는 주변 학교에 돈을 보내고, 그 학교에 가보고 기부한 성과에 기뻐할 것이다. 그러나 위원회에 돈을 보내지는 않을 것이다. 인간 본성의 단점은 이와 같다.

6)위원회의 대표자는 협회의 연회의를 거쳐 모든 개인 회원에 의해 매년 비밀 투표로 선출된 자이다. 대표자는 규정 12항에 의하여 이사회에 참석한다.

7)업무 수행 규칙에 관한 위원회의 다른 모든 활동은 위원회 고유의 역량에 따라 위임되고 필요시 변경 가능하다. 다만 활동은 궁극적인 목적 달성을 지향해야 하며, 협회의 규정에 의거해야 한다.

6, 7번 항은 충분히 인정할 수 있다. 우리 모두는 질서와 정확함을 사랑한다.

어쩌면 많은 사람들이 나에게 문맹퇴치위원회와 같은 활동을 상세하고 진지하게 연구할 필요가 없었고 지금도 필요 없다고 말할 것이다. 나는 이에 동의할 수 없다. 왜냐하면 나는 문맹퇴치위원회를 사회적 공감을 얻어 인민교육을 위해 사회 활동을 한 첫 번째 시도로 보기 때문이다. 우리에게는 지금껏 이와 같은 단체들이 없었지만, 영국 런던에 이와 같은 단체들이 있다는 사실을 모두 잘 알고 있다. 이 점을 인정하는 것이 아무리 부끄러워도, 이를 토대로 우리나라에 영국을 본보기로 설립된 협회에 대해 그 누구도 질타하지 않을 것이다. 그러나 내가 생각하기에, 런던과 7000베르스타[20] 떨어진 러시아 사이에는 큰 차이가 있다. 내 생각으로는 러시아 인민과 영국

---

20 러시아의 옛 길이 단위로 1베르스타는 약 1.0668킬로미터이다. — 옮긴이

인민(노동자), 러시아 교양인과 영국 교양인은 전혀 같지 않다. 심지어 이러한 차이가 없다고 해도 알아야만 하는 것이 있다. 그것은 영국에 존재하는 수천 개의 단체들 가운데 공립학교, 인민학교 그리고 외국인 학교와 같은 극소수의 단체만이 민중들에게 유익하다. 이 유익함도 상대적인 것으로 내가 인정하는 바는 아니다. 또 알아야 할 것은 이 모든 단체들은 거기에서 정치적이고, 특히 종교적인 의미를 가진다는 점이다. 이 단체들은 그곳에서 정치적이고 종교적인 당의 도구로 만들어졌다. 그러나 러시아 전체를 오로지 순수하게 행복하게 해줄 문맹퇴치위원회는 그렇지 않다. 그리고 여기 이 단체들 가운데 많은 단체가 오랫동안 대중의 비웃음을 받고 있다. 가장 큰 혜택을 가져다주었고 또 가져다줄 단체는 여유가 있을 때 갑자기 민중을 돌보겠다는 바람과 상관없이 설립된 협회들이다. 하지만 이 협회들은 크리스털 궁전과 켄싱턴 박물관에 기초한 협회처럼 상업적 계산을 기반으로 한다. 이런 제도를 모르는 사람들을 위해서 나는 간략하게 그런 협회에 대해 묘사하고자 한다. 하이드 파크 주변에 거대한 막사가 만들어졌다. 어떤 날은 당신이 그곳에 무료로 들어갈 것이다. 그러나 다음 어떤 날, 그곳에 들어가기 위해서는 15코페이카를 지불해야 할 것이다. 이 막사에 무엇이 있고 여기에서 무슨 일을 하는지에 대한 질문에 가장 올바른 답은 '전부'가 될 것이다. 창립자는 분명 교육적 목적을 품고, 목적의 일부를 이루는 모든 것을 전시장에 받아들였다. 나는 독일 전역에서 프뢰벨 방법론을 찾아 헤맸지만, 오로지 켄싱턴 박물관에서만 프뢰벨 방법론으로 이루어진 모든 것을 발견할 수 있었다. 유럽의 모든 교재들을 나는 여기 한 도서관에서 찾게 되었다. 집이나 학교 도서관에 없는 책을 구입하기 위해 온 학생들을 거기에서 자주 보게 될 것이다. 자동차를 보기 위해 오는 노동자나 직공들을 자주 만나게 될 것이고, 갤러리를 둘러보러 온 격조 높은 부인도 자주 보게 될 것이다. 홀로 가는 도중에 당신은 밀, 호밀, 피혁에서부터 차나무에 이르기까지, 글자가 적힌 비커 속에 이 물질들을 화학적으로 분해한 것을 볼 수 있다. 또한 이 물질들로 만들어진 모든 것, 즉 짚으로 만든 세공품, 온갖 종류의 밀가루와 빵, 피혁 가공품, 러시아 병사의 부츠와 캅카스식 혁대도 볼 수 있을 것이다. 박물관에는 지도, 실험기구, 직관교수直觀敎授를 위한 그림과 모형 같은 학습용품과 교육학 장서가 특히 많았다. 여기에 각 학문 분야로 인해 파생된 모든 것이 있다. 모든 것을 모아 분류해놓았다. 그리고 당신이 이해하지 못하는 무엇이든 설명해줄 담당자가 대기하고 있다. 그는 훌륭하게 설명해줄 것이다. 참고서와 시설의 편의로 인해 많은 교수들이 여기에서 강의를 하고 싶어 한다. 그리고 교수들은 이를 위해서 이 협회에 돈을 지불한다. 방문객들도 돈을 내고 있다. 교육을 목적으로 한 어떤 협회도 이 협회가 창출한 혜택의 100분의 1도 창출하지 못한다. 협회는 인민을 향한 사랑과 어떤 신사의 자비심이 아니라, 전적으로 상업적 계산과 교육 사업의 지식에 기반하고 있다. 그리고 이와 같은 협회는 잘 알려져 있기에, 나는 영국식 교육 방식을 연구하는 아주아주 많은 신사들과 켄싱턴 박물관의 존재조차 알지 못하면서 영국에 심취한 자들을 만날 수 있었다. 나는 여섯 달 동안 독일을 돌아다녔지만, 독일인의 교육 이론에 관해서는 한 달 꼬박 켄싱턴 박물관을 방문하여 깨달았던 것만큼 알아내지 못했다. 한 달 동안 박물관에서 지낸 후 나는 런던을 떠났지만, 이 말은 해야겠다. 박물관에서 교육학 전공에 관한 것만 해도 알아야 할 것이 여전히 많다고.

그렇다면 다시 본래의 문제로 돌아가서, 문맹퇴치위원회는 무엇인가? 나의 대답은 다음과 같다.

1)1862년 8월 28일 야스나야 폴랴나 학교 2분과에 개척위원회가 설립된다.

2)모든 회원, 동료, 직원이 개척위원회에 가입할 수 있다. 개척운동을 확산시킬 수 있고 확산을 바라는 각계각층의 외부 인사들은 개척위원회 동료와 직원으로 선발될 수 있다. 외부 인사들은 귀부인과도 관계되는데, 이들의 참여는 개척사업에 유익한 면이 있다.

3)위원회는 농민 계층을 위한 개척운동의 확산과 경제적 입장에서 대체로 이익이 되는 농민 계층의 이주에 관해 신경 쓰고 있다. 위원회는 농민의 경제적 상황에 따라 특별한 요구가 있는 곳에서 자신의 활동을 강화한다.

4)이를 달성하기 위해서 a)위원회는 러시아 여러 지역으로 이주했거나 이주한 농민 계층에 대한 정보를 수집한다. b)그들의 상태, 그들의 방식, 그들이 직면한 곤경과 궁핍을 알아본다. c)이때 위원회는 마을 사람들의 요구에 귀를 기울이며, 그 요구를 해소할 방법을 찾고, 이주한 농민들에게 성공적인 농지 경영을 가능하게 만들고, 이주하려는 사람들에게 이주를 위한 확실한 기반과 수단을 제시하려는 노력을 한다. d)위원회는 이주민에게 요구되는 지시사항, 지침과 보조금을 공급한다. e)위원회는 이주의 다양한 방식을 연구하고, 이동 수단, 마을기구를 살펴보고, 특별한 재능을 가진 자를 격려한다. 위원회는 출판물을 공개함으로써, 동시대 교육의 요구에 부합하지 않는 해롭고 진부한 이주 기법을 추적한다. f)위원회는 이주민에게 필요한 여러 가지 물건을 미리 준비하고, 위원회가 책정한 액수에 따라, 어떤 경우에는 무료로 원하는 사람들에게 보급한다.

5)위원회 자금의 일부는 다음과 같이 조성된다. a)위원회 회원들의 자발적인 일시 납부금 혹은 연간 납부금에서, b)외부 인사와 공공기관의 일시 기부금이나 연간 기부금에서, c)위원회를 위한 수업인 공개 강의 모임에서 등등.

6)위원회의 대표는 위원회의 모든 회원에 의해 매년 비밀 투표로 선출된다.

7)업무 수행 규칙에 관한 위원회의 모든 활동은 위원회의 고유 역량에 따라 위임되고 필요시 변경 가능하다. 다만 활동

은 궁극적인 목적 달성을 지향해야만 한다.

대표 표트르 **이바노프**가 서명함.

비서 이반 **페트로프**가 인증함.

신문에서 이 강령을 읽는다면, 대중들은 뭐라고 할까? 지금 문맹퇴치위원회 강령을 읽을 때 했던 말과 똑같은 말을 할 것이라 생각된다. 이것이 과연 정말 유익한 일인가? 이와 같은 협회가 영국에 많이 유익했었나? 등등. 야스나야 폴랴나 산하 개척위원회도 똑같이 회의를 시작할 수 있고, 잡지와 취재원의 기사를 출간할 수 있고, 마찬가지로 대중들은 이 위원회에서 유익한 무엇인가가 행해질 것이라고 생각할 것이다. 그러나 만일 위원회가 아니라 표트르 이바노프 씨와 이반 페트로프 씨가 야스나야 폴랴나에 앉아서 러시아에, 주로 아무르 변방에 개척운동을 촉진시키고 장려하려 한다면, 그때 무슨 일이 일어나겠는가? 나는 대중들이 페트로프 씨와 이바노프 씨를 믿지 않을 것이라고 생각한다. 왜냐하면 그들의 이름은 개척사업의 인식에 이익을 줄 만한 어떤 것도 말하지 않는 것과 같기 때문이다. 내가 보기에, 많은 재판관과 의회 의장들도 똑같은 일을 할 것이다. 즉 재판관이 "나, 바실리 자하린은 B가 무죄고 D가 유죄라고 판단한다"라고 판결문을 쓴다면, 의회 의장은 반대로 "나, 이반 바실리예프 자하린스코이는 D가 무죄고, B가 유죄라고 판단한다"라고 쓸 것이다. 많은 사람들은 믿을 수 없어 화를 낼 것이다. "전 러시아 군주인 황제 폐하의 명에 따라 결정되었다"라고 쓰여 있다면, 그때는 누군 가에게 화를 내지 않을 것이다. 빕펜 씨와 다른 사람들로 구 성된 위원회도 나에게 똑같은 의미를 지닌다. 거기에는 오로 지 "황제 폐하의 명에 따라"만 없을 뿐, 이를 대신할 유사한 어떤 것이 있다. 가령 "황실자유경제협회 산하" 등과 같은 것 말이다. 내 생각에, 문맹퇴치위원회가 어떻게 구성되는가라 는 질문의 유일한 답은 **"양심에 따라"**가 될 것이다.

이반 페트로프와 표트르 이바노프가 상트페테르부르크에 앉아, 일은 하지 않으면서 위원회를 차지하고서는 전 러시아 를 교육하고 싶다고 말하는 것은 부끄러운 일이다. 그러나 황 실자유경제협회 산하의 위원회가 그렇게 말하는 것은 가능하 고 좋은 일이다.

또 다른 의문도 있다. 바로 왜 **문맹퇴치**위원회인가라는 것 이다. 내가 제기하지 않았지만, 많은 사람들이 문맹퇴치가 해 롭다는 것을 알았을 때, 이 문제에 대해 아주 다양하게 대답 할 수 있다.

이 사업에 관심이 있고, (마치 관료제에 만족하지 못하는 듯 한) 러시아 사회가 관료제 없이 유지될 수 없다는 것과 관료 조직이 실속 없음을 은폐하기에 유익하다는 것을 알고자 하 는 독자들에게 나는 위원회가 펴낸 잡지와 부록을 읽어보라 고 충고하는 바이다. **관청** 조직이(관청은 도대체 무엇인가?) **구 성되고 알려진다.** 그리고 부단히 생겨나는 **위원회**, 감사 인사의 장엄한 음조, 공감과 공허함이 있다. 이 공허함은 관청의 모든 구성원에게서 발견되는 것이다. 여기 기록된 것을 예로 들기 위해서 나는 감사 인사가 인쇄된 《문맹퇴치에 관한 농민들의 시선》이라는 잡지와 부록을 발췌하고자 한다.

2월 24일 문맹퇴치위원회 회의 일지

13명의 회원과 2명의 손님이 이 회의에 배석했다. 비록 프로그램에 따라 이 회의는 주로 **북방 현의 삼림과 소택지에서 문맹퇴치운동의 확산** 방법에 대한 문제의 고찰로 정해졌지만, 참석자가 많지 않았기 때문에, 더구나 관청의 요청으로 사제장 길랴롭스키의 수기를 검토하였던 자토프가 참석하지 않았기 때문에, 다음과 같은 사항들이 미리 보고되었다.

1.체르니고프 협회의 투고자인 지주 세르듀코프가 기록한 **문맹퇴치운동의 보편적인 확산** 방법. 이 기록에서 세르듀코프 씨는 성직자를 통한 문맹퇴치운동 확산의 불가능성에 힘들어 하였다. 그에 따르면, 문맹퇴치운동이 천천히 확산되는 것은 농민들이 원하지 않는다기보다는 자금이 부족하기 때문이다. 그리고 읽고 쓰기가 의무교육인 유대인의 경우처럼 이 사업에 열렬한 참여가 부족하기 때문이다. 그 결과, 문맹퇴치운동의 전반적인 확장을 성취하기 위해서 세르듀코프 씨는 **글을 모르는 사람이 있는 각 마을에서 소년 50명당 한 명씩을 한꺼번에 데려와 지방 학교에서 1년, 그다음은 신학교에 7년**

동안 보낼 것을 제안한다. 졸업 후 학생들은 교사가 되어 마을로 간다. 그리고 이 마을의 농민들은 반드시 10살이 된 자신들의 아들딸이 배울 수 있게 위탁해야만 한다. 계속해서 학습 규칙과 학습 방법, 즉 학습 관리에 관한 설명이 비교적 상세하게 이어진다. 이 기록으로 제기된 문제점들을 심의하는 데에는 바라디노프, 두벤스키, 에르마코프, 페트루셉스키, 스투디트스키, 피틴고프 남작이 참여하였다. 이때 의무교육이 가능한지 혹은 불가능한지에 주요 관심이 쏠렸다. 이 문제는 5월 28일 회의에서 위원회에 의해 이미 심의되었고, 열린 결말로 남겨졌다. 의견이 나뉘어졌고, 비록 예전처럼 이 문제가 해결되지는 않았지만, 세르듀코프가 제기한 방법이 적절하지 않다는 것은 인정되었다. 그래서 다음과 같이 결정한다. **문맹 퇴치운동의 성공적인 확산 방법을 알리려는 그의 노력에 공감하고, 위원회 활동의 참여와 참고할 만한 사항의 기록에 감사를 표하는 바이다.**

2. 코텔리니체스키군 고스테보 마을에 살고 있는 사제 파벨 체모다노프의 입장. 그는 자신의 사설 학교의 상태에 대해 알리면서, 참고서가 턱없이 부족하다고 말한다. 그는 위원회가 인민학교에 유익하다고 인정하는 책으로라도 그를 도와주기를 요청하고 있다. 그래서 이렇게 결정한다. 사제 체모다노프에게 위원회에 기증된 졸로토프와 스투디트스키의 출판물을 공급한다.

3.하리코프현 스타로벨스크군 벨라예브카 마을 아르한겔-미하일 교회의 사제 알렉세이 유시코프는 자신의 집에 사설 학교를 세웠음을 알렸다. 그 학교에는 24명의 학생이 공부하고 있다. 이와 함께 그는 누구에게도 도움을 받지 않았고 필요한 참고서를 구입하기 위한 자금도 충분하지 않아서 겪었던 고충을 털어놓았다. 사제 유시코프는 만일 부모님들에게서 돈을 받게 된다면 반드시 돌려주겠다고 진술했다. 그리고 그는 위원회가 인정한 학교의 필독서인 20권의 레르만토프 입문서, 복음서와 기타 참고서를 왜 공급 요청하는지에 관해 진술했다. 그래서 이렇게 결정한다. 위원회의 돈으로 레르만토프 입문서 20권과 복음서 10권, 마찬가지로 위원회가 가지고 있는 참고서를 공급한다.

4.프스코프현의 공작 영애 둔두코바-코르사코바가 시골 학교 한 곳을 묘사함. 그래서 이렇게 결정한다. 이 기록을 잡지[21]에 싣고, 공작 영애 둔두코바-코르사코바의 정보에 감사를 표한다.

그다음에 사제장 기랴로프스키가 보고서를 낭독하기 시작했다. **특별히 주의 깊게 듣게 되었다.** 낭독 후의 심사에는 바라디노프, 에르마코프, 페트루솁스키, 스투디트스키, 푸크스

---

21 이 기록은 부록에서 찾을 수 있다.

와 셰발스키 씨가 참석하였다. 문제는 해결되지 않았고, 그래서 다음 회의에서 심사를 계속하기로 결정했다. 보고서 내용을 참석하지 않은 회원에게 알리고, 그들이 의견을 준비하여 회의에 참석할 가능성을 높이기 위해 신문에 보고서를 따로 싣는다.

이 회의에서 회원 코리부트-쿠바토비치, 셰발스키 씨와 남작 슈테인게일은 위원회를 위한 문학의 밤을 조직하는 데 힘쓰기로 했다. 위원회는 크게 감사하며 그들의 초대에 응하였다. 마지막으로 문맹퇴치위원회에 의해 위원회 회원으로, 즉 황실자유경제협회의 협력자로 다음과 같은 인물이 추천되었다. 백작 E. E. 코마롭스키, A. N. 시시코프, A. N. 코르프, A. A. 카멘스카야, D. F. 카멘스카야, L. N. 데니스, F. 골루빈, F. V. 리바노프, N. S. 쿠즈네초프, 사제 I. M. 스미르노프.

경제 기록지 1862년 11호

문맹퇴치운동에 관한 농민들의 시선[22]

우리 형제는 읽고 쓰기를 쉽게 배울 것이다. 그것을 배워야만 했던 이유가 있다면 말이다. 생각해보라. 여기 우리 코스트롬스크현 코스트롬스크군 볼쇼이 솔 마을에 읽고 쓸 줄 모르는 사람 수가 적지만 농민 200명은 될 것이다. 사실 어떤 난로공 한 명은 돈벌이하러 피테르를 오가고, 도장공도 있

---

22 화자의 말을 재편찬함.

고, 미장공도 있다. 어떤 사람은 목수 일을 할 수 있고, 또 어떤 사람은 수공업에 종사하고 있다. 일은 계속된다. 보다시피 만일 읽고 쓸 줄 안다면, 일하고 또 일해서 스스로 주인이 되었을 것이다. 다른 사람들을 지켜보고, 누가 무엇을 만들었는지 스스로 적고, 셈을 한 다음 돈을 받을 것이다. 하지만 읽고 쓸 수 없다면, 등에 배낭을 메고 직업소개소 앞에 서 있어야 한다. 아니, 형제들이여, 읽고 쓸 줄 모른다면 멀리 갈 수 없고, 많은 일을 할 수 없다. 세 걸음 전진하지만, 오 주여, 두 걸음 뒷걸음질 칠 뿐이다. 그다지 어렵지 않다. 우리에게 학교는 있지만, 아이들 모두 교회지기에게 훨씬 더 자주 간다. 하지만 나는 교회지기에게 간 적이 없다. 이웃 사람이 기초적인 철자들을 조금씩 가르쳐주었다. 그래서 읽는 것을 배웠고, 지금은 어떤 이야기라도 읽을 수 있다. 우리의 책은 제자리에 있을 새가 없다. 읽을 수만 있다면 좋을 텐데. 아이들이 돈벌이하러 가고 집으로 올 때처럼, 그렇게 책을 가져간다. 누구는 성스러운 책을, 누구는 이야기책을 가져간다. 그리고 겨울이 되면 마을의 모든 책은 20명의 손을 거칠 것이다. 학교에는 이런 일이 없다. 아, 사람들의 말에 따르면, 어떤 학교에서 한 청년이 지칠 정도로 많이 공부했지만 바보, 멍청이가 되어버렸다. 우리에게는 숫자, 계산인 것이 그 저주받은 녀석에게는 산수인 것이다. 그래 여기에서 설명할 수 있는 것은, 어쩌면 당신들 방식에 따르면 산수가 숫자라고 불리겠지만, 우리 방식에 따르면, 즉 그 녀석 방식에 따르면 산수는 산수라고 불린다. 그리고 시작되었다. 그는 그렇게 쓰러졌다. 우리가 비록 무지한 사람일지라도 세상에 일어나는 일은 알고 있다. 아이들이 무엇을 배우고자 하는지를 찾아내라. 우리 식으로 100까지 셀 수 있다면 바로 산수인 것이다. 더는 필요 없다. 주님! 여름에 100루블을 벌게 도와주십시오. 만일 더 벌게 된다면, 100을 세서 돈을 받고, 나머지는 다른 것으로 주십시오.

황실자유경제협회 산하 기관 문맹퇴치위원회 잡지. 1862년

아니치코프 다리에서부터 갈레르나야까지 가는 길에서 마부와 한 번이라도 말해본 사람이라면 이렇게 느끼지 않을 수 없다. 즉 지구상의 누구든 여기에 쓰인 대로 말할 수 있지만, 러시아 농민만은 아니라고. 나는 이 드문 현상을, 위원회가 가진 농민의 지식과 민중성의 감정과 진실의 본보기로서 제시하고자 한다.

진지하게 아주 진지하게 말하자면, 위원회와 관청 그리고 이 모든 서글픈 활동은 무엇을 위한 것인가? 어른들, 가장들, 이 일에 종사하는 존경받는 사람들을 보는 것이 두렵다. 이것은 안정적이고 자랑스럽고 자기 확신에 찬 것이 아니라 자기희생적인 일이다. 내가 보기에 위원회 회원은 이따금 아프거나 지쳐 있는 것 같다. 하지만 무엇인가를 하기 위해 위원회로 가야만 한다. 사실 이것은 축복받은 사회적인 일이고 희생이 따르는 일이다.

문맹퇴치위원회가 아니라 전면적인 교육을 하는 교육위원회가 오랫동안 러시아 전역에 존재하였으며, 특별한 힘을 발휘해 최근까지 발전돼왔다는 단순한 생각이 어떻게 머리에 떠오르지 않는 것일까? 그리고 이 위원회의 활동이 사회적 삶의 현상을 정상적으로 살펴볼 수 있는 사람들을 놀라게 한다는 단순한 생각이 어떻게 머리에 떠오르지 않는 것일까? 수만 개의 농민학교, 지주학교, 종교학교, 국립학교, 대학교, 상인학교, 주말학교, 군인학교, 여자학교, 시민학교, 최근에 생겨났고 또 생겨나고 있는 모든 학교를 이끌었던 이들이 무의식적으로 존재하는 거대한 교육위원회가 아니면 누구란 말인가. 그들은 평등하게 교육받기를 지향하고 한 사람은 전달하고 다른 사람은 그것을 받아들이기를 원하는 모든 러시아인으로 구성되어 있다. 문맹퇴치위원회가 존립한 지 3년이 지났고, 이들의 사회활동은 거대한 역사의 길을 계속해서 갈 것이다. 문맹퇴치위원회는 자신들의 회의를 계속해서 기록할 것이고, 순진한 마음으로 러시아 사회가 이룩한 거대한 결과를 가리키며 이 모든 것을 자신이 이룩한 것으로 생각할 것이다.

　　교육위원회라는 거대한 러시아 위원회는 이미 오래전부터 존재해왔다. 위원회 지도부는 이 일을 많이 사랑하고 많이 배운 사람들로 구성되어 있다. 위원회 회의는 러시아 전역에서 행해진다. 그 기록은 문헌에 나타난다. 위원회의 회원이라 부를 수 있는 사람은 교육 사업에 직접적으로 종사하는 사람들뿐이다. 그들은 농민의 아이 6명을 가르치는 교회지기이거나,

프랑스 어린이책을 번역하여 그것을 가지고 도서 판매자들에게 가져가는 세상 물정 모르는 작가이거나, 자신의 사무실에서 교육학을 연구하는 이론가다. 이 위원회의 부름을 받지 못한 구성원은 다른 사람의 사랑과 활동을 이용하고, 이 일을 사랑하지도 않고 알지도 못하면서 선도하는 사람 앞을 치고 나가 "우리가 당신들에게 길을 보여줄 수 있게 해주시고, 당신들은 오로지 우리에게만 감사해야 한다는 것을 기억해주십시오"라고 외치는 사람들뿐이다. 민중을 위한 열정과 자기 희생은 점차 줄어들고 있다. 특히 상트페테르부르크 사회가 그러하다.

문맹퇴치위원회가 출판하고 인가한 책의 목록은 첫 번째 활동을 펼친 문맹퇴치위원회에 관심을 가지도록 만들었다. 이 책들은 학교 설립자에게 영향을 미칠 것이다. 그래서 나는 이 목록에 관해 상세하게 이야기할 필요가 있다고 생각한다.

이 가운데 많은 책은 행복한 운명을 지녔다. 이 책들은 문맹퇴치위원회 한 곳만이 아니라 단체, 특히 문맹퇴치위원회가 귀를 기울이고 있는 상트페테르부르크 단체에서 인증한 것이다.

우리가 문맹퇴치위원회의 책의 목록에 가할 첫 번째 질책은 부정적이다. 목록에는 교사와 학교에 적합한 유일한 3-4권의 책이 빠져 있다.

교사에게는 비록 슬라브어로 되어 있고 러시아어로 번역이 끝나지 않았지만 성경 전집이 필요하다.

학생들에게는 아파나시예프 이야기, 후댜코프 이야기와 수수께끼, 전설과 노래 모음집 등이 필요하다.

이야기와 쓰기 연습, 지적 운동을 위해 즉 이른바 일반직관교수를 위해(내가 이 표현이 의미하는 바를 이해하지 못했을지라도), 교사에게 필요한 첫 번째 교육 자료는 성경이었고 성경이며 언제나 성경일 것이다. 이것은 야스나야 폴랴나에 앉아 있는 내가 생각해낸 것이 아니라 오래전에 전 인류가 결정한 것이다. 원한다면 성경을 어린이 세계, 신의 세계, 독송집이라고 불러도 좋다. 성경은 언제나 가장 좋은 유일한 책으로 남을 것이고, 실제로 아이들을 가르치는 일에 종사하는 모든 교사는 업무 3일째에는 성경을 구입할 것이다. 가르친 경험이 없지만 가르치고자 하는 시골 교사가 만일 모스크바나 상트페테르부르크에 있는 교육가의 지침에 따라《어린이 세계》등을 구입했다면, 일주일 후에는 그 책을 찢어버리고 성경을 찾게 될 것이다.

나는 이미 성경의 가치에 관해 말했지만, 다음과 같이 되풀이하지 않을 수 없다. 이 책에는 교사가 지식의 모든 근원을 설명할 수 있도록 모든 것이 담겨 있다. 또 일반직관교수를 위한 지침서를 편찬하려는 사람이 걱정했던 바로 그것이 이 책에 있다. 〈창세기〉의 서사시, 다윗 성가의 서정시, 솔로몬의 철학과 윤리, 역사, 지리, 자연과학이 있다. 우리 교육 현장에서 행해지는 것을 경험에 비춰 이성적으로 바라보게 될 때, 결정적인 의혹에 이르게 되어 두려워하며 이렇게 자문할 것이다. 아무도 인정하려 들지 않은 것을 분명히 목격한 내가 미친 것일까? 사람들은 성경에서 가장 취약한 부분을 인용하고, 존타크[23]의 개작에 담긴 이 작은 부분을 왜곡시킨다. 그들은 나머지 가장 중요한 것을 내다 버리고는 그 자리를 채우기 위해 노력하여 《어린이 세계》와 《러시아 리라》를 만들어내고 있다.

학교 교재용으로 모든 아이들이 이해할 수 있고 흥미로워하는 특별한 책과 이해할 수 있는 언어로 쓰인 특별한 책, 즉후댜코프와 아파나시예프의 책, 영웅 서사시와 노래 모음집이 누락되었다. 내가 아는 자율적으로 생겨난 모든 학교는 학생들을 위해 이해할 수 있고 단순하게 쓰인 이 책들을, 교사를 위해서는 성경을 구비하도록 요구하였다.

여기에 문맹퇴치위원회가 승인한 도서 목록이 있다. 학교를 운영할 경우, 어떤 책을 사지 말아야 하는지 알기 위해서 독자들에게 이 목록에 주목하기를 요청하는 바이다.

I. 마을학교 교사를 위한 참고서

읽고 쓰기

1. 《농민 자녀용으로 알파벳에 따라 읽고 쓰기를 가르치는

---

23 안나 페트로브나 존타크Anna Petrovna Zontak(1785~1864). 러시아의 동화작가. ─ 옮긴이

법 혹은 읽고 쓰기 교육을 위한 지침서》. F. 스투디트스키. 178개의 철자, 20개의 숫자, 18개의 기호 목록 포함. 상트페테르부르크. 1860년. 30페이지. 8절. 가격 25코페이카, 학생은 15코페이카.

2. 《레르만토프와 K-o 출판사의 알파벳에 따라 어떻게 읽고 쓰기를 가르쳐야 하는가에 관한 지침서》. 상트페테르부르크. 1861년. 22쪽. 8절. 가격 5코페이카.

3. 《읽고 쓰기를 가르치기 위한 지침서》. 편찬자 오르빈스키. 오데사. 1861년. 92쪽. 가격 75코페이카. 읽고 쓰기를 어떻게 가르쳐야 하는가에 대한 가장 유용한 지침서 가운데 하나.

4. 《어린이 세계와 선집》. 편찬자 K. 우신스키. 2부. 536쪽. 8절. 4개의 그림표 포함. 가격 1루블. 교사에게 아이들과 대화하기 위한 풍부한 자료를 제공하기 때문에 일반직관교수를 위한 아주 좋은 지침서.

5. 《페스탈로치 사상에 따른 실물교습》. 학교와 가정에서 7~10세까지의 어린이들을 가르치기 위한 지침서. 발행인 페레블레스키. 상트페테르부르크. 1862년 401쪽. 16절. 가격 1루블. 일반직관교수를 위한 뛰어난 지침서.

산수와 기하학

6. 《독일 교육가 그루베의 방식에 따른 산수》. 부모님과 초등교사를 위한 방법론적 지침서. 편찬자 파울손. 출판사 2. 상트페테르부르크. 1861년. 160쪽. 8절. 일반판매가 75코페

이카. 마을학교와 주일학교 학생은 50코페이카. 마을 교사에게 그루베의 방식과 아주 편리한 그의 연산법 적용을 소개한다. 그루베의 방식에 따라 가르치고 싶지 않은 사람에게는 다음을 추천한다.

7. 《산수에서 초급 연습문제》. 이해하기 쉬운 도면을 포함. 편찬자 F. I. **부세**, 발행인 O. F. 부세. 상트페테르부르크. 1861년. 183쪽. 8절. 가격 35코페이카.

8. 《리트로프, 일반인민 기하학》. 8장의 도면 포함. 발행인 **카라블레프와 시랴코프**. 상트페테르부르크. 1850년. 197쪽. 12절. 가격 50코페이카. 이 책에는 기하학의 기초교육을 위해 알아야만 하는 모든 것이 포함되어 있다.

지리학

9. 《어린이를 위한 지리 수업》. 초급 과정. D. **세메노프**. 1861년, 출판사 2. 119쪽. 8절. 가격 50코페이카. 교사를 위한 참고서적으로 유용한 책.

10. 《어린이를 위한 러시아 지리학》. **스투디트스키**. 출판사 2. 8개의 그림 포함. 80쪽. 8절. 가격 50코페이카. 상기 출판물의 보충 자료.

11. 《미국의 코넬식 방법에 대한 기초지리학》. 텍스트에 15개의 지도와 많은 그림 포함. 상트페테르부르크. 1861년. 96쪽. 4절. 가격 1루블 25코페이카.

12. 《유럽에 속한 러시아 지도》. 철길 표시. 지도 2장(《군인

을 위한 독서》에서 가져옴). 가격 1루블.

13. 위 지도에 대한 간략한 설명(도시간의 거리표 포함). 26쪽. 8절. 가격 10코페이카.

역사

《가정 내 독서를 위한 의미 있는 지침서》. **셰발스키, 보도보조프와 밀레르의 저서. 참고**: 교사에게 필수적인 이 분야의 모든 책이 이 한 권에 수록됨.

II. 학교 교재

읽고 쓰기

14. 《주일학교 이사회의 초보 독본》. 상트페테르부르크. 1862년, 53쪽. 8절. 가격 5코페이카.

15. 《인민학교를 위한 러시아어 입문서》. 출판사 3. **레르만토프.** 마분지로 된 2개의 표와 알파벳 목록 포함.

그리고 다른 도서 목록. 그다음은 습자 교본이 이어진다.

산수

16. 《연산 자습서》. 상트페테르부르크. 1861년. 상인계산법 적용. 12절. 50쪽. 가격 6코페이카.

학년별 독서 연습

17. 《러시아어 독서와 실습을 위한 책》. 인민학교 교과서. 편찬자 I. **파울손**. 출판사 2. 1861년. 344쪽. 8절. 제본됨. (487개의 항목 – 산문 270개, 운문 155개, 교회슬라브어로 된 내용 14개, 속담집 15개와 수수께끼 33개.) 가격 45코페이카.

18. 《독서 연습과 지적 발달》(독서 교육 일람표 첨부). 출판사 5. V. **졸로토프**. 70쪽. 8절. 가격 20코페이카. **참고**: 부록은 3부로 구성된다. 1부는 표의 반복, 2부는 독서 연습과 지적 발달을 위한 논문들, 3부는 독서와 문법 기초에 관한 논문의 설명이다. 이 책은 학생들에게 제공된다.

19. 《농민 자녀의 첫 번째 독서》. 편찬자 **나스타시야**. 모스크바. 1861년. 82페이지. 8절. 가격 20코페이카.

20. 《러시아 우화 작가 **이스마일로프**, **헴니체르**, **드미트리예프와 크릴로프**의 우화 28개》. 상트페테르부르크. 1861년. 발행인 **레르만토프**. 32쪽. 8절. 가격 7코페이카.

21. 《헴니체르, 크릴로프 선집》. 각각의 우화를 서민의 세태와 동물 형상에 적용함. 발행인 **졸로토프**. 동물 그림 포함. 128쪽. 8절. 가격 20코페이카.

III. 가정의 독서를 위하여

정신적인 내용의 책들

학문적인 내용의 책들

1. 농민에 관한 가장 믿을 만한 상황을 기록한 책들. 편찬자 **세르노-솔로비예비치.**

a) 《농민의 부역의 의무에 관하여》. 가격 10코페이카.

b) 《대러시아 현을 위한 새로운 규칙 시행에 관하여》. 가격 3코페이카.

2. 《인민 독서를 위한 선집, 혹은 선별 논문》. 출판사 양서보급회. 모스크바, 1861년. 2판 발행. 8절. 초판 343쪽. 2판 349쪽. 각 판본의 가격 30코페이카.

3. 《쓰고 읽을 수 있는 이주자를 위한 핸드북》. 발행인 A. 자블로츠키. 16절. 291쪽. 배송비 무료. 50코페이카.

4. 《마을의 독서》. 편찬자 **오도옙스키와 자블로츠키.** 4권. 8절. 각각 100에서 150페이지. 배송비 포함 총 4권 1루블 50코페이카, 배송비 제외 1루블 20코페이카.

5. 《민중을 위한 마을 담화》. **시민 트루소프**의 독서. 출판사 4. 1859년. 8절. 411쪽. 가격 1루블, 학교와 위원회는 50코페이카 할인.

6. 《군-체육부대에서 졸로토프의 담화》. 상트페테르부르크. 1860년. 6권. 16절. 각 권 44쪽에서 86쪽. 가격 50코페이카.

1) 〈모든 것이 당신에게 보여지는 그대로일까〉.

2) 〈왜 과학은 결코 완결되지 않고, 우리에게 바로 주어지지 않는 것일까〉.

3) 〈밝은 해에 관해서〉.

4) 〈지구의 움직임과 어떻게 무엇이 무엇 때문에 일어나는 가에 관하여〉.

5) 〈달에 관하여〉.

6) 〈일식과 월식, 혜성에 관하여〉.

7. 《지구와 지구에 있는 것》. 지리학 독학. 36쪽. 가격 6코페이카.

8. 《자연으로부터. 천의 얼굴의 물》. **포고스키**. 발행인 레르만토프. 상트페테르부르크. 1861년. 16절. 36쪽. 가격 10코페이카.

9. 《위대한 신의 세계에 대한 나움의 저서》. **막시모비치**. 출판사 8. 16절.

10. 《읽고 쓸 수 있는 서민을 위한 책의 경험》. 편찬자 지주 A. S. **젤레느이**. 상트페테르부르크. 1860년. 농업, 가축을 위한 가정 의료지침서, 우화, 동화를 담고 있음. 8절. 266쪽. 가격 30코페이카.

11. 《국민 경제에 관한 홉킨스의 개념》. 영어 번역 베르나드스키. 상트페테르부르크. 1856년. 8절. 339쪽. 가격 30코페이카.

12. 《러시아 역사 이야기》. V. **보도보조프**. 상트페테르부르크, 1861년. 초판. 8절. 184쪽. 가격 40코페이카. 역사는 연대기에 따라 구성되었으며 민중 이야기의 성격을 띤다.

13. 《러시아 역사 이야기》. P. **네볼리신**. 첫 번째 이야기. 8절. 144쪽. 가격 10코페이카.

14.《러시아 역사 읽기》(7세기부터). **P. 셰발스키**. 2판. 각 판본 50카페이카. 8절. 초판 136쪽, 재판 167쪽.

15.《러시아 역사에서 나온 담화들》. **밀레르**. 상트페테르부르크. 1862년. 12절로 된 8개의 담화. 128쪽. 가격 20코페이카.

16.《러시아에 무엇이 있고 무엇이 있었는지에 관한 이야기》. **블라디미르 리보프** 공작. 두 번째 유작. 모스크바. 1857년. 8절. 152쪽. 가격 30코페이카.

17.《발틱해 연안의 편력자: 상트페테르부르크현》. 13개의 삽화 포함. 1861년. 출판사: 군인을 위한 독서. 8절. 55쪽. 가격 25코페이카.

18.《러시아 명승지 편력자의 이야기: 모스크바 툴라현》. 4장의 그림 포함. 같은 출판사. 1860년. 29쪽. 가격 10코페이카.

19.《편력자 이야기: 시베리아 변방》. 한 장의 그림. 같은 출판사. 1860년. 28쪽. 가격 10코페이카.

20.《마을 의료 지침서 혹은 갑작스럽게 생명이 위험한 경우 의사가 오기 전까지 해야 할 첫 조치에 관한 짧은 지침》. **마르쿠스**. 이런 종류 중에서 유익하고 훌륭한 책. 모스크바. 1856년. 8절. 116쪽. 가격 50코페이카.

21.《농민 생활에서 소아 사망을 예방하는 방법에 관하여》. **네차예프**. 가격 75코페이카.

22.《맥주 제조》. **소베토프**. 1861년. 8절. 78쪽. 가격 50코페이카.

23.《이반 안드레예비치 크릴로프》(유명한 러시아 우화 작가

의 일대기). 상트페테르부르크. 1856년. 16절. 30쪽. 가격 7코페이카.

24. 《슬레푸시킨》(러시아 농민 시인의 일대기). 상트페테르부르크. 8절. 20쪽. 가격 5코페이카.

단편, 중편, 시, 우화, 동화와 코미디

1. 《러시아 민중 생활에서 나온 이야기》. **마르코 보브초크.** 8절. 172쪽. 모스크바. 1859년. 가격 50코페이카.

2. 《우크라이나 단편》(**마르코 보브초크**). 상트페테르부르크. 1859년. **투르게네프** 번역. 8절. 213쪽. 가격 50코페이카.

3. 《이야기꾼 할아버지》. 바실리 할아버지 이야기들. **졸로토프.** 상트페테르부르크. 1861년. 16절.

1) 〈술잔은 어디까지 가는가〉. 26쪽. 2개의 그림 포함. 가격 6코페이카.

2) 〈위대한 부모님〉. 80쪽. 그림 3점 포함. 가격 12코페이카.

4. 《병사의 그리스도적 공적》. 출판사: 군인을 위한 독서. 30쪽. 가격 10코페이카.

5. 《두 개의 이야기》.

1) 〈자발적인 고백〉. 가격 10코페이카.

2) 〈무사평온한 곳에 주님의 은총이 있다〉. 30쪽. 가격 10코페이카.

6. 《세 개의 이야기》(민중의 독서에서).

1) 〈희망〉. **마르코 보브초크.**

2) 〈퇴역 군인 자하로프〉.

3) 〈차에 대한 이야기〉. **우스펜스키**. 8절. 192쪽. 가격 10코페이카.

7. 《할아버지 나자리치》. **포고스키** 이야기. 상트페테르부르크. 1860년. 8절. 84쪽. 그림 포함. 가격 20코페이카.

8. 《시비르레트카, 군견》. **포고스키** 이야기. 상트페테르부르크. 1861년. 8절. 130쪽. 가격 25코페이카.

9. 《첫 번째 양조장》(고대 설화). 1860년. **포고스키**. 8절. 68쪽. 가격 6코페이카.

10. 《보로실로프 마을 인근의 제분소. 아파나시 아저씨 이야기》. **추지빈스키**. 12절. 142쪽. 가격 25코페이카.

11. 《모든 사람들에게 유용한 여유로운 독서》. 주로 농민의 생활과 관련된 단편, 동화와 여러 시들. 편찬자 **졸로토프**. 상트페테르부르크. 1862년. 16절. 172쪽. 가격 20코페이카.

12. 《러시아 리라》(가장 최근 시인들의 작품으로 구성된 선집). 상트페테르부르크. 1860년. 작은 8절. 300쪽. 가격 20코페이카.

13. 《어부와 물고기에 관한 민중동화》. **푸시킨**. 상트페테르부르크. 작은 8절. 15쪽. 그림 포함. 가격 5코페이카.

14. 《황제 살탄 이야기》. **푸시킨**. 1861년. 8절. 43쪽. 그림 포함. 가격 15코페이카.

15. 《운명은 피하기 어렵다 혹은 마음에 들지 않는다》. 민중의 표상. **포고스키**. 상트페테르부르크. 1861년. 작은 8절.

117쪽. 가격 30코페이카.

(이후 정신적인 내용의 소러시아 책들이 이어진다.)

공통참고사항

이 목록에 양서라고 인정받은 모든 책들이 포함된 것은 아니다. 양서 가운데 많은 책들은 비싼 가격 때문에 포함될 수 없었다. 문맹퇴치위원회는 특별한 목록을 만들고, 그 목록에 따른 인쇄물을 통해 작가들에게 다음과 같이 물어볼 것이다. 작가들이 자신의 출판물의 가격을 낮추기를 원하지 않는지 그리고 충분히 인하하였을 경우, 현재의 목록에 추가되기를 원하지 않는지를 말이다.

상세한 추가 목록은 필요하다. 왜냐하면 몇몇 책이 누락될 수 있기 때문이다. 다시 출판되는 책도 마찬가지다.

가격은 배송비 없이 제시된다. 배송은 푼트에 따라 가격이 결정된다. 이때 각각의 거리에 정해져 있는 배송비는 일반적인 규격의 300페이지를 1푼트로 계산하여 푼트에 따라 책정된다.

잡지

1. 《교사》. 지도자, 부모, 아이들을 양육하거나 가르치는 일에 종사하고 싶어 하는 모든 사람들을 위한 잡지. 한 달에 두 번 발행. 가격은 상트페테르부르크에서 3루블 50코페이카. 가정으로의 배송비 포함 4루블. 구독신청은 《교사》 잡지 편집

부. 상트페테르부르크, 갈레르나야 거리 19번지로.

2.《민중담화》. 1년에 6권 발행. 배송비 포함 은화 2루블. 구독신청은 상트페테르부르크.《민중담화》편집부로.

3.《건강과 경제의 수호자》. 읽고 쓸 수 있는 모든 계층의 사람들을 위하여. 1년에 12권 발행. 배송비 포함 2루블. 구독신청은 상트페테르부르크.《건강과 경제의 수호자》편집부로.

내 생각에 여기에 기록된 책은 예외 없이 모두 엉망이고 무익하다.

수도나 대도시에 살고, 정부 관련하여 공식적이고 사회적으로 인민교육에 종사하는 교육계에서 큰 성공을 거둔 이들의 책들이 여기에 포함되었다.

나는 이 책들을 분야별로 정리하고자 한다. 첫 번째 분야는 읽고 쓰기다. 우리는 읽고 쓰기 교육을 위한 세 권의 지침서를 접하게 된다. 세 권의 지침서가 쓰였다는 것이 다행스럽다. 최근에는 우리가 수백 권이라고 여기게 될 만큼 많은 지침서가 등장했다. 이 책들 전부는 하나같이 쓸모가 없고, 하나같이 편찬자의 무지를 목격하게 된다. 읽고 쓰기 교육법에 관한 모든 편찬자는 아이에게 읽는 법을 가르치는 어머니나 선생님 한 명보다도 훨씬 더 모자란 지적 노동을 하였다. 이 모든 연구자에게 가할 수 있는 강경한 질책은 그들이 그 옛날 키릴과 메포디에 의해 창안된 것을 답습했다는 점이다. 사람들이 초보 지식대로만 하면 체계와 의미를 빠르고 쉽게 배울 수 있는데, 이 방식은 이미 민중들에게 안착하였다. 읽고 쓰기를 가르치는 모든 사람이 아주 우둔하지는 않다. 그들은 한 아이를 가르치는 동안 10~20가지의 새로운 기법을 끊임 없이 찾아낸다. 모든 사람이 이 기법을 너무나 쉽게 소화하기에 글자로 찍어 영구보존할 필요가 없다. 또한 누가 처음으로 알파벳 카드를 붙여서 음절을 만들 생각을 했는지, 문맹퇴치 위원회의 회원이 이를 어떻게 했는지에 대해 논쟁할 필요도 없다. 아이들에게 걷거나 책상에 앉도록 가르치는 새로운 방법을 고안해낸 것에 대해 왜 아무도 자랑스러워하지 않는 것일까? 우리 시대에 읽고 쓰기를 배우는 것은 너무나 쉽고 단순하여 거의 무의식적인 일이 되었다. 읽고 쓰기를 가르치는 가장 좋은 방법이란 없다는 말을 되풀이하지 않을 수 없다. 문맹퇴치위원회 추천 참고서가 멍청하고 교양 없는 마을 교사의 손에 들어간다면, 즉시 유익함 대신 유해함을 초래할 수 있다.

1) 《어린이 세계와 선집》. 학년별 독서를 위한 책. 이 책은 점진적인 지적 운동에 적합하고 자연에 관한 주제를 일목요연하게 알 수 있다. 제3판(수정 보충됨. 4개의 그림표 포함. 2부로 구성). 편찬자 K. 우신스키. (김나지움의 저학년과 지방 학교는 물론, 황제폐하 집무실 제4분과 관할, 여성교육기관에서도 사용할 수 있다.) 상트페테르부르크. 1862년.

2) 《페스탈로치 사상에 따른 실물교습》. 학교와 가정에서

7~10세 어린이들을 가르치기 위한 지침서.

이 두 권은 책은 소위 직관교수Anschauungsunterricht와 관계 있다. 책의 서문과 내용이 이를 보여주고 있다.

직관교수란 과연 무엇인가? 유럽과 최근 우리 러시아에서 진절머리 나도록 듣고 있는 페스탈로치의 유익한 사상이란 과연 무엇인가? 새로운 말과 그와 관련된 불분명한 개념이 생겨나는 경우는 매우 흔한 일이다. 모든 사람이 마치 모두가 잘 알고 있는 것처럼 이 말을 하고 인용한다. 비전문가, 심지어 전문가조차도 그러하다. 그러나 기본적으로 그 생각을 연구한 적 없는 사람은 이 불분명한 개념 뒤에 어떤 사상이나 사상의 완벽한 이야기 즉 학문이 숨겨져 있다고 믿기 시작한다. 새로운 세대는 인증된 권위 앞에 고개를 숙인다. 그렇지만 그 누구도 그 기원을 알기 위해 노력하지는 않는다. 이러한 일이 결코 존재하지 않고 존재하지 않았던 우리의 페스탈로치 체계에 그리고 존재할 수 없고 존재할 수 없었던 소위 직관교수에 발생하였다. 우리 시대에 남용되고 있는 페스탈로치와 그의 유명한 체계는 과연 무엇인가? 페스탈로치는 이론가였던 적이 없으며 철학자였던 적도 없다. 그는 우리에게 어떤 교육 체계도 남기지 않았다. 내가 교육학을 공부하기 시작했을 때, 나는 페스탈로치의 이름과 그의 잘못된 이론의 인용으로 인해 오해하였다. 지금 대다수 대중들도 똑같은 오해를 하고 있다. 페스탈로치가 쓴 글과 그에 관해 쓴 모든 글을 수차례 읽은 후에야, 나는 페스탈로치는 결코 철학자인 적이 없었고 소위 교육학에서 어떤 새로운 기반을 마련한 적도 없다고 확신하게 되었다. 페스탈로치는 결코 루소, 칸트, 셸링과 같은 철학자가 아니다. 그는 단지 좋은 교사였을 뿐이다. 만일 교육 철학에서 페스탈로치의 업적을 끊임없이 찾고 있다면, 이 업적은 루소 사상의 궁극적 발전과 적용으로 이루어질 것이다. 페스탈로치가 남긴 소소한 글에 흩어져 있는 단순한 사상은 다음과 같다.

"실제 삶에서 인간은 말 하나로만 배우는 것이 아니라 모든 감각을 통해서 배우게 된다. 오래된 학교의 교육 방식은 오로지 말의 전달로만 이루어진다. 왜 학교에서는 아이들의 모든 감각에 영향을 주는 전달 방식을 도입하지 않는 것인가?"

이 사상은 완전히 거짓이기도 하고 완전히 옳은 것이기도 하다. 오류는 학교가 어떤 새로운 개념을 제공할 것이라고 가정한 데 있다. 오류는 삶과 학교의 적절치 못한 비교에 있고, 삶의 방식을 학교로, 학교의 방식을 삶으로 전이시키는 데 있다. 아이들과 함께 버섯과 열매를 따러 가는 것, 산책하는 동안 아이들에게 강제로 버섯의 포자와 열매의 씨를 관찰하게 하는 것은 적절하지 않고 불가능하다. 마찬가지로 학교에서 아이들에게 인간의 신체 일부와 책상의 모양에 관해 설명하는 것도 적절하지 않고 불가능하다. 학교는 어떤 새로운 개념도 제공하지 않고, 제공할 수도 없으며, 학교의 과제가 여기에 있지 않다는 점을 망각한다. 학교의 과제는 삶에서 얻은 개념을 분류하는 데 있다. 말하기를 가르치는 것도 아니고, 계산하기를 가르치는 것도 아니고, 학교에서 묵상을 가르치는 것도 불가능하다. 학교의 과제는 생각의 표현, 계산, 통찰에 관한 이미 습득된 과정을 인식하는 것이다. 페스탈로치 사상의 불합리성은 여기에 있다. 그 결과 개발자로서 이 사상을 이행할 수 없게 되었고, 이와 같은 잘못에서 우리나라와 외국의 일반직관교수의 모든 모순과 설명할 수 없는 부조리가 시작되었고 시작되고 있다. 아이들이 보고, 만지고, 듣는 것을 가르치는 데까지 이르렀다. 아이들이 1+1은 2가 될 것이라고 말하고 생각하도록 가르치고 있다(그루베, 파울손 방식에 따른 산수). 네다섯 살부터 아이들이 장난감 대신에 유익한 과제를 풀고, 끊임없이 관찰하고 생각하게끔 만드는 데까지 이르게 된다(Kindergärten Fröbel)[24]. 그러나 이해할 수 없고 말도 안 되는 생각에 이르기 위해서는 페스탈로치 사상에 다른 심오하고 공정한 측면이 반드시 있어야만 했다. 이 측면이 문제의 본질을 깊이 생각하는 습관을 갖지 않은 일군의 교육 실무자들에게 착각을 불러일으켰다. 이 측면은 실제로 학교가 어떤 새로운 개념을 제공하는 것이 아니라, 오로지 대상에 대한 삶의 직접적인 관계만이 새로운 개념을 가르치고 제공한다는 점에서 존재하고 성립한다. 학교는 이와 같은 일을 한 적이 없으며 이것을 할 능력도 없다. 그러나 학교는 결코 이 관계

---

24 프뢰벨의 유치원.

에서 자신의 무력함을 깨달은 적이 없었다. 만일 삶이 학생들에게 학교 갈 준비를 시키지 않고, 학교가 소화해낼 만한 자료를 삶이 학생들에게 주지 않는다면, 학교는 아무 능력도 없고 무익하다. 학교는 이 같은 사실을 망각하였다. 학교는 자신의 순진한 착각 속에서 학교만이 개념과 지식을 제공한다고 생각하였고, 자유로운 경쟁을 통해 학교에서 학생들을 되빼앗은 삶을 유감스럽고 책망하는 시선으로 바라보았다. 학교는 삶의 개입 없이 학생들에게 지식을 줄 수 있다고 생각했다. 그러나 이러한 지식은 하나의 방법 즉 기억으로서만 지각될 수 있다. 알파벳, 단어 조합, 독서 과정, 역사, 지리, 심지어 수학도 그렇게 배웠다. 만일 우리의 머릿속에 암기한 알파벳 가운데 어떤 것이 남아 있다면, 삶에서 알파벳의 선 형태와 그 결합을 배웠기 때문이다. 만일 외운 것에서 어떤 것이 남아 있다면, 삶에서 배운 인류의 언어를 알고 있기 때문이다. 만일 역사에서 어떤 것을 기억하고 있다면, 삶에서 황제란 무엇이고 인민이란 무엇이며 전쟁이란 무엇인지를 배웠기 때문이다. 만일 구구단을 기억한다면, 삶에서 공깃돌 세기를 배웠기 때문이다. 삶은 무의식적인 방법으로 개념을 가르쳐주고 학교는 의식적인 방법으로 개념을 조화롭게 하고 체계화한다.

교육에서 유익하고 이상적인 조건은 삶에서 지식을 획득하고 학교에서 그것을 분류하는 균형을 이루는 것이다.

학교는 착각 속에서 상류층을 고려하여 인간의 본성이 정한 경계를 이미 오래전에 넘어섰다. 학교는 삶의 영역을 침범하였다.

아이들을 외우게 한다

학교는 새로운 개념을 제공할 수 있다고 생각하며, 아이가 삶에서 터득할 수 없었던 허황한 지식들을 분류한다. 기이한 혼란이 발생한다. 학교는 새로운 개념을 줄 수 있다고 생각하지만 어떤 것도 주지 않는다. 사람들은 오로지 무의식적인 과정을 통해서만 새로운 개념을 획득한다. 자유는 가장 많은 개념을 획득하기 위한 가장 유익한 조건이다. 학교는 학생들의 자유를 앗아간다. 그렇기 때문에 학교는 새로운 개념을 제공한다고 생각하지만, 학생들이 개념을 획득할 가능성을 빼앗고, 학교의 규정으로 학생을 압박할 뿐이다. 5살 때부터 학교에 맡겨진 아이는 오로지 학교의 삶에서만, 친구와 교사와 책과의 관계에서만 자신의 개념을 획득한다. 아이의 개념은 작고 편협하기에, 학교에서만 그의 개념을 쉽게 분류할 수 있다.

내가 이미 여러 번 말한 오래된 이야기가 있다. 우리가 남다른 삶의 발전 공간을 제공한 아이를 가르치는 것은 어렵고, 소위 서민을 위한 책을 집필하는 것도 어렵다. 하지만 점점 좁아지고 축소되어 놓여 있는 교과의 사다리를 통과한 소년들, 우리가 엄격한 학교 생활을 통과하도록 내몰았던 아이들, 그 아이들을 가르치기는 쉽다. 대학의 교수가 되는 것보다 더 쉬운 것은 없고, 인민 교사가 되는 것보다 더 어려운 것은 없다. 전자의 경우 모든 문제와 어려움은 이미 예상되지만, 후자의 경우에는 요구되는 폭이 우리를 놀라게 하고 두렵게 한다.

페스탈로치의 사상은 실제 지식이 직접적인 삶의 과정을 통해서만 획득되고, 개념의 확대를 위해서 이 과정에 따라 지식을 획득하는 방식을 강화할 필요가 있다는 의미에서는 옳다. 그러나 그의 사상은 직접적인 획득 방식을 학교로 전이한다는 의미에서는 옳지 않다. 개념 획득의 직접적인 방식은 완전한 자유를 요구한다. 그 때문에 개념을 지도한다는 것은 불가능하다. 지식 획득의 직접적인 방식은 주의를 요구할 뿐만 아니라 열정과 인상에 완전히 몰입할 것을 요구한다. 하지만 학교에서는 이와 같은 열정을 인위적으로 불러일으킬 수 없다. 아이가 말이 무엇이고 말의 신체의 모든 부분이 어떠한지 알기 위해서는 어느 한때 자신의 혹은 아버지의 살아 있는 말을 진심으로 사랑해야만 한다. 그러나 이 사랑과 이 사랑에서 나온 주의와 관찰을 학교에서 불러일으킬 수는 없다.

학교는 삶이 불러온 열정과 열정에서 시작된 관찰을 분류해야만 한다. 이와 같은 분류가 자기 법칙을 가지는 학문이라 할 수 있다. 하지만 이 분류가 어떤 내적인 체계도 가지지 않고 그렇기 때문에 학생의 지식에 어떤 매력도 줄 수 없는 실물교습이나 직관교수는 아니다.

학문이 있고 삶도 있다. 각각의 삶은 자기 요구, 자기 법칙, 인간을 매혹하는 힘을 가진다. 학문은 오로지 삶의 인식일 뿐이다. 중간은 결코 없고 있을 수도 없다.

삶을 만족시키지 못하고 삶에 뒤처진 학문과 이보다 훨씬 더 뒤처진 교육학은 직관교수와 같은 타협안에 달려들게 된다. 평생 나무와 호밀 이삭을 보지 못했던 아이에게 학교에서는 분명 이 물질을 보여줄 수 있다. 아이가 무의식적으로 이삭을 뽑아서 꺾어 들판에 호밀을 뿌리지 않는 한, 나무를 베는 농부의 도끼질을 보지 않는 한, 이 나무의 껍질을 손톱으로 후벼 파지 않는 한, 아이는 나무의 단면과 이삭을 전시한 가장 좋은 박람회에 갈지라도 호밀도 나무도 알지 못한다. 위대한 페스탈로치의 위대한 사상이라고 불리는 불운한 착오의 결과로 고통받고 있는 수천 명의 아이와 학대받는 아이의 밝고 시적인 수천 개의 영혼을 생각하는 것은 슬프다. 만일 이것이 정말 위대한 사상이라면, 이 사상은 단지 다음과 같은 의미에서만 위대하다 할 수 있다. 즉 지식 획득을 위한 수단은 삶의 현상과 직접적으로 관계있다. 삶의 현상과의 직접적인 관계는 완전한 자유를 요구한다. 학교, 교사, 책은 부모의 집, 일터, 숲, 하늘과 같은 삶의 현상이다. 학교에서 가장 많은 지식을 얻기 위해서는 학교, 교사, 책과 학생의 관계가 자연과 모든 삶의 현상들이 맺는 관계처럼 자유로워야 할 것이다.

직관교수 방식의 빈약함을 보여주는 가장 큰 징후는 독일과 스위스에서 이 체계가 와해되었다는 사실이다. 책상은 네 개의 다리가 있고, 그 아래에는 마루가, 그 위에는 천장이 있다는 가장 해괴한 설명 외에(가장 나이 어린 아이들을 위한 기관에서 이렇게 한다), 나는 독일과 스위스에서 실제 직관교수의 방법을 통해 얻은 어떤 것도 접할 수 없었다. 《실물교습》의 서문에서 페레블레스키 씨가 안내했던 여행객과 마찬가지로, 나는 런던의 정규 학교에서 페스탈로치의 허황된 사상을 허황되게 적용한 것을 알게 되었다. 거기에서 나는 수업 즉 실물교습object lesson 수업에 여러 번 참석했는데, 실제 수업을 목격하면서 이론의 허위성을 확신하게 되었다. 런던 학교의 친절한 교장은 나의 요청에 따라 학생들에게 코튼지에 관한 실물교습으로 시험을 치게 했다. 교장과 교사가 어떤 식물이 코튼지가 되는지, 어떻게 식물이 가공되는지, 어디에서 생산되는지, 어떤 과정을 거쳐 우리에게 오며, 공장에서 어떻게 완성이 되는지를 물었을 때, 나는 교장의 확고한 자기 확신을 보아야만 했다. 학생들은 명확하게 외워서 완벽하게 대답했다. 나는 몇 가지 질문을 할 수 있게 해 달라고 요청했다. 나는 코튼지는 식물의 어떤 강綱에 속하는지, 어떤 토양을 필요로 하는지를 물었고, 1세제곱피트의 코튼지는 중량이 얼마인지도 물어보았다. 또 코튼지는 어떻게 처리되는지, 코튼지의 운송, 적재, 하차 비용은 얼마인지, 코튼지의 화학 성분은 어떠한지, 젖었을 때 코튼지를 어떻게 해야 하는지, 면직물과 교직물은 어떻게 구별되는지, 코튼지 생산물이 우리 상트페테르부르크에 왜 직접 오지 않고 영국을 거쳐 오는지, 코튼지의 사용이 노동자 계층에 어떤 영향을 주었는지, 면사에 가장 좋은 기계는 어떻게 만드는지를 물어보았다. 이 모든 질문은 종이라는 실물과 관련되어 있다. 말할 것도 없이 학생들은 나에게 대답할 수 없었다. 제지 공장의 모든 노동자는 대부분의 질문에 답했을 것이다. 학생들은 잘 알려진 질문, 즉 어떤 이유로 실물교습에서 터득한 코튼지에 관해서만 나에게 답변했다. 그들은 코튼지가 따뜻한 기후에서 생산된다고 외운 대로 답했으며, 아프리카와 남유럽에서 이루어졌던 실험들에 대해서도 외운 대로 답했다. 학생들은 바다의 길을 상세하게 묘사했고, 최초로 코튼지의 효용이 어떻게 발견되었는지 이야기하였으며, 코튼지에서 나온 여러 가지 생산물을 묘사하였다. 그러나 코튼지의 경우, 그들이 대답했던 질문에는 답하지만 내가 준 질문에는 대답하지 못할 명확한 이유는 없다. 유일한 이유는 교사가 그렇게 원했다는 것이다. 교사는 학생들이 다른 것은 모르기를 원했을 것이다. 코튼지뿐만 아니라 원하는 어떤 물건이라도, 가령 빵 한 조각, 지방 한 덩어리를 가져오더라도, 그 물건을 묘사할 때 당신이 결국 모든 학문을 언급하게 되리라는 사실은 증명할 필요도 없을 것이다. 문제는 당신이 이런저런 학문을 어디까지 언급할 것인가이다. 여기에는 법칙도 한계도 없다. 사실 학문의 세분화는 어떤 독일인 한 사람에 의해 만들어진 것이 아니다. 세분화는 인간 본성의 특징이다. 이와 같은 세분화의 근거는 모든 아이의 이성에 자리 잡고 있다. 만일 내가 식물학과 관련하여 코튼지에 관해 이야기한다면, 나는 아이가 식물학과 관련하여 나에게 질문할 수 있는 모든 문제, 즉 내가 식물학 과정에서 아이에게 가르칠 모든 문제에 대한 답변을 주어야만 한다. 만일 내가 코튼지가 이동하는 길에 관해 이야기한다면, 아이의 모든 질문에 답하기 위해서 나는 지리학을 강의해야만 한다. 화학, 상업, 역사 관계에서도 마찬가지다. 만일 내가 학문이라 불리는 이성의 영원한 요구에 종속되지 않는다면, 나에게는 어떤 지도자도, 어떤 경계도 없다. 삶 자체가 가르치듯, 나는 아이들을 위해서 즐겁고 재미있는 것만 지도하면서 가르쳐야 한다. 만일 나 자신이 이 배움의 과정에 따라 아이를 지도하고 싶다면, 나는 학문의 세분화를 위한 새로운 근거를 찾아야만 한다. 실물교습의 주창자들이 이 일을 한 것 같다. 그들은 학문을 역사, 화학, 기술로 세분화했던 예전과는 달리 이유를 알 수 없지만 코튼지, 양배추, 사모바르 등으로 세분화하고 있다. 이와 같은 세분화의 방식에서 가르침의 독단과 전횡은 두 배로 더 거세질 뿐이다. 이전에 독단은 교사가 유익한 것을 학생에게 가르침으로써 이루어졌지만, 지금은 학생이 배우도록 강요함으로써, 즉 교사가 좋아하는 방식으로만 지식을 습득하도록 강요함으로써 이루어진다.

나는 일전에 상트페테르부르크 주일학교에 가서 한 부인이 학생들에게 설명하는 것을 볼 기회를 얻었다. 주제는 세 명의 순례자가 아브라함의 집을 방문한 일에 관한 것이었다. 아브라함이 순례자들의 발을 씻겨주었다. 친절한 교사는 학생들에게 질문하기 위해 이 상황을 놓치지 않았다. "왜 아브라함은 순례자의 발을 씻겨주었는데, 오늘날에는 이렇게 하지 않을까요?" 친절한 교사는 당시 모래 위를 샌들을 신고 다녔다고 설명하면서 옛날 신발, 사막, 사막의 배 즉 낙타와 낙타의 동물학적인 특징에 관한 이야기로 벗어났다. 이 설명은 5분가량 이어졌다. 학생들은 순례자와 함께 여전히 오두막 입구에 있는 것으로 보였고, 학생들과 함께 나도 이제 다시 이야기로 돌아오길 희망했다. 그러나 친절한 교사는 내가 그녀의 말을 듣고 있다는 사실에 고무된 듯 보였으며, 자신을 보여주고 싶어 심호흡을 하며 생각을 정리하고는 갑자기 오늘날에는 어떻게 장소 이동을 하는지에 관해 질문하였다. 자연스럽게 이야기의 주제는 증기와 기관차에 이르렀다.

런던에서 내가 들었던 실물교습 수업이 이 부인의 실물교습 수업보다 더 나은 것은 없다. 나는 심지어 부인의 수업이 더 좋았다. 그 수업은 적어도 상상할 수 있는 완전한 공간을 준다. 런던의 실물교습 수업에는 어떤 보편적이고 진부한 방식이 가득하다. 이 방식은 근본도 없고, 부인의 수업처럼 학생들에게 순종적인 주입식 교육만을 요구하고 있다.

페레블레스키 씨는 자신의 실물교습에서 이러한 단점을 느낀 듯, 잘 알려진 대상의 경우 전달하길 원하는 지식의 범위를 가능한 한 제한하려 애쓴다. 그러나 학생의 입장에서 보면 교사의 독단과 밑도 끝도 없는 주입식 교육의 요구는 실물교습이 무한소로 즉 영으로까지 축소되지 않는 한 없어지지 않을 것만 같다.

앞서 말했다시피, 실물교습은 삶의 기법이다. 그런데 이 기법은 어떤 형식으로 만들어질 수 있는 것이 아니다. 이 기법의 첫 번째이자 유일한 조건은 자유다.

"아이들에게 주변의 대상을 주의 깊게 살펴보고 정확하게 자신의 인상을 묘사하라고 가르치는 것이 교육 사업의 첫걸음이 되어야 한다"라고 페레블레스키 씨는 말한다.

결국 페레블레스키 씨는 아이들에게 통찰과 담화를 가르치기를 원한다. 정말 학교는 삶이 눈에 띄지 않고 쉽게 가르쳐 주는 것을 아이들에게 가르치는 것, 그 이상은 할 것이 없지 않은가? 사실 나와 페레블레스키 씨와 15세의 모든 소년은 배운 적 없지만, 이 모든 것을 알고 있다. 우리는 이것을 알고 있을 뿐만이 아니다. 아주 오래전의 어린 시절을 기억해보자면, 나는 한순간도 통찰하고 말하는 능력이 부족하다고 느낀 적이 없다. 왜 사람들에게 숨 쉬고 음식을 소화시키는 방법을 가르치지는 않는 것인가? 어쩌면 참고서에 따라 숨 쉬고 소화시킬 수 있다면, 사람들이 훨씬 더 나아질 수 있을지도 모르는데 말이다. 여기 첫 번째 사례가 있다.

수업 I

교사: 나는 손에 무엇을 쥐고 있나요?
학생들: 유리조각입니다.

나의 예상대로라면 학생들은 도자기 혹은 그냥 유리라고

말할 것이다.

> 교사: 유리라는 단어를 어떻게 씁니까? (그때 교사는 칠판 한
> 가운데에 '유리'라는 단어를 쓰고 '이것이 우리 수업의 주제'
> 라고 학급에 말한다.) 여러분 모두는 유리를 보았습니다. 여
> 러분은 유리의 어떤 점에 주목했나요? 유리에 관해 나에게
> 무엇을 얘기해줄 수 있나요?[25]
> 학생들: 그것은 반짝입니다.

내가 보기에 학생들은 모두 유리에는 흠이나 얼룩이 있다
고 하거나 모서리가 날카롭다고 말할 것이다. 그러나 어떤 학
생도 유리는 반짝인다는 말은 절대로 하지 않았을 것이다. 아
이들은 먼저 두드러지는 것을 인지하기 마련이다. 아이에게
는 태양이 반짝이는 것이고 태양에 반사된 금속과 다이아몬
드가 반짝이는 것이다. 아이는 여전히 유리의 개념과 빛의 개
념을 연관 짓지 못한다.

> 교사: (그때 교사는 제목에 '성질'이라는 단어를 쓴 다음, 그
> 아래에 '유리는 반짝인다'라고 쓴다.) 유리를 손에 들고 느껴

---

25 처음에 교사는 '특징'은 물론 '성질'이라는 단어도 사용하지 않았다. 왜냐하
면 아이들은 십중팔구 이 단어들을 이해하지 못해서, 대답할 때 난처해할 것이기
때문이다. 이 단어의 잦은 사용 결과, 아이들은 그 의미를 깨닫게 될 것이고 그때
는 이 단어를 과감하게 사용할 것이다.

보세요. 여러분들은 무엇을 깨달았나요? (느꼈나요?)[26]

정말 삶이 여러 가지 감각을 연마시키는 데 충분하지 않다는 말인가? 바로 이때 교사는 유리의 매끄러운 특징을 설명한다. 학생은 책상을 위아래로 건드려보고 비교한다.

'성질'이라는 단어를 상단에 적고 콜론을 찍을지도 모르겠다. 그러나 성질이 어떤 의미인지를 아이들에게 이해시키는 것은 불가능하다. 게다가 문제를 잘 들여다보면 우리 자신도 성질이 무엇인지, 현상이나 본질 등과 어떤 차이점이 있는지 모른다.

> 학생들: 이것은 차갑습니다. (이 성질을 '첫 번째 성질' 아래에 쓴다.)
> 교사: 그것을 다시 한 번 느껴보세요. 그리고 유리와 칠판에 있는 지우개와 비교해보세요. 그리고 여러분들이 유리에서 또 무엇을 깨달을 수 있는지 얘기해주세요.[27]

내 생각에, 아이들은 유리를 만져보면서 유리는 차갑고 평평하고 딱딱하다고 말하지 않을 것이다. 아이들은 오히려 유리가 울퉁불퉁하고 미끄럽고 문지르면 뽀드득 소리를 낸다고

---

26 교사의 의무는 끊임없이 다양한 감각을 연마하도록 계속 질문을 하는 것이다.
27 교사는 학생들이 유리가 매끄럽다는 것을 쉽게 깨닫게 하려고, 완전히 대립되는 성질을 가진 다른 사물과 유리를 비교한다.

말할 것이다. 또 아이들은 유리는 얼룩져 있고 딱딱하지 않다고도 말할 것이다. 본질적인 특징은 아이들에게 너무나 잘 알려져 있기에 아이들은 본질적인 특징이 아닌 반대되는 특징, 즉 딱딱하지 않고 울퉁불퉁한 특징을 언급할 것이다. 심지어 지우개와 비교할 때도 아이들은 모양의 차이에 주로 놀란다. 그리고 지우개는 떨어뜨릴 수 있지만 유리는 떨어뜨려서는 안 되며, 지우개는 깨지지 않지만 유리는 깨진다는 사실이 아이들을 놀라게 한다. 아이들은 수천 개의 다른 특징을 언급할 것이지만, 오로지 본질적인 것은 언급하지 않을 것이다. 왜냐하면 이 특징들은 그들에게 너무나 잘 알려져 있기 때문이다. 이러한 특징들, 가령 평평하고 울퉁불퉁한 특징은 그들이 지우개와 유리의 비교에서가 아니라 유리 두 개를 비교하여 발견해낼 것이다.

학생들: 유리는 평평하고 딱딱합니다.
교사: 이 조각 외에 여러분들은 교실 어디에서 또 유리를 볼 수 있을까요?
학생들: 창문에서요. (만일 문에 유리가 있다면 문에서요.)

학생들은 다른 것을 이야기할 수 없다. 그런데 왜 그럴까?

교사: 창문을 보세요. 그리고 거기에서 여러분이 무엇을 보고 있는지 얘기해주세요.

학생들: 정원요.

내가 생각하기에, 학생들은 정원을 이야기하지 않을 것이다. 정원에 있는 나무, 길, 농부 등을 이야기할 것이다.

교사: (덧문을 닫는다.) 이러면, 지금 여러분은 무엇이 보이나요?
학생들: 지금은 아무것도 보이지 않습니다.

학생들은 '덧문이 보인다' 혹은 '선생님이 보일 듯 말 듯 하다'라고 말할 것이다.

교사: 왜 여러분은 아무것도 볼 수가 없죠?
학생들: 빛을 가렸기 때문입니다. 덧문이 방해하고 있습니다.

학생들은 어둡기 때문이라고 답할 것이다. 왜 어둡냐고 묻는다면 덧문이 닫혀 있기 때문이라고 말할 것이다.

교사: 여러분은 덧문과 유리 사이에 어떤 차이가 있는지 알수 있을까요?
학생들: 유리를 통해서는 볼 수 있습니다. 하지만 덧문을 통해서는 볼 수 없습니다.

학생들은 덧문은 나무지만 유리는 유리라고 대답할 것이다. 그렇지만 교사가 유리와 나무판을 통해서 어떤 물건을 보여준다고 가정해보자.

교사: 여러분들은 나에게 유리의 성질을 한마디로 얘기해줄 수 있습니까?

학생들: 아니요.

교사: 내가 여러분에게 한마디로 말할 텐데 잘 들어보세요. '투명하다'입니다.[28] 내가 여러분에게 이러한 물질이 투명하

---

[28] 의심의 여지 없이 아이들은 유리가 투명하다прозрачно는 것을 잘 안다. 그런데 이 성질은 너무나 평범해서 아이들이 그들 앞에 유리를 세워놓지 않는 동안에는 그 성질을 깨달을 수 없다. 성질을 인식하지만 성질을 명명하지 못하게 되면서 아이들은 그들에 의해 제기되고 인식된 개념을 나타내기 위한 특정한 표현을 할 때 부족함을 느낀다. 그때 교사는 아이들이 지식과 기억에 개념을 새겨넣기 위한 기호로서 이 성질에 이름을 부여한다. 아이들이 말의 의미를 정말로 이해했고 습득했는지를 확인하기 위해서, 아이들에게 이 성질을 다른 대상에 적용하도록 요구할 수 있다.

이 성질의 명칭을 명확하기 하기 위해서 이 단어의 어원과 의미에 따라 **보다**видеть라는 단어와의 유사성을 보여주어야만 한다. 당신은 보이지 않는 눈을 가진 사람을 어떻게 부르는가? **장님**слепый이다. 그런데 보이는 눈을 가진 사람은 어떻게 불리는가? **눈이 보이는 사람**зрячий, 즉 보는 사람видящий이다. 눈이 보이는 사람зрячий과 보는 사람видящий이 똑같은 것을 의미한다는 것은 **응시하다**зрит와 **본다**видит라는 말이 똑같다는 것을 의미하는 것일까? 시력을 회복한 장님слепый에 대해 어떻게 이야기할까? **시력이 회복되었다**прозрел, 즉 보다видеть가 된다. 이렇게 **보다**видеть 외에 우리에게는 같은 것을 의미하는 단어가 하나 더 있다. 그것은 **응시하다**зреть이다. 이 단어는 전자보다 드물게 사용된다. 여기에서 눈이 보이는 зрячий, **시선**зрак, **훌륭한**взрачный, **보이는**видный, **아름다운**пригожий, **보이지 않는** невзрачнцй이라는 단어가 생긴다. 우리의 집이 샌다протекает라는 말을 들었을 때

119

다고 말할 때 여러분은 무엇을 생각하게 됩니까?

도대체 물질이란 무엇일까? 아이에게는 이 단어도, 물질의 개념도 없다. 유리, 책상 등만 있을 뿐이다.

학생들: 유리를 통해서 무엇인가를 볼 수 있습니다.

이 대답은 틀렸다. 정육면체로 된 유리를 통해서는 아무것도 볼 수 없다. 하지만 그것은 투명하다.

교사: 맞습니다. 투명한 다른 어떤 것을 생각해봅시다.
학생들: 물입니다.

투영해서 보는 것이 가능하다는 의미에서 물은 불투명하다. 그리고 물의 개념에서 학생들은 투영해서 볼 수 없는 강, 우물, 유리병을 떠올린다.

교사: 만일 우리가 이 유리를 떨어뜨리거나 창문에 공을 던

이것은 무엇을 의미하는가? 지붕을 통과하여сквозь 무엇이 새는가? 말의 어떤 부분이 '통과하여сквозь'를 지시하는가? про(접두사 – 옮긴이)이다. 통과해서 기어가다пролезать, 통과하게 하다провертеть와 같이 про가 붙은 몇 개의 단어를 생각해보라. 이렇게 про는 통과하여сквозь를 의미하고 응시하는зрачный은 보는видный을 의미한다. 결국 **투명한**прозрачный은 – **통과하여 보이는**сквозб-виденый이다.

지면, 그때 유리나 창문은 어떻게 될까요?

학생들: 유리는 쉽고 빠르게 산산조각이 날 것입니다. 유리는 깨지기 쉽거든요.

이것은 맞다. 그러나 왜 이런 말을 해야 했을까?

교사: 만일 내가 덧문을 떨어뜨리면 덧문은 어떻게 될까요?

학생들: 덧문은 산산조각이 나지는 않습니다.

교사: 그러나 만일 내가 아주 강하고 세고 딱딱한 어떤 것으로, 예를 들어 도끼로 덧문을 부수면 덧문은 어떻게 될까요?

도끼날 혹은 도끼등? 도끼날로 자르고 도끼등으로 깨뜨릴 것이다. 어떻게 정확함을 가르치는 교사가 자신은 이렇게 정확하지 않은지! 왜냐하면 이 정확함은 불가능하기 때문이다. 단어의 완벽한 정확함은 생각의 완전한 결핍과 같다.

학생들: 덧문은 산산조각 날 것입니다.

교사: 그렇다면 나무도 깨지기 쉽다고 할 수 있지 않을까?

학생들: 아니요.

교사: 어떤 물건을 깨지기 쉽다고 말할 수 있을까?

학생들: 쉽게 부서지는 것입니다.

분명 아이들이 처음 보았을 때 머리에 떠오르는 성질이 있다. 이 모든 성질은 칠판에 기록되고, 그에 따라 아이들은 음절대로 읽는 연습을 하게 된다. 그런 다음 칠판에 쓰여 있는 모든 것을 지운다. 만일 학생들이 쓰는 능력을 갖추었다면, 석판이나 노트에 필기하라고 할 수 있다.

여기에서 학생들은 무엇을 깨달았을까? 유리стекло는 e의 도움으로 표기되고, 투명한прозрачное은 접두사 про와 보다 зреть로 이루어지고, про는 투영하여сквозь를 의미한다는 것을 깨달았을 것이다(하지만 접두사 про에는 **простой**단순한, **противный**반대되는, **проиграл**졌다, **простился**작별인사를 **했**다가 있는 것으로 보아 완전히 틀렸다는 것도 깨달았을 것이다). 페레블레스키 씨의 예상대로 나머지 전부는 학생들 스스로가 말하였다. 학생들에게 필요할 때면, 그들은 질문 없이 바로 그것을 말했을 것이다. 무엇 때문에 당신들은 제발 말해 달라고 학생들을 괴롭히는가? 페레블레스키 씨는 다음과 같이 말한다.

주의 깊게 주변 사물을 관찰하도록 학생들을 가르치고, 정확하게 자신의 인상을 묘사하도록 가르치는 것이 교육 사업의 첫 발걸음이 되어야 한다.

어린 시절은 끊임없는 통찰력의 작용으로 의미 있게 된다.

통찰력이란 무엇인가?

아이가 올바른 지적 교육을 시작해야만 하는 것은 분명하다.

통찰력의 발달은 졸리고 무기력한 사람에게 생기를 줄 수 있고 경박하고 번잡한 사람에게 착실함과 진지함을 줄 수 있다.

왜?

동시에 교육은 개념을 조목조목 명확하게 할 수 있다.

이것은 앞으로 습득하게 될 모든 것의 명확한 근거가 되고, 이것이 없다면 우리의 추론은 흔들리고 논거가 빈약하게 되며, 결론은 모순되고 불확실하게 된다.

왜?

지적인 시각의 영역이 확대될 때면, 우리 앞에는 유구한 역사의 페이지와 넓고 무한한 학문의 장이 열릴 것이다. 어린 시절부터 정확한 연구에 익숙해진 이성은 역사의 윤리에서도 학문의 결과에서도 명확한 것에 만족할 것이다.

이것은 도대체 무슨 소리인가? 과연 여기에 어떤 의미가 있기나 한 것일까? 러시아어 학습에 관해 많은 저서를 쓴 저자가 이것을 교사들에게 정보를 주기 위해 쓴 것이라는 점에 주목하라. "Faites ce que je dis; mais ne faites pas ce que je fais — 내가 행하는 것이 아니라 말하는 것을 행하시오." 아무도 알지 못하는 것을 아이들에게 가르치는 실물교습 교사에게 이 말만은 해야겠다. 40페이지를 더 넘긴다.

수업 9

쇠골무

부분	성질
내부	속이 빔
외부	금속제
표면	구멍이 나 있음(작은 반점이 있음)
바닥	흰색
고리	반짝임
가장자리	불투명
테두리	딱딱함
작은 구멍	돌출됨(들어감)

내부는 평평함
외부는 고르지 않음, 울퉁불퉁
사용법: 바느질할 때, 바늘에 찔리지 않도록 손가락을 보호함.

  페레블레스키 씨처럼 일곱 살짜리 아이들 모두 '울퉁불퉁'
과 같은 비본질적인 단어를 제외한다면, 쇠골무의 모든 특징
을 알고 있다. 페레블레스키 씨와 일곱 살짜리 모든 아이는
이 외에도 쇠골무의 다른 많은 특징을 알고 있다. 즉 쇠골무
는 위로 향해 있고, 아래로 갈수록 넓어지고 내부는 평평하
고 손에서 빼서 책상 위로 굴릴 때면 소리가 난다. 그리고 페
레블레스키 씨가 쓴 것 외에도 다른 많은 특징과 부분들이 있
다. 쇠골무에는 위, 아래, 중간, 절단면이 있고 그 구성 성분은

산소와 철 등이다.

왜 물건들의 알려진 성질과 부분들만 고른 것일까? 페레블레스키 씨가 원하는 대로 학생들이 소리내기 위해서는, 교사는 질문들을 암기해야만 하고 학생은 자신에게서 생각이나 상상의 어떤 작업도 요구하지 않는다는 것을 깨달아야만 한다. 아이는 교사의 질문에 가능한 한 더 멍청하게 대답해야 한다는 점을 납득해야만 한다. 나는 페레블레스키 씨의 방식에 따라 가르치고자 하는 모든 사람에게 책 전부를 읽어보라고 충고하고 싶다.

한편 《어린이 세계와 선집》의 저자는 서문에서 책을 편찬할 때 세 개의 목적을 가졌다고 밝혔다. 실제 문법의 점진적인 학습과 결합한 어학 연습, 지적 훈련과 가능한 한 많은 유용한 지식의 전달이 그것이다. 내가 느끼기에 첫 번째 목적은 어떤 책에서라도 성취된다. 솔직히 이야기하자면 나는 두 번째가 이해되지 않는다. 수학과 어학만이 좁은 의미에서 지적 훈련으로 인정되고 있다. 그러나 대개는 무슨 과목이라도 지적 훈련을 시킨다. 마지막 목적 즉 가능한 한 많은 유용한 지식의 전달은 저자에게 중요한 것임이 틀림없다. 우리는 주로 마지막 목적의 관점에서 책을 살펴볼 것이다. 첫 번째 목적도 빼먹지 않을 것인데, 우리 생각에는 첫 번째 목적은 주로 가장 훌륭한 언어로 쓰인 항목을 선택함으로써 달성될 수 있다. 나는 저자가 책을 집필하도록 추동하는 근거 자체에 동의하지 않고, 짧은 요약본과 의문 부호를 이용하여 책에 시비를 걸고 조롱하는 것보다 비평가에게 더 굴욕적인 어떤 것을 모르기 때문에, 또 분석할 책은 분명 진지하고 양심적인 노동의 결과이기 때문에, 나는 무작위의 숫자 40을 선택하여 40쪽마다 마주하게 되는 항목을 발췌하고 살펴볼 것이다. 나아가 이 방법을 통해 나는 모든 분야의 이야기를 다루게 될 것이다.

숲속의 아이들

1.오빠와 여동생, 두 명의 아이가 학교를 향해 출발하였다. 아이들은 아름답고 그늘진 숲 옆을 지나가야만 했다. 길은 덥고 습했지만, 숲은 시원하고 즐겁다.

오빠가 여동생에게 말했다. "너 그거 아니? 우리 아직 지각은 아니야. 학교는 지금 무덥고 지겨워. 그런데 숲은 아주 즐거울 것 같아. 숲 저기에서 새들이 소리치는 것을 들어봐. 또 다람쥐 같은 것, 내가 생각하기에 다람쥐 몇 마리가 나뭇가지를 뛰어다니고 있어! 우리 저쪽으로 가보지 않을래, 동생아?"

2.여동생은 오빠의 제안이 마음에 들었다. 아이들은 알파벳 교재를 풀숲에 던지고 손을 잡고 울창한 자작나무 아래 푸른 숲속으로 숨어버렸다. 숲은 정말 즐겁고 시끌시끌했다. 새들은 쉬지 않고 이리저리 날아다니며 노래하고 소리치고 있었다. 다람쥐들은 나뭇가지를 뛰어다녔다. 벌레들은 수풀 속을 분주히 기어 다녔다.

3.가장 먼저 아이들은 황금색 딱정벌레를 보았다.

"우리와 함께 놀자." 아이들이 딱정벌레에게 말했다.

"기꺼이." 딱정벌레가 대답했다. "그런데 나에게는 시간이 없어. 나는 식량을 마련해야만 해"

"우리와 함께 놀자." 아이들은 노란 털이 난 꿀벌에게 말했다.

"너희랑 놀 시간이 없어." 꿀벌이 대답했다. "우리는 꿀을 모아야만 해."

"너 우리랑 놀지 않을래?" 아이들이 개미에게 물었다. 그러나 개미는 아이들의 말을 들을 시간이 없었다. 개미는 자기보다 세 배나 더 큰 지푸라기를 끌고 갔고, 보기 좋은 집을 짓기 위해 서둘렀다.

4.아이들은 "우리와 같이 놀자"라고 말하면서 다람쥐에게 고개를 돌렸다. 그러나 다람쥐는 복슬복슬한 꼬리를 흔들었고 겨울을 대비해 도토리를 모아야 한다고 대답했다. 비둘기가 "나는 내 어린 새끼를 위해 둥지를 만들고 있어"라고 말했다. 회색 토끼는 얼굴을 씻으러 개울로 달려갔다. 하얀 딸기꽃도 아이들에게 신경 쓸 겨를이 없었다. 딸기꽃은 좋은 날씨를 이용하여 제때 싱싱하고 맛있는 열매를 만들기 위해 서둘렀다.

5.아이들은 심심해졌다. 모두 자기 일로 바쁘고 아무도 아이들과 놀고 싶어 하지 않았다. 아이들은 개울로 달려갔다. 개울은 돌을 따라 졸졸 흐르며 숲을 통과해 달려갔다.

"너는 확실히 아무것도 할 일이 없구나?" 아이들이 개울에게 말했다. "우리랑 놀자."

"뭐, 내가 할 일이 없다고?" 개울이 화가 나서 웅성거렸다. "아, 너희는 게으른 녀석들이구나! 나를 봐. 나는 밤낮으로 일하고 있어. 잠시도 쉴 줄 모른다고. 내가 사람들과 짐승들에게 물을 먹이고 있잖아. 내가 아니면 누가 속옷을 씻고, 물레방아를 돌리고 보트를 나르고 불을 끌까? 오, 나는 머리가 빙빙 돌 만큼 많은 일을 한다고!" 개울은 이렇게 덧붙이고는 다시 돌 사이를 졸졸 흘러갔다.

6. 아이들은 점점 더 지겨워졌다. 그들은 우선 학교로 가고, 그다음 학교에서 오는 길에 숲에 들르는 것이 더 좋았겠노라 생각했다. 그러나 이때 소년은 푸른 나뭇가지 위에 있는 작고 예쁜 꾀꼬리를 발견했다. 꾀꼬리는 아주 평온하게 앉아서 아무 일도 하지 않고 아주 즐거운 노래를 불렀다.

"에이, 너, 즐겁게 노래하는구나!" 꾀꼬리에게 소년이 소리쳤다. "너는 아무 일도 하지 않는 것처럼 보여. 우리랑 놀자!"

"뭐라고?" 모욕당한 꾀꼬리는 쩍쩍거렸다. "내가 하는 일이 없다고? 내가 내 새끼들을 먹이기 위해 온종일 등에를 잡고 있는 게 안 보이니? 나는 날개를 들어 올릴 수 없을 정도로 지쳤다고. 그리고 지금은 내 어여쁜 새끼들에게 자장가를 불러 재우고 있잖아. 아 너희들은 오늘 뭐했니, 어린 게으름뱅이들아? 학교에 안 가고, 아무것도 배우지 않고, 숲을 뛰어다니고, 다른 이들이 일을 못하게 방해까지 하는구나. 너희들이 가야 했던 곳에 가는 편이 더 나을 거야. 그리고 기억해. 해야 할 모든 일을 시작하고 다한 사람만이 즐겁게 쉬고 놀

수 있는 법이야."

아이들은 부끄러워졌다. 비록 늦게 도착했지만, 아이들은 학교로 갔고 부지런히 공부했다.

이 항목의 언어는 절대 올바르지 않다. "저기에서 새들이 소리치는 것을 들어봐. 또 다람쥐 같은 것, 내가 생각하기에 다람쥐 몇 마리가 나뭇가지를 뛰어다니고 있어!" 첫째, 새들은 소리치지 않는다. 학교에서 학교의 언어에 여전히 물들지 않은 어느 아이라도 이것을 알고 있다. 둘째, 소사 **또ᴛᴏ**와 삽입어 **'내가 생각하기에'**를 첨가한 이 모든 대화체 문장은 너무나 인위적으로 결합되어 있어서, 학생은커녕 어떤 교사도 이 문장을 자연스럽게 소리 내어 읽을 수 없다. 딱정벌레, 토끼 등과 같은 일종의 지소형指小形의 사례는 언어와 낭독의 잘못된 방식을 형성한다. 불행히도 이 방식이 우리 교육기관을 지배하고 있다.

이제 내용에 관해 이야기해보자. 여기 어디에서 어떤 지식을 학생에게 전해주고 있는가? 만일 사람들은 각자 자기 일을 가지고 있기 때문에 부지런히 배워야만 한다는 도덕이 있다면, 내가 생각하기에, 경험으로 확인된 이 진리는 이미 모든 사람에게 알려져 있다. 아이들은 저속한 도덕을 사랑하지 않는다. 여기에서 이 도덕은 전혀 옳지 않다. 만일 비둘기가 자신의 둥지를 **만들고** 딸기는 싱싱한 열매를 만들고 토끼는 개울에서 얼굴을 씻는다면, 여기에서 아이들은 학교에 가야만 했다고 말해서는 안 된다. 아이들은 개울에서 얼굴을 씻고 들판을 뛰어다니며 열매로 볼을 가득 채우고 싶어 한다. 나는 아이들이 도덕을 사랑하지 않는다는 말에 동의하지 않는다. 아이들은 멍청한 도덕이 아니라 지혜로운 도덕만을 사랑한다. 그들은 우리보다 더 많은 상식을 가지고 있다. 호인으로 보이는 한 신사가 다섯 살이 된 내 조카에게 높이가 2베르쇼크[29]인 스위스의 샬레 모형을 선물로 가져왔다. 모든 정황이 그가 아이와 함께 이 샬레에서 살게 될 것임을 말해주었다. 니콜린카는 아무 말 없이 있었지만 모욕당한 것처럼 보였다. 신사가 가고 난 후, 니콜린카는 받은 선물 때문에 기쁘지만 분노에 차 나에게 이렇게 말했다. "아, 그는 정말 멍청해요. 우리가 이 샬레에 기어들어 갈 수 없다는 것을 그가 정말 모르는 걸까요?" 〈숲속의 아이들〉과 같은 이야기를 읽을 때도 모든 아이들은 똑같이 생각하고 말한다. 여기에 도덕은 없다. 왜냐하면 무의미하기 때문이다. 또한 흥미로운 점도 없다. 동화 아닌 동화이고, 진실 아닌 진실이다. 지식도 역시 없다. 내용과 언어 역시 날조되어 모든 아이의 귀를 자극할 뿐이다. 40쪽을 더 넘긴다.

코끼리

동물의 왕국에 아주 많은 동물이 있음에도 불구하고 코끼

---

[29] 러시아의 길이 단위. 1베르쇼크는 4.445센티미터이다. — 옮긴이

리만큼 우리의 시선을 사로잡는 동물은 하나도 없다. 그 크기로 보자면 코끼리는 오로지 고래에게만 뒤진다. 하지만 영리함으로는 원숭이를 능가한다.

코끼리는 높이 8~12피트, 길이는 12~16피트이고 무게는 150푸드[30]가 넘는다. 굳은살 같은 코끼리의 두껍고 거친 피부는 듬성듬성 난 뻣뻣한 털로 덮여 있어서 탄환도 그것을 뚫을 수 없다. 코끼리의 머리는 크고 약간 길다. 눈썹을 가진 크지 않은 눈은 총명하게 쳐다본다. 크고 축 처진 귀가 있고 입은 거의 가슴 가까이에 이른다. 앞니는 보통 2개인데 위쪽 턱뼈에만 있다. 송곳니는 없다. 어금니 수는 차이가 있지만 위아래 턱뼈에 각각 1~3개가 있다. 이빨의 길이는 2~5피트이고 무게는 20~48푼트이다. 수컷의 앞니는 훨씬 더 길며 8피트에 달하고, 때로는 3푸드까지 무게가 나간다. 이 이빨은 판매될 때 상아라는 이름으로 알려져 있다. 아주 굵은 4개의 다리는 코끼리의 지지대가 된다. 각 다리에는 5개의 발가락이 있다. 발가락은 돌출된 발굽으로만 그 존재를 알 수 있을 정도로 두꺼운 가죽으로 촘촘하게 싸여 있다. 그러나 코끼리의 몸에서 가장 재미있는 부분은 코다. 이것은 후각기관이 연장된 것으로 특별하게 움직이고 종종 길이가 7~8피트에 이르기도 한다. 그러나 이 동물은 완전히 자유자재로 그것을 자기 쪽으로 끌어당겨 2피트까지 줄일 수도 있다. 코의 끝에는 일종의

---

30 러시아 무게 단위. 1푸드는 40푼트로, 약 16.38킬로그램이다. — 옮긴이

손인 돌기가 있고 코의 중간에는 2개의 콧구멍이 있다. 코는 가죽 덮개, 신경, 근육으로 전체를 이루고 있기에 가장 민감한 감각기관이다. 코끼리는 자신의 코로 우리가 손으로 하는 모든 것을 한다. 코끼리는 코를 말고 펼치고 여러 방향으로 돌릴 수도 있다. 코끼리는 코끝으로 땅에서 가장 작은 동전도 들어올리고 열쇠로 자물쇠를 열며 병마개를 뽑고 꽃을 꺾고 물을 모아 분수처럼 뿜어내기도 한다. 놀라운 감각 외에도 코에는 특별한 힘이 배분되어 있다. 그래서 코끼리는 코를 한번 내리쳐서 사람을 죽일 수도 있고, 땅에서 200푼트까지의 무게를 들어올릴 수도 있다. 코끼리는 2000~4000푼트를 운반할 수 있다. 대체로 코끼리는 여섯 마리 말의 힘과 맞먹는다. 코끼리가 보통의 걸음으로 간다면 말은 빠른 걸음으로만 코끼리를 따라잡을 수 있다. 게다가 코끼리는 달리기도 수영도 잘할 수 있다. 코끼리는 때로는 400마리까지 무리지어 살아가는데 아프리카 내륙의 밀림, 아시아 남부, 실론과 수마트라 섬에 서식하며 200년을 살 수 있다. 코끼리는 초식동물이며 곡초를 좋아한다. 그래서 종종 벼를 심은 논에 무서운 해를 입히기도 한다. 길들여진 코끼리의 사육비는 정말 많이 든다. 코끼리는 하루 평균 100푼트의 익힌 쌀과 그만큼의 풀 혹은 낙엽을 섭취한다.

나는 독자들이 《어린이 세계》에서 배우게 될 언어의 한 형태로 다음의 문장에 주목했으면 한다. 즉 "동물의 왕국에 아주 많은 동물이 있음에도 불구하고 코끼리만큼 우리의 시선을 사로잡는 동물은 하나도 없다." 명확하지 않은 문학적인 말로 비틀어진 이 문장 전체는 코끼리가 가장 이상하다는 것을 의미할 뿐이다.

"그 크기로 보자면 코끼리는 오로지 고래에게만 뒤진다. 하지만 영리함으로는 원숭이를 능가한다." 이것은 오로지 고래만이 코끼리보다 크지만, 코끼리는 원숭이보다 영리하다는 의미다.

과연 '뒤진다'와 '능가한다'라는 말이 필요한가? 아이들이 이런 식으로 말하고 쓰는 것을 배워야만 하는가? **크기는 고래에게 뒤지고 영리함으로는 원숭이를 능가한다**고 말한다면, 마치 사상과 같은 어떤 것이 있는 듯하다. 하지만 코끼리는 고래보다는 작고 원숭이보다 영리하다고 말한다면, 이 두 비교는 결정적으로 아무 관련이 없다는 것이 분명해진다. 책의 모든 언어가 이러하다. 문장의 과장과 부자연스러움 아래에 내용의 공허함이 숨겨져 있다. 이제 이와 같은 항목에서 학생들에게 어떤 유용한 지식을 제공하는지 살펴보자.

서문에서 저자는 항목을 선택할 때 세 가지를 고려한다고 말한다. 전달되는 지식은 1)진실하고, 2)유익하며, 3)쉽게 이해되어야 한다. 하지만 재미는 유익함과 이해의 유일한 지표이지만, 저자는 재미에 신경쓰지 않는다. 쉬운 이해와 유익함이라는 이중의 목적을 달성하기 위해 저자는 무엇을 따라야 했을까? 자기 판단은 대부분은 기만적이다. 이 경우 우선

스키 씨가 속은 것처럼. 코끼리에 대한 지식에서 얻을 수 있는 이익이 전혀 없다. 그리고 이것을 증명하는 것도 헛된 일이다. 쉬운 이해라는 측면에서도 말뿐만이 아니라 중요한 진술의 방식 자체도 전혀 목적에 도달하지 못한다. 어떤 코끼리한 마리가 무엇인가를 했고 그렇게들 살았다는 것에 대해 이야기하는 것이 아니라 — 이야기에는 아이의 본성이 요구하는 개성도 움직임도 없다 — 코끼리의 본성, 일반적인 코끼리의 특징과 성격의 묘사가 있다. (나는 저자가 피트를 아르신[31]으로 환산하는 노력도 하지 않았다는 말은 하지도 않았다.) 코끼리의 본성을 그 특징과 함께 묘사하는 것은 그 자체로 아이뿐만 아니라 어느 누구에게도 흥미로울 수 없다. 이 특징과 성격은 학문적 관계에서만, 비교해부학의 영역에서만 흥미로울 뿐이다. 학문은 결코 어렵지도 힘들지도 않다. 반대로 학문은 모든 인간 지식을 위한 매력 즉 정확함, 충만함, 체계화의 매력을 가지고 있다. 여러분이 전달된 지식에서 학문적 방식을 빼앗는다면, 이 지식은 지겹고 불필요한 것이 된다. 만일 당신이 그것을 전달하고자 한다면, 삶에서 그것을 전달하는 것을 배우고 예술의 형식으로 전달하도록 해야 한다. 오로지 두개의 결론만이 있다. 학문이거나 예술이거나, 시적 이야기거나 과학적 연구이거나. 그러나 둘 다 매우 어렵고 문제에 관한 많은 애정과 많은 지식을 요구한다. 그 결과 우신스키 저

작의 모든 항목처럼 불행한 절충안들이 나타난다. 이 절충안들은 아이에게는 지겨운 것이 되고, 서툰 말로 쓰였기 때문에 그 언어를 망친다. 그래서 아이들은 당연히 이것을 수다거리도 되지 못하는 공허한 것으로 생각한다.

40쪽을 더 넘기면 우리는 '철갑상어'라는 항목을 볼 수 있다.

마찬가지로 서툴고 부정확한 언어로 쓰였고, 내용도 역시 없다.

항목의 말미에는 언급한 동물들을 분류한, 교사를 위한 지침인 참고사항이 있다. 우신스키 씨는 맨 뒤에 학술적 분류를 숨겨두었다. 우리가 사례로 들었던 동물들을 묘사하는 방식과 동물학 분류 사이에서 그는 전자를 선택했다. 그에게 두 개 중 전자가 덜 나빠 보였던 것이다. 교육학의 부록인 학술적인 동물학 분류는 아무 생각도 들지 않을 만큼 무의미하게 느껴진다. 저자는 동물 묘사의 결과로서 동물학 분류를 보여주고 있다. 하지만 우리는 그 때문에 지겨워진 동물들의 묘사에 거의 공감할 수 없다. 120쪽에 있는 '부싯돌'은 넘어가려 한다. 이 항목에서 학생들의 머릿속에 무엇인가 남기기 위해서는, 학생들이 정확하게 이것을 암기해야만 한다.

나는 다시 선집의 첫 페이지와 40페이지를 살펴보았다. 시와 산문을 마주하게 된다. 양쪽 다 똑같이 어색하고 서툰 언어가 있고, 양쪽 다 어색한 도덕이 있다. 양쪽 다 이야기의 화자가 불러일으킨 어떤 인상을 어린이 독자에게 심어준다. 이 화자는 앞으로 펼쳐질 자신의 기지에 먼저 웃어버려, 청자에게 '다음은 어떻게 되지'라는 의문을 들게 한다. 모든 아이는 〈장난꾸러기 개〉를 읽고 '응?'이라고 말할 것이다. 기억하려는 노력이 없다면, 전달할 아무것도 없다.

장난꾸러기 개

볼로댜가 창가에 서서 거리를 바라보았다. 거리에는 큰 저택의 개 폴칸이 몸을 데우고 있었다.

어린 퍼그가 폴칸에게로 다가와서 덤벼들며 짖었다. 퍼그는 그의 이빨로 폴칸의 큰 앞발과 얼굴을 물었다. 무뚝뚝한 큰 개는 성가신 듯 보였다. "저리 가. 여기 폴칸이 널 가만두지 않을 거야!" 볼로댜가 말했다. "폴칸이 널 혼내줄 거야!" 그러나 퍼그는 장난치기를 멈추지 않았고, 폴칸은 퍼그를 점잖게 쳐다보았다.

"봤니?" 아버지가 볼로댜에게 말했다. "폴칸이 너보다 착하구나! 네 어린 동생들이 너와 놀려고 할 때, 너는 반드시 그 애들을 꼼짝 못하게 하는 것으로 문제를 해결하잖아. 폴칸도 알고 있어. 크고 강한 사람이 작고 약한 사람들을 무례하게 대하는 것은 부끄러운 일이라는 것을."

40페이지에는 드미트리예프의 우화 〈고양이, 수탉 그리고 생쥐〉도 있다. 이 우화에는 한 마리 쥐의 이야기가 담겨 있는데, 그 쥐는 **이미 아기가 아니라는 것을 보여주고 싶어 하는 어린 새끼 쥐처럼 뛰어다녔다**고 말한다. 우화에는 수탉이 날기 위한 두 팔을 가지고 있었고, 고양이의 눈에는 **선량함이 어려 있었다**는 말도 언급된다. 새끼 쥐의 어미는 수탉은 **평화를 사랑하는 존재**라고 말한다. 도무지 말이 되지 않는다.

《어린이 세계》의 2부는 〈서울에서 시골로 가는 여행〉이라는 항목으로 시작된다. 이 항목은 1)서울과 그 주변, 2)큰 역마차 도로, 3)시골, 지방 도시와 현청 도시, 4)시골길, 5)농부의 집, 6)현장 도착으로 구성된다.

저자는 서문에서 이 항목들에 주목하고 천천히 읽기를 요청한다. 저자의 의도를 이해하지 못하는 체한다면, 이 항목들은 부적절하고, 의미가 없으며, 지리멸렬하다는 것을 너무나 쉽게 증명할 수 있을 것이다. 그러나 저자의 요청 때문에 나는 책의 서문에서 항목들의 전반적인 선택을 연구하고 단어들과 문장들의 조합 목적을 해명하기 위해 노력하였다. 이 항목들의 목적은 분명 아이들에게 지리학적 관심, 즉 아이들이 가지 않았던 장소에 대한 관심을 불러일으키는 것이다. 저자는 어떠한 방식으로 자신의 목적에 도달할까? 첫째, 대다수 어린이를 대상으로 한 이 책에서 저자는 수도 외에 아무 곳도 보지 못했으며 장애가 있는, 불행하고 가난한 아이들을 선택한다. 저자는 이 아이들을 위해 하늘과 땅, 사람, 구름, 일몰, 숲, 들판, 농부와 노파를 묘사한다. 만일 농부들에게 왜 관리가 필요한지에 대해 설명한 것을 내용으로 인정하지 않는다면, 다른 내용은 없다. 《어린이 세계》의 관점에 따르면, 관리와 교육받은 사람들이 없다면 농민들은 사라졌을 것이다. 덕망 있는 아버지가 이것을 어떻게 설명하는지가 바로 여기에 있다.

그러나 빵은 강, 수로, 도로를 통해 가장 먼 곳으로부터 수도로 모인다. 농민이 내는 세금으로 화려한 군대가 유지되고, 배와 요새가 축조된다. 세금에서 관리들의 임금이 지급된다. 농민의 소작료로 웅장한 집이 지어지고 화려한 마차가 구매된다. 그렇게 작고 보잘것없이 땅에서 헤적대던 뿌리는 가는 줄기에서 도도하게 흔들리는 화려하고 향기로운 장미를 키워낸다. 장미를 꺾으면, 그 장미 대신 다른 장미가 필 것이다. 뿌리를 훼손시키면, 관목 전부가 시들 것이다. 화려한 장미는 가는 줄기에서 더 이상 도도하게 흔들거리지 않을 것이다.

아이뿐만이 아니라 어른도 이 이야기를 끝까지 읽을 수 없을 정도로 내용이 없다. 이야기는 아버지와 함께 아이들이 상트페테르부르크에서 출발하여 크고 작은 길을 지나, 수도와 시골 농가를 들러 자기 마을에 도착한다는 것뿐이다. 이 모든 것은 엉성한 잡지의 칼럼과 이야기에나 쓰일 만한 아주 서툰 즉 번지르르한 문학어로 쓰였다. 형용어구가 붙은 모든 주어, 가볍게 돌려 말하기, 농부나 할머니가 단어 **여기에-여기에서-부터-여기까지**там-от-ко를 덧붙이며 말할 때나 '풀이 **곧게** 자란다' 등과 같은 애교 넘치는 러시아식 표현은 바로 '친절한 문체'라고 일컬어지는 그 언어다. 이 언어를 구사하는 작가에 관해 사람들은 '펜을 지배한다'라고 말한다. 그리고 이 모든 것이 18페이지에 걸쳐 있다. 살아 있는 감각적인 돌려 말하기도, 형용어구도, 어떠한 인물도, 어떠한 초상도 없다! 초상이 있는 듯하고, 무엇인가가 묘사되어 있는 듯한 것이 가장 나쁜 것이다. 엉성한 이야기들에서 나온 모든 것을 모아 한곳에 두었다. 바로 여기에 부실한 언어의 전형이 있다. 이 언어는 형상도 생각도 없이 단어 말하기만 익힌 것이다.

저녁이 되기 시작했다. 강 표면은 장밋빛으로 빛났다. 어디에선가 야생 오리떼가 강 위를 검게 물들였다. 긴 부리의 도요새는 휘 소리를 내며 이쪽 강기슭에서 저쪽으로 날아갔다. 하얀 갈매기는 허공에 날갯짓으로 빛을 발하고 슬픈 비명을 지르며 물 위를 질주하였다. 갈매기들은 어딘가에서 작은 물고기의 은빛 등이라도 보일까 뚫어지게 살펴보고 있었다. 소위 이러한 갈매기들이라 불리는 어부들은 생선을 굉장히 좋아했는데, 오늘 저녁에 아마 낚시에 성공하였을 것이다. 물고기는 모기와 날벌레를 잡으려 계속해서 강 여기저기를 뛰어올랐다. 모기와 날벌레는 습한 곳을 찾아다니지만 강 위쪽에서는 찾지 못한 채, 내일은 날씨가 좋을 것이라 기대하면서 무리 지어 물 위를 방황하였다. 태양은 지기 시작하면서 황금빛, 장밋빛, 진홍빛의 가장 선명한 색으로 물들었다. 대범한 군주의 집에서 밤을 보내기 위해서인 듯 서쪽에 운집해 있는 은빛 구름떼, 크고 벌겋게 된 태양⋯⋯ 비스듬한 저녁 빛을 담은 강은 마치 불타는 황금처럼 반짝였다. 시원해졌다. 물

위로 늘어진 버들 아래는 이미 완전히 어두워졌다. 긴 여행에
지친 아이들은 피로를 느꼈다.

이와 같은 글을 읽으면서 아이와 어른은(아이들과 어른들
은 똑같은 모양새로 이해하고 느낀다. 오래전에 이것을 깨달았어
야만 했다) 지겨움과 두려움이 혼합된 감정을 경험한다. 이 지
겨움과 두려움은 좋아하지 않는 지겨운 교사가 유쾌한 척 교
훈을 말할 때 생기는 것이다. 교사는 "내가 여러분들을 얼마
나 사랑하는지 여러분은 알죠? 귀여운 녀석들! 여러분은 삶
에서 모든 것이 노동에 의해서만 이루어지며, 신성한 것은 노
동과 기타 등등이라는 것을 알 것입니다"라고 말한다. 학생은
듣고 속으로 이렇게 생각한다. '그렇게 서둘러 머리채를 잡고
나를 끌고 가거나 밥도 주지 않고 내버려둘 거면, 제발 괴롭
히지 마라.' 아첨하는 듯한 부드러운 언어로 쓰인 〈시골로 가
는 여행〉과 같은 양식의 이야기를 읽으면서, 아이들은 순간
파수꾼이 되어 바로 이 모든 것에서 어떤 불쾌한 것이 나온다
는 사실만을 기다리고 있다. 이것은 내가 여러 번 목도한 사
실이다. 무엇보다 좋지 않은 점은 저자가 그에게 전혀 알려지
지 않은 대상들을 항목에 묘사한다는 것이다. **담벼락, 거시기
머리를 들쑥날쑥 자르고** 등과 같은 추한 가짜 민중어를 말하
지 않더라도, 여기에는 초상의 아름다움을 위해 반드시 있어
야만 했던, '농부는 짐마차에 자신의 **무거운** 쟁기를 실었다'
라는 말을 두 번 반복한다. 저자는 쟁기가 땅을 가는 다른 모

든 기구와는 다르게 아주 가볍고, 쟁기를 본 사람들이 가벼움의 지표를 무조건 쟁기와 연관시킨다는 것을 모른다. 또한 파종할 때만, 혹은 농부에게 말 한 필만 있을 때만 짐마차에 쟁기를 싣는다는 사실 그리고 이것은 매우 드문 일이라는 사실을 저자는 모른다.

다음의 짧은 단편 하나를 더 읽어야겠다. 이 단편은 농촌의 삶을 엉터리로 묘사한 글에 있는 초상과 언어의 사례다.

길 양옆에 일렁이는 언덕을 따라 여러 빛깔의 밭이 개간되었다. 이 밭은 푸른 알곡으로 뒤덮여 있는가 하면 휴경지가 되어 풀이 나지 않은 곳도 있다. 하늘과 땅이 모이는 지평선에는 먼 들판의 한 면이 푸른 톱니 모양으로 펼쳐지고 있었다. 두 개의 긴 언덕 사이의 협곡에는 경사면을 따라 흩어져 있는 큰 마을의 초가지붕이 보인다. 마을 교회의 황금빛 십자가는 햇빛에 반사되어 선명하게 불타올랐다. 길 다른 편에서는 저 멀리 교회가 없는 작은 시골을 찾을 수 있다. 숲 바로 아래 10베르스타 정도 떨어진 곳에서는 다른 마을의 십자가가 겨우 눈에 띌 정도로 빛나고 있었다. 아래쪽 앞에는—왜냐하면 길이 산 아래로 나 있기 때문에—어린 관목 숲 사이에 거대한 가축 떼가 방목되고 있었다. 몇몇의 농부는 무거운 쟁기를 끌면서 전답을 갈고 있었는데, 크지 않은 시골의 느린 말이 이 쟁기에 채워져 있었다.

그런데 평가가 가장 좋다. 여기 평가가 걸작이다.

우리에게 선인인 당신은 일하고 있다. 가능한 한 더 훌륭하게 당신의 삶을 건설할 수 있도록 우리는 배워야만 한다. 책과 배움이 없다면 삶 역시 매우 추해질 것이다. 그는 할머니가 떠나셨을 때의 아이들을 눈여겨보며 이렇게 덧붙였다. 우리 주변에 지적이고 학술적이며 교양 있는 사람들이 더 많다면, 이 시골 마을에서 삶은 더 나아지고 편리해지고 윤택해질 것이다. 교양 있는 사람이 좋은 길, 신작로, 증기 자동차, 수로, 개선된 농기구, 공장을 생각해냈다. 이들의 도움으로 이시골에서 언젠가는 교육도 할 수 있을 것이고, 농민의 힘든일도 경감될 것이고, 학교도 건설될 것이며, 여기에 여러 가지 편의시설도 생겨날 것이고, 지금은 개념조차 없는 삶의 만족감도 발생할 것이다.

나는 아이들의 본성을 믿고 인간의 가치를 존중한다. 그래서 아이들이 이 이야기를 좋아할 리 없다고 확신한다. 그러나어쩌면 교육학의 기술은 지속적이고 강한 훈련, 직관교수, 학교의 전횡 등을 통해 아이가 이와 같은 저작에 취미를 가지게만드는 것이다. 그렇다면 이것은 교육학에 가할 수 있는 가장강한 질책이 될 것이다. 나는 《어린이 세계》를 읽기 좋아하는학생을 딱 한 명 보았다. 그는 관리인의 응석받이 아들이었다. 그 녀석은 거짓을 일삼는 가장 혐오스러운 존재였다. 그

녀석은 몰래 꼬집고, 훔치고, 욕하며, 교사에게 고자질도 한다. 또 그는 《어린이 세계》를 가져와서 선생님이 옆에 지나갈 때, 사랑스러운 아이로 가장한 미소를 띠면서 〈학교에서 아이들〉 등을 읽고 소리 내어 이야기한다.

나는 다시 40페이지를 넘겼고, 〈뉴턴〉을 마주하게 되었다. 나는 이유를 알 수 없지만 여기에서 아이를 매료시키는, 삶이 흥미롭게 묘사된 인물을 찾을 수 있기를 기대했다. 하지만 여기에서 당신은 아무것도 찾을 수 없거나 완전히 물리 수업임을 알게 될 것이다. 만일 아이에게 완전히 물리 수업을 하지 않는다면, 즉 아이와 함께 한두 달 공부하지 않는다면, 이 항목에서 아이에게 남는 것은 아무것도 없을 것이다. 이 항목이 바로 여기 있다.

뉴턴

지금으로부터 150년 전 영국에 천재이자 위대한 학자가 살았다. 그의 이름은 아이작 뉴턴이다. (그는 코페르니쿠스가 죽은 해인 1642년에 태어나서 1727년에 죽었다.) 그는 종종 가장 평범한 물건을 보면서도 예전에 수천 명의 사람이 보지 못한 것을 그 속에서 찾아낼 만큼 지혜롭고 많이 알고 있었다. 어느 날 뉴턴은 정원을 산책하면서 사과가 가지에서 땅 위로 떨어지는 것을 보았다. 그는 사과가 떨어지는 것을 수천 번 보았지만 그것에 주의를 기울이지 않았다. 하지만 지금 그의 머리에 의문이 생겼다. 왜 가지에서 떨어져 나온 사과는 위쪽이

나 측면으로 날아가지 않고 땅 위로 떨어질까? 뉴턴은 모든 현상에는 반드시 이유가 있다는 것을 알았고, 이렇게 자문하였다. "모든 물체가 위로 날아가지 않거나 허공에 매달려 멈추지 않고 땅으로 떨어지는 것은 어떤 이유일까?" 지금까지 누구도 주목하지 않았던 이 평범한 현상을 충분히 생각한 다음, 뉴턴은 지구에 끌어당기는 힘이 있어야만 한다는 결론을 내렸다. 이 힘을 인간은 이미 오래전에 자석에서 발견한 바 있었다. 오로지 차이점은 자석은 강철과 쇠를 끌어당기지만, 지구는 모든 물체, 기체와 액체 즉 물과 공기도 끌어당긴다. 그래서 바다에서 물이 쏟아지지 않고, 공기는 사방으로 흩어지지 않는다.

뉴턴은 이와 같은 결론에서 멈추지 않았다. 그는 더 많이 관찰하게 되었고, 바로 지구만 자신에게로 모든 물질을 끌어당기는 것이 아니라 모든 물질이 다른 물질을 자신에게로 끌어당긴다는 것을 깨닫게 되었다. 접시에 담겨 있는 고요한 물 위로 작고 가벼운 물체들을 던진다면, 즉 지구가 아주 강하지 않게 끌어당기는 물체들을 던진다면, 이 물건 모두는 조금씩 조금씩 서로서로 가까워지거나 접시 끝부분으로 밀리게 된다. 물 위에 떠다니는 작은 나무 조각은 큰 범선 주변에 머무르고 나뭇잎이나 다른 가벼운 물건들은 기슭으로 밀려난다. 뉴턴은 바로 모든 물체가 서로 끌어당긴다는 것을 확신하게 되었다. 만일 돌이 옆에 놓여 있는 다른 돌 쪽으로 날아가지 않는다면, 지구가 그 돌보다 수억 배나 크고, 지구의 인력도 돌의 인력보다 그만큼 더 크기 때문이다. 만일 한 소년이 마차를 끌고 가는데, 다른 소년이 뒤에서 마차를 잡는다면, 두 소년 가운데 더 힘이 센 소년이 끌어당긴다. 그러나 만일 똑같은 소년이 네 필의 말이 끄는 마차를 뒤에서 잡는다면 말은 누군가가 뒤에 매달려 있다는 것을 느끼지 못한다. 똑같이 땅위의 모든 물건은 서로 끌어당기지만 그들의 상호간의 인력을 지구의 인력과 비교하자면, 소년의 힘을 4필의 말의 힘과 비교하는 것보다 훨씬 더 보잘것없다.

물체의 무게는 과연 무엇인가? 땅에서 돌을 들어올리면서 우리는 돌이 무겁다는 것을 느낀다. 다시 말하자면 우리는 지구가 돌을 자기 쪽으로 강하게 끌어당긴다는 것을 느낀다. 지구로 인한 이 크고 작은 물체의 인력은 크고 작은 무게를 중량에 더한다. 물체의 무게를 가령 1푼트짜리 저울 추와 같은 어떤 실험용 무게 단위와 비교한다면, 우리는 이 물질의 무게를 알게 된다. 즉 우리는 몇 푼트, 몇 푸드 등인지를 알게 될 것이다.

모든 물건의 중량, 다른 말로 지구가 당기는 물체의 힘을 규정하길 원하면서, 학자들은 순수한 물의 중량과 모든 물건의 중량을 비교하게 되었다. 그래서 학자들은 한 컵의 물이 수은 한 컵보다 13.5배 가볍고 철은 물보다 8.5배 무겁고 황금은 19.5배 무겁다는 것 등을 발견하였다. 순수한 물의 무게와 비교되는 같은 크기의 물체의 무게는 상대적 무게 혹은 비중 등으로 불린다.

나머지 모든 항목도 같은 식이다.

선집 2부 첫 번째 부분에는 아이들에게 아무것도 전해줄 것이 없는 푸시킨의 〈겨울 길〉과 크릴로프의 〈두 개의 통〉이 있다.

통 두 개가 지나갔다. 통 하나에는 포도주가 있었고, 다른 통은 비어 있었다. 여기 첫 번째 통은 소리 없이 종종걸음으로 조용히 지나갔고, 다른 통은 질주하듯 달려갔다. 이 때문에 포장도로에 쿵쾅거리는 큰 소리가 났고 먼지가 기둥처럼 일었다. 멀리서부터 이 소리를 듣고 지나가던 사람은 무서워하며 재빨리 옆쪽으로 움츠렸다. 그러나 이 통이 아무리 큰 소리를 낼지라도 이 통에서 얻을 이익은 첫 번째 통만큼 크지 않다.

어떻게 **통들이 지나갈 수 있을까? 중요한 것은 통들이 질주하듯 달려가거나 종종걸음으로 조용히 지나갈 수 있느냐는 것이다.** 왜 여기에서 지나가던 사람은 옆으로 피하고 있나? 그리고 왜 이 모든 것을 묘사했나? — 아이는 스스로 의문을 품겠지만 대답하지는 않을 것이다. 40페이지를 더 넘기면 〈무인도〉가 이어진다. 나는 이것을 전부 인용하지 않을 수 없다. 이것은 매우 주목할 만하다.

무인도

어떤 주인이 자신의 노예가 행복해지길 원하면서 그에게

자유를 주고 값진 많은 물건을 실은 배를 그에게 선물하였다. "가라, 낯선 땅에 가서 너의 재산을 늘려라. 그러면 네가 취한 모든 것은 너의 것이 될 것이다"라고 주인이 노예에게 말했다.

노예는 출발하였다. 그러나 곧 강한 풍랑이 일기 시작했고, 그의 배는 파도에 부서졌다. 값비싼 물건들은 바다에 가라앉았다. 배를 탔던 모든 사람이 죽었고, 가장 큰 어려움을 겪었던 노예 한 사람만이 가장 가까운 섬에 도달했다. 굶주리고 반쯤 헐벗은 고립무원의 그는 애처롭게 자신의 불행에 슬퍼하며 섬 안을 돌아다녔다. 그가 조금 걸어가자, 멀리 큰 도시를 보게 되었다. 그 도시에서부터 기쁨의 함성을 지르는 한 무리의 주민이 그를 향해 걸어왔다. "우리의 왕이여, 안녕하십니까!" 그들이 그에게 소리쳤다. 그들은 그를 화려한 마차에 앉히고 엄숙하게 도시로 데려갔다. 그런 다음 그를 왕궁으로 데려갔고, 값비싼 망토를 입히고 황금빛 옥좌에 앉혔다. 고관들이 사방에서 그를 에워싸고는 그 앞에 넙죽 엎드렸고 전 백성의 이름으로 그에게 충성을 맹세하였다.

새 왕은 처음에는 이 모든 것이 꿈이라 생각했다. 하지만 조금씩 이것은 꿈이 아니라고 확신하였다. "정말 아무것도 이해할 수 없어." 그는 생각했다. "이 사람들의 눈이 어디에 있는 거지? 굶주리고 헐벗은 거지를 데려와서 자신들의 왕으로 추대하다니! 이 나라에는 이상한 풍습도 다 있구나."

새 왕은 이렇게 생각하였고, 그의 호기심은 너무나 강해져서, 그를 괴롭히는 수수께끼의 해답을 가장 가까이 있는 한 사람에게 물어보기로 결심하기에 이르렀다. 가장 가까이 있는 이 사람이 그에게는 착하고 현명한 노인으로 여겨졌다. 새 왕은 노인에게 말했다. "대신이여, 나에게 제발 설명해보시오. 왜 그대들은 나를 그대들의 왕으로 만들었는가? 그대들은 내가 바닷가에 버려졌다는 사실을 어떻게 알았다는 말인가? 그리고 이 모든 것은 결국 어떻게 된다는 말인가?"

대신이 그에게 대답했다. "나의 군주여, 이 섬은 영혼들이 정착한 곳입니다. 이들은 이미 오래전에 주님께 기원했습니다. 주님께서 해마다 자신들을 다스릴 아담의 자손 중 한 명을 보내달라고. 조물주는 이들의 간청을 들어주셨고, 매년 같은 날 바닷가에 사람을 보내왔습니다. 주군께서 직접 보셨듯이 주민들은 기쁨의 소리를 지르면서 그에게로 갑니다. 그리고 그를 우리의 왕으로 추대합니다. 딱 1년간입니다. 1년이 지나고 운명의 날이 다가올 때, 이들은 그의 왕의 권리를 빼앗고 그에게서 모든 장신구를 벗기고 누더기를 입힙니다. 한때 백성이었던 사람들은 완력으로 자신의 군주를 바닷가로 끌고 가서 그를 배에 태우고 바다로 떠나보냅니다. 그리고 그 배는 그를 어떤 텅 빈 야생의 섬으로 데려갑니다. 며칠 동안 강한 왕이었던 그 사람은 다시 가난하고 벌거벗고 굶주린 채로 무인도로 떠나갑니다. 그는 거기에서 친구도 백성도 찾을 수 없으며 그의 불행한 상황을 함께할 어떤 사람도 발견할 수 없습니다. 만일 그가 자신의 왕국을 이용하지 않았다면, 그는 무인도에서 불쌍하고 가엾은 삶을 살아갈 것입니다. 예전 왕을 쫓아내고, 백성은 서둘러 바닷가로 갑니다. 신이 매년 잊지 않고 보낸 새 왕을 발견할 것이라고 확실히 알고 있으니까요. 나의 주군이여, 우리 국가의 영원한 법은 이렇습니다. 어떤 왕도 이것을 폐지할 수는 없습니다."

"나의 선임자들은 그들을 기다리고 있는 운명에 대해 알았는가?"라고 왕은 물었다.

"변함없는 이 운명의 법칙을 한 사람에게도 숨긴 적이 없었습니다." 대신이 대답했다. "그러나 그들 가운데 많은 이들은 그들의 왕위를 둘러싼 빛에 눈이 멀어 슬픈 미래를 잊어버리고 멍청하게 1년을 보냈습니다. 행복을 즐기면서, 그들은 무인도의 존재를 믿고 싶어 하지 않았고, 현재의 만족을 망치지 않기 위해 섬에 대해 생각조차 하기 싫어했습니다. 그들은 향락을 오가며 취한 상태로 운명의 날에 다가갔습니다. 불행의 날이 다가왔을 때, 그들 모두 운명을 안타깝게 여겼고 현혹당한 자신을 저주하였습니다. 그러나 이미 늦었죠. 그들은 가차 없이 배에 버려졌고, 그들이 지혜롭게 대처하지 못했던 불행에 맡겨졌습니다."

대신의 이야기는 왕의 심장을 두려움으로 가득 채웠다. 그는 선임자들이 이르렀던 운명에 대해 생각하면서 몸서리를 쳤고 선임자들의 운명을 피해가기로 굳게 결심했다. 그는 길지 않은 1년 가운데 몇 주가 이미 지나갔음을 쓰라리게 느꼈고 나머지 통치 기간을 어떻게 더 잘 활용할지를 진지하게 생각했다.

그는 영혼에게 말했다. "현명한 대신이여, 그대는 나를 기다리는 운명과 왕으로서 나의 권력이 아주 짧다는 것을 알려주었다. 그대에게 부탁하건대, 선임자들의 불행한 운명을 피하기 위해서 내가 무엇을 해야 하는지 나에게 가르쳐주게나."

영혼은 그에게 이렇게 대답했다. "군주여 기억하십시오. 당신은 혼자 헐벗은 채 아무 도움 없이 우리의 섬으로 왔습니다. 그렇게 이 섬을 벗어나면 될 것입니다. 결코 더는 되돌아보지 마십시오! 쫓겨난 땅에서 당신을 기다리는 불행을 막을 수 있는 오로지 하나의 방법이 있습니다. 그 땅을 비옥하게 만든다면 주민들이 정착할 것입니다. 우리의 법에 따르면 이것은 당신에게 허용됩니다. 순종하는 당신의 백성들은 지금 당신이 그들에게 명령하는 곳으로 갈 것입니다. 무인도로 더 많은 노동자를 보내고, 그들에게 명령하십시오. 황야를 옥토로 개간하고 도시를 세우고 생활에 필요한 모든 것을 채우라고요. 한마디로, 새로운 다른 왕국을 준비해 두십시오. 그 왕국의 주민은 여기에서 당신이 쫓겨난 후에, 당신을 기쁘게 맞이할 것입니다. 그러나 서두르십시오. 쓸데없이 1분도 허비하지 마십시오. 시간은 짧습니다. 당신이 당신의 미래의 왕국을 더 훌륭하게 건설하면 할수록, 그곳에서 당신의 삶은 더 행복해질 것입니다. 매일 아침 오늘이 당신의 1년이 끝나는 날이라 생각하십시오. 자신의 자유를 이용하십시오. 만일 당신이 제 충고를 무시하고 지체하거나 만족감에 잠든다면, 당신은 파멸할 것입니다. 쓰라린 운명이 당신을 기다릴 것입니다!"

왕은 지혜로운 사람이었고, 영혼의 말은 그를 단단히 결심하게 만들었다. 그는 지체 없이 많은 노동자들을 무인도로 보냈다. 그들은 기뻐하며 출발했고 열정적으로 일했다. 섬은 빠르게 단장되기 시작했다. 여섯 달도 채 되지 않아, 섬의 꽃이 핀 풀밭과 들판 가운데에 풍요로운 많은 도시들이 생겨났다. 그럼에도 불구하고 왕은 자신의 미래의 왕국을 더 개선하기 위한 노력을 게을리하지 않았다. 그는 그곳으로 새 주민을 계속 보냈고, 새 주민 모두는 이전에 정착한 사람보다 더 크게 기뻐하며 그곳으로 갔다. 왜냐하면 친척들과 친구들이 정착했으며 이미 잘 정돈된 나라가 그를 기다리고 있었기 때문이다.

그러는 사이 한 해의 끝이 다가왔다. 예전의 왕들은 길지 않았던 권력을 내려놓아야만 하는 그날을 공포스럽게 기다렸다. 그러나 새 왕은 두려움 없이, 심지어 만족해하며 그날을 기다렸다. 그는 지혜로운 활동으로 쾌적하고 견고한 주거지로 만들어두었던 나라로 옮겨갈 것이다.

마침내 정해진 날이 왔다. 사람들이 왕을 잡아 궁전에서 내보냈고 그에게서 왕관과 왕의 옷을 벗겼고 피할 수 없는 배에 실었다. 배는 그를 유형지에 데려다주었다. 그러나 그가 바닷가에 닿자마자 섬 주민들이 기쁘게 그를 향해 서둘러 다가왔으며, 깊은 존경심으로 그를 받아들였다. 그들은 그의 머리를

1년 내내 빛났던 왕관 대신에 시들지 않는 화관으로 장식해주었다. 신이 그의 현명함에 상을 내렸다. 신은 그의 백성들에게 불멸을 주었고, 그를 완전하고 영원한 그들의 왕으로 만들어주었다.

부자는 조물주다. 주인이 보낸 노예는 태어난 사람이다. 그가 닿았던 섬은 지구이고, 그곳으로 우리는 아무것도 입지 않은 채 고립무원으로 등장한다. 그를 향해 오는 주민들은 부모다. 그들은 나약한 존재에 관해 걱정한다. 그를 기다리고 있는 슬픈 운명에 관해 그에게 이야기해준 대신은 종교이고 이성이다. 통치하는 1년은 인간의 길지 않은 삶이고, 무인도는 미래의 세계다. 왕이 거기로 보낸 노동자들은 사는 동안 인간이 한 선행이다. 그러나 자신의 안타까운 운명을 피하지 못했던 왕들은 길지 않은 지상의 만족감에 의지하면서 그들을 기다리는 내세의 삶에 대해 잊어버린 대다수의 사람들이다. 그들은 착한 일을 하지 않고 신의 왕좌 앞에 나타나며, 이 때문에 고통과 불행을 겪는다.

예술적인 재미도 없고 언어도 서툴다. 알레고리는 전혀 만족스럽지 않고, 결정적으로 어른에게도 아이에게도 소화되지 않는다. 가장 중요한 것은 이 모든 것에서 얻을 수 있는 것은 지루함 외에 없다. 지루하고 또 지루하다. 물론 나는 대신이 종교이고 이성이라는 점, 노동자들이 선행이라는 점에 동의한다. 하지만 왜 아이들이 이와 같은 저작을 좋아하지 않는지, 왜 아이들에게 영향을 미칠 수 없는지를 명확하게 이해하지 못하는 사람에게 — 언어의 과장과 몰이해는 아이들은 물론, 심지어 성인들도 기만할 수 있다 — 최후의 한마디를 하겠다. 세련되지 못한 슬라브어 참회록을 읽어보라. 선, 악, 괴로운 어둠 등과 같은 단어를 자주 쓴다. 이 참회록은 효과를 불러일으키는데, 일련의 명확하지 않은 공포, 감정, 사상을 불러일으킨다. 그러나 이해할 수 있는 언어라 하더라도 쓸데없는 말을 한다면, 마찬가지로 거기에는 당신에 대한 무시와 지루함 외에 남는 것은 없다. 하지만 내용 없는 책을 아이들이 전혀 이해할 수 없는 언어로 썼을 때, 책에 관해 무엇을 이야기할 수 있겠는가? 형식으로 아이를 기만할 수는 있다. 하지만 내용으로는 어떻게 할 수 없다. 우리보다 아이들이 훨씬 더 강하게 예술적으로나 교육적으로 진실한 내용을 요구한다. 《어린이 세계》의 부실한 내용은 상트페테르부르크 문맹퇴치위원회를 기만할 수 있었던 그 형식으로 표현된다.

만일 《야스나야 폴랴나》의 출간이 계속되고 산수 학습에 대한 우리의 경험과 관점을 이야기할 수 있다면, 다음에 출간될 잡지 가운데 한 권을 기약하면서 산수에 관한 지도서를 상세하게 연구하지는 않을 것이다. 그런데 독일 교육학자 그루베의 방식에 따른 산수책이 위원회가 승인한 책에 포함되어 있다. 문맹퇴치위원회는 이 책에 대해 다음과 같이 말한다.

이 참고서는 유일하게 **가르치는 사람을 위해서** 지정된 것으로, **배우는 사람을 위한 것은 결코 아니다.** 참고서에 제안된 교육 방법에 따르면 배우는 사람에게 인쇄된 교재는 전혀 필요하지 않다. 그루베는 주로 인민학교를 염두에 두고, 기초 산수를 세 과정으로 나눈다. 이 과정의 궁극적인 목적은 정수와 소수의 기본적인 제1연산 학습이다. 기간은 3~4년, 주당 3번의 수업으로 시행된다. 모든 과정에서 학생은 독자적인 총체성을 알게 된다. 만일 첫 번째 과정이 끝날 즈음에 학생이 수업을 유보해야 할 경우가 발생하더라도, 어쨌든 학생은 소위 축소된 형태로 모든 산수를 이미 알게 된다. 게다가 그는 스스로 향후에 자기 인식을 전개하는 방법을 터득하게 된다. 우리 마을 학교에는 읽기 쓰기와 함께 산수가 학습의 유일한 과목이기 때문에 산수는 일주일에 6번 시행된다. 이것은 그루베 방식에 따른 최종 학습의 정해진 기간을 반으로 단축한 것이다. 만일 우리 마을 선생님들이 이 방법에 정통하다면, 우리 상인들의 계산법을 그루베의 방식에 쉽게 적용할 수 있고, 민족적인 기초를 저변에 두고 우리식 그루베의 방식을 공고히 할 수 있다고 분명 확신하게 될 것이다. 현재 우리는 우리 마을의 교사를 위한 유용한 참고서를 이 이상 발견하지 못할 것이다. 어떤 경우라도 이 책을 아이들에게 주어서는 안 되고, 마을의 모든 교육기관에는 한 권, 많다면 두 권짜리 참고서가 필요하다. 이것을 분명히 이해하는 사람에게 이 가격은 비싸지 않다.

스투디트스키 씨가 처음으로 우리에게 설명했던 독서 교습 방법이 활용되었듯이, 졸로토프 씨는 산수 교육에서 이 방식이 잘 알려졌다는 점을 활용하여, 그가 언급한 책에서 이 방식을 완전히 바꾸었다.

바로 이것이 책에 대한 평가다. 이 평가는 진지하고 사려 깊은 톤으로 쓰였다. 이 책은 평범하게 인쇄된 책들처럼 제목, 서론, 글자, 단어로 인쇄되었다. 어떤 사람은 이것을 틀림없는 책이라고 생각한다. 그러나 이 책이 대중에게 건네는 가장 혐오스럽고 불쾌한 장난 가운데 하나임을 확신하기 위해서는, 한 번쯤 학생들에게 수학을 가르치고 이 책을 대충이라도 읽을 필요가 있다(책을 긍정적으로 읽는 것은 불가능하다). 타자의 말을 빌려 교육학에 대해 평가하는 사람들에게 나는 서문과 책을 읽어보라고 충고하는 바이다. 이 책을 연구하며 내가 느꼈던 악의, 모욕, 비애의 감정을 경험하기 위해서는 이 책을 반드시 읽어야 한다. 처음부터, 서문부터 시작해보겠다. 다시 직관교수라는 허위의 방법을 제시한 불운한 페스탈로치는 모든 면에서 잘못을 저질렀다. 한번 확인해보라. 문제는 자연과학을 위해 페스탈로치가 그것을 화학, 물리, 식물학 등이 아니라 당근, 자석, 못 등으로 분류하기 시작했듯이, 수학에서도 페스탈로치가 산수를 덧셈, 뺄셈, 곱셈, 나눗셈으로 나누는 것이 아니라 숫자 2, 3, 4, 5, 6 등으로 나누기 시작했다는 것에 있다. 정말 이것은 믿기 어렵다. 만일 이 모든 것을 위대한 독일 교육학자 그루베가 도출했다는 증거를 댈 수 없다면, 이것은 모욕이라고 말했을 것이다. 그루베는 우리가 마땅히 따라가야만 하고, 그의 방법은 독일에서 큰 걸음을 내딛었으며 우리 교육학의 은인들이 우리에게 알리기 위해 애쓰는 방법이지 않은가.

여기 서문에서 언급한 말이 있다.

이제 그루베에 주목해보자. 그는 기본적으로 모든 선임자의 방식을 연구한 다음, 그들의 장점을 이용할 뿐만 아니라 단점을 극복할 수 있었다. 이게 바로 그가 스스로 기초적 산수를 가르치는 올바른 방법이라고 규정한 이유다. 즉 숫자는 기껏해야 100까지 한눈에 들어오고, 큰 수의 계산은 처음 100을 기준으로 가능하므로, 학생들은 1과 10자리에 있는 각각의 숫자를 모든 특징과 관계를 고려하여 생각해야 한다. 개별 숫자의 철저한 검토에서부터 새로운 산수 계산법이 저절로 생겨나야만 한다. 이때 모든 가르침은 개별적인 단계가 점점 발전하면서 상호 조건화될 수 있도록 연속적이어야만 한다. 이렇게 되었을 때만 정확한 산수 지식의 견고한 출발점이 될 수 있다. 학생은 나중에 그에게 필요하고 유익한 자료를 수집하게 된다.

암산과 필산을 통합할 필요성을 설명하면서 그는 다음과 같이 이어간다.

순수 산수와 **응용** 산수에 관해 말하자면, 이 부분들은 마땅히 긴밀하게 연관되어야 하지만 전혀 그렇지 않다. 대개 실전 문제로, 즉 언제 어디서라도 해결해야만 하는 문제로 학생들을 충분히 연습시키지 못한다. 주어진 숫자의 모든 관계를 철저하게 검토한 직후 개별 경우에 적용해야만 한다. 숫자는 추상적인 형상과 응용된 형상에서 동시에 나타났을 때에만 **근본적으로** 연구될 수 있다. 계산은 두 개의 분리되지 않는 활동, 즉 저절로 수적 관계를 이해하고 실제 생활과 결합하는 것을 내포하고 있다. 첫 번째 활동만 이해하는 자는 여전히 연산을 알지 못한다. 비록 그가 모든 종류의 숫자를 전부 계산할 수 있을지라도 말이다. 생활에서 접하게 되는 모든 것을 계산하는 법을 숙지하기 위해서는 이론적이고 실제적인 활동이 필요하다. 예를 들어 만일 학생이 6×1, 3×2 등의 식에서 답이 6이라는 것을 알게 된다면, 이 식은 즉시 사회활동을 하는 어떤 아이가 겪었을 여러 가지 개별적 상황에 적용되어야만 한다. 가령 빵 하나가 1코페이카이면 빵 6개는 얼마인가? 빵 6개가 6코페이카이면 빵 하나는 얼마인가? 빵 한 개에 2코페이카를 지불해야 한다면 빵 3개에는 얼마를 지불해야만 하는가? 만일 차 1졸로트니크[32]가 2코페이카이면 3졸로트니크는 얼마인가? 이 계산의 응용을 '명수'[33] 하의 연산 작업과

---

32 중량 단위로 1졸로트니크는 4.266그램이다. — 옮긴이
33 측정단위가 표시된 숫자. — 옮긴이

혼동해서는 안 된다. 원래 **명수만** 기초산수에 속한다. 왜냐하면 각각의 숫자는 선, 젓가락, 돌 혹은 돈과 같이, 보이는 대상을 수단으로 설명될 수 있기 때문이다. 아이가 수의 표상을 추상적인 숫자로 익히기 위해서 '명칭'은 훨씬 더 자주 바꿔야만 한다. 그러나 실제로는 전혀 적용되지 않고 있다. 왜냐하면 모든 문제에서 연산을 어떻게든 설명하려는 표현, 즉 더하라, 빼라, 몇 배를 곱하라라는 말을 사용하기 때문이다. 적용할 때 개별 경우와 산수 연산 사이의 직접적인 관계는 숨겨져 있고, 학생은 이 관계를 찾아야 한다. 예를 들어 '1졸로트니크의 차가 2코페이카라면 3졸로트니크는 얼마인가?'라는 문제를 풀기 위해서, 학생은 먼저 다음과 같은 일반적인 결론을 도출해야만 한다. '만일 내가 어떤 물건을 3번 가져간다면 나는 그 물건에 3번 정해진 값을 지불해야 한다.' 그런 다음, 이 결론을 기반으로 문제는 3×2코페이카=6코페이카라는 연산으로 해결된다. 만일 학생이 실제 모든 문제에서 바로 어떤 수(예를 들어 6)의 산술관계를 쉽게 이해하기에 이르렀다면, 그는 철저하고 근본적으로 이 수를 배운 것이 된다. 그러나 수가 더 커지면 커질수록 이 관계는 더 복잡해진다. 그래서 우리는 이렇게 가정해보았다. 즉 쉬운 과정에서 어려운 과정으로, 단순한 것에서 복잡한 것으로의 점진적인 이행을 엄격하게 지킬 것을 요구하는 기초과정에서는 숫자들을 개별적으로뿐만 아니라, 1에서 시작하여 오름차순으로 살펴보아야 한다. 그리고 각각의 수를 개별 상황에 바로 적용해야만 한다.

이렇게 산수 교육의 모든 구성 성분들을 결합한 하나의 총체성으로 통합시키고, 숫자의 점진적인 확대를 통해 그 지속성을 기초로 하여, 그루베는 하나의 방식을 창조하였다. 이 방식은 무엇보다 가장 최신의 교수법이 엄격하게 요구하는 사항을 만족시킨다. 이 방식에 따른 교육은 a)도덕적으로 학생들에게 영향을 미친다. 즉 학생들에게 상응하는 자립성을 자각시키고, 이를 통해 배움과 노동에 대한 사랑을 불러일으킨다. b)그들의 지적인 능력을 발전시킨다. c)학문의 본질을 소개한다. d)삶에 필요한 실천적 지식을 그들에게 알려준다.

주로 인민학교를 염두에 두고, 그루베는 기초산수를 **세 과정**으로 나누었다. 이 단계의 최종 목표는 정수와 소수에 대한 제1연산의 기본적인 학습이다. **기간**은 3~4년이며 주당 3회 수업을 한다.

첫 번째 과정. 1년 반 동안 1에서 100까지 정수의 계산. 처음 반년 동안 숫자 1에서 10까지 배운다. 그리고 두 번째와 세 번째 반년에는 10에서 100까지 배운다. 이 과정의 초반에는 암산이 필산보다 압도적이다. 왜냐하면 대부분의 아이들이 이제 막 쓰기 시작했기 때문이다.

두 번째 과정. 1년 동안 100 이상의 정수 계산. 전반기에는 1000까지의 숫자를 배운다. 후반기에는 각 크기의 숫자를 살펴보고 개별적인 산수 연산을 연습한다. 만일 학생들이 바로 개별적인 연산에 이르게 되면, 필산이 암산을 능가할 수 있다.

세 번째 과정. 1년 동안 소수의 계산. 전반기에는 소수의 철저한 검토, 후반기에는 개별 산수 연산 연습.

이러한 배분을 통해 명확해진 것은 모든 과정에서 독자적인 총체성이 학생에게 전해진다는 점이다. 만일 첫 번째 과정이 끝날 무렵, 학생이 수업을 유보해야 할 일이 생겼더라도, 학생은 작은 규모라고 할지라도 어쨌든 산수 전체를 알게 된다. 그리고 그는 산수를 스스로 더 전개시킬 능력을 획득할 것이다.

이러한 모든 평가에는 처음부터 끝까지 건전한 생각의 불꽃도, 문제에 관한 지식의 그림자도 없다. 산수를 4개의 연산으로 나누는 것은 연구실에 앉아 있는 어떤 독일인이 만들어낸 것이 아니다. 이러한 분류는 인간 지식의 일반적인 특징에 의해 형성된다. 교사를 직접 접하지 못한 모든 아이도 오래된 학교에서와 똑같이 생활에서 더하기를 먼저 배우고, 다음에는 빼기, 곱하기, 나누기를 배운다. 학문의 구분은 예전 학문의 세분화를 수용하였을 것인데, 이 구분의 새로운 철학적 기반을 찾아보라. 그러면 여러분은 새로운 교육학의 토대를 발견할 것이다. 예를 들어, 수학의 기초를 위해 번호 매기기를 도입하고 이 번호 매기기의 변이형에 의한 모든 수학적 연산을 인정하라. 그러면 여러분은 교육 이론의 새로운 토대를 가지게 될 것이다. 혹은 서로 간의 크기의 관계 값을 수학의 토대로 인정하거나 기하학을 모든 산수 연산의 원리로 인정하라. 그러면 당신은 허황하고 불안전한 새로운 교육학 이론을 가질지도 모르지만, 이 이론을 기반으로 새로운 세분화를 단행할 권리를 가질 것이다. 이 모든 것들을 대신하여, 위대한 혁신가 그루베와 파울손은 잘 알려진 여러 가지 덧셈 방식을 토대로 삼은 옛날의 세분화를 멀리한 다음, 한 자릿수의 여러 값을 세분화하는 기반을 마련하였다. 그들은 기계학에서 혁신가들이 단행했던 것과 똑같은 일을 하였다. 기계학에서 혁신가들은 힘의 법칙들 대신에 도르래, 벨트 컨베이어, 베어링을 가르쳤던 것이다. 그루베 씨는 각각의 아이가 1, 2, 3, 4와 같은 숫자들과 이 숫자들의 관계를 학교가 아니고서도 배울 수 있다는 사실을 잊어버리고, 단순하게 숫자들을 가르치도록 지시하였다. 이 신사들은 실제 아이와는 어떤 일도 해본 적이 없거나, 학생들이 지식에 이르는 모든 과정을 조사하고 추정할 수 있는 교육가의 능력을 어느 정도 상실한 듯하다. 그들은 자기 한 사람을 위해서, 혹은 어린 시절부터 숫자의 아무런 영향력도 받지 않고 교육받아 공상에 빠진 아이들을 위해서, 훈련된 말이 숫자 세는 것을 배우듯 셈하기를 배워야만 하는 아이들을 위해서 산수책을 집필한 것으로 보인다. 보다시피, 저자는 아이들에 대해 실제 교사의 시선을 끌었던 다음과 같은 여러 가지 관찰도 결코 한 적이 없다. 즉 1)아이들의 자기 주도성은 그들에게 크든 작든 복잡한 과제가 주어졌을 때만 생겨난다. 2)아이들은 순수한 수학에 매료되어 아무런 응용도 하지 않고, 크고 추상적인 숫자로 과제를 해결하기를 너무 사랑한다. 3)아이들은 생활에서 가져온 과제를 참을 수 없다. (아이들에게는 50톤 곱하기 100톤이 얼마인가보다 상인이 100아르신의 벨벳에서 얼마의 이익을 가져갈 것인가가 훨씬 더 추상적이다.) 4)아이들에게는 계산 결과와 과정을 명확하게 표현하는 능력보다 계산하는 능력이 먼저 발달하였다. 이것이 단점은 아니다. 이것은 발달의 필수조건이다. 5)교사의 입장에서 계산 결과와 과정에 대해 명확하게 표현할 것을 요구하는 것은 수학 발전에 방해가 된다. 6)학생들의 자기 주도성을 고취할 때, 그들에게 가장 필요한 조건은 교사가 명령으로 끌어낼 수 없는 자유와 열정이다. 교사는 그것을 기대하고, 능력껏 그것을 이용해야만 한다. 7)대다수 교육기관의 학생들이 체계적 폐해를 당했음에도 불구하고, 학생들은 어른 즉 교사로부터 중요하고 지혜로운 질문을 기대한다. 그리고 "노아에게는 셈, 함, 야벳이라는 세 명의 아들이 있었다. 이들의 아버지는 누구였을까?"와 같은 질문 때문에 아연실색한다. 나는 어린 시절부터 내가 이런 질문 때문에 괴로워했던 것을 기억한다. 파울손의 책 전체는 이러한 문제들로 구성된다. 그리고 이 모든 것은 위대한 교육가 그루베와 파울손이 아이들이 옛날부터 배워왔던 것을 어떻게 가르칠까에 대해 고민했기 때문에 발생한 것이다. 이들은 이성적인 존재를 만들었던, 즉 태어날 때부터 공간, 시간, 숫자라는 조건에서 인간을 만들었던 주님께서 오래전에 구성한 학습방식에 대해 염려하고 있다. 수학은 연산을 배우는 것이 아니라, 계산할 때 인간의 사고방식을 배우는 것을 그 과제로 삼는다. 교육학은 환상과 일방적인 경험에 기반을 둘 수 없다. 교육학은 사상과 지식의 고양된 표현에서 그리고 아이의 영혼에서 똑같이 발현되는 철학과 과학의 영원한 법칙에 기반을 둔다. 사칙연산을 올바르게도 그릇되게도 가르쳤지만, 사칙연산의 면면은 언제나 아이의 영혼과 학문 그 자체에 남겨질 것이고, 비록 교회지기에게서 암기로 배웠을지라도 사칙연산 규칙을 배운 자는 사칙연산을 응용할 수 있을 것이다. 그루베 방식에 따라 공부하는 사람은 편의시설이 미흡한 학교에서 그의 삶이 가르쳐준 것을 배우게 될 것이다. 파울손처럼 예전 방식을 진지하게 비평하는 척하는 책의 등장은 나에게 우리 마을의 화재를 기억나게 한다. 강 한쪽이 타들어 갔다. 우리는 물을 끌어와 붓고 흩뿌리며 할 수 있는 모든 것을 하고 있었다. 갑자기 다른편에서 사람을 태운 트로이카가 우리에게로 격렬하게 다가오는 것이 보였다. 그 사람은 짐마차 위에 서서 맹렬히 손을 흔들며 무언가 소리쳤다. 이웃 지주였다. 그는 껑충 뛰어내렸고, 넘어지면서 모자를 잃어버렸다. 그리고 강가로 바짝 다가가 손을 흔들어 자신에게로 이목을 집중시키면서 바람을 가르는 소리로 우리에게 외쳤다. 실제로 모든 사람이 일을 멈췄고, 그에게서 도움이 될 만한 충고를 듣기 위해 강 쪽으로 다가갔다. "물을 끌어와요! 물을!" 지주가 소리쳤다. 다른 것은 더 없었다. 우리 모두 서로 쳐다보았다. 우스꽝스러웠고 화가 치밀어 올랐으며 혐오스러웠다. 일반적인 직관교수, 특히 수학에 응용된 직관교수는 우리에게 이와 조금도 다르지 않은 똑같은 인상을 불러일으킨다. 직관교수는 유익하고 새로운 어떤 것도 없으면서 화려한 문장으로 교육학에 참견하고 이목을 집중시킨다. 다음 글을 읽어볼 필요가 있겠다.

숫자 2

"나의 오른손에 몇 자루의 석필이 있을까?"

"선생님의 오른손에는 석필 한 자루가 있습니다."

"그러면 왼쪽에는?"

"역시 한 자루의 석필이 있습니다."

"합치면 이것은 두 자루의 석필이 된다. 결국 나에게는 몇 자루의 석필이 있나?"

"책상에는 몇 권의 책이 있니?"

"책상에는 한 권의 책이 있습니다."

"나는 여기에 책 한 권을 더하겠어. 지금 책상에는 두 권의 책이 있다. 한 권의 책과 또 한 권의 책이 있으면, 책은 몇 권일까?"

"하나의 펜과 또 하나의 펜이 있어. 펜은 몇 개일까? 돌 한 개와 또 돌 한 개가 있다. 돌은 몇 개일까? 지금 나는 선 하나를 그으려고 해. 그리고 여기에다 하나의 선을 더 더할 거야. 그럼 선은 몇 개가 될까?"

"누가 하나의 뿔과 또 하나의 뿔을 가진 짐승을 알고 있니? 암소의 뿔은 몇 개일까? 말은 몇 개일까?"

"너는 귀가 몇 개지? 두 개로 된 너의 신체 부위는 또 어디니?"

"나에게는 두 개의 눈, 두 개의 뺨, 두 개의 손, 두 개의 다리가 있습니다."

"너는 몇 개의 구두를 신고 있니?"

"나는 두 개의 구두를 신고 있습니다."

"두 물질이 완전에 똑같고 언제나 함께 사용할 때 두 개라는 말 대신에 쌍이라는 말을 쓴다. 그러면 너는 몇 개의 구두를 신고 있니?"

"나는 구두 한 쌍을 신고 있습니다."

"그럼, 양말은 몇 개를 신고 있니?"

"나는 한 쌍의 양말을 신고 있습니다."

경우에 따라서 **양쪽**оба과 두 가지Абое라는 말로도 설명할 수 있다.

"여기 구리 동전이 있다. 누가 이것을 알고 있지?"

"이것은 코페이카입니다."

"몇 코페이카지?"

"1코페이카입니다."

"그래, 여기 1코페이카가 더 있어. 이것을 합치면 얼마인가?"

"여기 첫 번째 것보다 큰 다른 구리 동전이 있다. 누가 이것을 알고 있을까? 이것은 2코페이카, 즉 이 동전 하나로 두 개의 작은 동전을 받을 수 있다. 우리는 그 때문에 이것을 2코페이카짜리 동전이라고 부를 수 있다. 보통 이것을 **그로쉬**라고 부르지."

"파블루샤는 아빠에게 사과 한 개를 받아서 그것을 감췄다. 그 다음에 그는 엄마에게 사과 하나를 받았다. 그에게는 전부 몇 개의 사과가 있는가? 만일 나에게 한 개의 어떤 것이 있고, 여기에 또 하나를 더한다면 나에게는 몇 개가 있는가? 그러면 하나와 하나는 몇 개인가?"

"나의 왼손에 한 개의 코페이카가 있고 오른손에는 두 개의 코페이카가 있다. 어떤 것이 더 많고 어떤 것이 더 적은가? 오른손에 있는 것이 몇 코페이카 더 많은가? 왼손에 있는 것이 몇 코페이카 더 적은가?"

"석필 두 자루는 석필 한 자루보다 얼마나 더 많은가? 그러면 한 자루의 석필은 두 자루의 석필보다 얼마나 더 적은가?"

"바냐는 펜 하나를 콜랴는 펜 두 개를 받았다. 누구의 것이 더 많고 누구의 것이 더 적은가? 콜랴보다 더 적게 받은 바냐가 펜이 많다고 할 수 있나? 아니면 바냐보다 더 많이 받은 콜랴가 펜이 많다고 할 수 있나?"

"두 개는 하나보다 얼마나 더 많은가? 그리고 하나는 두 개보다 얼마나 더 적은가?"

"여기에 노트 한 권이 있다. 노트가 두 권이 되기 위해서 나는 몇 권을 더해야 하는가?"

"여기 호두 두 개가 있다. 호두 한 개를 남기기 위해, 나는 몇 개의 호두를 저쪽으로 가져가야만 하는가? 하나도 남기지 않기 위해서 나는 몇 개의 호두를 저쪽으로 가져가야만 하는가?"

"나는 선 두 개를 그었다. 선 하나를 지우면 몇 개가 남나?"

"군인이 전쟁에서 한쪽 팔을 잃었다. 그에게는 몇 개의 팔이 남았을까? 그런데 다리는 몇 개가 남았을까?"

"만일 내가 두 개의 물건 가운데 하나를 빼앗긴다면, 나에게는 얼마나 남았을까? 그러면 하나를 빼앗기면 두 개는 얼마가 될까? 두 개를 빼앗긴 두 개는? 하나를 빼앗긴 하나는? 두 개를 빼앗긴 하나는?"

"사샤, 너에게 1코페이카가 있어. 나는 너에게 1코페이카씩 몇 번 주었니?"

"한 번입니다."[34]

"너에게는 몇 코페이카가 있니?"

---

[34] 우리는 간략하게 하려고 대답을 완전한 문장으로 나타내지 않을 것이다. 학생을 위해 이것은 계속 필요하다.

"나에게는 1코페이카가 있습니다."

"그러면 1코페이카씩 한 번 주면, 몇 코페이카가 되는가?"

"콜랴, 너에게 2코페이카가 있다. 나는 너에게 2코페이카씩 몇 번을 주었나?"

"한 번입니다."

"그렇다면 2코페이카씩 한 번 준 것은 몇 코페이카가 되나?"

"미샤는 일요일에 엄마한테서 베르가모트 한 개를 받았고 월요일에 다시 한 개를 받았다. 그는 베르가모트를 하나씩 몇 번 받았나? 그는 전부 몇 개의 베르가모트를 받았나?"

"학생에게 노력의 대가로 강철 펜 두 자루를 주었다. 이 일은 월요일에 있었다. 그다음에 그는 일주일 내내 아무것도 받지 못했다. 그는 몇 번이나 펜을 상으로 받았는가? 그리고 몇 개의 펜이 그에게 주어졌나?"

"나는 하나의 물건을 몇 번 선물할 수 있나? 두 개의 물건은? 하나씩 두 번 혹은 한 번에 두 개를 줄 수 있다."

"한 개와 한 개는 얼마인가? 한 개를 한 번 주면? 두 개를 한 번 주면 얼마인가? 하나를 두 번 주면 얼마인가?"

"번pas 대신에 회жды라고도 한다. 하나를 1회 준다면? 두 개를 1회 준다면? 하나를 2회 준다면?"

"페챠와 사샤, 여기 너희들에게 연필 두 자루가 있다. 너희들 각자가 공평하게 나눠 가져야 한다면(아이들은 나누기를 한다) 너희들 각자는 몇 자루를 받아야 하지?"

"연필 한 자루요."

"그런데 만일 내가 너희들에게 두 자루가 아니라 한 자루의 연필을 주었다면 너희들은 연필을 어떻게 나눠야 할까?"

"우리는 그것을 잘라야 하겠죠."

"몇 조각으로 자를 거니?"

"두 조각요."

"왜 두 조각으로 자르지? 더 이상은 안 되니?"

"왜냐하면 우리는 두 명뿐이기 때문입니다."

"그러면 만일 너희 가운데 한 명이 큰 조각을 받는다면?"

"아니요. 우리는 완전히 똑같은 두 개의 조각으로 연필을 자를 겁니다."

"그래, 이 연필을 잘라라. 좋아. 만일 우리가 지금 다시 이 두 조각을 결합시킬 수 있다면 이것은 다시 뭐가 될까?"

"완전한 연필요."

"만일 어떤 완전한 것이(연필이나 사과나 다른 어떤 물건) 몇 개로 잘리게 된다면, 이 조각은 전체의 부분들이라 불린다는 것을 기억해라. 이것을 반복해봐라. 너희들은 연필을 몇 부분으로 잘랐니?"

"똑같지 않은 두 부분으로?"

"아니요. 똑같은 두 부분입니다."

"그런데 완전한 것을 더 많은 부분으로 나눌 수 있을까?"

"가능합니다."

"두 부분보다 더 작은 부분으로 나눌 거니?"

"아니요."

아이들은 실제로 이 모든 것을 확인해야만 한다.

"만일 어떤 물건을 절반씩 나눈다면, 즉 두 부분으로만 나눈다면, 각각의 부분은 2분의 1 혹은 절반이라고 불린다. 이것을 반복해봐라. 페챠, 너는 연필 어떤 부분을 받았니? 사샤, 너는? 너희들 각자는 얼마만큼을 받았니?"

"완전한 것은 얼마의 절반을 가지는가?"

똑같은 하나의 질문이 매번 표현과 내용을 조금 바꿔서 학생 각자에게 주어진다.

"이제, 바냐와 콜랴, 너희 차례야. 이 2코페이카를 둘 사이에 똑같이 나누어라. 너희들 각각 얼마를 가지게 되니? 그래, 만일 내가 너희에게 2코페이카짜리 동전을 나눠주려면 너희는 어떻게 해야 할까?"

"우리는 그것을 잘라야 합니다."

"그래. 사실 이게 연필이 아니라서 너희들은 해낼 수 없을 거야. 아니, 훨씬 더 단순하게 할 수도 있어. 누가 알고 있지? 2코페이카짜리 동전을 개별 코페이카로 나누어야만 해. 즉 가게로 가야 한다. 거기에서 이 동전을 몇 개의 개별 코페이카로 나눌 수 있을까? 그러면 이들은 어쨌든 2코페이카짜리 동전의 부분들과 똑같아지지. 그러면 바냐, 너는 코페이카 두 개의 몇 부분을 받았니? 콜랴, 너는 무엇의 반을 받았니? 1코페이카는 2코페이카의 몇 부분이 되지?"

"두 명의 소년은 똑같이 나눠진 사과를 받았다. 각자에게 얼마나 주어지나?"

"그들은 합쳐서 절반을 몇 개 가졌는가? 한 소녀가 두 개의 오렌지의 절반을 받았다. 이것은 얼마인가? 배 두 개를 형 한 명에게 주었고, 배 두 개의 2분의 1을 다른 형에게 주었다. 후자는 얼마나 받았는가?"

"두 명의 소년은 두 개의 러스크를 나눠 받았다. 이들 가운데 누가 더 많이 받고 누가 더 적게 받았는가? 나의 셔츠에는 단추 두 개가 있지만, 너에게는 하나가 있다. 나의 셔츠의 단추는 너보다 몇 배가(혹은 얼마나) 더 있을까? 너의 셔츠의 단추는 나보다 얼마나 더 적은가?"

"만일 나에게 두 개의 빵이 있다면, 나는 하나씩 몇 번을 먹을 수 있나? 두 개씩 먹으면 몇 번을 먹을 수 있나? 여기 칠판에 선 두 개를 그었다. 나는 한 개씩 몇 번 지울 수 있나? 그러면 두 개씩 몇 번 지울 수 있나? 그로쉬에는 개별 코페이카가 얼마나 담겨 있나? 그로쉬에는 1코페이카가 몇 개인가? 돌 두 개는 한 개보다 몇 배가(얼마나) 더 많은가? 한 개의 배는 두 개의 배보다 얼마나 더 적나?"

"하나와 하나는? 두 개는 어떻게 이루어지는가? 두 개는 하나의 몇 배인가? 두 개에서 하나를 몇 번 빼앗을 수 있나? 두 개에서 두 개를 몇 번 빼앗을 수 있나? 두 개에는 두 개가 몇 번 담겨 있나? 하나에는 하나가 몇 번 담겨 있나? 두 개보다 하나는 몇 배나 더 적나? 하나보다 둘은 어느 정도나 더 큰가?"

"페댜는 펜 두 자루를 샀다. 각각의 펜에 1코페이카를 지불했다. 그는 펜 두 자루에 얼마를 지불했는가? 카챠는 2코페이카로 사과를 샀다. 각각의 사과는 1코페이카다. 그녀는 몇 개의 사과를 받았나? 바샤는 종이 두 장에 2코페이카를 지불했다. 그는 종이 한 장에 얼마의 비용을 지불했나? 미챠에게는 1코페이카가 있었다. 그의 형 사샤는 두 배를 더 가지고 있다. 그들은 석필을 사러 갔다. 사샤는 자신의 돈 전부로 2자루의 석필을 샀다. 미샤는 몇 자루의 석필을 얻을 수 있으며, 그들은 각각의 석필에 얼마의 비용을 지불했나?"

우리는 학생들에게 문제의 **계산**뿐만 아니라 **해법**을 구해야만 한다고 누우이 말한다. 예를 들어, 그들은 첫 번째 문제를 이렇게 설명해야만 한다. "만일 펜 한 자루가 1코페이카라면, 펜 두 자루는 두 배 즉 2코페이카다."

쓰기 연습도 첫 번째 단계에서는 똑같다. 이때 수직선과 사선은 위에서 아래로 또는 아래에서 위로 만들어지고, 수평선은 오른쪽과 왼쪽에서 만들어지는 것에 주의를 기울여야 한다. 또 굵은 선이 가는 선으로 바뀌고, 모든 선들이 똑같은 크기가 되고 가능한 한 직선이 되도록 주의를 집중해야만 한다.

내가 인용한 인용문이 아무리 길더라도 나는 독자들에게 이것을 전부 읽어달라고 요청하는 바이다. 이와 같은 일련의 글이 불러일으키는 피곤할 정도의 지루함을 스스로 경험하지 않고서 그루베의 산수 책의 비도덕성과 범죄성을 전부 이해할 수는 없다. 이것은 이미 두 번째 인쇄본이다. 어린이의 영혼을 이다지도 흐려놓고 망쳐놓으며, 순수한 교사들을 이다지도 망쳐놓는 책도 없을 것이다!

　계속해서 이 책은 지리학과 역사 부분으로 이어진다. 나는 이 부분에 대해서는 언급하지 않겠다. 초등학교와 인민을 위한 역사와 지리 교육에 관한 나의 견해는《야스나야 폴랴나》3호에 이미 언급하였다. 나는 여기에서 인증된 모든 책을 아무짝에도 쓸모없는 것이라고 생각한다. 영혼의 내용을 담은 책을 내버려두고, 나는 여전히 과학적인 내용을 담은 책들과 단편, 중편, 우화, 동화, 시 분야를 다루게 될 것이다. 이 책들 가운데 가장 해롭고 가장 인정받는 책에 특별히 주목하면서 말이다.

3.　　　누가 누구에게서 글쓰기를 배울 것인가?
　　　　농민의 아이들이 우리에게서?
　　　　혹은 우리가 농민의 아이들에게서인가?

　《야스나야 폴랴나》5호의 어린이 글짓기 부문에 〈툴라에서 아이들을 놀라게 한 이야기들〉이 실수로 게재되었다. 이 이야기는 아이의 글짓기가 아니라 교사가 아이에게 이야기해주었던 자신의 꿈을 엮은 것이다.《야스나야 폴랴나》를 구독하는 독자 가운데 몇몇이 실제로 이 이야기가 학생의 이야기인지 의심했다. 나는 서둘러 독자들에게 부주의를 사과하고, 이 경우 이러한 식의 위작은 불가능함을 밝히는 바이다. 이 이야기가 알려지게 된 계기는 뛰어났기 때문이 아니라 다른 어린이의 창작보다 비교할 수 없을 만큼 뒤떨어졌기 때문이다. 나머지 모든 이야기는 아이들의 것이다. 그 가운데 두 개가 〈숟가락으로 먹이지만, 숟가락 손잡이로 눈을 찌른다〉와 〈병사의 생애〉이다. 두 이야기는 이 책에 수록되었고, 아래의 형상으로 구성되었다.

언어학습에서 교사의 핵심 기술과 언어학습을 목적으로 한 어린이 글짓기 지도의 핵심 훈련은 주제 설정이다. 아니, 이 것은 주제 설정이라기보다는 큰 선택을 위임하는 것, 글짓기 규모를 지시하는 것, 기초적인 방식을 보여주는 것에 있다. 똑똑하고 재능 있는 학생들은 쓸모없는 것을 썼다. 그들은 이렇게 썼다. "불이 났다. 사람들은 헤매었지만, 나는 거리로 나왔다." 글짓기 제재는 풍부했고, 묘사될 수 있는 것이 아이에게 깊은 인상을 남길 수 있음에도 불구하고 아무것도 나오지 않았다. 그들은 중요한 것, 즉 왜 써야 하는지 그리고 쓰기의 장점이 무엇인지를 이해하지 못했다. 그들은 말로 삶을 표현하는 아름다움인 예술과 이 예술의 매력을 이해하지 못했다. 내가 이미 잡지 2호에서 썼다시피, 나는 글짓기 과제에서 여러 가지 많은 방식을 시도하였다. 나는 성향들에 따라 정확한, 예술적인, 감동적인, 우스운, 서사적인 글짓기 주제를 제시했다. 잘 되지 않았다. 여기에서는 내가 어떻게 우연히 지금의 방식을 접하게 되었는지를 이야기할 것이다.

이미 오래전부터 내가 좋아하는 것 가운데 하나는 스네기료프의 속담집을 읽는 것이다. 속담집 읽기는 일이 아니라 즐거움이다. 각각의 속담에서 나는 민중의 얼굴을 떠올리게 되고, 속담의 의미에서 그들을 마주하게 된다. 이룰 수 없는 꿈에 속하지만 나는 이야기도 아니고 그림도 아닌 속담식으로 쓰인 어떤 것을 상상한다. 지난겨울에 한번은 내가 식사를 마친 후 스네기료프의 책을 읽기 시작했고, 책을 가지고 학교에 가게 되었다. 러시아어 수업이 있었다.

"누가 속담식으로 써봅시다." 나는 말했다.

우등생인 페드카와 숌카 그리고 다른 학생들이 귀를 쫑긋 세웠다.

"속담식으로? 그게 뭐예요? 우리에게 말해주세요?" 질문들이 쏟아졌다.

속담집을 펼쳤다. **"숟가락으로 먹이지만, 숟가락 손잡이로 눈을 찌른다."**

"자, 상상해봐." 나는 말했다. "농부가 어떤 거지 한 명을 데려왔고, 그다음에는 호의로 그를 꾸짖게 되었지. 이것은 '숟가락으로 먹이지만, 숟가락 손잡이로 눈을 찌른다'에 해당된단다."

"그러면 선생님은 속담을 어떻게 쓰나요?" 페드카가 말했다. 그러자 귀를 기울이던 다른 녀석들이 갑자기 물러섰다. 그들은 이 문제가 그들의 능력 밖이라고 확신하고는, 먼저 시작한 일에 몰두했다.

"선생님이 직접 써보세요." 누군가가 나에게 말했다.

모두가 자신의 일로 바빠졌다. 나는 펜과 잉크를 가져와서 쓰게 되었다.

"그래, 누가 더 잘 쓸 수 있을까? 바로 우리지"라고 나는 말했다. 나는 《야스나야 폴랴나》4호에서 쓴 이야기를 시작했고, 첫 페이지를 끝마쳤다. 예술성과 민중성을 가지고 있고 편견이 없는 사람이라면 누구든 내가 쓴 첫 페이지와 아이들이 직접 쓴 다음 페이지들을 읽고 우유 속의 파리처럼 이 페이지를 다른 페이지들과 구별할 것이다. 이 페이지는 위선적이고 부자연스럽고 어색한 말로 쓰였다. 또 원래 이야기는 훨씬 더 이상했고, 아이들의 지적 덕분에 많이 수정되었음을 말해야겠다.

페드카는 자신의 노트에서 눈을 떼 나를 쳐다보았고, 나와 눈이 마주치자 웃었다. 그리고 눈짓을 하며 이렇게 말했다. "쓰세요, 쓰세요. 내가 그걸 볼 거예요." 긴 글을 어떻게 쓸까라는 생각이 이미 그를 사로잡은 듯했다. 그는 평소보다 더 빨리 대충 글짓기를 끝내고 나의 의자 등받이 위로 기어올라와서는 어깨 너머로 읽기 시작했다. 나는 이미 계속할 수 없었다. 다른 녀석들도 나에게 다가왔기에, 나는 쓴 것을 소리 내어 녀석들에게 읽어주었다. 마음에 들지 않았는지, 아무도 칭찬하지 않았다. 나는 부끄러웠고 나의 문학적 자존심을 지키기 위해 아이들에게 다음 이야기의 구상을 말해주었다. 이야기하는 사이에 나는 심취하여 수정도 하였다. 아이들도 나에게 일러주었다. 어떤 녀석은 "노인이 마법사일 거야"라고 말했고, 어떤 녀석은 "아니, 그래선 안 돼. 그는 단지 병사일 뿐이야"라고 말했다. "아니, 그가 그들의 것을 훔치도록 하는 게 더 낫겠어." "아니, 그것은 속담이 될 수 없어" 등등 아이들은 많은 이야기를 해주었다.

모두가 너무나 재밌어했다. 글짓기의 과정을 함께하고 그 과정에 참여한다는 것이 그들에게는 새롭고 매혹적이었던 일 같았다. 그들의 판단은 대부분 일치했고, 이야기의 구성과 인물의 특징 묘사의 가장 상세한 부분도 믿을 만했다. 거의 모두 글짓기에 참여하였다. 하지만 처음부터 숌카와 페드카는 첨예하게 갈라졌다. 긍정적인 숌카는 묘사할 때 날카로운 예술성을 가지고 있었고, 페드카는 시적인 묘사에 충실했고, 특히 상상력에서 열정과 조급함을 보여주었다. 아이들의 요구는 내가 그들과 여러 번 논쟁하기 시작하고 양보해야만 할 정도로 우연한 것이 아닌 정해진 것이었다. 내 머릿속에 견고하게 자리 잡은 요구사항은 구성의 법칙성이었고, 속담의 의미와 이야기의 충실한 관계였다. 반대로 아이들에게 자리 잡은 요구사항은 오로지 예술적 진실이었다. 예를 들어, 내가 원한 것은 집에 노인을 데려온 농부가 자신의 선행을 스스로 후회하는 것이었다. 아이들은 이것이 불가능하다고 여기고, 트집 잡는 아내를 창조하였다. 나는 "농부는 처음에 노인을 동정했지만, 그다음에는 빵을 아까워하게 됐어"라고 말했다. 페드카는 이것은 말도 안 된다고 대답했다. "그는 처음부터 아내 말에 귀를 기울이지 않았어요. 그리고 다음에도 고분고분하지 않아요." "그러면 네 생각에 그는 어떤 사람이니?"라고 나는 물었다. "그는 티모페이 아저씨 같아요." 페드카가 웃으면서 말했다. "그렇게 턱수염이 듬성듬성하고, 교회에 다녀요. 그에게는 꿀벌이 있어요." "착하지만 고루한 사람 말이니?" 내가 말했다. "예." 페드카가 말했다. "그는 벌써 아내 말을 듣지 않을 겁니다." 노인을 농가로 데려왔던 그곳에서부터 생기 넘치는 작업이 시작되었다. 여기에서 그들은 처음으로 예술적인 섬세한 단어에 의한 형상화의 매력을 느꼈음이 틀림없다. 이러한 면에서 숌카는 특히 뛰어났다. 그럴듯한 세부 묘사가 연달아 쏟아졌다. 그에게 할 수 있었던 유일한 지적은 이와 같은 세부 묘사가 이야기의 보편적인 정서와 관계없이 현재의 순간만을 묘사했다는 것이다. 나는 미처 다 기록할 수 없었고, 이야기한 것을 잊지 않기 위해 그들에게 기다려달라고 부탁했다. 숌카는 그의 눈앞에 놓여 있는 것을 보고 묘사하는 듯했다. 꽁꽁 얼어 터진 나막신과 나막신이 녹으면서 거기에서 떨어지는 진흙 그리고 아내가 나막신을 난로에 던졌을 때, 신발이 러스크 모양으로 변하는 것을 묘사했다. 반대로 페드카는 알고 있는 사람을 보았을 때 일었던 감정을 상세하게 묘사했다. 페드카는 노인의 각반까지 덮힌 눈을 보았고, 동정심도 보았다. 이 동정심을 가지고 농부는 "맙소사, 영감은 어떻게 다녔지!"라고 말했다(페드카는 손을 내젓고 머리를 흔들면서 농부가 어떻게 말하는지를 얼굴로도 표현하였다). 페드카는 누더기를 모아 만든 외투와 구멍난 셔츠를 보았다. 이 셔츠는 눈이 녹아서 젖은 노인의 앙상한 몸을 감싸고 있었다. 페드카는 투덜대면서 남편이 시키는 대로 노인의 나막신을 벗겼던 아내와 이빨 사이로 들리는 노인의 애처로운 신음 소리를 생각했다. 그 소리는 내가 상처를 입었을 때 내질렀던 엄마라는 소리보다 더 가늘었다. 숌카는 주로 대상의 형상이 필요했다. 나막신, 외투, 노인, 아내, 그들 사이에 연관은 거의 없었다. 페드카는 자신이 젖어들었던 연민의 감정을 불러일으켜야만 했다.

그는 한 발 앞서 노인을 어떻게 부양할 것인지, 노인이 밤에 어떻게 쓰러질 것인지, 다음에 들판에서 소년에게 읽고 쓰기를 어떻게 가르칠 것인지에 관해 말했다. 그래서 나는 말한 것을 잊어버리지 않도록, 그에게 서두르지 말라고 부탁해야만 했다. 그의 눈은 거의 눈물로 빛났다. 검고 가는 팔은 불안하게 경련을 일으켰다. 그는 나를 노려보았고, 끊임없이 재촉했다. 그는 나에게 "썼어요? 썼어요?"라고 내내 물었다. 그는 포악하게 화를 내며 다른 모든 사람들을 대했고, 한 사람에게만 말하고 싶어 했다. 그는 이야기하듯 말하는 것이 아니라, 쓰듯이 말하고 싶어 했다. 즉 감정의 형상을 언어를 가지고 예술적으로 각인시키고자 했다. 예를 들어 그는 단어를 재배열하지 않았다. 만일 **"나는 다리에 상처가 났어"**라고 말하려 한다면, 그는 **"나는 상처가 났어, 다리에"**라고 말하는 것을 허용하지 않았다. 이때 동정의 감정 즉 사랑의 감정으로 그를 부드럽게 또 초조하게 만드는 마음은 모든 형상에 예술적 형식을 입히고, 영원한 아름다움과 조화의 이념에 부합하지 않는 모든 것을 부정하였다. 숌카가 외양간의 양 등에 관한 편중된 세부 묘사에 열중하자 페드카는 화를 내며 "너를 벌써 바꿨어야 했어!"라고 말했다. 나는 힌트를 주기만 하면 됐다. 예를 들어 농부가 무엇을 했는지, 아내가 어떻게 대부에게 달려갔는지를 말이다. 그러면 페드카의 상상 속에서 외양간에서 '메에' 하고 울고 있는 양, 탁식하는 노인, 잠꼬대하는 세묘자 녀석의 초상이 떠올랐다. 내가 인위적이고 부자연스러운 그림을 암시하자, 그는 즉시 화를 내며 이건 안 된다고 말했다. 예를 들어 나는 농부의 겉모습을 묘사하려 했다. 페드카는 동의하지 않았다. 그러나 아내가 대부에게 달려갔을 때, 농부가 무엇을 생각했는지 묘사하는 문장에서 그는 생각을 바꿨다. "아, 당신이 고인이 된 사보스카를 마주했다면, 사보스카는 머리채를 뽑았을 텐데." 그리고 그는 손으로 머리를 괴고, 너무나 지친 듯 차분하고 진지한 톤으로 무심하게 말했고, 아이들은 또르르 구르며 웃어댔다. 어느 예술에서건 주요한 특징 — 한계에서의 감정 — 은 그 속에서 특별하게 전개되었다. 소년들 가운데 누군가가 일러줬던 쓸모없는 온갖 특징 때문에 그는 불쾌해졌다. 그는 독단의 권리를 가진 듯 너무나 마음대로 이야기를 구성하려 들었기에, 아이들은 곧 집으로 가버렸다. 그와 숌카만 남게 되었다. 숌카는 다른 방식으로 작업하였지만 그에게 뒤지지 않았다.

우리는 7시부터 11시까지 작업했다. 그들은 배고픔과 피곤함도 느끼지 않았고, 내가 쓰기를 멈추면 나에게 화를 냈다. 자신들이 직접 번갈아 쓰기 시작했지만 곧 던져버렸다. 작업은 진행되지 않았다. 바로 그때 페드카가 나에게 이름이 뭔지 물었다. 그가 모른다는 것에 우리는 웃었다. 그가 말했다. "나는 선생님 이름을 알고 있어요. 그런데 선생님의 가문을 어떻게 부르나요? 우리는 포카느이체프 가, 쟈브레프 가, 에르필린 가라고 불려요." 나는 그에게 성을 말해주었다. "우리 출판할 건가요?"라고 그가 물었고 나는 그렇다고 대답했다. "그렇다면 마카로프, 모로조프, 톨스토프의 작품이라고 출간해야만 해요." 그는 오랫동안 흥분되어 잠을 잘 수 없었을 것이고, 나도 그날 저녁 내내 경험했던 흥분, 기쁨, 공포, 후회에 가까운 감정을 전달할 수 없었다. 내가 느끼기에, 페드카는 그날부터 즐거움과 고통의 신세계 즉 예술의 세계를 알게 되었다. 나는 아무도 본 적 없는 시라는 비밀스러운 꽃의 탄생을 들여다보고 있는 듯했다. 고사리 꽃[35]을 보았던 보물의 발굴자처럼 나는 무섭기도 했고 기쁘기도 했다. 나는 기뻤다. 왜냐하면 갑자기 전혀 예기치 않게 내가 2년 동안 헛되이 찾았던 철학자의 돌, 즉 생각의 표현을 가르치는 법을 발견했기 때문이다. 나는 무서웠다. 왜냐하면 이 예술은 새로운 요구를 불러일으켰기 때문이다. 첫 순간 나도 그랬듯이, 이 예술은 학생들이 살았던 환경과 부합하지 않는 완전한 희망의 세계를 불러일으켰기 때문이다. 실수를 해서는 안 되었다. 이것은 우연이 아니라 의식적인 창작이었다. 나는 독자에게 이야기의 1장을 읽고, 그 속에 흩어져 있는 진정한 창조적 재능의 풍부함을 알아주길 부탁한다. 하나의 특징을 예로 들면, 아내가 악

---

35 고사리 꽃은 신화의 꽃이다. 이것은 꽃을 소유한 자에게 세계의 보물과 비밀을 알려주고, 순수하지 못한 영혼에 대한 통찰과 힘을 선물한다. ─ 옮긴이

의를 품고 대부에게 남편의 험담을 했음에도 불구하고, 작가가 전혀 공감하지 않는 이 아내는 대부가 가정의 파탄에 관해 그녀에게 상기시켰을 때 울게 된다. 이성과 기억으로만 글을 쓰는 작가에게 싸우기를 좋아하는 아내는 농부와 정반대로 생각된다. 남편을 화나게 하려는 의도로 그녀는 대부를 초대해야만 했다. 그러나 페드카의 예술적 감정은 아내에게 끌렸다. 그녀도 울고 두려워하고 고통스러워한다. 그의 눈에 아내는 잘못이 없다. 이어 부차적인 특징이 나타나는데, 대부는 여성용 짧은 외투를 입었다. 내가 기억하기로, 왜 여성용 외투를 입었는지를 물어봤을 만큼 나에게는 충격적이었다. 우리들 가운데 아무도 페드카에게 대부가 외투를 입었다고 말할 생각을 품게 만들지 않았다. 그는 "그렇게 하는 것이 그럴듯해요"라고 말했다. 내가 "그는 남성용 외투를 입었다고 해도 되지 않을까?"라고 물었을 때, 그는 "아니요, 여자 외투가 더 나아요"라고 말했다. 사실 이 모습은 평범하지는 않다. 곧 '왜 여자 외투지?'라고 생각하는 동시에 이게 최상이고 다른 것은 있을 수가 없다고 느낄 것이다. 괴테의 말이든 페드카의 말이든 모든 예술적인 말은 비예술적인 말과 구별되는데, 예술적인 말이 무수히 많은 생각, 표상, 해석을 불러일으킨다는 점 때문이다. 여성용 털외투를 입은 대부는 당신에게 저절로 바짝 마르고 가슴이 좁은 사내를 떠올리게 만든다. 그는 분명히 그럴 것이다. 의자 위에 굴러다니다가 처음으로 대부의 손에 닿은 여성용 털외투는 당신에게 겨울 저녁 농부의 생활을 오롯이 떠올리게 한다. 털외투의 경우, 농부가 가는 불빛 아래에서 제대로 갖춰 입지 않고 앉아 있는 늦은 시각을 당신에게 저절로 떠올리게 한다. 또 가축을 씻기기 위해 물을 길어 들락날락하는 아내, 어떤 사람도 옷이라고 형용할 수 있는 것을 입고 있지 않고, 어떤 물건도 제자리에 놓여 있지 않은 농가의 무질서한 모습이 당신에게 저절로 떠오른다. 한마디로 "여자 털외투를 입었다"라는 말은 행위가 일어나는 환경의 모든 특징을 명료히 한다. 이 말은 우연이 아니라 의미심장한 것이다. 농부가 종이를 발견했지만 그것을 읽을 수 없었을 때 그가 했던 말들이 페드카의 상상 속에서 어떻게 생겨났는지를 나는 여전히 생생하게 기억한다. "이때 나의 세료자가 읽고 쓸 수 있었다면, 그 녀석이 재빨리 뛰어와 나의 손에서 종이를 낚아채어 처음부터 끝까지 읽고서는 이 노인이 어떤 사람인지 나에게 말해줬을 텐데." 이것은 그을린 손에 쥐고 있는 책에 대한 노동자의 태도다. 순박하고 경건한 성향을 가진 선량한 사람이 당신 앞에 그렇게 부활한다. 당신은 느낄 것이다. 작가가 그를 깊이 사랑했고, 그를 완전히 이해했음을 말이다. 그래서 작가는 곧이어 그에게 오늘날 어떤 시대가 도래했는지에 관한 삽입구, "이제 곧 아무 이유 없이 영혼을 파멸시킬 것이다"를 말하게 했다. 꿈에 관한 생각은 내가 한 것이지만, 다리에 상처 입은 양을 만든 것은 페드카의 생각이다. 그리고 그는 특히 이 생각에 기뻐했다. 등이 가렵기 시작했던 그때 농부의 생각, 밤의 고요한 풍경, 이 모든 것은 전체적인 특징에서 예술가의 의식적 힘이 느껴질 만큼 우연이 아니다. 내가 또한 기억하는 바로는, 나는 농부가 잠든 동안 그가 아들의 장래와, 노인과 아들의 앞으로의 관계에 대해 생각해야 한다고 말했다. 즉 노인은 세료지카에게 읽고 쓰기 등을 가르칠 것이다. 페드카는 얼굴을 찡그리며 말했다. "그래, 그래, 좋아요." 그러나 이 제안이 그의 마음에 들지 않았던 모양이다. 그는 두 번이나 그것을 잊어버렸다. 페드카 안의 균형감각은 내가 알고 있는 작가들 가운데에서 한 사람도 가지고 있지 않을 만큼 강했다. 특별한 예술가가 많은 노력과 연구로 획득한 바로 그 균형감각은 페드카의 태생적 힘으로 고갈되지 않은 동심 속에 살아 있었다.

나는 수업을 멈추었다. 왜냐하면 너무나 흥분되었기 때문이다.

"선생님, 무슨 일인가요? 왜 그렇게 창백하죠? 건강이 안 좋은가요?" 나의 동료가 나에게 물었다. 사실 나는 살면서 두세 번 정도 오늘밤처럼 강한 인상을 받은 적이 있었다. 그리고 오랫동안 내가 경험했던 것에 대해 규정할 수 없었다. 나는 치명적인 시선으로 알 수 없는 꿀벌들의 작업을 유리 벌집을 통해 엿보는 죄를 저지르는 것 같아 혼란스러웠다. 나는 농민 아이의 순수한 원시적 영혼을 타락시키는 듯했다. 나는 성물을 모독한 듯한 후회를 혼란스럽게 느끼고 있었다. 게으르고 타락한 노인들은 아이들을 망치고, 자신들의 지치고 해진 상상력을 부채질하기 위해 아이들에게 음탕한 초상을 상상하도록 만든다. 나에게 그런 아이들이 떠올랐다. 이와 함께 나는 예전에 아무도 보지 못한 것을 본 사람이 기뻐했을 법한 기쁨을 맛보았다.

나는 오랫동안 내가 겪었던 인상을 말할 수 없었다. 비록 이 인상이 한창때 교육을 담당하고, 삶의 새로운 단계로 끌어올리고, 낡은 것을 거부하고 완전히 새로운 것에 열중하게 만드는 자들에게서 나온 것이라고 느꼈을지라도 말이다. 다음 날 나는 어제 경험한 것을 여전히 믿을 수 없었다. 나는 반半 문맹의 농민 소년이 갑자기 예술가의 의식적 힘을 드러냈다는 것이 이상해 보였다. 괴테도 무한한 발전의 높이에 있는 이 예술가의 의식적 힘에 이르지 못했다. 어느 정도 성공을 거두었고 러시아의 교양 있는 대중으로부터 예술적 재능을 인정받은 《유년 시절》의 저자인 내가 예술의 문제에서 열한 살인 숌카와 페드카에게 지시하거나 도와줄 수 없을 뿐만 아니라, 흥분되고 행복한 순간에만 겨우 조금 그들을 따라갈 수 있고 이해할 수 있다는 점이 이상하고 모욕적으로 느껴졌다. 어제 있었던 일은 믿을 수 없을 만큼 나에게는 이상한 사건이었다.

다음 날 저녁 우리는 이야기를 계속 쓰기로 했다. 내가 페드카에게 이어질 부분을 깊이 생각해봤는지, 어떻게 할 것인지를 물었을 때, 그는 대답하지 않고 손을 흔들며 이렇게 말할 뿐이었다. "이미 알아요. 알고 있다고요! 누가 쓰면 될까요?" 우리는 다시 아이들의 주도로 예술적 진리와 방식, 열정의 감정을 이어갔다.

수업 중간에 나는 그들을 멈추게 해야만 했다. 그들은 나 없이 계속했고 처음만큼이나 훌륭하고 감각적이고 믿음직하게 두 페이지를 써나갔다. 이 페이지들은 세부 묘사가 조금 빈약할 뿐이었다. 이 세부 묘사는 가끔 능숙하지 못하게 처리되었고 두 번 반복되기도 했다. 이 모든 것은 글쓰기의 메커니즘이 그들을 힘들게 했기 때문에 벌어진 일이 틀림없다. 셋째 날도 똑같았다. 이 수업 시간에 다른 소년들이 이야기의 음조와 내용을 알고는 합류했고, 자주 귀띔해주면서 있음직한 자신들의 특징을 덧붙였다. 숌카는 물러나기도 하고 함께 하기도 했다. 페드카만이 처음부터 끝까지 이야기를 주도했고, 발생하는 모든 변화를 검토했다. 그러나 이 성공이 우연이라는 생각과 의심은 있을 수 없었다. 우리는 분명 예전보다 더 자연스럽고 더 고무적인 기법을 찾아내는 데 성공했다. 그러나 이 모든 것은 너무나 특별했고, 나는 눈앞에서 벌어진 일을 믿을 수 없었다. 마치 나의 모든 의심을 종식시키는 특별한 경우가 다시 한 번 있어야만 했던 것처럼 말이다. 나는 며칠 동안 학교를 떠나야만 했고, 이야기는 완결되지 않았다. 세 장의 큰 종이에 빼곡히 채워진 필사본은 내가 그것을 보여주었던 교사의 방에 남아 있었다. 나의 출발에 앞서, 글짓기하는 동안 도착한 새 교사는 우리 아이들에게 종이접기로 딸랑이를 만드는 기술을 보여주었다. 보통 그러하듯이, 학교 전체에서 지휘봉 만들기 기간을 대신하여 그 순서가 된

눈싸움의 기간이 왔고, 눈싸움의 기간을 대신하여 딸랑이 기간이 왔다. 내가 없는 동안 딸랑이 기간이 계속되었다. 성가대에 속한 숌카와 페드카는 화음을 맞추기 위해 교사의 방에 왔고, 저녁 내내 거기서 보냈고, 때로는 밤을 새우기도 했다. 노래하는 동안에도, 딸랑이는 자신의 임무를 다했고, 종이라할 수 있는 모든 것은 손에 쥐어져 딸랑이로 바뀌었다. 선생님은 그만 책상 위의 종이는 필요한 것이라는 말을 잊어버리고 저녁 식사를 하러 갔다. 마카로프, 모로조프, 톨스토프 작품의 필사본은 딸랑이로 바뀌었다. 다음 날 수업 시간 전, 학생들은 딱딱 소리에 너무 싫증을 냈고, 스스로 딸랑이를 완전히 없애게 되었다. 날카로운 비명소리를 머금은 딸랑이는 모두 수거되었고, 장엄하게 불타오르는 난로에 던져졌다. 딸랑이 기간이 끝났다. 하지만 딸랑이들과 함께 우리의 필사본도사라졌다. 빼곡하게 적힌 세 장의 종이를 잃어버린 것만큼 나를 힘들게 했던 상실감은 결코 없었다. 나는 절망에 빠졌다. 모든 것을 제쳐두고 나는 새 이야기를 시작하고 싶었다. 하지만 잃어버린 것을 잊을 수 없었고 매순간 불쑥 딸랑이를 만든 사람들과 교사를 원망했다. (이 경우에 지적하지 않을 수 없는 사실이 하나 있다. 바로 내가 아주 작은 노력이나 위협 혹은 간계 없이도, 필사본이 딸랑이로 바뀌어 소각되어버린 복잡한 이야기의 상세한 부분을 알게 되었다는 점이다. 이것은 외적인 무질서의 결과이고, 《러시아 통보》의 마르코프 씨와 잡지 《교육》 4호의 글레보프 씨가 얄밉게 조롱했던 외적인 무질서와 학생들의 완전한 자유의 결과다.) 숌카와 페드카는 내가 슬퍼하는 것을 보았고, 위로는 했지만 이해하지는 못하는 듯했다. 페드카는 소심하게 나에게 그들이 똑같은 이야기를 다시 쓰겠다고 제안했다. "혼자? 나는 돕지 못할 거야"라고 내가 말했다. "숌카와 제가 밤을 새울 거예요"라고 페드카가 말했다. 실제로 수업 후 그들은 9시까지 집에 왔고, 사무실에 열쇠를 채워 나를 적잖이 만족시켰다. 그들은 웃으면서 12시까지 조용히 있었다. 나는 문으로 다가가서 그들이 자기들끼리 조용한 목소리로 이야기하고 펜으로 사각거리는 소리를 내는 것을 들었다. 딱 한 번 그들은 예전에 어떠했는지에 관해 논쟁을 벌였고, 아내가 대부에게 가기 전에 가방을 찾았는지 후에 찾았는지를 판단해 달라고 나에게 찾아왔다. 나는 그들에게 상관없다고 말했다. 12시에 나는 그들에게 가서 노크를 하고 들어갔다. 까만색 테두리를 단 하얀 새 털외투를 입은 페드카가 의자 깊숙이 앉아 있었다. 그는 다리를 꼬고 숱이 많은 자신의 머리를 팔로 괴고는 다른 손에 가위를 들고 장난을 치고 있었다. 그의 커다란 검은 눈동자는 부자연스럽지만 진지하고 성숙한 빛을 내면서 어딘가 먼 곳을 바라보고 있었다. 휘파람을 불려는 듯 비스듬히 다문 입술은 그가 말하고 싶어 했던 단어를 머금고 있었다. 이 단어는 상상 속에서 딱 잘라 말하려던 그것이었다. 숌카는 큰 책상 앞에 서서 등에 크고 하얀 양가죽 바대를 댄 옷을 입고(시골에는 이런 재봉사들만 있다) 어지러운 혁대와 헝클어진 머리를 하고는 펜으로 쉴 새 없이 잉크를 찍어 사선을 그었다. 나는 숌카의 머리카락을 헝클어뜨렸다. 놀라서 당황했지만 졸린 눈으로 그가 나를 바라보았다. 헝클어진 머리를 한 그의 통통하고 각진 얼굴은 내가 너털웃음을 지을 만큼 우스웠다. 하지만 아이들은 웃지 않았다. 얼굴 표정을 바꾸지 않고 페드카는 숌카가 계속해서 쓰도록 그의 소매를 건드렸다. "너 기다려. 지금은." 그는 나에게 말했다(페드카가 열중하고 흥분하였던 그때, 나에게 '너'라고 말했다). 그리고 그는 다시 무엇인가를 적었다. 나는 그들에게서 노트를 빼앗았다. 5분 후에 책장 주변에 앉아 있던 그들은 감자를 크바스에 곁들여 먹었고, 그들에게는 놀라운 은제 숟가락을 바라보면서 왜인지 모르지만 날카로운 어린아이의 웃음소리를 냈다. 위에서 이 소리를 들은 노파도 이유 없이 웃었다. 숌카가 이렇게 말했다. "너 왜 기대어 있어? 똑바로 앉아. 안 그러면 먹고 일어날 때 휘청할 거야." 그리고 털외투를 벗고 책상 아래에서 잠자리에 들려고 누우면서 그들은 어린 사내아이의 건강하고 매력적인 웃음을 지었다. 나는 아이들이 쓴 것을 읽었다. 그것은 이전과는 다른 새로운 형태였다. 몇몇 이야기가 빠졌고 몇 가지 새로운 예술적 아름다움이 첨가되었다. 그리고 똑같은 아름다움, 진리, 균형감각이 있었다. 결국 잃어버린 필사본 가운데 한 장이 발견되었다. 발견된 종이를 통해 기억을 더듬으면서, 나는 게재된 이야기에 두 개의 형태를 통합시켰다. 이 이야기는 우리의 학기가 끝나기 전인 이른 봄에 쓰였다. 나는 몇 가지 상황 때문에 새로운 경험들을 할 수는 없었다. 가장 평범한 재능을 가지고 있고 가장 쓸모없는(왜냐하면 농노이기 때문에) 소년 두 명에 의해서 속담에 관한 이야기 한 편이 만들어졌다. 〈축일에 기뻐하는 자는 동이 틀 때까지 취해 있다〉가 3호에 실렸다. 첫 번째 이야기에서 숌카와 페드카에게 있었던 현상이 이 이야기를 쓴 소년들에게 똑같이 반복되었다. 단지 재능과 열정의 정도 차이 그리고 내 입장에서의 협력의 차이만 있을 뿐이었다.

우리는 여름에는 공부하지 않았고, 이번에도 앞으로도 그럴 것이다. 우리 학교에서 여름에 왜 수업이 불가능한지에 관한 이유를 우리는 별도의 논문으로 밝힐 것이다.

페드카와 다른 소년들은 여름 한때 나와 함께 살았다. 그들은 멱을 감고 장난을 치고 몰두할 일을 생각했다. 나는 그들에게 작품을 쓸 것을 제안하였고 몇 가지 테마를 이야기하였다. 나는 돈을 훔친 아주 흥미로운 이야기, 어떤 살인자 이야기, 몰로칸[36] 교도가 기적적으로 정교로 개종한 이야기를 해주었다. 또한 자서전 형식으로 한 소년의 이야기를 쓸 것을 제안하였다. 그 소년에게는 군대에 소집된 가난하고 방탕한 아버지가 있었는데, 아버지는 군대에 갔다가 개과천선한 사람이 되어 돌아온다. 나는 말했다. "나라면 이렇게 썼을 거야. 나는 내가 아이였을 때 나에게 어머니, 아버지 그리고 몇몇 친척이 있었고 그들이 어떠했는지를 기억하고 있어. 그다

---

36 정교회와 다른 분리파의 한 종파. ― 옮긴이

음 나는 기억나는 대로 쓰겠지. 아버지는 유흥에 빠졌고, 어머니는 내내 울었고, 그래서 어머니를 때렸노라고. 그다음 그가 어떻게 군대에 징집되었고, 그녀가 얼마나 울부짖었고, 우리는 어떻게 더 가난해졌고, 아버지가 어떻게 이전의 자리에 돌아왔는지 쓸 거야. 그리고 내가 아버지를 알아보지 못하자, 그가 나에게 여기 마트료나가 살고 있느냐고 묻는 거지. 그 이름은 자기 아내의 이름이야. 그리고 그다음 어떻게 기뻐하고 잘 살게 되었는지 쓰겠지." 내가 처음에 한 이야기는 이것이 전부다. 페드카는 이 주제를 아주 마음에 들어 했다. 그는 즉시 펜과 종이를 쥐고 쓰기 시작했다. 쓰는 동안 나는 그에게 여동생에 대한 생각과 죽음에 대한 어머니의 상념을 떠올리게 했다. 나머지 모든 것은 그가 직접 썼다. 심지어 다 끝낼 때까지 1장 외에는 나에게 보여주지도 않았다. 그가 나에게 1장을 보여주고 내가 그것을 읽었을 때, 나는 그가 강한 충동에 휩싸여 있고, 숨을 고르며 원고를 바라보고 있다는 것을 느꼈다. 또 그는 내가 읽는 것을 쫓으며 나의 얼굴도 바라보았다. 그는 내 얼굴에서 나타나는 칭찬 혹은 비난의 표정을 추측하고 싶어 했다. 내가 그에게 "이것은 너무 좋다"라고 말했을 때, 그는 온통 얼굴을 붉혔지만 나에게 아무 말도 하지 않았다. 그는 조용한 걸음으로 노트를 들고 초조하게 책상까지 다가갔고, 그것을 놓아둔 후 천천히 마당으로 나갔다. 그는 그날 아이들과 마당에서 발랄하게 장난을 쳤고 우리가 눈을 마주쳤을 때, 감사의 상냥한 눈빛으로 나를 바라보았다.

하루가 지나서 그는 이미 쓴 것을 잊어버렸다. 나는 오로지 제목만 생각했고, 장을 나누고, 그가 여기저기 부주의로 실수한 것을 수정하였다. 이 이야기는 초고의 형태로 〈병사의 생애〉라는 제목으로 책에 실렸다.

나는 1장에 대해서는 말하지 않을 것이다. 비록 1장에 모방할 수 없는 아름다움이 있고, 무사태평한 고르데이가 너무나 생생하고 신빙성 있게 나타날지라도 말이다. 고르데이는 후회한다고 고백하기를 부끄러워하고 아들과의 만남을 요청하는 것이 맞다고 여기는 인물이다. 이 모든 것에도 불구하고 이 장은 이어지는 장들과는 비교할 수 없을 만큼 빈약하다. 여기에 잘못한 사람은 나 한 사람이다. 나는 이 장을 쓸 때 내가 쓰려 했던 것을 그에게 암시하고 이야기하지 않고 버틸 수 없었던 것이다. 만일 서두에서 인물이나 주거지를 묘사할 때 몇 가지 평이한 기법이 있다면, 여기에서 유일한 잘못은 나에게 있다. 만일 내가 그를 혼자 남겨두었다면, 그는 글을 쓰는 순간 똑같은 것을 미세하지만 더 예술적으로 묘사했을 것이다. 그는 처음에 등장인물과 그들의 전기적 묘사, 그다음 장소와 환경의 묘사, 그다음에 사건이 시작된다는 논리로 전개되는, 우리의 참을 수 없는 묘사 방식을 받아들이지도 고수하지도 않았을 것이다. 이상한 일은 때때로 10페이지에 달하는 이 묘사가 독자들에게 인물에 관해 많이 알려주지 못한다는 것이다. 이것은 전혀 묘사되지 않은 인물들 사이에서 이미 시작된 사건에 무심코 드리워지는 예술적 특징보다 더 적게 알려준다. 가령 1장에 고르데이가 말한 한마디가 있다. "나에게 그게 필요합니다." 이것은 그가 손을 휘저은 다음, 국방의 의무에 복종하지만 자기 아들을 남겨두고 가지 않기 위해 만남을 요청하며 한 말이다. 이 말은 내가 그의 복장, 형태, 술집으로 가는 습관을 결합하여 몇 번씩 반복했던 묘사보다 독자들에게 이 인물을 더 잘 알려준다. 언제나 아들을 꾸짖는 노파의 말도 똑같은 인상을 불러일으킨다. 노파는 슬픔에 잠겨서 질투심을 품고 며느리에게 이렇게 말한다. "마트료나, 그만해! 무엇을 하든 신의 뜻인걸! 사실 너는 아직 젊고, 어쩌면 주님이 네가 깨달을 수 있게 인도해주실 거야. 하지만 나는 나이가 너무 많고…… 온 몸이 다 아프고……. 봐라, 난 죽을 거야."

2장에서도 여전히 나의 저속함과 타락의 영향이 눈에 띈다. 하지만 다시 소년의 초상과 죽음의 묘사에서 깊은 예술적 특징이 이 모든 것을 상쇄하고 있다. 나는 소년의 다리가 가늘었다는 것과 관을 만든 아저씨 네페드에 관한 감상적인 세부 묘사를 넌지시 가르쳐주었다. 그러나 "오 맙소사, 언제 이 카발라[37]는 죽을까!"라는 한마디로 표현된 어머니의 불평은 독자에게 사태의 본질을 드러낸다. 그리고 이어서 형이 어머니의 눈물 때문에 깼던 그날 밤, 어머니에게 무슨 일이 있었는

---

37 '카발라'는 두 가지 의미가 있다. 하나는 중세 유대교의 신비주의를 일컫는 말이고, 다른 하나는 고대 러시아에서 주로 부채로 인한 개인의 심각한 예속 상태를 일컫는 말이다. 여기에서는 후자의 의미를 일컫는다. —옮긴이

지를 묻는 할머니의 질문에 "내 아들이 죽었어요"라는 간단한 말로 된 어머니의 대답, 일어서서 불을 지피고 어린아이의 몸을 씻기던 할머니, 이 모든 것은 그가 쓴 것이다. 이 모든 것이 너무나 간결하고 간단하고 강력해서 한마디 말도 버려서는 안 되고 한마디 말도 바꾸거나 더해서도 안 된다. 전부 5줄 그리고 이 5줄로 독자에게 이 슬픈 밤의 모든 초상이 그려진다. 이 초상에는 6~7살 소년의 상상이 반영되어 있다. "한밤중에 어머니는 무슨 일인지 울고 있었다. 할머니가 일어났고 '너 왜 그래, 무슨 일이니?'라고 말한다. 어머니는 '내 아들이 죽었어요'라고 한다. 할머니는 불을 지폈고, 소년을 씻겼고, 셔츠를 입혔고, **허리띠를 매어서** 성상 아래에 눕혔다. 해가 떠올랐을 때……" 당신은 카프탄을 입은 채 잠에 취해 있다가 어머니의 울음소리에 깨어난 소년을 보게 된다. 그는 놀란 눈빛으로 난로에 붙은 침대 위 어딘가에서, 농가에 일어나는 일을 살피고 있다. 당신은 지쳐 있고 고생하는 병사의 아내를 보게 된다. 그녀는 이 일이 있기 하루 전에 "이 카발라는 곧 죽지 않을까"라고 말했고, 그녀가 "내 아들이 죽었다"라고 말할 지경에 이르기까지 이 카발라의 죽음에 대해 생각한 것을 후회하고 절망하였다. 그녀는 무엇을 해야 하는지 몰라서 노파에게 도움을 청하기 위해 부른다. 당신은 삶의 고통에 지쳐 허리가 구부러지고 뼈가 앙상할 정도로 야윈 노파를 보게 된다. 그녀는 노동자의 익숙한 손놀림으로 침착하고 안정적으로 일에 착수한다. 그녀는 가는 불빛을 밝히고, 물을 가져와 소년을 씻기고, 모든 것을 제자리에 두고는 씻긴 소년에게 허리띠를 둘러 성상 아래에 눕힌다. 당신은 이 성상들과 동이 틀 때까지 잠을 이루지 못하는 이 밤 전부를 보게 될 것이다. 당신은 카프탄을 입은 채 바라보던 소년이 겪었을 밤을 직접 겪는 것처럼 느낄 것이다. 이 밤은 아주 상세하게 떠오르고 당신의 상상 속에 남게 된다.

3장에서는 이미 나의 영향력이 줄어들었다. 유모의 전체적인 개성은 그가 쓴 것이다. 1장에서 그는 가족과 유모의 관계를 하나의 특징으로 표현하였다. "그녀는 지시에 따라 자신의 임무를 다했고, 결혼하고자 했다." 그리고 이 하나의 특징은 가족의 기쁨과 고통에 실제로 동참하지 않고 받아들일 수 없는 처녀의 전부를 묘사한다. 그녀에게는 자신의 당연한 관심사와 섭리로 정해진 유일한 목적이 있다. 그것은 미래의 결혼생활, 미래의 가족이다. 우리의 형제인 작가라는 자는 특히 민중을 가르치려는 사람이다. 그는 민중에게 도덕의 예, 가치 있는 본보기를 제시하고, 가족의 전반적인 궁핍과 고통에 유모가 공감하는가의 문제를 그녀와 끊임없이 관련시킨다. 작가는 유모를 무심함의 수치스러운 예로 혹은 사랑과 희생의 본보기로 만들었을 것이다. 그러면 사상은 있었겠지만 살아 있는 유모는 없었을 것이다. 삶을 깊이 공부하고 인지하는 사람만이 유모에게는 가족의 고통과 아버지의 군복무에 관한 문제는 당연히 부차적인 문제라는 것을 이해할 수 있을 것이다. 그녀에게는 결혼생활이 있다. 비록 아이일지라도 이 예술가는 자기 영혼의 순수함으로 바로 이것을 보게 된다. 만일 우리가 유모를 감동적인 자기 희생의 처녀로 묘사한다면, 우리는 그녀를 전혀 상상할 수 없고, 지금 우리가 그녀를 사랑하는 것만큼 사랑하지는 않을 것이다. 현재 나는 이 목이 굵직하고 뺨이 붉은 아가씨가 너무 사랑스럽고 생기 있게 느껴진다. 이 아가씨는 비록 그녀의 정신적인 분위기와 상반되는 가난함과 침울함에 고통을 느끼지만, 저녁에 자기가 번 돈으로 가죽 털신과 붉은색 스카프를 두르고 춤을 추기 위해 달려가고, 자신의 가족을 사랑한다. 내가 느끼기에, 그녀는 선량한 아가씨다. 왜냐하면 어머니는 그녀에게 한 번도 불평한 적이 없고, 그녀 때문에 고통받은 적이 없다. 반대로 내가 느끼기에, 혼자 옷에 관해 고민하고, 노래의 몇 소절을 부르고, 여름의 작업장과 겨울 거리에 퍼진 마을의 소문에 관해 이야기하면서, 그녀는 병사의 아내가 혼자 있는 우울한 시간에 즐거움과 젊음, 희망의 표상이 되었다. 유모를 시집보낼 때 괜히 기쁘기만 했다고 말한 것이 아니다. 결혼식의 유쾌함을 괜히 사랑스럽고 상세하게 묘사했던 것이 아니다. 결혼식 후에 어머니가 괜히 "이제 우리는 결국 헤어지네"라고 말하게 된 것이 아니다. 유모를 보내면서 그들은 그녀가 그들 집에 가져다준 기쁨과 즐거움을 잃어버린 것으로 보였다. 결혼식의 묘사는 특히 훌륭하다. 열한 살 소년이 썼다는 것을 기억한다면, 저절로 의심하게 되고, 우연이 아닐까라고 자문하게 되는 세부 묘사가 여기에 있다. 간결하고 강렬한 묘사에서 식탁보다 크지 않은 일곱 살 소년을 다음과 같이 보게 될 것이다. 그는 지혜롭고 신중한 눈빛을 보이며 누구도 주의를 기울이지 않았지만 모든 것을 이해하고 깨달은 아이였다. 예를 들어 그가 빵을 조금 먹고 싶을 때, 그는 어머니께 부탁한다고 말하는 것이 아니라 어머니를 귀 기울이게 만들었다고 말한다. 그리고 이것은 무심코 한 말이 아니다. 이것은 그가 성장기에 어머니에 대한 그의 태도를 기억하고, 다른 사람들이 있는 곳에서는 수줍어하고, 일대일로 있을 때는 어머니께 친근했던 태도를 기억하였기 때문에 한 말이다. 결혼식 동안 그가 할 수 있었던 많은 관찰 가운데 또 다른 것으로, 그는 그와 우리 모두를 위해 이 결혼식의 전체적인 특징을 그릴 수 있는 바로 그것을 기록했다. 즉 사람들이 **입이 쓰다**고 외치자,[38] 유모가 콘드라시카의 귀를 잡고 키스를 했다. 그다음 할머니의 죽음, 죽음 직전 아들에 대한 할머니의 회상과 어머니가 겪은 독특한 고통, 이 모든 것은 너무나 견고했고 간결했다. 이 모든 것이 그가 쓴 글이다.

나는 이야기의 테마를 주었을 때, 아버지의 귀향에 관해 그에게 가장 많이 이야기했다. 나는 이 장면이 마음에 들었고, 감상적이고 평범하게 이야기했다. 그는 나에게 부탁했다. "아무 말도 하지 마십시오. 저도 알아요, 알아"라고 말했고, 쓰기

---

38 결혼식에서 하객들이 입이 쓰다горько를 외치면, 신랑과 신부가 입맞춤으로 화답하는 풍습이 있다. ― 옮긴이

시작했다. 그리고 그는 그 자리에서부터 단숨에 이야기 전부를 써 내려갔다. 다른 감상자들의 견해를 알아보는 것은 나에게 너무나 재미있는 일이 될 것이다. 하지만 나는 내 견해를 솔직하게 밝히는 것이 의무라고 생각한다. 나는 러시아 문학에서 이와 비슷한 어떤 페이지도 접하지 못했다. 이 모든 만남에는 이것이 감동적이었다는 어떤 암시도 없다. 오로지 일이 어떻게 되었는지만 말했다. 언급되는 모든 것에는 독자가모든 인물들의 상황을 이해하기 위해 필요한 것만 있었다. 병사는 자기 집에서 오로지 세 마디만 했다. 처음에 그는 한 번더 마음을 다잡고 **"안녕하십니까!"**라고 말했다. 그가 맡은 역할을 잊어버리기 시작했을 때 이렇게 말했다. **"왜 너희들에게 이 가족뿐이지?"** 그리고 모든 것은 **"내 엄마는 어디 계시지?"**라는 말로 표현된다. 너무나 단순하고 자연스러운 말이지 않은가. 그리고 사람들 중 한 명도 빼먹지 않았다. 소년은기뻤고 울기까지 했다. 하지만 그는 어린애였다. 아버지가 울고 있음에도 불구하고, 그는 아버지의 가방과 주머니를 살펴보았다. 유모도 빼먹지 않는다. 당신은 사람들 사이에서 가죽털신을 신고 수줍게 농가로 들어가는 볼이 빨간 젊은 여자를보게 될 것이다. 그녀는 아무 말도 하지 않고, 아버지에게 입맞춤을 했다. 또한 일렬로 서서 모든 이들과 입을 맞췄지만, 정작 누구와 입맞춤을 했는지 알지 못해 당황스럽고도 행복해하는 병사도 보게 될 것이다. 그는 젊은 여자가 그의 딸이라는 것을 알게 된 뒤, 다시 그녀를 불러서 단지 젊은 여자로서가 아니라 딸로서 입을 맞춘다. 한때 그는 이 딸을 가련하지 않다는 듯이 내버려둔 적이 있었다.

아버지는 변했다. 이 경우 우리는 부자연스럽고 서툰 몇 문장을 구사했을 것이다. 그러나 페드카는 유모가 와인을 가져왔지만 그는 마시지 않았다고만 말했다. 그리고 당신은 가방에서 마지막 남은 23코페이카를 꺼낸 다음, 숨을 몰아쉬고 와인을 사 오라고 젊은 여인을 현관에서 조용히 내보내며 그녀에게 구리 동전을 한 움큼 주는 부인을 보게 될 것이다. 당신은 술병을 잡기 위해 손으로 커튼을 걷는 젊은 여인을 보게될 것이다. 그 여인은 손에 술병을 쥐고 등 뒤로 팔을 흔들면서 고양이처럼 살금살금 술집으로 달려간다. 당신은 빨갛게 상기된 그녀가 농가로 들어와 커튼 아래로 술병을 가져다 놓는 것을 볼 것이고, 어머니가 즐겁고 만족스럽게 그 병을 식탁 위에 올리는 것을 볼 것이고, 남편이 마시려 들지 않는 것에 모욕을 느끼면서도 기뻐하는 것을 볼 것이다. 그리고 당신은 그가 그 순간에 술을 먹지 않았기 때문에 그가 변했다는 것을 알게 될 것이다. 당신은 모든 가족의 일원이 완전히 다른 사람이 되었다고 느끼게 된다. "나의 아버지는 주님께 기도하고 식탁에 앉았다. 나는 그의 옆에 나란히 앉았다. 유모는 걸터앉았다. 하지만 어머니는 식탁 옆에 서서 아버지를 바라보았고, 이렇게 말했다. '당신은 젊어 보여요. 당신한테 구레나룻이 없군요.' 모두 웃었다."

모두가 돌아갔을 때에서야 진짜 가족의 대화가 시작되었

다. 그때 병사가 가장 단순하고 자연스러운 방식으로 많은 돈을 벌었다는 것이 밝혀진다. 마치 세상의 모든 부자들이 그러했듯이, 즉 우연한 행운의 결과 다른 사람들의 공유재산인 공금이 그에게 주어졌다. 이 이야기에서 독자들 가운데 몇몇은 이 세부 묘사가 부도덕하고, 젖을 짜는 젖소처럼 공금의 개념을 민간에서 쓸 것이 아니라 근절해야만 한다는 것을 지적했다. 나에게 이러한 특징은 그 예술적 진실에 관한 것은 차치하고 너무나 소중한 것이었다. 사실 공금은 언제나 남아 있다. 집 없는 병사 고르데이에게 언젠가 주어지면 안 되는 이유라도 있다는 말인가! 민중과 고위층의 청렴에 관해 완전히 대조적인 시각이 종종 있다. 민중의 요구는 가장 가까운 관계, 예를 들어 가족, 마을, 세계의 관계에서 정직이라는 태도에 특히 진지하고 엄격하다. 부차적인 관계 즉 군중, 국가, 특히 외국인과 국유재산과의 관계에서 정직이라는 일반적인 법칙의 적용은 민중에게 모호하게 느껴진다. 자기 형제에게 한번도 거짓말을 한 적이 없고 가족을 위해 남은 모든 것을 가져다주고, 고향 사람이나 이웃에게서는 이유 없이 얻게 된 잉여의 돈을 가져오지 않는 바로 그 농부가 외국인이나 도시 사람에게서 남김없이 갈취하고, 귀족과 관리들에게 말끝마다 거짓을 속삭인다. 그가 병사가 된다면, 일말의 양심의 가책도 없이 포로가 된 프랑스인을 찔러 죽인다. 그에게 공금이 주어진다면, 그는 가족의 입장에서 그 돈을 쓰지 않는 것을 죄라고 여긴다. 반대로 우리 고위층에서는 이와 완전히 대조적인 면이 있다. 우리 고위층은 오히려 아내, 형제, 10년 동안 일을 했던 상인, 자신의 농노, 농부, 이웃을 속인다. 바로 그 똑같은 사람이 외국에서는 혹여 누군가를 속이지 않을까 봐 노심초사 괴로워하고, 누구에게 돈을 더 주어야만 하는지를 모조리 가르쳐 달라고 부탁한다. 똑같은 우리의 형제는 자신의 중대와 연대에서 샴페인과 장갑을 강탈하지만 포로가 된 프랑스인 앞에서는 친절함을 흩뿌릴 것이다. 똑같은 그 사람이 공금에 대한 태도에서 그가 돈이 없을 때(단지 그렇게 여길 때) 공금을 쓰는 것을 가장 큰 범죄로 여기지만, 대부분 이 경우 싸움에서 버티지 못하고 스스로를 비겁하다고 여기는 일을 저지를 것이다. 나는 무엇이 더 나은지를 말하는 것이 아니라, 있다고 여기는 것만 말하고 있다. 내가 깨달은 것은 정직은 신념이 아니라는 점, '정직한 신념'이라는 표현은 무의미하다는 점이다. 정직은 도덕적인 습관이다. 이 습관을 얻기 위해서는 가장 긴밀한 관계에서 시작하는 것 외에 다른 길로 가서는 안 된다. '정직한 신념'은 내가 생각하기에 전혀 의미가 없다. 정직한 신념은 없고, 정직한 습관만 존재한다.

'정직한 신념'이라는 말은 단지 미사여구일 뿐이다. 그 결과 공금, 국가, 유럽, 인류와 같은 가장 동떨어진 삶의 조건들과 관련된, 이 허위의 정직한 신념은 정직이라는 습관에 기초하지 못하고, 가장 친근한 세속적 관계에서도 교육되지 않는다. 이러한 이유 때문에 이 정직한 신념 혹은 더 확실하게 정직이라는 문구는 삶의 관계에서 근거가 빈약하게 된다.

이야기로 돌아가보자. 일견 우리가 생각하기에 부도덕한 것으로 여겨지는 현상인 공금에서 빼온 돈은, 반대로 가장 친절하고 감동적인 특징을 지닌다. 우리 주변의 문학가는 영혼의 순수함으로 자신의 주인공을 정직의 이상으로 만들고 싶어 하지만, 종종 우리에게 자기가 상상하는 더럽고 혐오스러운 내면 전부를 보여준다. 여기에서는 거꾸로, 저자가 자신의 주인공을 행복하게 만들어야만 한다. 그의 행복을 위해서 가족에게 돌아가는 것으로 충분했을 것이다. 그러나 수 년 동안 가족을 힘들게 했던 가난을 없애야만 했다. 그는 어디에서 재물을 가져와야만 했을까? 주인 없는 공금에서다. 만일 재물을 얻으려면, 누군가로부터 재물을 가져와야만 한다. 재물을 더 합법적이고 더 이성적으로 발견하는 것은 불가능했다.

이 돈을 내놓는 장면에는 아주 작은 세부 묘사가 있다. 내가 읽을 때면 매번 말 하나가 나를 다시금 감동시킨다. 그 말은 모든 초상을 비추고, 모든 인물과 그들의 관계를 그린다. 오로지 말 하나다. 그리고 그 말은 잘못 사용되었다. 통사적으로 틀렸다는 것이다. 이 말이 **서둘렀다**이다. 통사론 교사는 이것이 틀렸다고 말해야만 한다. **서둘렀다**는 보충어가 필요하다. 교사는 어떤 일 하기를 서둘렀는지 물어보아야만 한다. 그러나 여기에서 단지 "어머니는 돈을 쥐고 서둘렀다. 어머니는 그것을 감추기 위해 가져갔다"라고만 언급된다. 이것이 매력적이다. 나는 그와 같은 말을 하고 싶었고, 언어를 가르치는 교사들이 이와 같은 문장을 말하고 쓰기를 원했다. "우리가 점심 식사를 마쳤을 때, 유모는 아버지께 다시 한 번 입을 맞추고 집으로 갔다. 그다음 아버지는 가방을 더듬거렸고, 어머니와 우리는 바라보았다. 그때 어머니는 가방에 있는 책을 보았고 이렇게 말했다. '아, 글을 배웠나요?' 아버지는 '배웠어요'라고 말했다. 그다음 아버지는 큰 보따리를 꺼내고 어머니께 주었다. 어머니는 '이게 뭐예요?'라고 말했고 아버지는 '돈이요'라고 답한다. 어머니는 기뻐했고 서둘렀다. 어머니는 돈을 감추기 위해 가져갔다. 그다음 어머니가 오셨고 '당신 어디에서 이걸 가져왔나요?'라고 말한다. 아버지는 '나는 하사관이었고, 내게는 공금이 있었어요. 병사들에게 나눠주고도 나에게 남아 있었어요. 나는 그것을 가져왔죠'라고 말한다. 나의 어머니는 미쳐 날뛰듯이 기뻐했다. 날은 이미 저물었고 저녁이 되었다. 불을 피웠다. 나의 아버지는 책을 가져와서 읽기 시작했다. 나는 그 옆에 앉아서 들었다. 그러자 어머니가 가는 불을 밝혔다. 아버지는 오랫동안 책을 읽었다. 그다음 잠자리에 누웠다. 나는 아버지와 나란히 뒤쪽 의자에 누웠고, 어머니는 우리 다리 쪽에 누웠다. 그리고 그들은 오랫동안, 거의 한밤중까지 이야기했다. 그다음 잠이 들었다."

거의 눈에 띄지 않고, 당신을 감동시키지 않지만 다시금 깊은 인상을 남기는 세부 묘사가 있다. 그것은 그들이 어떻게 잠들었냐는 것이다. 아버지가 아들과 나란히 누웠고 어머니는 다리 쪽에 누웠다. 그리고 한참 동안 그들은 말할 수 없었다. 내가 생각하기에, 아들은 따뜻하게 아버지의 품으로 바짝

붙었을 것이다. 그는 반쯤 잠이 들었다. 그에게 두 사람의 목소리를 모두 듣는 것은 기적 같고 기뻤다. 그는 두 사람의 목소리 가운데 한 사람의 목소리를 오랫동안 듣지 못했다. 모든 것이 끝난 듯했다. 아버지는 돌아왔고, 가난은 사라졌다. 그러나 페드카는 여기에 만족하지 않았다(보다시피, 가공의 인물들이 너무나 생생해서 그의 생각 속에서 떠나지 않았다). 그는 바뀌어가는 그들의 삶의 초상을 생생하게 상상해야만 했고, 이제 이 아낙이 어린 아이들을 데리고 있는, 외롭고 불운한 병사 아내가 아니라는 것을 명확하게 나타내야만 했다. 또한 집에는 아내의 지친 어깨로부터 짓눌린 고통과 가난의 무게를 벗겨줄 힘센 남편이 남의 도움 없이 단단하고 즐겁게 새로운 삶을 살아간다는 점을 나타내야만 했다. 이를 위하여 그는 우리에게 한 장면을 그려주었다. 건강한 병사가 날이 빠진 도끼로 장작을 패서 농가로 가져왔다. 당신은 보게 된다. 연약한 어머니와 할머니의 신음소리에 익숙했던 날카로운 눈을 가진 소년이 소매를 걷어 올린 아버지의 근육질의 팔, 사나이다운 일로 심호흡을 하며 힘이 넘치게 도끼를 휘두르는 모습과 가는 불빛처럼 날이 빠진 도끼에 쪼개진 장작을 존경스럽고 자랑스럽게 감탄하며 보고 있는 것을. 당신은 이것을 보고 앞으로 병사 아내의 삶에 관해 매우 안심할 것이다. 내가 생각하기에, 가엾은 그녀는 지금 이미 괜찮아졌다.

"이른 아침에 어머니는 일어나서 아버지께 다가가 이렇게 말한다. '고르데이, 일어나요. 장작이 필요해요. 불을 피워 따

듯하게 해야 해요.' 아버지는 일어났고, 신발을 신고 모자를 쓰고 '도끼는 있어요?'라고 말한다. 어머니는 '날이 빠진 것은 있어요. 아마 쪼개지지 않을 거예요'라고 말한다. 나의 아버지는 도끼를 두 손으로 꽉 잡고 통나무 쪽으로 가서 그것을 세우고는 있는 힘껏 내리쳤다. 그러자 통나무가 쪼개졌다. 아버지는 장작을 다 패고 집으로 끌고 왔다. 어머니는 집을 따뜻하게 했다. 충분히 땠다. 그러자 동이 텄다."

그러나 예술가에게 이것은 부족하다. 그는 우리에게 그들 삶의 다른 면인 즐거운 가족생활의 시를 보여주고 싶어 했다. 그리고 그는 우리에게 다음과 같은 초상을 그려준다.

"날이 밝았을 때, 나의 아버지는 '마트료나'라고 말한다. 어머니가 다가왔고 '무슨 일이죠?'라고 말한다. 아버지는 '나는 암소와 양 다섯 마리, 말 두 필, 농가까지 마련할 생각이에요. 사실 집이 다 허물어졌어. 모두 150루블이면 될 겁니다.' 어머니는 무엇인가를 생각했고 이렇게 말한다. '우리 돈을 좀 낭비하는 것 같아요' 아버지는 우리는 일을 할 거라고 말한다. 어머니는 '그럼 좋아요. 삽시다. 그리고 여기 어디에서 귀틀을 가져오죠?'라고 말한다. 아버지는 '키류하에게 정말 없어요?'라고 말하고 어머니는 '바로 그게 문제예요. 없어요. 포카니체프 집안이 움켜쥐고 있어요'라고 말한다. 아버지는 생각했고 '그러면 우리 브랸체프에게서 가져옵시다'라고 말하자 어머니는 '그에게 과연 있을까요?'라고 말한다. 아버지는 '녹채鹿砦를 만든 사람인데 어떻게 없겠어요?'라고 말한다. 어

206

머니는 '어떻게 하면 그가 비싸게 받지 않을까요? 그가 얼마나 교활한 사람인지 보세요'라고 했다. 아버지는 '내가 보드카를 들고 가서 그와 말해볼게요. 당신은 점심때까지 숯에 계란이나 굽도록 해요'라고 말한다. 어머니는 점심때까지 숯에서 계란을 익히며, 자기 일에 몰두했다. 그다음 아버지는 와인을 가져와서 브랸체프에게 갔다. 우리는 남아서 오랫동안 앉아 있었다. 아버지가 안 계시자 나는 심심했다. 나는 아버지가 간 곳으로 나를 보내달라고 어머니를 졸랐다. 어머니는 너는 길을 잃어버릴 거라고 말한다. 나는 가고 싶어 울기 시작했다. 하지만 어머니를 나를 때렸고 나는 난로 위쪽에 앉아서 더 심하게 울어댔다. 그다음 아버지가 집으로 온 것을 봤다. 아버지가 '너 왜 우니?'라고 말했다. 어머니는 '페듀시카는 당신을 따라가고 싶어 했어요. 그래서 내가 때렸죠'라고 말한다. 아버지는 나에게 다가와서 '뭣 때문에 우니?'라고 말한다. 나는 어머니를 원망했다. 아버지는 어머니께 다가가서 괜히 때리는 척하기 시작했고 '페챠를 때리지 마. 페챠를 때리지 마!'라고 덧붙였다. 어머니는 일부러 우는 척했다. 나는 아버지의 무릎에 앉았고 기뻤다. 그다음 아버지는 식탁에 앉았고 나를 옆에 앉히고는 '어머니, 페챠와 나에게 점심 좀 주세요. 우리는 밥을 먹고 싶어요!'라고 소리쳤다. 그때 어머니는 우리에게 쇠고기를 주었고 우리는 먹었다. 점심 식사를 끝내자 어머니는 '그런데 귀틀은 어떻게 되었어요?'라고 말한다. 아버지는 '은화 50루블이래요'라고 말한다. 어머니는 '될

대로 되겠지'라고 말했고 아버지는 '설명할 게 없어요. 귀틀은 훌륭했어요'라고 말한다."

단지 조금만 언급했지만, 당신에게 그들의 모든 가족생활의 전망이 떠오를 것이다. 당신은 소년이 울다가 몇 분 후에 기뻐하는, 여전히 아이라는 것을 알게 된다. 당신은 소년이 어머니의 사랑의 가치를 평가할 수 없고, 어머니의 사랑보다 통나무를 쪼개는 남자다운 아버지를 더 좋아했다는 것을 알게 된다. 당신은 어머니가 그렇게 되어야만 한다는 것을 알고 있고 질투하지 않는다는 것도 알게 된다. 당신은 행복으로 가슴을 가득 채운 이 기적 같은 고르데이를 보게 된다. 당신은 그들이 쇠고기를 먹었다는 것과 이 매혹적인 코미디를 알게 된다. 이 코미디는 그들 모두가 연기하고 있는 것인데, 그들 모두 이것이 코미디이지만 행복에 겨워 연기를 하고 있다는 것을 알고 있다. 아버지는 어머니를 향해 손을 치켜들고 "페댜를 때리지 마. 페댜를 때리지 마"라고 말한다. 행복하게 아버지와 아들을 쳐다보면서, 거짓 없는 눈물에 익숙한 어머니지만 일부러 우는 척을 했다. 그리고 아버지의 무릎으로 기어 올라간 이 소년은 자랑스럽고 기뻤다. 왜인지는 모르지만 자랑스럽고 기쁘다. 어쩌면 지금 그들이 행복하기 때문일 것이다.

"그다음 아버지는 식탁에 앉았고 나를 옆에 앉히고는 '어머니, 페댜와 나에게 점심 좀 주세요. 우리는 밥을 먹고 싶어요!'라고 소리쳤다."

우리는 밥을 먹고 싶어서 나란히 앉았다. 사랑과 사랑의 행복한 긍지가 이 말에서 숨 쉬고 있지 않은가! 전부 다 매력적인 이 이야기에서 이 마지막 장면보다 더 매력적이고 정겨운 것은 없다.

우리가 모두에게 이야기하고 싶은 것은 과연 무엇일까? 특별하다고 할 수 있는 한 명의 소년이 쓴 이 이야기는 교육학의 입장에서 어떤 의미를 지니는가? 사람들은 우리에게 이렇게 말할 것이다. "교사인 당신이 어쩌면 자신도 모르게 이 이야기와 다른 이야기의 창작에 도움을 주었을지도 모릅니다. 그리고 당신이 쓴 것과 독자적으로 쓴 것의 경계를 찾아내는 것은 너무나 어렵습니다." "가령, 이야기가 훌륭하다고 칩시다. 그러나 이것은 문학의 양식 가운데 하나일 뿐입니다"라고도 말할 것이다. 또 이렇게 말할 것이다. "페드카와 다른 소년들 그리고 당신이 출판한 그들의 작품들이 행복한 예외입니다." "작가인 당신이 자신도 알지 못하는 사이 통상 작가가 아닌 다른 교사들이 취할 수 없는 방식으로 학생들을 도와주었습니다"라는 말도 할 것이다. 사람들은 우리에게 이렇게 말할 것이다. "이 모든 것에서 일반적인 규칙과 이론을 이끌어내는 것은 불가능합니다. 일부 흥미로운 현상도 있습니다. 그 이상은 아닙니다."

나는 내가 제기한 이 모든 반박에 대해 그들이 대답할 수 있도록, 나의 결론을 전달하려고 노력하고 있다.

진선미의 감정은 발달 단계와는 무관하다. 진선미는 그 의미에서 관계의 조화만을 표현하는 개념이다. 거짓은 진실이라는 의미에서 관계의 부적절함일 뿐이다. 절대적인 진실은 없다. 손가락을 까딱하여 책상을 움직였다고 말할 때, 비록 이것이 진실이 아니라고 하더라도 내가 믿는다면 나는 거짓말을 하지 않는 것이다. 그러나 내 개념상 나에게 돈이 있을 때 내가 돈이 없다고 말한다면, 나는 거짓말 하는 것이다. 큰 코는 기형이 아니지만, 작은 얼굴에 그것은 기형이다. 기형은 아름다움의 관계에서 부조화다. 자신의 음식을 거지에게 주거나 자신이 다 먹어치우는 것은 잘못된 것이 아니다. 하지만 내 어머니가 허기를 참을 수 없을 때 이 음식을 주거나 다 먹어치우는 것은 선의 의미에서 태도의 부조화다. 훈육하고 교육하고 발달시키거나 원하는 대로 아이에게 영향을 주면서, 우리는 무의식적으로 하나의 목적을 가져야만 하고 가지고 있다. 그것은 진선미의 의미에서 최상의 조화에 도달하는 것이다. 만일 시간이 흐르지 않고, 아이들이 자기 식으로 살지 않는다면, 우리는 충분하다고 여겨지지 않는 곳을 보충하고 남는다고 여겨지는 곳을 경감시키면서, 이 목적에 안정적으로 도달할 수 있을 것이다. 하지만 아이는 살아가고, 아이라는 존재는 모든 면에서 발달을 지향한다. 하나의 측면이 다른 측면을 능가한다면, 우리는 대부분 아이라는 존재가 보인 이 측면의 전진운동 그 자체를 목적으로 이해하고, 발달의 조화가 아니라 오로지 발달만 촉진시킨다. 모든 교육학 이론이 지닌 영원한 패착이 여기에 있다. 아이가 우리 뒤에 서 있을 때,

우리는 앞에서 우리의 이상을 본다. 인간의 필수적인 발달은 우리가 지니고 있는 조화라는 이상에 도달하기 위한 수단이 아닐 뿐만 아니라, 조화라는 높은 이상에 도달하는 데 조물주가 만들어둔 장애가 된다. 이 필연적인 전진운동의 법칙에 우리 조상이 맛보았던 선과 악의 인식이라는 나무 열매의 의미가 담겨 있다. 건강한 아이는 우리가 가는 진선미의 관계에서 무조건 요구되는 조화에 맞게 세상에 태어난다. 아이는 생명 없는 존재에 가깝다. 즉 그는 식물, 동물 그리고 우리가 추구하고 원하는 진선미를 부단히 생각나게 하는 자연에 가깝다. 전 시대에 걸쳐 모든 사람에게 아이는 무죄, 순결, 진선미의 형상으로 나타난다. 인간은 완전하게 태어난다는 루소의 위대한 말이 있다. 이 말은 돌멩이처럼 단단하고 참된 것으로 남아 있다. 태어났을 때 인간은 진선미의 조화의 원형이다. 그러나 삶에서의 매시간, 시간에서의 매분은 태어날 때 완벽한 조화에 놓여 있던 관계의 공간과 양과 시간을 확대시킨다. 그리고 매 걸음, 매시간은 이러한 조화를 파괴로 위협하고, 이어지는 매 걸음과 매시간도 새로운 파괴로 위협하며, 파괴된 조화가 회복될 것이라는 희망을 주지 않는다.

대부분 교육가들은 유아기가 조화의 원형이라는 점을 간과하고, 변함없는 법칙에 따라 독립적으로 전개되는 아이의 발달을 목적으로 받아들인다. 조잡한 조각가에게 일어나는 일이 교육가에게도 발생하기 때문에 발달은 목적으로 잘못 받아들여진다.

조잡한 조각가는 쓸모없는 것을 제거하는 대신 덕지덕지 덧붙인다. 이 조각가처럼 교육가들은 드러난 잘못이 없어지는 새로운 우연을 기다리며 한 방면의 과도한 발달을 저지하거나 일반적인 발달을 만류하는 대신, 어떻게 하면 발전의 과정이 멈추지 않을까라는 이 한 가지에 관해서만 애쓰고 있는 듯하다. 만일 교육가들이 조화에 대해 생각한다면, 현재와 과거의 원형을 멀리하고, 우리에게 알려지지 않은 미래의 원형에 접근해가면서, 언제나 조화를 달성하기 위해 노력할 것이다. 비록 아이의 발달이 올바르지 않을지라도, 여기에는 원시적인 조화의 특징이 언제나 여전히 남아 있다. 한 번 더 발전을 억제하고, 적어도 발달을 촉진시키지 않는다면, 조금일지라도 규칙과 조화로의 접근을 기대할 수 있다. 그러나 우리는 너무나 확신에 차 있고, 어른의 완결함이라는 거짓된 이상에 황홀하게 젖어버리고, 우리에게 익숙한 잘못을 참지 못하고, 그것을 고칠 수 있다는 자신의 힘을 과신한다. 우리는 아이의 원래의 아름다움을 잘 이해하고 평가할 수 없기에, 가능한 한 빨리 우리 시선에 포착된 잘못을 부풀려서 막아버리고, 아이들을 고치고 훈계한다. 어느 한쪽이 다른 쪽과 수평을 이루어야만 하고, 다른 쪽이 첫 번째와 수평을 이루어야만 한다. 아이들은 점점 더 발달하고, 기존의 사라져버린 원형에서 점점 더 멀어지고, 어른의 완결함이라는 상상의 원형에 도달하는 것이 점점 더 불가능해진다. **우리의 이상은 앞이 아니라 뒤에 있다.** 교육은 사람들을 고치는 것이 아니라 망친다. 더 망가진 아이일수록, 그를 덜 가르치고 그에게 더 많은 자유를 주어야 한다.

나는 아이들을 진선미의 조화라는 이상으로까지 자랑스럽게 향상시키기를 원한다. 그런데 아이는 이 이상에 나보다 더, 어른 한 사람 한 사람보다 더 가까이 있다. 그렇기 때문에 아이를 가르치고 교육하는 것은 의미가 없다. 이 이상은 내 안에서보다 아이에게서 더 강하게 인식된다. 아이는 조화롭고 폭넓게 채워지기 위한 자료를 나에게 요구한다. 내가 아이에게 완전한 자유를 주고 가르치는 것을 멈추자마자, 아이는 러시아 문학에서 전례 없는 시적 작품을 써냈다. 그래서 확신컨대, 우리는 쓰기와 글짓기를 가르쳐서는 안 된다. 특히 시적인 글짓기를 아이들에게, 특히 농민의 아이들에게 가르쳐서는 안 된다. 우리가 할 수 있는 모든 것은 그들에게 어떻게 글쓰기를 시작할지 가르치는 것이다.

이 목적의 달성을 위해 내가 했던 일을 방법이라 부를 수 있다면, 그 방법은 다음과 같다.

1)가장 방대하고 다양한 주제를 선택하게 한다. 아이를 위해서 만들어낸 것이 아니라 교사 자신에게 가장 진지하고 흥미로운 주제를 제안한다.

2)아이들에게 어린이 글짓기를 읽게 한다. 오로지 어린이 글짓기를 본보기로 제안한다. 왜냐하면 아이들의 글짓기가 어른들의 글짓기보다 더 올바르고 더 우아하며 더 도덕적이기 때문이다.

3)(특히 중요하다.) 아이들의 글짓기를 살펴볼 때 절대로 학생들에게 공책의 깨끗함, 서법, 정자법, 특히 문장의 정연함과 논리에 관해 주의를 주지 않는다.

4)왜냐하면 글쓰기에서의 어려움은 규모와 내용이 아니라 테마의 예술성에 있기 때문이다. 테마의 점진성은 규모, 내용, 언어가 아니라 문제의 메커니즘에 있어야만 한다. 이 메커니즘은 첫째, 제시된 수많은 생각과 형상 가운데 하나를 선택하고 둘째, 테마에 적합한 단어를 선택하고 그것을 채우며 셋째, 테마를 기억하고 테마를 위한 자리를 찾으며 넷째, 쓴 것을 기억하면서 반복하지 않고 아무것도 빠뜨리지 않고 선행된 것과 뒤따르는 것을 결합하고 끝으로 다섯째, 생각하고 동시에 쓰면서 하나가 다른 것을 방해하지 않는 것이다. 이러한 목적을 가지고 나는 다음과 같이 실행했다. 즉 첫 시간에 작업의 이러한 측면의 몇 가지를 내가 떠맡았다. 그리고 아이들에게 맡겨 차츰 그것을 신경쓰게 만든다. 처음에 나는 아이들을 위해서 떠오른 생각과 형상 가운데 나에게 가장 좋아보이는 것들을 선택했고, 반복되는 것을 막으면서 장소를 기억하고 지시하였고 다 쓴 것들과 대조하였다. 또 나는 그들에게 말로 형상과 생각을 채우도록 만들면서 직접 썼다. 그다음 나는 그들이 스스로 선택하고, 다 쓴 것을 대조하게 만들었으며, 결국 〈병사의 생애〉를 쓸 때 그들은 글쓰기 과정 그 자체를 떠맡게 되었다.

4.　　　교육의 정의와 진보

마르코프 씨에게 보내는 답변, 《러시아 통보》, 1862년, 5호

교육에 대한 우리와 마르코프 씨 사이의 이견의 요점은 다음과 같이 정리된다.

"1.우리는 한 세대가 다른 세대의 교육에 관여할 권리를 인정한다. 2.우리는 상류층이 인민교육에 관여할 권리를 인정한다. 3.우리는 야스나야 폴랴나의 교육 정의에 동의하지 않는다. 4.우리는 학교가 역사적 조건에서 제외될 수 없고, 제외되어서는 안 된다고 생각한다. 5.우리는 오늘날의 학교가 중세의 학교보다 오늘날의 요구에 훨씬 가깝게 부응한다고 생각한다. 6.우리의 교육은 해롭지 않고 유익하다고 생각한다. 7.톨스토이 백작이 생각하는 교육의 완전한 자유는 해롭고 불가능하다고 여겨진다. 8.결국 우리는 야스나야 폴랴나

학교 조직이 《야스나야 폴랴나》 잡지 편집장의 신념과 모순
된다고 생각한다."

《러시아 통보》. 1862년, 5호, 186쪽.

각각의 논점에 답변하기 이전에, 우리는 현재 교육계와 비
교육계에서 공통된 공감을 불러일으키고 있는 마르코프 씨의
시각과 우리의 시각이 엇갈리는 근본적인 이유를 탐색해보기
로 한다.

이 이유는 우리가 충실히 말하려 노력했지만 우리의 시각
을 충분히 말하지 못했기 때문이고, 우리가 해명하려 노력했
지만 우리의 논제가 마르코프 씨와 일반 대중들의 입장에서
는 부정확하고 제한적이었기 때문이다. 분명한 것은 이 이견
이 개념의 차이에서 발생하고, 그 결과 교육 자체의 정의의
차이에서 발생한다는 것이다. 마르코프 씨는 이렇게 말한다.
"우리는 야스나야 폴랴나식 교육의 정의에 동의할 수 없다."
하지만 마르코프 씨는 우리의 정의를 논박하지 않고 자신의
정의를 만든다. 핵심은 우리의 교육 정의와 마르코프 씨의 교
육 정의 중 어느 것이 올바른가 하는 점이다. 우리는 이렇게
말했다. **일반적 의미에서 훈육을 포용하는 교육은, 우리의 신
념에 따르면, 동등함에 대한 요구와 교육의 전진운동이라는
불변의 법칙을 기반으로 하는 인간 활동이다.** 마르코프 씨는
독자들에게 이 말에 주목할 것을 요구하였고, 우리도 다수의
대중과 마르코프 씨를 위해 이 말에 대한 설명이 필요하다고

인정한다. 그러나 해명에 앞서, 우리는 왜 마르코프 씨와 일반 대중이 이 개념을 이해하기를 원하지 않았고, 왜 이 개념에 아무런 주의도 기울이지 않았는지에 관해, 조금 벗어나서 논의할 필요가 있다고 생각한다.

헤겔의 시대에서부터 그리고 '역사적인 것이 이성적인 것이다'라는 유명한 경구에서부터, 우리의 문헌상의 논쟁과 구술상의 논쟁에는 특별히 역사적 관점이라고 불리는 아주 이상한 하나의 논점이 지배적이다. 예를 들어 당신은 이렇게 말한다. 인간은 자유로워지고 스스로 공정하다고 인정되는 법에 기반하여 재판받을 권리가 있다고. 하지만 역사적인 관점은 이렇게 대답한다. 역사는 어떤 역사적인 법률과 그 법률에 대한 민중의 역사적 관계를 조건 짓는 어떤 역사적 계기를 만든다고. 당신은 이렇게 말한다. 당신은 신을 믿는다고. 역사적 관점은 이렇게 대답한다. 역사는 어떤 종교적 관점과 종교에 대한 인류의 관계를 만든다고. 당신은 이렇게 말한다. 《일리아드》는 가장 위대한 서사 작품이라고. 역사적 관점은 이렇게 대답한다. 《일리아드》는 어떤 역사적 순간에 민중의 역사적 인식의 표현일 뿐이라고. 이러한 이유로 역사적 관점은 인간에게 자유가 필요한가, 신이 있는가 없는가, 《일리아드》는 좋은가 좋지 않은가에 대해 당신과 논쟁하지 않고, 당신이 원하는 자유를 달성하기 위해, 신의 존재와 《일리아드》의 아름다움을 당신에게 확신시키기 위해 혹은 그 확신을 되돌리기 위해 어떤 것도 하지 않는다. 역사적 관점은 오로지 당신의 내적 요구, 즉 진리와 미에 대한 사랑이 역사에서 차지할 위치를 당신에게 지시할 뿐이다. 역사적 인식은 인식될 뿐이다. 그러나 이것은 직접적인 인식의 방법으로서가 아니라 역사적인 추론의 방식으로 인식된다. 당신이 사랑한다 혹은 무엇인가를 믿는다고 말하면, 역사적 관점은 "사랑하라 그리고 믿으라. 그러면 당신의 사랑과 믿음은 우리의 역사적 관점에서 자리를 찾을 것이다"라고 말한다. 세월이 흐르면 우리는 당신이 역사에서 차지할 위치를 발견할 것이다. 그러나 당신이 미리 알아두어야 할 것은 당신이 사랑하는 것이 무조건 훌륭한 것은 아니고, 당신이 믿는 것이 무조건 옳은 것은 아니라는 점이다. 철없는 이여, 기분을 풀라. 당신의 사랑과 믿음은 위치를 찾고 적응하게 될 것이다. 원하는 어떤 개념에 역사적이라는 말을 적용하게 되면, 이 개념은 자신의 생명력과 실제 의미를 잃고, 인위적으로 성립된 어떤 역사적 세계관에서 인위적이고 쓸모없는 의미만 얻게 된다.

마르코프 씨는 이렇게 말한다. "일반적인 목적은 모든 삶의 결과이고 다양한 종류의 힘의 작용에서 나온 최종적 결론이다. 오로지 끝날 때만 이것을 볼 수 있고, 당장에 이것은 필요 없다. 따라서 교육학은 최종적인 목적을 가지지 않을 권리가 있고 주로 삶의 의미를 지니는 시공간적 목적을 지향할 권리가 있다."(《러시아 통보》, 5호, 153쪽) 그의 견해에 따르면 교육학의 기준을 찾는 것은 쓸모없다. 우리가 역사적 조건에 놓여 있다는 것을 아는 것으로 충분하다. 그러면 모든 것이 만사형

통이다.

　마르코프 씨는 역사적인 관점을 완벽하게 습득하였다. 우리 시대 대부분의 러시아 사상가들처럼 그는 삶의 모든 현상에 역사적인 개념을 결합시키는 기술을 가지고 있고, 학술적이고 기지에 넘치는 많은 말을 지껄일 수 있고, 모든 경우에 대비하여 역사적인 의미에서 역사적인 말장난을 완벽하게 구사할 수 있다.《야스나야 폴랴나》의 첫 번째 논문에서 교육은 동등함과 전진운동의 법칙을 기반으로 삼는다고 말했다. 비록 증거 없이 진술된 것이지만, 이 명제는 현상의 이유를 설명한다. 동의하지 않을 수 있고, 증거를 요구할 수도 있다. 그러나 오로지 역사적인 관점만은 교육이 어떠한가라는 현상의 원인을 연구할 필요성을 느끼지 않을 수 있다. 마르코프 씨는 이렇게 말한다. "독자가 특별히 주목하며 이 말들을 고민하는 것은 바람직하다." 이 말들은 나에게 이미 이해된 상황의 의미를 전부 흐릿하게 만드는 쓸데없는 억지처럼 느껴진다. "왜 여기에 동등함의 요구라는 본능이 있는 것일까? 왜 특히 이 숙명 즉 어떤 것은 하지 못하게 하고 어떤 것은 하도록 명령하는, 이해되지 않는 운동의 법칙이 있는 것일까? 누가 그것을 인정하거나 증명했을까? 만일 톨스토이 백작이 했듯이, 젊은 세대에 대한 기성 세대의 교육의 영향을 반박한다면, 이 놀라운 법칙을 어디에서 찾아야 하는가? 어머니는 아이를 사랑하고 아이의 요구를 충족시켜주고자 한다. 그리고 어머니는 어떠한 신비적 요구도 없이, 의식적으로 아이의 유아적 수준의 이성에 맞출 필요성, 가장 단순한 언어로 아이와 이야기할 필요성을 느낀다. 어머니는 자기 아이와 동등해지려는 것이 가장 부자연스러울 수 있기에 지향하지 않을 뿐만 아니라, 반대로 의도적으로 자기 지식의 모든 축적물을 아이에게 전달하기 위해 노력한다. 한 세대에서 다른 세대로 지적 수확물을 자연스럽게 전달하는 것은 어떤 새롭고 특별한 법칙성을 요구하지 않는 교육운동을 형성한다. 각 시대는 자신의 한 줌 축적물을 공동의 축적물에 가져다 놓는다. 우리가 오래 살면 오래 살수록 이 축적물은 올라가고, 우리도 축적물과 함께 더 높이 올라간다. 이것은 진부하다 생각할 만큼 잘 알려졌다. 그래서 나는 논리상, 역사상 이 명백한 진리를 동요시키려는 지향에 대한 어떠한 정당성도 찾을 수 없다."

바로 여기에 역사적인 관점의 가장 훌륭한 표본이 있다. 당신은 삶의 가장 의미 있는 현상에 대한 설명을 찾을 것이고, 당신은 현상의 기초가 되는 일반적인 법칙을 발견했다고 생각하게 된다. 또 당신은 인류가 지향하는 이상, 인류 활동의 규범을 발견했다고 생각하게 된다. 그리고 당신에게 이렇게 말한다. 매 시대에 늘어나는 축적물이 있고, 이것은 진부하다 느낄 정도로 잘 알려졌다. 축적물이 늘어나는 것은 좋은 것인가? 왜 축적물은 늘어나는가? 사람들은 이 문제에 대해 당신에게 대답하지 않고, 오히려 당신이 이 문제의 해결에 신경을 쓰는 것을 놀라워할 것이다.

다른 곳에서 마르코프 씨는 우리의 말을 살짝 바꿔 이렇게 말한다. "모든 세대는 새로운 세대가 발달하는 것을 방해한다. 더 나아갈수록 반발은 심해질 것이고 더 악화될 것이다. 이상한 진보라고 생각하게 될 것이다. 만일 우리가 역사를 믿지 않고, 야스나야 폴랴나의 이론을 믿어야만 한다면, 전 세계는 수천 년 동안 쌓인 반발로 점점 피폐해지고, 이제 세상의 종말은 멀리 있지 않고 가까이 있게 된다."(같은 책, 152쪽)

"진보는 좋은 것이다!" 아니, 매우 나쁜 것이라고 나는 말했을 뿐이다. 나는 진보라는 종교를 고수하지 않는다. 신앙 외에 어떤 것도 진보의 필연성을 증명하지 않는다. "과연 세상 전부가 점점 더 피폐해졌는가?" 나는 모든 인류가 아니라 마르코프 씨가 보호하고 있는 교육 활동에 속한 일부의 인류가 피폐해진다는 차이점을 가지고 이것을 증명하고자 노력했을 뿐이다.

마르코프 씨의 역사적 관점이 명징하게 드러나는 부분은 아래와 같다.

"여러 시대 사람들이 서로 다른 것을 다양하게 가르친다는 상황이 《야스나야 폴랴나》 잡지를 당황하게 만든다. 스콜라 철학자들은 이것을, 루터는 다른 것을 가르쳤고, 루소도 자신의 방식으로, 페스탈로치도 자신의 방식으로 가르쳤다. 야스나야 폴랴나는 여기에서 교육학의 규범을 구축하는 것이 불가능하다는 것을 알게 되었고, 이것을 근거로 교육학을 거부한다. 내가 생각하기에 야스나야 폴랴나는 언급한 예를 들면서 스스로 필수적인 규범을 명시하였다. 규범은 시대의 요구에 따라 가르친다는 것이다. 규범은 단순하다. 이것은 역사와 논리에 완전히 일치한다. 루터는 스스로 자기 시대의 창조물이 되었고, 시대의 사상에 따라 생각했고 시대의 기호에 맞게 행동했기 때문에 한 세기 내내 스승이 될 수 있었다. 그렇지 않았다면 그의 위대한 영향은 불가능했거나 초자연적인 것이 되었을 것이다. 루터가 자신의 동시대인과 함께 하지 않았다면, 그는 마치 누구에게도 필요하지 않고 이해되지 않는 현상처럼, 이해할 수 없는 말을 하는 민중 사이의 이방인처럼 쓸모없이 사라졌을 것이다. 루소와 나머지 모든 사람도 똑같다. 루소는 자신의 이론에서 형식주의와 기교에 대한 자기 시대의 끓어오르는 증오를, 단순하고 진심 어린 관계의 갈망을 표현하였다. 이것은 베르사유식 삶의 방식에 저항한 불가피한 반향이다. 그리고 만일 루소 한 사람만이 이 반향을 느꼈다면, 낭만주의 시대는 나타나지 않았고, 인류를 개혁할 포괄적인 기획, 권리의 선언, 카를 모르[39]와 그와 유사한 어떤 것도 나타나지 않았을 것이다. 루터와 루소가 역사적인 족쇄에 저항하면서도 자신들의 이론을 대중과 결부시켰다고 그들을 비난하는 것은 시대 전체를 불합리하다고 비난하는 것과 같다. 시대 전체에 이론을 강요해서는 안 된다."

"그러나 이 때문에 그 이론에서 벗어나는 것은 어리석은 짓이 아니겠는가. 나는 톨스토이 백작이 교육학에서 무엇을 원

---

39 프리드리히 실러의 희곡《군도群盜》의 주인공. — 옮긴이

하는지 이해되지 않는다. 그는 궁극의 목표, 확고한 규범에 관해 신경쓰고 있다. 그의 견해에 따르면 그러한 것은 없으며 어떤 것도 필요하지 않다. 왜 그는 개별적인 인간의 삶, 자기 자신의 삶에 관해서는 떠올리지 않는 것일까? 사실 그는 자기 존재의 궁극적 목표에 대해 알지 못하고, 인생의 모든 시기의 활동을 위한 일반적인 철학적 규범을 알지 못한다. 사실 그는 살아가고 활동한다. 유년 시절에 그는 하나의 목표와 하나의 규범이 있었고, 청년 시절에는 다른 것이, 지금은 다시 새로운 것이 있고 그렇게 계속될 것이기 때문에 살아가고 활동한다. 그는 확실히 개구쟁이 소년이었다(소년들은 어떤 규범을 가지고 있다고 알려져 있다). 그리고 그는 종교적인 젊은이, 자유주의 시인, 삶의 실천적 활동가가 되었다. 이러한 자연스러운 각각의 정신의 상황은 그에게 세상을 다르게 보고, 다른 것을 기대하고, 다른 것을 따르게 했다. 시각의 이 부단한 변화에서 인류의 풍부한 발달과 인류의 철학적이고 현세적인 경험이 이루어진다. 톨스토이 백작이 인류와 교육학에 대해 질책하고 스스로의 모순에 빠졌던 그곳에서 나는 필연성, 자연스러움, 심지어 가치를 보게 된다."(같은 책, 159~160쪽)

너무나 풍부하고 너무나 현명하게 진술한 듯하다! 너무나 많은 지식이 담겨 있지 않은가! 모든 것에 대한 너무나 안정적이고 역사적인 시각이지 않은가! 자신은 상상할 수 있는 어떤 높은 곳에 서 있고 그 아래에 루소, 실러, 루터 그리고 프랑스 혁명가들이 활동한다. 역사의 높이에서 그들의 역사적 행동을 인정하거나 혹은 인정하지 않으면서, 역사적 틀에 맞춰 분석한다. 뿐만 아니라 사람들 각자 우리가 알고 있는 변하지 않는 역사적 법칙에 종속되어 저기 어딘가에서 맴돌고 있다. 하지만 개인에게는 최종의 목적이 없고, 있을 수가 없다. 하나의 역사적 관점만이 있을 뿐이다! 그러나 정말이지 우리가 묻고자 하는 것은 이것이 결코 아니다. 우리는 교육에서 인간의 활동을 지도하고, 그래서 인간 활동의 규범이 될 수 있는 보편적인 지적 법칙을 찾고자 한다. 우리의 모든 시도에 관한 역사적 관점은 루소와 루터가 그 시대의 소산이었다는 말로 답변을 대신한다. 우리는 그들이 표현한 영원한 원리를 찾고 있다. 하지만 사람들은 우리에게 영원한 원리가 나타나는 형식에 대해서만 말하고, 계층과 집단에 따라 그들을 분류한다. 우리에게 말하기를, **규범은 단지 시대의 요구에 따라 가르치는 것**이고, 이것은 매우 단순한 사실이라는 것이다. 기독교 혹은 마호메트교에 따라 가르친다는 말은 이해할 수 있다. 그러나 나는 시대의 요구에 따라 가르친다는 문장의 한마디도 결코 이해할 수 없다. 이것은 어떤 요구인가? 누가 그것을 규정하는가? 그 요구는 어디에 나타나 있는가? 어쩌면 루소가 표현했던 그 형식으로 그가 나타나도록 강요했던 역사적 조건에 관해 여러 가지로 판단하는 것은 재미있을 수 있다. 그러나 미래의 루소가 나타나게 될 역사적 조건을 발견하는 것은 불가능하다. 나는 왜 루소가 악의적으로 삶의 인위성에 반대하는 글을 썼는지 이해된다. 그러나 왜 루소가 나타났는지 그리고 왜 그가 위대한 진실을 발견했는지는 전혀 이해되지 않는다. 나에게 루소와 그의 상황에 관한 것은 문제가 되지 않는다. 루소가 말했던 그 사상만이 나를 사로잡고 있다. 나는 역사에서 그의 위치에 대한 평가가 아니라 사상을 통해서만 그의 생각을 믿고 이해할 수 있다.

교육학에서 이 규범을 표현하고 정의하는 것이 나의 과제다. 역사적 관점은 내 뒤에서 이 길을 따라오지 않기에 이렇게 말할 수 있다. 루소와 루터는 자신의 위치에 있었고(마치 그들이 자신의 위치가 아닌 곳에 있을 수도 있었던 것처럼), 여러 학파가 존재하고(마치 우리가 이것을 모르는 것처럼), 각각의 학파는 그 결실을 신비로운 역사적 축적 속에 첨가한다고. 역사적 관점은 아무것도 할 것이 없을 때 모두가 알고 있는 것을 설명하면서 많은 흥미로운 재담을 양산할 수 있다. 그러나 실체를 이룰 수 있는 말하기는 할 수 없다. 만일 역사적 관점에 관해 지껄이게 된다면, 시대의 요구에 맞춰 가르쳐야 한다는 것과 유사한 문구만 내뱉을 뿐이다. 시즈란[40], 제네바, 시르다리아[41]에서 어떤 요구가 있는지, 어디에서 이러한 요구와 시대의 요구, 즉 어떤 시대의 요구라는 표현을 찾을 수 있는지 우리에게 말해보라. 만일 역사적인 것에 관해 말하자면, 현재에는 오로지 역사적 순간만 있을 뿐이다. 어떤 사람은 25

---

40 러시아 사마라주의 도시. ─ 옮긴이
41 중앙아시아의 강 이름. ─ 옮긴이

년 전의 요구를 현재의 요구로 받아들이고, 어떤 사람은 1862년 8월의 요구를 알고 있으며, 또 어떤 사람은 중세의 요구를 현재의 요구라고 여긴다. 반복하건대, 만일 우리에게 한 단어도 의미를 가지지 않는 **시대의 요구에 따라 가르친다**라는 문구를 일부러 썼다면, 우리는 이 요구를 가르쳐 달라고 요청하는 바이다. 마음에서 우러나온 진심으로 말하건대, 우리는 이 요구를 알고 싶다. 하지만 우리는 이것을 모른다.

우리는 카시오도루스의 트리비움과 쾌드리비움[42], 토마스 아퀴나스, 셰익스피어, 《햄릿》을 인용하고, 이와 유사한 흥미롭고 유쾌한 담론을 통해 마르코프 씨의 역사적 관점을 보여주는 더 많은 예를 제시할 수 있다. 그러나 이 모든 입장은 우리의 문제에 대답하지 못하기에, 우리는 철학적 문제에 대한 역사적 시각이 부적합한 원인을 해명하는 것으로 그치고자 한다.

이 원인은 다음과 같다. 역사적 관점을 가진 사람들은 부정적 의미에서 형이상학이라고 부르기를 좋아하는 추상적 사상이 무익하다고 생각한다. 이 추상적 사상은 역사적 조건, 즉 간단하게 말하자면 지배적인 신념에 대립되는 것이다. 이 사상은 심지어 쓸모없다. 왜냐하면 지배적인 신념에 대립되는 사상의 개입이 없더라도 인류가 전진하는 일반 법칙은 발견

---

42 중세의 자유교양으로 트리비움Trivium은 문법, 수사학, 변증법을 말하고 쾌드리비움Quadrivium은 음악, 산술 기하학, 천문학을 일컫는다. — 옮긴이

되기 마련이다. 이와 같은 거짓된 인류의 법칙은 **진보**라고 불린다. 마르코프 씨와 우리는 견해가 다르다. 뿐만 아니라 우리의 결론은 완전히 무시되고 답변도 듣지 못한다. 그 모든 원인은 마르코프 씨는 진보를 믿지만 나는 이 믿음을 가지고 있지 않다는 것이다.

진보의 개념과 진보에 대한 믿음은 과연 무엇인가?

진보의 기본적인 사상과 그 표현은 다음과 같다. "**인류**는 부단히 변형되고, 과거에서 시작되는 일과 기억을 보존하면서 과거를 체험한다." 우리는 이와 같은 인류 관계의 변형을 비유적으로 운동이라고 부른다. 과거의 변형을 우리는 **퇴보**라고 부르고 미래의 변형을 **전진**이라고 부른다. 대체로 비유적인 의미로 우리는 인류가 전진운동을 한다고 말한다. 비록 표현된 것이 명확하지 않을지라도, 비유적 의미에서 이 명제는 의심의 여지가 없다. 이 의심의 여지가 없는 명제를 따라서, 진보와 역사적인 발달을 믿는 사람들은 충분히 논증되지 않은 다른 명제를 만들었다. 이것은 마치 과거에 인류는 적은 행복을 누렸으며 과거로 갈수록 덜 행복하고 미래로 갈수록 더 행복하다는 것이다. 여기서 얻을 수 있는 결론은 유익한 활동을 위해서는 역사적 조건에 맞게 행동해야만 한다는 것이다. 진보의 법칙에 따라 모든 역사적 활동은 보편적인 행복을 확대시킬 것이고 즉 좋아질 것이고, 역사의 운동을 멈추게 하거나 대립하는 모든 시도는 무익하게 된다. 이 결론은 합법칙적이지 않다. 왜냐하면 진보의 과정에서 인류가 부단히 개선된다는 두 번째 명제는 어떤 것으로도 증명되지 않았고 정당화되지 않았기 때문이다.

진보를 믿는 역사가가 말하기를, 전 인류에게는 태고로부터 진보의 과정이 발생하고 있다. 가령, 1685년 영국과 우리 시대 영국을 비교하면서 이 명제를 증명하려 한다. 그러나 만일 오늘날의 러시아, 프랑스, 이탈리아와 고대 로마, 그리스, 카르타고를 비교하면서 고대의 민중들보다 근대 민중의 행복이 더 크다는 것을 증명할 수 있을지라도, 이 경우 이해되지 않는 하나의 현상이 언제나 나를 놀라게 한다. 인류의 작은 한 부분인 유럽의 과거와 현재를 비교하여, 전 인류를 대상으로 하는 보편 법칙을 도출한다는 것이다. 그들은 아시아, 아프리카, 아메리카, 오스트레일리아를 제외하고서 즉 10억 인구를 제외하고서 인류를 위한 보편 법칙이 진보라고 말한다. 우리는 3000명의 인구가 있는 호엔촐레른지크마링겐 공국에서 진보의 법칙을 말할 수 있다. 진보라는 우리의 이론을 논박하는 2억 인구의 중국도 우리는 알고 있다. 우리는 진보가 모든 인류의 일반적인 법칙이고, 진보를 믿는 우리는 옳고 진보를 믿지 않는 자들은 잘못되었음을 한순간도 의심하지 않는다. 그래서 우리는 대포와 총을 가지고 중국인에게 진보의 이념을 주입하기 위해 가고 있다. 상식이 이르는 바에 따르면, 만일 인류의 대부분을 차지하는 소위 모든 동양인이 진보의 법칙을 인정하지 않고 반대로 인류를 위해 이 법칙이 존재하지 않는다고 논박한다면, 인류의 일부만이 진보를 믿는 것이 된다. 진보의 미신에서 자유로운 모든 사람들처럼, 내가 보게 되는 것은 인류는 살아 있고 과거의 기억이 커지기도 하고 사라지기도 한다는 점이다. 또한 과거의 일은 종종 현재의 새로운 일의 기반이 되기도 하고 걸림돌이 되기도 한다. 그리고 사람들의 행복은 어떤 장소, 어떤 계층, 어떤 의미에서 커지기도 하고 작아지기도 한다. 바람직하지 않을지라도, 나는 인간의 삶에서 어떤 공통의 법칙을 발견할 수 없다. 역사를 진보의 이념에 근거를 두는 것은 퇴보의 이념이나 원하는 역사적 환상의 이념에 근거를 두는 것만큼 쉽다. 좀 더 이야기하자면, 나는 역사의 보편 법칙을 찾는 것이 불가능하다는 것은 말할 것도 없고, 그 필요성도 결코 알 수가 없다. 보편적인 영원한 법칙은 인간 각자의 마음속에 새겨져 있다. 진보 혹은 완성의 법칙은 인간 각자의 마음속에 새겨져 있고, 망상의 결과만이 역사로 옮겨진다. 개인적인 것으로 머문다면, 이 법칙은 유익하고 개개인에게 유효할 수 있다. 역사로 옮겨진 이 법칙은 모든 난센스와 숙명론을 정당화하는 공허하고 쓸데없는 헛소리가 되어버린다. 일반적으로 인류 전체에서 보자면 진보는 동방의 모든 민족에게 존재하지 않고 납득되지 않는 사실이다. 그래서 진보를 인류의 법칙이라고 말하는 것은 검은 머리의 인간을 제외한 모든 인간이 금발머리라고 말하는 것만큼 근거 없는 것이 된다.

그러나 어쩌면 우리 모두는 여전히 많은 사람들이 이해하는 것처럼 그렇게 진보를 규정하지 않았는지도 모르겠다. 우리는 가장 보편적이고 이성적인 정의를 진보에 부여하려 시도한다. 어쩌면 진보는 유럽 민중에 의해 발견된 법칙이지만, 모든 인류에게 해당될 만큼 합리적인 법칙일지도 모르겠다. 이러한 의미에서 진보는 인류의 어떤 일부가 걸어가게 되는 길이다. 인류의 일부는 이 길이 그들을 행복으로 이끌어줄 것으로 인지한다. 헨리 토머스 버클은 이와 같은 의미에서 유럽 민중들의 문명화를 진보로 이해했다. 이 진보의 일반적 개념에는 사회적·경제적 진보, 학문, 예술, 수공업, 특히 화약 발명, 인쇄술, 통신 수단의 진보가 포함된다. 이러한 진보의 정의는 명확하게 이해된다. 하지만 다음과 같은 문제가 부득이하게 발생한다. 첫째, 이 진보가 행복으로 이끌어준다고 누가 결정한 것인가? 이를 믿기 위해서, 나에게 필요한 것은 특수 계층에 속한 특별하지 않은 인물들 즉 역사가, 사상가와 언론인들이 이것을 인정했다는 사실이 아니다. 진보의 영향을 받는 모든 민중 다수가 진보는 그들을 행복으로 이끈다고 인정해야 한다. 우리는 이것과 정반대의 현상을 끊임없이 보고 있다. 두 번째 의문은 무엇을 행복으로 인정해야 하는가라는 점이다. 통신 수단의 개선, 인쇄술의 보급, 거리의 조명, 보육원과 유흥업소의 설치 등일까? 혹은 숲, 들짐승, 물고기와 같은 자연의 원시적인 풍요로움, 강한 신체적 발달과 성정의 순수함 등일까? 인류는 동시에 자기 존재의 다양한 면들을 통해 살아간다. 그래서 어떤 시대에 행복의 단계를 규정하고 그것을 인간에게 정해주는 것은 불가능하다. 어떤 사람은 오로지 예술의 진보만을 보고, 다른 사람은 덕의 진보만을, 또 어떤 사람은 물질적인 편리의 진보만을 본다. 어떤 사람은 신체적인 힘의 진보를, 어떤 사람은 사회 기구의 진보를, 어떤 사람은 학문의 진보를, 어떤 사람은 사랑·평등·자유의 진보를, 어떤 사람은 가스 조명과 재봉틀의 진보만을 본다. 인류 삶의 모든 측면을 냉정하게 대하는 사람은 언제나 인간 삶에서 한 측면의 진보가 다른 측면의 퇴보의 대가라는 사실을 발견할 것이다. 평등과 자유의 진보를 믿는 가장 양심적인 정치 활동가는 중국·인도와 전쟁을 하는 근대적인 영국보다, 두 명의 보나파르트를 배출한 근대적인 프랑스보다, 노예의 권리를 위해 격렬한 전쟁을 벌인 가장 근대적인 아메리카보다 사실 고대 그리스와 로마에서 더 자유롭고 평등했다고 확신하지 않았을까? 예술의 진보를 믿는 가장 양심적인 사람은 사실 우리 시대에는 페이디아스[43], 라파엘로, 호메로스가 없다는 것을 확신하지 않았을까? 가장 기민한 경제 진보주의자는 사실 기존의 인구를 부양하기 위해서 노동자들이 아이를 출산하는 것을 막을 필요가 있다고 확신하지 않았을까? 이렇듯 내가 제기한 두 문제에 대해 다음과 같이 답하려고 한다. 첫째, 진보가 행복으로 이끌어준다고 인정받는 길은 진보의 영향을 받는 모든 민중이 이 영향이 좋고 유익하다고 인정하게 될 때만 가능하다. 그러나 지금 인구의 10분의 9인 이른바 단

---

43 고대 아테네의 조각가. — 옮긴이

순 노동자에게서 우리는 정반대되는 것을 계속 보게 된다. 둘째, 진보가 행복으로 이끌어준다고 인정받는 길은 진보가 인간 삶의 모든 측면을 완전하게 만든다는 점, 혹은 그 결과와 함께 수반된 진보의 영향이 선하고 유익한 것으로서 악하고 해로운 것을 압도한다는 것을 증명할 때에만 가능하다. 민중, 전체 인구의 10분의 9인 다수 대중은 끊임없이 진보에 적대적인 입장을 취하고 진보의 유익함을 인정하지 않을 뿐만 아니라, 진보가 그들에게는 해롭다고 적극적이고 의식적으로 인식한다. 매콜리(영국 교육의 힘을 증명하려고 마르코프 씨가 인용한 바로 그 인물)와 같은 역사가들은 진보가 인간 삶의 모든 측면을 저울질했고, 이러한 저울질에 근거하여 진보는 해악보다는 선을 가져왔다는 결론을 내렸다. 우리는 이 결론을 믿을 수 없다. 왜냐하면 이 결론은 어떤 근거도 가지고 있지 않기 때문이다. 작가의 반대되는 목적에도 불구하고, 이 결론들은 양심적이고 냉정한 모든 재판관에게 이렇게 증명하고 있다. 진보는 국가는 차치하고서라도 민중 즉 대부분의 사람들에게 이익보다는 해를 더 많이 가져다준다고 말이다. 나는 진지한 독자에게 매콜리가 쓴 《영국사》의 제1부 3장을 통독해볼 것을 요청한다. 결론은 과감하고 대담하게 내려진다. 그러나 결론의 근거는 진보라는 믿음에 눈이 흐려지지 않은 상식적인 사람에게는 전혀 이해되지 않는다. 주요 사실들은 다음과 같다.

1)인구가 증가하였다. 맬서스[44]의 이론이 필요할 만큼 증가하였다.

2)군대는 없었다. 지금은 군대가 방대해졌다. 함대도 마찬가지다.

3)소지주의 수는 감소하였다.

4)도시는 대부분의 인구를 흡수하였다.

5)산림은 황폐해졌다.

6)임금은 반 정도 늘어났지만 모든 물가가 상승했다. 그리고 삶의 편의는 줄어들었다.

7)가난한 사람들의 세금은 10배 올랐다. 신문은 더 많아졌고, 가로등은 더 좋아졌고, 아이들과 아내는 덜 맞고, 영국 부인은 철자법 실수를 하지 않고 글을 쓰게 되었다.

나는 독자들에게 진지하고 주의 깊게 3장을 다 읽고 나서 다음과 같은 단순한 사실을 기억해달라고 요청하는 바이다. 한번 늘어난 군대는 결코 감소될 수 없다. 한번 파괴된 오래된 숲은 결코 다시 복구되지 않는다. 안락함을 주는 편의시설에 한번 길든 사람은 결코 원시적인 간소함과 절제로 되돌아올 수 없다. 나는 진보라는 신념을 가지고 있지 않거나 일시적으로 이 신념에 회의를 느끼는 독자에게 진보의 혜택을 증

---

44 토머스 로버트 맬서스Thomas Robert Malthus(1766~1834). 영국의 인구통계학자이자 정치경제학자. 저서《인구론》이 유명하다. — 옮긴이

명하고 있는 이 책 전부를 읽은 다음, 이 신념을 완전히 버리고 다음과 같이 자문해보기를 요청하는 바이다. 진보가 인간에게 해보다 이익을 더 많이 가져다주었다는 증거가 있는가? 편견 없는 사람은 이것을 증명할 수 없다. 편협한 사람에게는 진보의 역설과 같은 모든 역설은 역사적 사실이라는 옷을 입게 된다.

도대체 이 이상하고 이해할 수 없는 현상은 무엇인가! 꼼짝 않고 있는 동양의 민족들이 우리에게 증명해주고 있듯이, 인류의 보편적인 전진운동의 법칙이란 없다. 유럽의 민족들이 끊임없이 복지 개선을 위해 움직인다는 사실을 증명하는 것은 불가능하다. 그리고 지금껏 누구도 이것을 결코 증명한 적이 없다. 결국 가장 주목할 점은 진보의 과정에 놓여 있는 바로 그 유럽 민족의 10분의 9가 의식적으로 진보를 싫어하고 모든 수단을 동원하여 진보에 저항하기 위해 노력하고 있다는 것이다. 그렇지만 우리는 문명의 진보를 의심의 여지 없는 선이라고 여긴다. 아무리 이 현상이 이해되지 않을지라도, 우리가 편견 없이 살펴본다면 이 현상은 우리에게 해명될 것이다.

오로지 사회의 어떤 일부만이 진보를 믿고 진보를 설교하고 진보의 혜택을 증명하려 노력한다. 사회의 대부분은 진보에 대립하고 진보의 혜택을 믿지 않는다. 여기에서 내가 내릴 수 있는 결론에 따르면, 진보는 사회의 작은 일부를 위한 혜택이다. 사회의 대부분은 진보를 악이라 여긴다. 내가 이렇게 결론을 내린 것은 모든 사람들이 의식적으로 혹은 무의식적으로 혜택을 추구하거나 악을 멀리하기 때문이다. 이와 같은 결론을 낸 다음, 나는 이 결론을 사실에 근거하여 검토하려 한다. 진보를 믿는 소수는 누구인가? 이는 소위 교양 있는 집단, 버클의 표현에 따르면 한가한 계층이다. 진보를 믿지 않는 다수는 누구인가? 이는 소위 민중, 바쁜 계층이다. 교양 있는 집단과 민중의 이익은 언제나 대립한다. 한 곳이 이익이면, 다른 곳은 불이익이 된다. 진보의 문제에서 나의 명제는 확인되었기에, 내가 내린 결론은 이렇다. 진보는 민중이 더 손해를 볼수록 교양 있는 집단은 더 이익을 보는 것이다. 진보를 믿는 사람과 가톨릭을 믿는 사람을 비교한다면 자연스럽게 나의 생각은 확증된다. 성직자는 진심으로, 정말 진심으로 신을 믿는다. 왜냐하면 이 신앙이 그에게 이익이 되기 때문이다. 성직자는 같은 이유로 모든 수단을 동원하여 민중에게 이 신앙을 주입시킨다. 민중은 신앙이 이익이 되지 않기 때문에 신앙을 많이 믿지는 않는다. 진보를 믿는 사람에게도 똑같은 일이 발생한다.

진보를 믿는 자는 진심으로 믿는다. 왜냐하면 그들의 신념이 그들에게 이익이기 때문이다. 그래서 그들은 혈안이 되어 자신의 신념을 선전한다. 나는 무심코 중국 전쟁을 떠올렸다. 이 전쟁에서 세 열강이 화약과 탄약을 매개로 진심으로 순수하게 진보의 신념을 중국에 불어넣었다.

하지만 내가 실수하는 것은 아닐까? 진보에서 교양 있는 집단의 이익과 민중의 손해는 무엇인지 살펴보자. 여기에서 사실을 이야기하기 위해, 나는 유럽에 관해 잠시 미뤄두고 내가 잘 알고 있는 러시아에 관해 말할 것이다. 러시아에서 진보를 믿는 자는 누구이고, 믿지 않는 자는 누구인가? 진보를 믿는 자는 정부, 교육받은 귀족, 교육받은 상인과 관료, 즉 버클의 표현에 따르면 한가한 계층이다. 진보를 믿지 않는 진보의 적은 기술자, 직공, 농민과 공장 노동자, 직접적으로 육체노동을 하는 사람, 즉 버클의 표현에 따르면 바쁜 계층이다. 이러한 차이를 고려한다면, 우리는 사람이 더 많이 일할수록 더 보수적이고 더 적게 일할수록 더 진보적이라는 것을 발견하게 된다. 전매업자, 작가, 귀족, 대학생, 일할 필요가 없는 관리와 직공보다 더한 진보주의자는 없다. 농부, 자리를 지키는 관청 서기, 일하는 직공보다 더 보수주의자는 없다.

교양 있는 집단과 민중의 이익과 불이익에 관한 가장 잘 알려지고 흔한 현상 즉 인쇄술, 증기기관, 전기의 예를 살펴보자.

"인간은 자연의 힘을 습득하고 생각은 번개만큼 빠르게 우주의 한쪽 끝에서 다른 쪽 끝으로 날아간다. 시간은 정복된다." 이 모든 것은 훌륭하고 대단하다. 그러나 이것이 누구에게 이익이 되는지 살펴보자. 우리는 전신의 진보에 관해 말한다. 전신의 이익과 부가가치가 고위층, 소위 교육받은 계층을 위한 것임은 분명하다. 10분의 9인 민중은 지침이 두드리는 둔탁한 소리를 들을 뿐이고, 불공평하게도 전신의 파손에 관한 엄격한 법률로 인해 괴로울 뿐이다.

이 전선을 통해 민중들 위로 날아오는 모든 생각은 어떻게 가장 편리한 형태로 민중을 착취할까라는 고민뿐이다. 전선을 통해 날아오는 생각은 어떤 상품의 수요를 어떻게 증대시키고, 이 상품에 대한 가격을 어떻게 올릴까 하는 것이다. 혹은 프랑스의 군비가 늘어났기 때문에 가능한 한 빨리 그만큼의 시민들을 입대시켜야 한다는 생각, 혹은 어느 곳에서 민중이 자신의 상황에 만족하지 못하고 그래서 그곳을 진압하기 위해 군인을 파견해야만 한다는 생각, 혹은 피렌체에 머물고 있는 러시아 여지주가 신경이 안정되어서 사랑하는 남편과 얼싸안고 있으니, 나에게 최대한 빨리 4만 프랑을 보내달라고 요구할 생각이 떠오른다. 전보에 관해 상세하게 통계를 내지 않더라도, 모든 전보는 내가 여기에서 그 본보기로 나열했던 일종의 우편물일 뿐이라고 단호하게 말할 수 있다. 툴라현의 야스나야 폴랴나의 농민 혹은 러시아 농민일지라도 좋다(사람들은 농민이 민중의 전부를 구성하고 있고, 진보가 그들을 행복하게 만든다고 생각한다는 사실을 잊어서는 안 된다). 그들은 한 개의 전보를 보낸 적도 받은 적도 없으며, 앞으로도 오랫동안 보내지도 받지도 않을 것이다. 민중의 머리에 떠오르는 모든 전보는 모래 한 알만큼도 그들의 행복을 더해주지 못한다. 왜냐하면 그들은 필요한 모든 것을 밭과 숲에서 얻기 때문이다. 그래서 민중은 설탕이나 면포가 싸든 비싸든 아무런 관심이 없고 오톤 왕의 실각, 파머스톤과 나폴레옹 3세의 연설, 피렌체에서 쓴 여지주의 감정에도 관심 없다. 번개처럼 빠르게 우주를 날아다니는 이 모든 생각들은 그의 경작지의 생산성을 증대시키지 않고 지주와 국유지 숲의 경비를 느슨하게 하지 않으며, 일할 때 그와 그의 가족에게 힘을 더해주지 않고, 그에게 여분의 노동자를 제공하지도 않는다. 이 모든 위대한 생각들은 민중의 행복을 견고히 하거나 개선하는 것이 아니라 파괴할 수 있다. 그리고 이 생각들은 부정적인 의미로 그에게 흥미로울 뿐이다. 진보를 진심으로 믿는 자들에게 전신망은 큰 이익을 가져왔고 또 가져온다. 나는 이런 이익에 대해 논쟁하는 것이 아니다. 내가 증명하려는 것은 단지 나에게 유익한 것이 전 세계를 위한 가장 큰 혜택이라고 생각하여 다른 사람에게 확신시킬 필요가 없다는 것이다. 먼저 나에게 유익한 것이 혜택이라는 것을 증명하거나 최소한 모든 사람이 인정할 때까지 기다려야만 한다. 전기를 매개로 한 소위 시공간의 정복을 우리는 전혀 본 적이 없다. 반대로 우리는 진보의 옹호자들이 이 입장에서 예전의 지주들처럼 논의하는 것을 보게 된다. 지주들도 농민, 국가, 모든 인간을 위해 농노제와 부역보다 더 유익한 것은 결코 없다고 확신했다. 차이점은 단지 예전 지주의 신념은 폭로된 것이고, 진보주의자들의 신념은 여전히 신선하고 지배적이라는 것이다.

인쇄술은 진보주의자들이 좋아하고 반복하는 또 다른 주제다. 인쇄술의 보급과 이에 수반되는 읽고 쓰기는 언제나 무조건 모든 민중을 위한 혜택이라 간주된다. 왜 그렇게 되었을까? 인쇄술, 읽고 쓰기, 우리가 교육이라고 부르는 것은 진보라는 종교의 근원적 미신이다. 그래서 사실 나는 독자에게 정말 진심으로 모든 신념을 거부하고 다음과 같이 자문해보라고 요청한다. 왜 그렇게 되었을까? 소수인 우리가 우리에게 유익하다고 생각하는 교육, 그 결과 우리가 보급되기를 원했던 인쇄술과 읽고 쓰기와 교육을 왜, 도대체 왜 다수인 민중을 위한 혜택이라고 하는 것일까? 우리는 이미《야스나야 폴랴나》의 몇몇 논문에서 우리가 주도했던 교육이 실제로 민중을 위한 혜택이 될 수 없음을 말한 바 있다. 이제 우리는 인쇄술에 대해서만 말할 것이다. 내가 보기에 명백한 것은 잡지와 책의 보급, 계속 이어지는 거대한 인쇄술의 진보는 작가, 편집자, 출판업자, 교정자, 타이피스트에게 이익이 된다. 민중수입의 상당수가 간접적인 방식으로 이 사람들의 수중에 들어간다. 인쇄술은 이 사람들에게 유익한 것이다. 그래서 독자수를 확대하기를 위해 가능한 모든 방법이 고안되었다. 그 수단은 시, 중편, 스캔들, 폭로, 유언비어, 논쟁, 선물, 시상식, 문맹퇴치위원회, 식자층의 확대를 위한 책과 학교의 보급이 그것이다. 문학처럼 그렇게 쉽게 수지맞는 노동도 없다. 문학만큼 그렇게 수수료가 큰 것도 없다. 문학 종사자의 수는 날마다 증가한다. 문학의 보잘것없고 쓸모없는 면은 그 조직의 증대에 맞춰 확장된다. 순진한 사람은 나에게 이렇게 말할 것이다. 만일 책과 잡지의 숫자가 확대되고 문학이 그렇게 수지가 잘 맞는다면, 문학은 필요한 것이라고. 나는 이렇게 대답할 것이다. 독점판매권도 수지가 잘 맞으니 필요한 것인가라고.
문학의 성공이 가리키는 것은 모든 민중이 공감할 때에만 민
중의 요구를 충족시킨다는 점이다. 그러나 독점 아래에서 요
구의 충족이 없었던 것처럼 문학에서도 충족은 없다. 독점판
매권과 마찬가지로, 문학은 기술적인 운영일 뿐이고 그 관계
자에게만 유익하고 민중에게는 이익이 없다. 《동시대인》《동
시대 이야기》《동시대 연대기》《러시아어》《러시아 세계》《러
시아 통보》《시대》《우리 시대》《어린이를 위한 잡지》《어린
이 잡지》《청년을 위한 잡지》《청년 잡지》《독수리》《별》《화
환》《식자층》《민중 독본》《민중을 위한 독본》이라는 잡지와
신문이 있다. 이와 같은 잡지와 신문의 표제처럼 일정하게 결
합하고 위치만 바꿔 사용되는 일정한 단어가 있다. 그리고 사
람들은 이 잡지들이 어떤 사상과 경향을 이끌어간다고 굳게
믿는다. 푸시킨, 고골[45], 투르게네프[46], 데르자빈[47], 필라레트[48]
의 작품이 있다. 이 모든 잡지와 작품들은 오래 존재했음에
도 불구하고, 민중에게 알려지지 않았고 필요하지 않으며, 민

---

45 니콜라이 고골Nikolai Gogol(1809~1852). 19세기 러시아 작가. 《외투》《죽은 혼》
이 대표작이다. ─ 옮긴이

46 이반 투르게네프Ivan Turgenev(1818~1883). 19세기 러시아 작가. 《첫사랑》《아
버지와 아들》등의 작품이 있다. ─ 옮긴이

47 가브릴 데르자빈Gavril Derzhavin(1743~1816). 18세기 말 러시아의 대표적인 시
인. ─ 옮긴이

48 필라레트Philaret(1782~1867). 모스크바 대주교를 지낸 19세기 러시아의 대표
적인 성직자. ─ 옮긴이

중에게 아무런 이익도 가져다주지 않는다. 나는 이미 우리의 사회적 문학을 민중에게 뿌리내리기 위해 내가 시도했던 경험에 관해 말했다. 내가 확신했던 바에 따르면, 모든 사람들은 러시아 민중 가운데 어떤 사람이 푸시킨의 《보리스 고두노프》[49]나 솔로비요프의 역사책 읽기를 즐기기 위해서는 현재처럼 존재하기를 그만두어야 한다고 생각할 것이다. 즉 이 사람은 자신의 모든 인간적 요구를 충족시키는 독립적인 인간이기를 그만두어야 한다. 우리 문학은 민중에게 뿌리내리지 않고 뿌리내리지 않을 것이다. 나는 민중과 문학을 알고 있는 자가 이 점을 의심하지 않기를 희망한다. 민중이 문학에서 어떤 혜택을 누릴 수 있는가? 지금까지 민중은 저렴한 성경과 교회력도 가져보지 못했다. 민중에게 주어진 다른 책들도 민중의 시선에는 편찬자의 명청함과 무가치함을 드러낼 뿐이다. 민중의 돈과 노동이 소비되고 있다. 이미 어느 정도의 시간이 지났지만, 우리는 인쇄술에서 민중을 위한 아주 작은 이익도 찾을 수 없다. 경작하고, 크바스를 만들고, 짚신을 만들고, 벌목하고, 노래하고, 심지어 기도하는 법까지 민중이 책에서 배우고 익혔던 것은 없다. 진보의 신념에 사로잡히지 않은 양심적인 심판관이라면 누구라도 인쇄술이 민중에게 이익을 주지 않는다는 것을 인정할 것이다. 많은 사람들은 손해를

---

49 세르게이 솔로비요프Sergey Solovyov(1820~1879). 러시아 역사학자, 모스크바 대학 교수,《고대 이래의 러시아 역사》가 대표 저서다. ─ 옮긴이

감지했을 것이다. 양심적인 연구자 달리 씨는 읽고 쓰기가 민중에 미치는 영향력에 관한 자신의 연구를 발표하였다. 그는 읽고 쓰기가 민중 출신의 인간을 타락시킨다고 설명하였다. 진보를 믿는 모든 이들의 맹렬한 비난과 욕설이 이 연구자에게 쏟아졌다. 그들은 읽고 쓰기가 예외적일 때에는 해롭지만 보편적인 법칙이 되었을 때에는 그 해로움이 사라진다고 결론 내렸다. 이와 같은 가설은 재치 있을 수 있지만 가설일 뿐이다. 사실은 사실로 남아 있다. 나의 연구가 이 사실을 확인시켜주고 있으며, 상인, 소시민, 경찰서장, 사제와 농민들처럼 민중과 직접적인 소통을 하는 사람들도 이 사실을 확인시켜준다. 그러나 어쩌면 그들은 나의 결론이 올바르다는 것을 인정하면서도, 인쇄술의 진보가 민중에게 직접적인 이익을 주지 않지만 사회의 기질을 부드럽게 만들어줌으로써 민중의 행복에 영향을 미친다고 말할지도 모르겠다. 예를 들어, 농노제 문제의 해결은 오로지 인쇄술 진보의 작품이라는 것이다. 나는 이것에 대해 다음과 같이 대답할 것이다. 여기에서 사회의 기질을 부드럽게 만든다는 것은 여전히 증명할 필요가 있고, 나는 개인적으로 그것을 본 적이 없으며, 그 말을 믿어야만 한다고 생각하지 않는다고. 예를 들어, 나는 노동자와 공장주의 관계가 농노와 지주의 관계보다 더 인간적이라는 점을 발견하지 못했다. 그러나 이것은 증거가 될 수 없는 나의 개인적인 시각이다. 내가 이와 같은 논거에 반대하는 중요한 이유는 농노제의 해방을 예로 들기만 하더라도, 나는 인쇄술이 농노제의 진보적인 해결에 영향을 주었다는 점을 찾지 못했다는 것이다. 만일 이 일에서 정부가 결정적인 말을 하지 않았다면, 의심의 여지 없이 인쇄술은 문제를 완전히 다르게 설명했을 것이다. 우리는 기관의 대부분이 땅 없는 해방을 요구했을 것이고 합리적이고 지혜롭고 풍자적으로 보이는 이유를 내놓았을 것이라고 생각한다. 나는 묻고 싶다. 왜 농노 해방 과정은 농민의 생활을 개선시켰는지 퇴보시켰는지 여전히 알 수 없는 2월 19일 법령에 머물러 있는가? 농민은 목장과 숲에 출입할 수 있는 권리를 상실하였고 새로운 의무가 주어졌다. 농민들은 새 의무를 이행해야 하는 독립되지 못한 상태에 놓여 있다. 나는 묻고 싶다. 인쇄술의 진보는 왜 2월 19일 법령에 머물러 있는가? 시민들 사이에서 땅의 평등한 분배는 의심의 여지 없는 혜택으로 알려져 있다. 미쳤다고 볼 수 있는 사람이 아니고서는 왜 아무도 이와 같은 땅의 분배에 관해 출판하지 않는 것인가? 사실 여기에 미친 것은 전혀 없다. 인쇄술 진보의 진짜 업무는 분배의 필요성과 이익을 설명했어야 했다. 그렇지만 러시아에서도, 미국에서도, 전 유럽에서도 누구 하나 여기에 대해 글을 쓴 사람이 없다. 내가 보기에 이러한 현상의 원인은 아주 명백하다. 전신의 진보처럼 인쇄술의 진보는 사회의 어떤 한 계층의 독점이다. 독점은 이 계층의 사람만을 위한 이익을 가져다준다. 이 사람들은 진보라는 말을 개인적 이익이라는 의미로 그리고 거기에 수반하여 민중의 이익에 언제나 정반대되는 이익이라는 의미로 사용한다. 나는 무료할 때 잡지를 읽는 것이 즐겁다. 심지어 그리스 왕 오톤에 관심을 가지고 있다. 나는 소논문을 쓰고 출판하고 그것으로 돈을 얻고 유명해지는 것이 좋다. 나는 나의 누이의 건강에 관해 전보로 소식을 전해 듣는 것이 좋고, 나의 밀 수확에 관해 얼마의 가격을 기대해야 할지 확실히 아는 것이 즐겁다. 이 경우와 마찬가지로 다른 경우에도 내가 여기에서 경험했던 만족에 관해 그리고 이러한 만족을 위한 편의가 확대되었으면 하는 희망에 관해 비난받을 어떤 것도 없다. 그러나 나의 만족이 모든 인류의 행복을 확대시키는 것과 부합한다고 생각하는 것은 결코 옳지 않다. 독점판매자 혹은 지주가 생각하는 것처럼 그렇게 생각하는 것은 옳지 않다. 그는 일하지 않고 큰 수입을 얻으면서 예술을 장려하고, 자신의 사치로 인해 많은 사람에게 일거리를 제공함으로써 인간을 행복하게 만든다고 생각한다. 나는 독자들에게 호메로스, 소크라테스, 아리스토텔레스, 독일의 동화와 노래, 러시아 서사시, 끝으로 성경과 복음서가 영원히 존재하기 위해 인쇄술이 필요한 것은 아니라는 점을 깨달아 달라고 요청하는 바이다.

증기기관, 철도 그리고 과도하게 찬양받았던 기선, 기관차, 기계가 있다. 우리에게 가장 친숙한 이 문제에 관해 고찰하면서 내가 독자에게 다시 한 번 알리고 싶은 점은, 진실이라고 받아들여지는 신념과 정치적·경제적 궤변을 온전하게 버려야만 하고 오로지 존재하는 것만, 우리 앞에서 실행되는 사실만 보아야 한다는 것이다. 우리는 이동과 공장 생산에 증기를 활용할 수 있는 발전이 민중의 행복 증진을 촉진시키고 있는가라는 질문에 해답을 찾고 싶다. 우리는 서로 대립하는 경제학 이론에 따라 증기를 활용하여 발생하는 결과에 대해 말하지는 않을 것이다. 차후에는 그럴지도 모르겠다. 하지만 우리는 오로지 다수의 민중에게 증기가 가져다주었고 가져다주고 있는 이익에 관해서만 살펴볼 것이다. 내가 잘 알고 있는 친한 툴라의 농민을 살펴보자면, 그는 툴라에서 모스크바로, 라인으로, 파리로 그리고 그 반대로 빠르게 이동할 필요가 없다. 이러한 이동의 가능성은 그에게 어떤 행복도 더해주지 않는다. 그는 자신의 모든 욕구를 자신의 노동으로 충족시킨다. 음식에서 시작하여 옷까지 모든 것을 자기 스스로 만들어낸다. 그에게 돈은 부를 형성하는 것이 아니다. 이 말은 농부에게 돈이 있을 때 그것을 땅에 파묻고서는 그 돈을 사용할 필요성을 찾지 못할 정도라고 할 수 있다. 그래서 만일 철도로 인해 그가 공산품에 쉽게 접근하게 되더라도, 그는 이 대단한 접근성에 아주 무심하다. 그에게는 러닝셔츠도, 지도도, 시계도, 프랑스산 와인도, 정어리 통조림도 필요하지 않다. 그에게 필요한 모든 것, 그의 눈에 부를 이루고 복지를 개선할 모든 것은 그의 땅에서 그의 노동으로 얻는다. 매콜리는 노동자의 최상의 행복 지표는 임금 수준이라고 말한 바 있다. 정말 우리 러시아인들은 우리에게 무의미하고 거짓된 명제를 반복할 만큼 우리 민중의 상태를 알고 싶어 하지 않고 또 모르고 있는 것일까? 러시아 민중의 임금은 우연이고 사치라는 것은 모든 러시아인들이 다 아는 사실이 아닐까? 임금으로 근거를 삼을 어떤 것도 없다. 모든 민중, 예외 없이 러시아인들 모두는 곡식 창고에 오래된 곡식 낟가리를 가진 스텝 지대의 농민을 의심하지 않고 부자라고 부른다. 그는 눈으로 임금이라고는 본 적이 없다. 그리고 사람들은 사라사 상의를 입고 꾸준히 높은 임금을 받는 모스크바 근교의 농민을 의심하지 않고 가난한 사람이라고 부른다. 러시아에서 임금 수준으로 부를 규정하는 것은 불가능할 뿐만 아니라, 감히 러시아에서 임금의 출현이 부와 행복을 감소시키는 징후가 되었다고 말할 수 있다. 민중을 연구하는 우리 러시아인들은 이 규칙을 러시아 전역에서 확인해볼 수 있다. 때문에 모든 유럽의 부에 관해 논의할 필요 없이 러시아 즉 러시아 다수의 민중에게 높은 임금은 행복의 척도가 되지 않을 뿐만 아니라, 임금의 출현이 민중의 부의 쇠락을 가리킨다고 말할 수 있고 또 말해야만 한다. 유럽에 존재하는 것과는 다른 토대를 찾아야만 하는 것은 분명하다. 하지만 유럽의 경제학은 자신들의 법칙으로 우리를 진단하고 싶어 한다. 러시아 주민의 대부분은 돈이 부를 형성하지 못하고, 값싼 공산품이 행복을 증대시키지 않는다고 여긴다. 그 결과 철도는 주민 대부분에게 아무런 이익도 가져다주지 않는다. (주의해야 할 것은, 나는 문명의 진보와 억지로 엮으려는 편익이 아니라 민중 자신의 개념에 따른 이익을 말하는 것이다.)

러시아 민중의 개념에 따르면, 행복의 증대는 땅의 균등한 배분, 토지의 생산력 증대, 목축의 확대, 곡물 생산의 증가로 이루어진다. 또한 이에 수반하여 곡물의 가격 인하(어떤 농민도 곡물 가격이 하락한다고 불평하지 않는다는 점을 기억해두길 바란다. 유럽의 경제학자들은 곡물 가격이 비싸지면 공산품을 더 쉽게 살 수 있다는 점으로만 농민을 위로한다. 농민은 이를 원하지 않는다), 노동력의 증가(농부는 그의 마을에 많은 사람이 있는 것을 불평한 적이 한 번도 없다), 숲과 목장의 확대, 도시의 유혹이 없는 상태로 이루어진다. 철도는 이러한 혜택 가운데 어떤 것을 농민에게 가져다주는가? 철도는 유혹을 확대하고, 숲을 황폐화시키고, 노동자를 빼앗고, 곡물 가격을 올리고, 종마장을 폐지한다. 나는 민중의 영혼이 항상 철도 가설에 악의를 품는 원인에 대해 말하면서 어쩌면 실수하고 있는지도 모르겠다. 어쩌면 나는 몇 가지 원인을 놓치고 있는지도 모르겠다. 그러나 철도 설치에 대해 민중의 영혼이 언제나 반대한다는 명백한 사실은 엄연히 존재한다. 민중은 철도의 유혹에 빠져, 스스로 이러한 착취의 참여자로서 일할 때에만 철도에 협조하고 있다. 진정한 민중 즉 바로 직접 일하고 그것으로 유익하게 살아가는 민중은 전체 민중의 10분의 9인 농부가 주를 이룬다. 이들 없이는 어떠한 진보도 생각할 수 없다. 바로 이 민중이 언제나 철도에 적대적인 태도를 보인다. 이렇게 진보를 믿는 사람은 사회의 일부인데, 그들은 철도가 민중의 행복을 증대시킨다고 말하고, 사회 대부분의 사람들은 이것이 행복을 감소시킨다고 말한다.

우리는 민중의 입장에서 본 진보에 대한 이와 같은 저항을 진보의 모든 현상에서 검토하고 설명할 수 있을 것이다. 그러나 우리는 언급한 사례 정도로 그치고, 자연스럽게 제기된 '민중의 이 저항을 믿을 필요가 있는가?'라는 문제에 답하기 위해 노력하기로 하자. 사람들은 우리에게 이렇게 말할 것이다. 당신은 가난한 농가의 난로 위에 있는 선반에서 삶을 보내거나 혹은 쟁기를 쥔 채 살아가고, 짚신을 짜고, 윗옷을 만들며, 책 한 권 읽은 적 없고, 두 주에 한 번 이가 들끓는 상의를 벗어내고, 햇빛의 움직임과 닭 울음소리로 시간을 알고, 짐승이 할 만한 일, 잠자리, 음식, 술 외에 다른 요구가 없는 농부가 철도에 불만이 있다고 말한다. 진보주의자들은 이렇게 말하고 생각할 것이다. "이것은 사람이 아니라 짐승이다. 그래서 우리는 그들의 생각에 주의를 기울이지 말고, 우리에게 좋았던 것을 그들을 위해 행하는 것이 맞다고 여긴다." 언급하지 않더라도, 이 견해는 그 토대에 언제나 진보주의자들의 판단이 놓여 있다. 그러나 나는 야만인이라고 불리는 사람들과 이 야만인들의 집안 전체가 파머스턴, 오톤, 보나파르트와 같은 사람이고 똑같은 인류라고 생각한다. 나는 노동자 집안도 똑같은 인간의 특징을 지니며, 특히 물고기가 더 깊은 곳을 찾듯이 영주, 남작, 교수, 은행가의 집안처럼 더 좋은 곳을 찾으려는 특징을 가지고 있다고 생각한다. 이 생각에서 노동자 집안에는 남작, 은행가, 교수의 집안보다 더 큰 힘이 있고, 진실과 선에 대한 더 큰 인식이 있다는, 별 의미가 없는 나의 개인적 신념을 확인하게 된다. 중요한 것은 이 생각에서 나는 다음과 같은 단순한 결론을 확인하게 되었다는 점이다. 즉 노동자도 똑같이 신랄하고 교묘하게 귀족을 이리저리 뜯어보면서 그들이 알지 못하는 것을 비웃는다. 그들은 쟁기가 무엇인지, 대들보가 무엇인지, 메밀이 무엇인지, 밀알이 무엇인지, 언제 귀리를 파종하는지, 언제 메밀을 파종하는지 알지 못한다. 그리고 그들은 누구의 흔적인지, 암소가 새끼를 배었는지 아닌지를 알아내는 법을 모른다. 또한 노동자들은 귀족이 아무 일도 하지 않고 평생을 살아가는 것을 비웃는다. 마찬가지로 귀족도 노동자를 이리저리 뜯어보고 노동자가 너애개(너에게), 자신애개(자신에게), 피타네츠(피타), 플란트(플랜)라고 말하고, 축일에는 짐승처럼 술을 마시고, 길도 가르쳐주지 못하는 것을 비웃는다. 나는 서로 엇갈리는 두 사람이 진심으로 서로를 바보, 비겁자라고 부르는 상황에 놀라게 된다. 나를 더 놀라게 한 것은 유럽 민족과 동양 민족 간의 충돌을 관찰한 것이다. 인도인들은 영국인들을 야만인과 악당으로 여긴다. 영국인들도 인도인들을 그렇게 여긴다. 일본인들은 유럽인들을 야만인과 악당으로, 유럽인들도 일본인들을 그렇게 여긴다. 심지어 진보적인 민중인 프랑스인들은 독일인들을 멍청하다고 여기고, 독일인들은 프랑스인들을 무지하다고 여긴다. 이 모든 관찰을 통해 내가 얻은 결론은 다음과 같다. 만일 진보주의자들이 민중을 자신의 행복을 고찰할 권리를 가지지 않은 사람으로 간주하고, 민중이 진보주의자를 걱정

많고 사리사욕을 채우는 개인의 모습으로 생각한다면, 이 정반대되는 시각에서 이편이 옳은지 저편이 옳은지 결론낼 수 없다. 그래서 나는 민중 편에 서야 했는데, 그 근거는 이러하다. 첫째, 교양 있는 집단보다 민중이 더 많고, 그렇기에 진실의 더 큰 부분이 민중 편에 있다고 추정해야만 한다. 둘째가 중요한데, 민중은 일하고 즐기고 사랑하고 생각하고 예술 작품을 창조함으로써(《일리아드》, 러시아 노래들) 진보주의자들 없이도 살아갈 수 있으며, 인간의 모든 요구를 충족시킬 수 있다. 진보주의자들은 민중 없이 존재할 수 없다.

최근 우리는 버클의 《영국 문명화의 역사》라는 책을 읽었다. 이 책은 유럽에서 크게 성공하였고(이것은 매우 자연스러운 일이다) 러시아에서도 문학과 학술계에서 큰 성공을 거두었다. 이것이 나에게는 이해되지 않는다. 버클은 문명화의 법칙을 아주 흥미롭게 분석하고 있다. 그러나 나와 우리 모든 러시아인들에게 이 모든 흥미는 사라졌다. 우리 러시아인들이 유럽 민족의 문명화 운동 법칙에 따라야만 하는지, 문명화의 전진운동이라는 것이 혜택은 맞는지에 관한 아무런 근거도 가지고 있지 않다. 우리 러시아인들은 먼저 이러저런 것들을 증명해야만 한다. 예를 들어 우리는 개인적으로 문명화의 전진운동을 일부 인류가 처한 가장 강력하고 강압적인 악 가운데 하나라고 여긴다. 그렇다고 우리가 이 운동 자체를 불가피하다고 여기지는 않는다. 증거가 없는 명제에 저항하여 분연히 일어선 저자는 왜 모든 역사의 관심을 문명화의 진보로 귀결시키는지 스스로 우리에게 증명하지 않는다. 우리의 관심은 보편적 행복의 진보로 귀결된다. 우리의 신념에 따르면 행복의 진보는 문명화의 진보에서 흘러나온 것이 아니라 대부분이 그것에 대립된다. 만일 반대로 생각하는 사람이 있다면 이것은 증명되어야 할 것이다. 이 증거들은 삶의 현상에 대한 직접적인 관찰에서도, 역사가와 철학자, 사회평론가의 글에서도 발견되지 않는다. 반대로 우리는 이 사람들과 마르코프 씨가 우리에게 반대되는 자신의 논거에서 어떤 근거도 없이 보편적인 행복과 문명화를 동일시하는 문제를 확정된 것으로 인정하고 있음을 알 수 있다.

우리는 우리가 인류의 행복을 증대시킨다는 진보를 믿지 않고 믿을 만한 어떠한 근거도 가지고 있지 않다고 말하기 위해 매우 길고 어쩌면 무관해 보일 수 있는 여담을 했을지도 모르겠다. 우리는 첫 번째 항목에서 무엇이 좋고 무엇이 나쁜가, 어떻게 진보는 모두 좋고 진보가 아닌 것은 모두 나쁘다고 할 수 있는가에 관한 다른 기준을 찾았고 찾고 있다. 마르코프 씨와 우리 사이의 다른 의견에 숨겨진 중요한 요소를 설명한다면, 우리는 소위 교양 있는 집단이라고 불리는 다수와 함께 《러시아 통보》에 실린 논문의 핵심에 대해 쉽고 단순하게 답변할 수 있다고 생각한다.

1) 《러시아 통보》에 실린 논문에 따르면, 각 세대는 자신들의 한 줌 지식을 진보의 축적물에 던져놓는다. 이것을 근거로 하여 한 세대가 다른 세대의 교육에 관여할 권리가 **자연스럽**

게 인정된다. 우리는 이러한 권리를 인정하지 않았고 인정하지 않을 것이다. 왜냐하면 진보를 명백한 혜택으로 여기지 않고, 그 권리에 대한 다른 기반을 추구하고 있으며, 발견했다고 생각하기 때문이다. 만일 우리의 근거가 거짓이라고 증명되더라도, 우리는 어쨌든 마호메트나 달라이 라마에 대한 신앙처럼 진보에 대한 신앙이 충분한 근거를 가졌다고 인정할 수는 없다.

2)《러시아 통보》에 실린 논문은 상류층이 인민교육에 관여할 수 있는 권리를 인정한다. 우리는 앞에서 진보를 믿는 사람들이 인민교육에 관여하는 것이 왜 부당한지, 하지만 왜 상류층에는 이익이 되는지 충분히 해명했다고 생각한다. 또 농노제를 권리라고 여겼던 것처럼 왜 그들은 이 부당함을 권리로 여기는지도 충분히 해명했다.

3)《러시아 통보》에 실린 논문은 학교는 역사적인 조건에서 벗어날 수 없고 벗어나서는 안 된다고 생각한다. 우리는 이 말에 의미가 없다고 생각한다. 왜냐하면 첫째, 실제로든 생각으로든 역사적 조건에서 아무것도 벗어날 수 없기 때문이다. 둘째, 만일 학교 설립의 기초가 되어야 하는 법칙의 발견이 마르코프 씨의 견해에 따라 역사적 조건으로부터 벗어나는 것이라면, 우리는 다음과 같이 생각하게 된다. 즉 어떤 법칙을 발견했던 우리의 생각도 역시 역사적 조건에서 작용하지만, 바로 이 생각을 설명하기 위해서는 사색의 과정을 통해 논박하거나 인정해야만 한다. 우리가 역사적 조건에서 살고

있다는 사실로써 이 생각에 답변해서는 안 된다.

4) 《러시아 통보》에 게재된 논문에 따르면, 오늘날의 학교는 중세의 학교보다 시대의 요구에 더 접근해서 응답해준다. 우리는 사람들이 마르코프 씨에게 우리와 정반대되는 사실을 증명할 수 있는 기회를 제공한 것에 유감을 표한다. 그리고 우리가 충분히 인식하고 있는 점은 사람들이 정반대되는 것을 증명하면서 예전에 수용되었던 생각을 역사적 사실에 적용하는 일반적인 습관에 따랐다는 것이다. 마르코프 씨도 똑같은 일을 했고, 우리보다 더 성공적이거나 더 장황하게 말을 했을 것이다. 우리는 솔직히 우리의 실수를 인식했기에 이것을 규명하고 싶지는 않다. 이 분야에서는 아무도 설득시키지 못하지만, 장황하게 말할 수는 있다.

5) 《러시아 통보》에 실린 논문은 우리의 교육이 해로운 것이 아니라 유익한 것이라고 생각한다. 왜냐하면 우리의 교육은 신봉하는 진보를 위한 사람을 양성하기 때문이다. 우리는 진보를 믿지 않는다. 그래서 우리는 계속해서 교육이 해롭다고 생각한다.

6) 《러시아 통보》에 실린 논문은 교육의 완전한 자유는 해롭고 불가능하다고 생각한다. 완전한 자유는 해롭다. 왜냐하면 우리에게는 평범한 사람이 아니라 진보를 위한 사람이 필요하기 때문이다. 또 완전한 자유는 불가능하다. 왜냐하면 평범한 사람의 교육을 위한 프로그램은 없고 진보를 믿는 사람의 교육을 위한 프로그램만 준비되어 있기 때문이다.

7) 저자는 야스나야 폴랴나 학교의 조직이 편집자의 신념과 모순된다고 생각한다. 개인적으로 우리는 여기에 동의한다. 게다가 저자는 역사적 조건이 얼마나 강한지를 알고 있다. 때문에 저자는 야스나야 폴랴나 학교가 두 힘의 작용에 예속된다는 것을 알았을 것이다. 이때 저자의 견해에 따르면, 두 힘이란 극단적인 신념과 교사의 교육과 방법들이라 할 수 있는 역사적 조건이다. 그럼에도 불구하고 야스나야 폴랴나 학교는 아주 작은 단계의 자유에 도달할 수 있었고, 그 결과 다른 학교보다 우월하게 되었다. 만일 이 신념이 저자가 생각하는 것만큼 극단적이지 않다면 무슨 일이 있겠는가? 저자는 학교의 성공은 사랑에 따른다고 말한다. 그러나 사랑은 우연한 것이 아니다. 사랑은 자유로울 때 가능하다. 야스나야 폴랴나의 신념을 기반으로 한 모든 학교에서 교사가 자기 학교를 사랑한다는 똑같은 현상이 반복되었다. 나는 온갖 이상을 가진 교사가 의자에 앉아서 종소리에 맞춰 움직이고 토요일마다 체벌을 해대는 학교를 사랑할 수 없었을 것이라 생각한다.

8) 마지막으로 저자는 야스나야 폴랴나식 교육 정의에 동의하지 않는다. 바로 여기에서 우리가 다하지 못한 이야기를 해야겠다. 저자가 더 고려하지 않고 우리의 정의를 반박하는 데 애를 썼다면, 그의 입장에서는 훨씬 더 옳았을 것이다. 그러나 그는 이렇게 하지 않았다. 그는 우리의 정의를 살펴보지도 않고는 우리의 정의를 억지라고 치부하며 진보라는 자신의 정의를 내놓았다. 그 결과 시대의 요구에 따라 가르치라고 말

하게 되었다. 우리가 진보에 대해 말한 모든 것은 단지 사람들에게서 반박을 불러일으키기 위해 쓰였다. 그러나 사람들은 우리와 논쟁하지 않고 이렇게 말한다. 늘어난 축적물이 있는데 왜 본능, 평등의 요구를 언급하고 이 모든 진부한 말들을 나열하는가?

그러나 우리는 진보를 믿지 않는다. 따라서 우리는 이 축적물에 만족할 수 없다. 만일 우리가 믿었다면, 우리는 이렇게 말했을 것이다. "좋습니다. 목적은 시대의 요구에 따라 가르치고, 한 줌의 결과물을 축적물에 던지는 것입니다." 또한 마르코프 씨가 말하듯이 우리는 어머니가 의도적으로 지식을 전달하기 위해 아이를 가르치는 것에 동의했을 것이다. 그러나 나는 '왜?'라고 묻고 답변을 기대할 권리를 가지고 있다. 인간은 숨을 쉰다. 그런데 나는 '왜?'라고 묻는다. 나는 그가 숨을 쉬기 때문에 숨을 쉰다는 대답이 아니라, 필요한 산소를 얻고 불필요한 가스를 버리기 위해서 숨을 쉰다는 대답을 듣는다. 그러면 다시 내가 '왜 산소를 얻어야 하나?'라고 묻는다. 생리학자는 이 질문의 의미를 알고 에너지를 얻기 위해서라고 대답한다. 나는 '왜 에너지를 얻어야 하나?'라고 묻는다. 여기에서 그는 대답하거나 대답하려 시도한다. 그는 계속 찾다가, 이러한 질문의 해답이 일반적일수록 더 풍부하게 결론지어진다는 것을 알게 된다. 우리는 '왜 한 사람이 다른 사람을 가르치는가?'라고 묻는다. 어쩌면 교육학자에게 이보다 더 밀접한 관계를 가진 질문은 없을 것이다. 그리고 우리는 어쩌면 증거도 없이 틀린 대답을 하는지도 모르겠다. 그러나 질문과 대답은 절대적이다. 마르코프 씨는(내가 마르코프를 공격하려는 것이 아니다. 진보를 믿는 사람이라면 누구라도 이렇게 대답한다) 우리의 질문에 대답하지 않을 뿐만 아니라 질문을 이해할 수도 없다. 그에게는 이런 질문이 없다. 쓸데없는 억지다. 그는 독자에게 재미 삼아 이 억지에 주의를 기울여 달라고 부탁한다. 그러나 이 질문과 답변에 내가 교육학에 대해 말하고 쓰고 생각했던 모든 본질이 놓여 있다. 마르코프 씨와 그에게 동의하는 대중, 학자, 교양 있는 자, 판단하는 데 익숙한 자들은 어째서 갑자기 이렇게 멍청해진 걸까? **진보**. 진보라는 말이 언급된다. 그러면 무의미한 것이 명백해지고 명백한 것이 무의미해진다. 진보의 혜택이 나에게 증명되지 않는 한 나는 이것을 인정하지 않겠다. 때문에 교육의 현상을 관찰하자면, 나에게는 교육의 정의가 필요하다. 그래서 나는 다시 언급한 것을 반복하여 설명하고자 한다. **교육은 인간의 활동이고, 이 활동은 동등에 대한 요구와 교육의 전진운동이라는 변함없는 법칙을 기반으로 삼는다.**

우리가 이미 말했듯이, 교육의 법칙을 연구하기 위해서 우리는 형이상학적인 방법이 아니라 관찰 결과를 통한 방식을 사용하고 있다. 우리는 훈육을 포함하는 가장 보편적인 의미의 교육 현상들을 관찰하고 있다. 교육의 모든 현상에서 우리는 교육하는 자와 피교육자, 훈육하는 자와 피훈육자라는 두 활동가를 보게 된다. 우리가 이해하는 것으로 교육의 현상을 연구하고 그 정의와 규범을 찾기 위해서 우리는 양쪽 활동을 연구해야만 하고, 이 두 활동을 교육 내지는 훈육이라고 불리는 하나의 현상으로 통합하는 계기를 찾아야만 한다. 먼저 피교육자의 활동과 그 이유를 살펴보자. 피교육자의 활동은 그가 어디에서 무엇을 어떻게 배울지라도(만일 그가 혼자 책을 읽을 경우조차도), 항상 그가 자신보다 더 많이 알고 있다고 생각하는 한 사람 혹은 여러 사람들의 형상 및 사상의 형식이나 내용을 습득하기 위한 것으로 결론지어진다. 그는 지식에서 자신의 스승과 동등한 수준이 되자마자, 곧 자신의 교육자가 자기보다 높이 있다고 여기지 않게 되자마자, 피교육자의 입장에서 받던 교육 활동은 뜻하지 않게 중단되고, 어떤 조건도 그가 계속 공부하게 만들 수 없다. 배우는 자가 가르치는 자만큼 알게 되었을 때, 배우는 자는 가르치는 자에게서 배울 수 없다. 대수학을 모르는 산수 교사는 그의 학생이 사칙연산의 지식을 완전히 습득했을 때 뜻하지 않게 자신의 산수 수업을 중단하게 된다. 교사와 학생의 지식이 동등한 수준이 되는 즉시 학습 활동 즉 일반적인 교육의 의미에서 훈육 활동은 교사와 학생 사이에서 불가피하게 멈추게 되고 새로운 활동이 시작된다. 이 사실을 증명할 필요는 없다. 이때 이 새로운 활동은 교사가 이미 습득하였지만 학생들에게 알리지 않은 학문의 여러 원리에 대한 지식을 제시함으로써 성립되고, 교육은 학생이 교사와 동등한 수준이 될 때까지만 계속된다. 혹은 이 새로운 활동은 산수 지식에서 교사와 같은 수준의 학생이 교사를 버리고 대수학을 배울 수 있는 책을 집어 드는 것으로써 성립된다. 이 경우 책 혹은 책의 저자가 새로운 교사가 되고, 교육 활동은 학생이 책 혹은 책의 저자와 동등한 수준이 될 때까지만 계속된다. 그리고 다시 이 교육 활동은 지식이 동등한 수준에 이르렀을 때 중단된다. 교육의 모든 경우에 비춰 확인할 수 있는 이 진리를 증명하는 것은 쓸데없는 짓인 것 같다. 이러한 관측과 고찰에서 우리가 내릴 수 있는 결론은 다음과 같다. 즉 피교육자의 입장에서 살펴보게 되는 교육 활동은 지식에서 교육자와 피교육자의 동등한 수준의 지향을 그 근본으로 삼고 있다. 이러한 진리는 동등한 수준이 달성되자마자 불가피하게 즉시 자신의 활동을 중단하게 된다는 단순한 관측을 통해 증명된다. 또한 이 진리는 어떠한 교육에서라도 다소간의 동등한 수준을 달성하는 일이 나타난다는 가장 단순한 또 다른 관측을 통해서도 증명된다. 좋은 교육인가 아니면 나쁜 교육인가는 언제 어디서나 모든 인간에게서 교육자와 학습자 사이에 동등한 수준이 천천히 달성되는가 혹은 빨리 달성되는가에 따라 결정된다. 천천히 도달할수록 나쁜 교육이고, 빨리 도달할수록 좋은 교육이다. 이 진리는 너무나 단순하고 명백해서 증명할 필요가 없다. 그러나 왜 이 단순한 진리가 어떤 사람의 머리에 떠오르지 않았던 것일까? 왜 아무도 이를 언급하지 않은 것일까? 그리고 언급된다면 왜 악의에 찬 반대에 부딪히는 것일까? 그 이유는 다음과 같다. 어떤 교육이라도 교육 활동의 본질에서 나온 주요 기반, 즉 지식의 동등함을 지향하는 것 외에 교육에 자극을 주는 다른 이유들이 시민사회에 조성되어 있었다. 이 이유들은 교육가들이 주요 기반을 잊어버리고, 오로지 이것만 고려할 만큼 완강한 것처럼 보인다. 현재 피교육자의 활동만 살펴보더라도, 우리는 우리가 언급했던 본질 외에 피상적인 많은 교육 기반을 발견할 것이다. 이러한 기반을 허용할 수 없다는 사실은 쉽게 증명된다. 거짓되지만 명백한 이 기반은 다음과 같다. 첫 번째이자 가장 통용되는 기반으로 아이는 벌을 받지 않기 위해 공부한다. 둘째, 아이는 상을 받기 위해 공부한다. 셋째, 아이는 다른 아이들보다 뛰어나기 위해서 공부한다. 넷째, 아이 혹은 젊은이는 세상에서 더 좋은 지위를 얻기 위해 공부한다. 모두가 인정하는 이 기반들은 세 개의 주요 범주에 넣을 수 있다. 1)복종을 근거로 한 학습, 2)자기애를 근거로 한 학습, 3)물질적 이익과 야망을 근거로 한 학습. 실제로 이러한 세 가지 범주를 근거로 다양한 교육기관이 설립되었고 설립되고 있다. 개신교 학교는 복종을 기초로, 가톨릭 예수회 학교는 경쟁과 자존심을 기초로, 우리 러시아 학교는 물질적 이익, 시민의 특권, 야망을 기초로 하고 있다.

이러한 동기의 근거가 빈약하다는 점은 다음과 같은 이유로 명백하다. 첫째, 실제로 모든 사람들이 이러한 기반 위에 존재하는 교육 시설에 대체로 불만을 가진다. 둘째, 내가 이 원인을 열 번은 말했고 답변을 들을 때까지 말할 것인데, 이러한 기반(복종, 자존심, 물질적 이익)에는 일반적인 교육학의 규범이 없다. 그래서 신학자와 자연과학자들이 동시에 자신들의 학교는 옳고 그 외의 학교는 아주 해롭다고 여긴다. 셋째, 끝으로 피교육자 활동의 기반으로 복종, 자존심, 물질적 이익을 받아들인다면, 교육의 정의는 불가능하다. 지식의 동등한 수준을 피교육자 활동의 목적이라고 가정한다면, 목적 달성과 함께 이 활동은 중지된다. 그러나 복종, 자존심, 물질적 이익을 목적으로 한다면, 내가 보게 되는 것은 그 반대다. 즉 피교육자가 복종했을지라도, 피교육자가 자신의 장점으로 다른 이들을 압도할지라도, 그가 물질적 이익과 시민의 특권에 도달했을지라도, 목적은 달성되지 않고 교육 활동의 가능성은 중지되지 않는다. 실제로 나는 잘못된 기반을 허용함으로써 교육의 목적이 절대 달성되지 않는 것을 보았다. 즉 지식의 동등한 수준이 아니라 교육과는 관계없는 복종의 습관화, 신경질적인 자존심과 물질적 이익을 얻게 된다. 교육에 대한 이러한 잘못된 기반의 설정이 나에게 설명해주는 것은 교육학의 모든 오류, 그 오류로 인한 교육에 대한 인간의 본능적인 요구와 교육 결과의 불일치다.

이제 교육가의 활동에 관해 살펴보자. 시민사회에서 이 현상을 관찰한다면 첫 번째 경우와 똑같이, 우리는 이 활동의 여러 가지 원인을 발견할 것이다. 우리는 이 원인을 다음과 같이 범주화할 수 있다. 첫 번째이자 가장 중요한 것으로 인간을 우리에게 유익한 존재로 만들려는 희망이다(농노들을 견습공으로 보내고 악사로 만드는 지주들, 필요한 장교, 관리, 기술자를 양성하는 정부 등). 둘째 역시 복종과 물질적 이익이다. 대학생은 물질적 이익을 위해 일정한 보상을 받고 어떤 프로그램에 따라 아이들을 가르친다. 셋째는 자신의 지식을 보여주기 위해 사람을 가르치도록 자극하는 자존심이고, 넷째는 다른 사람들을 나의 관심사의 참여자로 만들고, 그들에게 자신의 신념을 전하기 위해 자신의 지식을 전달하기를 희망한다. 자식에게 말하기를 가르치는 어머니, 일정한 보수를 받기 위해 프랑스어를 가르치는 가정교사에서부터 교수와 작가에 이르기까지 교육자의 모든 활동은 이 네 가지 범주에 넣을 수 있다. 우리가 피교육자 활동의 기반에 두었던 기준을 이 범주에 적용한다면, 다음과 같은 점들을 발견하게 될 것이다. 첫째, 예전의 지주와 정부처럼 자신에게 유익한 인간을 양성할 목적을 가진 활동은 목적 달성과 함께 중단되는 것이 아니다. 결국 이 활동은 최종적인 목적이 아니다. 정부와 지주들은 훨씬 오랫동안 교육 활동을 계속해 나갈 것이다. 유용성이라는 목적 달성조차 종종 교육과 어떤 공통점도 가지지 않는다. 그래서 나는 유용성을 교육자 활동의 규범으로 인정할 수 없다. 둘째, 만일 김나지움의 교사 혹은 가정교사 활동의 기반이 그에게 교육을 맡긴 사람에 대한 복종과 이 활동에서 획득하게 될 물질적 이익을 위한 것임을 인정할지라도, 내가 또다시 목격하게 되는 것은 아주 많은 물질적 이익을 얻은 교육 활동도 중단되지 않는다는 점이다. 이와는 반대로 나는 교육에 지급되는 많은 물질적 이익의 획득이 종종 제공되는 교육의 정도와는 전혀 무관한 것임을 알고 있다. 셋째, 만일 자존심과 자신의 지식을 보여주려는 희망이 교육의 목적이 될 수 있다면, 나는 자신의 강의나 저작에 관한 최고의 찬사를 들었음에도 교육 사업이 중단되지 않는 것을 또다시 목격하게 된다. 왜냐하면 교육자에 대한 찬사는 피교육자의 지식 획득 정도와 무관할 수도 있기 때문이다. 반대로 내가 본 바에 따르면 이러한 찬사는 교육을 충분히 받지 못한 사람들에 의해 남발되고 있다. 넷째, 끝으로 교육의 최종 목적을 살펴보면서 나는 교육자 활동의 방향이 피교육자의 지식과 동등한 수준에 정향되어 있다면, 교육자의 활동은 자신의 목적을 달성하자마자 즉시 중지된다는 것을 알고 있다. 내가 보기에, 실제로 현실에 이러한 정의를 적용해본다면, 다른 모든 원인은 모든 교육자의 기본적인 목적을 무색하게 만드는 외적인 삶의 현상일 뿐이다. 산수를 가르치는 교사의 직접적인 목적은 그의 학생이 교사 자신이 가진 모든 수학적 사고의 법칙을 습득하는 것일 뿐이다. 프랑스어 교사의 목적도 똑같고, 화학과 철학 교사의 목적도 똑같다. 이 목적이 달성되자마자 활동은 중지된다. 수업은 어디에서나 어느 시대에나 학생이 교사와 완전히 동등한 수준이 되었을 때 가장 좋은 것으로 여겨진다. 더 많이 동등해질수록 더 좋은 수업이고 그렇지 않을수록 더 나쁜 수업이다. 우리는 교육의 간접적인 수단인 문헌에서도 똑같은 현상을 알 수 있다. 우리는 저자 혹은 교육자가 자신의 모든 지식을 독자나 피교육자에게 전달하는 저작만을 좋은 책이라고 여긴다.

이렇게 교육자와 피교육자의 공동 활동으로서의 교육 현상들을 관찰하면서, 우리는 이 활동이 양자의 경우에 똑같은 기반을 가진다는 것을 목격하게 되었다. 즉 이 활동은 지식의 동등함을 향한 인간의 지향이다. 잡지 1호에서 우리가 내린 정의에는 그 동등함이 지식의 동등함이라는 의미로 사용되었다. 다만 우리는 이를 부연하지는 않았다. 하지만 우리는 동등함의 지향과 교육의 전진운동이라는 불변의 법칙을 첨언하였다. 마르코프 씨는 둘 다 이해하지 못했다. 그는 교육의 전진운동이라는 불변의 법칙이 도대체 무엇이냐며 매우 놀라워했다. 교육이 지식의 동등한 수준을 향한 인간의 지향이기 때문에 동등함은 지식의 낮은 수준에서 달성될 수 없고, 오로지 지식의 높은 수준에서만 달성될 수 있다. 왜냐하면 아이는 내가 알고 있는 것을 알게 되고, 나는 내가 알고 있는 것을 잊어버릴 수 없기 때문이다. 또한 앞선 세대의 사상을 나는 알 수 있지만, 앞선 세대는 나의 사상을 알 수 없기 때문이다. 나는 이것을 교육의 전진운동이라는 불변의 법칙이라고 부른다. 어쨌든 나는 마르코프 씨의 모든 논점에 대해 다음과 같이 답변하는 바이다. 첫째, 모든 것이 개선되는 쪽으로 나아간다는 것을 증명할 수 없다. 우선 모든 것이 개선되는 쪽으로 가고 있는가 아닌가를 증명해야 한다. 둘째, 교육은 인간 활동인데, 이 활동은 동등함에 대한 인간의 요구와 교육의 전진운동이라는 불변의 법칙을 기초로 한다. 나는 쓸모없는 역사적 고찰

의 관점에서 마르코프 씨를 벗어나게 하려고 노력하였고, 그
가 이해하지 못하는 점을 설명하고자 했을 뿐이다.

톨스토이 백작

5.   교육잡지 《야스나야 폴랴나》 발행 중단에 대해

《야스나야 폴랴나》1호에서 진술한 우리의 신념은 변하지 않았을 뿐만 아니라 제한적일지라도 우리의 경험과 관찰로 확인되었고 부단히 확인되고 있다.

거의 모든 잡지에서《야스나야 폴랴나》의 출간을 반색하였지만 우리는《야스나야 폴랴나》의 출간을 중단하고자 한다. 왜냐하면《야스나야 폴랴나》를 출간한 첫해에 우리의 구독자는 400명을 넘지 못했기 때문이다.

우리는 잡지의 내용을 구성했던 교육을 경험하고 그 경험에 상응하는 관찰의 결과를 도출하는 것을 멈추지 않았고 멈추지 않을 것이다. 1863년부터 우리는 정기적인 출판이 아니라 자료 수집 정도에 따라 도서 및 야스나야 폴랴나 학교의 선집으로 출간하고자 한다. 출판할 때 선집에 관해서는 개별적으로 알릴 것이다. 1862년 구독자에게는 누락된 잡지가 빠른 시일 내에 배송될 것이다.

6.   교육학 과제에 관하여[50]

교육은 혜택이다. 교육은 생활로 이루어진다. 교습, 학습은 생활의 일부여야만 한다. 마찬가지로 이것은 생활의 모든 활동처럼 직접적이고 무의식적으로 지각된다. 필요충분조건(?)인 방법과 시간의 최선이자 유일한 지침은 본성의 지향이다.

교육학 역사는 이중적이다. 1)인간은 사람들과 존재하는 모든 것들의 무의식적 영향 아래에서 스스로 성장한다. 2)인간은 다른 사람들의 의식적 영향 아래에서 성장한다. 그래서 하나의 의식적 발달을 교육학 역사라는 의미로 사용한다. 교육은 의식적인 교육학과 관계없다는 듯, 때로는 의식적 교육

학 영향력 아래에서, 때로는 대립적으로, 때로는 완전히 독립되어 전개되었다. 그리고 가장 무의식적인 교육학이 점점 더 큰 교육의 변형, 정보의 신속함, 도서 출판의 발달, 국가와 교회라는 지배의 변화된 형식을 지니게 되었을 때 사람들은 점점 더 많은 지시를 받게 되었다. 새로운 가르침의 방법[51]이 나타난 것이다. 이 새로운 교육학의 역사가 나타나서 모든 교육학의 기초가 되어야 했다. 이 학문에서는 1000년 전에 인간이 어떻게 말하는지를 배웠고, 지금 어떻게 배우고 있는지, 인간이 어떻게 사물을 명명하고, 다른 언어를 어떻게 배우는지, 상업을 어떻게 배우고, 윤리학을 어떻게 배우는지, 여러 계급과 그들의 소통을 어떻게 배우는지, 자신의 사상을 생각하고 표현하기를 어떻게 배우는지를 보여주어야만 한다. 나는 러시아 농민의 교육학 역사를 위한 짧은 역사 보고서를 쓸 계획이다. 거기에서 러시아 농민 교육의 일반적 규칙[52]을 정립해볼 생각이다. 가장 위대하고 '추상적인' 철학자는 내가 할아버지, 아버지, 어머니, 누나, 형, 이웃의 방식에서 발견했던 기반의 1000분의 1도 나에게 전해주지 못했다. 철학자보다 농부가 더 똑똑하기 때문에, 내가 철학자가 아닌 농부들에게서 그 기반을 발견한 것이 아니다. 이것은 삶[53]의 교육 활동에 대한 아이의 태도가 완전히 자유롭기 때문이고, 무수히 많은 활

---

51 예를 지우고 썼다.
52 진리를 지우고 마지막 두 단어를 썼다.
53 육친의를 지우고 썼다.

동 가운데서 이 교육 활동은 아이의 지각에 고유한 교육적 특징만을 수용했기 때문이다. 이 활동과 방법은 시대를 거듭하여 자손들에게 똑같이 강한 영향을 미치는데, 삶 그 자체처럼 완벽하게 영향을 미치게 된다. 여기에서 교육학은 의식적인 교육학에서처럼 하나의 방식에 그렇게 집중되지는 않는다. 여기에는 주거지, 소득, 음식, 일, 가축 등과 같은 중요한 원동력이 있다. 교육학의 입장에서 보자면, 차르는 궁정에서 언제나 사람들과 함께 자라지만, 농부는 부모님이 일터에 계실 때 종종 혼자 농가에 있다는 점은 우연한 것이 아니다. 가장 훌륭한 차르는 군중 속이 아닌 다른 곳에서 교육받을 수밖에 없고, 가장 훌륭한 농부는 연기 나는 농가에서 외롭게 교육받을 도리밖에 없다. 이 농가는 농부로 하여금 들판을 더 사랑하게 만든다. 모든 삶의 발달 조건에는 교육학적인 합법칙성이 있고, 이것을 추구하는 것이 이 교육학 역사의 과제다. 이 교육학의 역사는 어려워 보이는 많은 것을 설명하였다.[54] 농민 계층을 교육할 때 가장 큰 어려움은 어린이 노동의 필연성이라고들 한다. 교육학 역사는 반대로 어린이 노동이 농민 교육의 첫 번째 조건이라는 것을 증명했을 것이다. 이 교육학 역사만이 교육학 그 자체를 위한 긍정적인 자료를 제공할 수 있다. 지금까지 이해한 대로 좁은 의미로 해석되는 교육학 역사는 오로지 부정적인 토대만 제공하게 된다. 내가 오

---

54 보여주었다를 지우고 썼다.

히려 '교육적인' 훈육 이론의 역사라고 부르는 이 교육학 역사는 인간의 지식 지향의 역사다. 이것은 인간의 요구와 상관없이, '이상적인 인간'의 교육이라는 이념으로부터 학문의 자유로운 지각의 표상을 지향하고, 이상적인 **인간의** 교육으로부터 **유명한 사람의 교육을** 지향한다. 이러한 움직임은 학문의 부흥기에서부터 루터, 베이컨, 루소, 코메니우스[55], 페스탈로치를 거쳐 근대까지 추적해볼 수 있다. 고전적인 교육과 기억법(?) 이후에, 잘 알려진 종교적 교육이 요구되고, 사유는 무기가 된다. 종교적 교육 이후에는 국가의 현실 교육이 요구되고, '특별히' 상상력이 무기가 된다. 교육의[56] 강제적 도입은 자유로운 표상에 자리를 내준다. 그러나 교육학은 역사에 충실하여 계속해서 역사학이나 경험과학이 아니라 독립적인 학문, 언제 어디에나 적용되는 교육 체계, 추상적이고 철학적인 학문이 되고 싶어 한다. 교육학은 여전히 이론이 되기를 원하고, 여전히 사람들을 교육하기를 원하고, 여전히 이상과 함께 전유되고 있다. 또한 교육학은 여전히 대상의 법칙을 연구함으로써 해롭거나 유익한 교육 조건을 얻게 되는 경험과학의 단계로 내려오거나 올라가기를 원하지 않는다. 교육학의 과제는 가장 훌륭한 사람의 교육이었다. 교육학의 과제는 인간의 연구이어야만 하고, 인간의 지식에 준하여 그의 교육 요구

---

55 요한 아모스 코메니우스Johann Amos Comenius(1592~1670). 체코의 철학자이자 신학자, 교육자이자 종교개혁가.
56 원문은 '교육에 의해'라고 오기되어 있다.

를 충족시켜주어야만 한다. 일반적으로 교육학의 과제가 되어야 하는 것은 인간의 교육이 아니다. 이것은 보잘것없는 아저씨와 마찬가지의 아버지를 모시고 한창 발전하던 프로이센에 있었던 1860년의 최고의 프로이센 왕자의 교육이거나, 나쁜 주인과 멍청한 어머니, 세 여동생을 거느린 흑인의 교육이어야만 한다. 이 모든 조건은 합법칙적이고, 교육학적으로 목적지향적이다. 이 조건들을 없앨 수 없을 뿐만 아니라, 무의식적으로 모든 교육이 그 위에서 이루어지고 있다. 이러한 과제는 교육학적 요구를 표현할 자유 없이는 불가능하다. 자유는 없어져야만 하는 조건과 충족되어야만 하는 요구를 흔들림 없이 가르쳐준다. 삶이 어떠할지라도, 삶에서 활동의 가장 큰 영역의 무기를 제공하는 것이 교육학의 유일한 과제다.

교육학은 경험이다. 교육학은 삶의 영역과의 연관성을 파괴해서는 안 된다. 모든 환경은 합법칙적이다. 무의식적인 교육학의 영향은 바꿀 수 없고, 따라서 파괴되어서는 안 된다.

종교의 가르침. 편견을 깨려다 종교를 깨게 될 것이다. 질문을 기다리라.

만일 기억력[57]이 약하다면, 그것은 자연스럽고 자유롭게 그 발달을 요구한다. 지식의 방대함은 기억을 불러일으킨다. 기

---

57 기억력이라는 단어에서 시작하여 상상력까지, 원문의 세 문장은 괄호로 분리된다.

억의 방대함은 상상력을 불러일으킨다.

추상적인 교육학은 인간의 지식과 학습 능력을 상상할 수 있는 크기로 나누기를 원하고 그 크기에 따르게 된다. 경험 교육론은 이 지식을 사실로 취급하고, 여러 단계를 연구하여, 각 단계의 의문점을 찾고 각각의 의문에 답한다. 여기에서 '교육을 기계화하다mecaniser l'instruction'라는 페스탈로치의 이념과 다른 사람의 이념이 나타나게 된다. 이러한 틀 때문에 교육은 낡은 것이 되고 요구는 새로워진다.

릴은 16세기 학교에는 가정의 지배 형태가 전이되었고, 이것이 좋았다고 말한다.

그는 가정교육의 형태가 학교로 옮겨와야 한다는 생각에 맴돌고 있다.

윤리적 사회생리학과 같은 개론을 아무도 믿지 않았다. 활동은 목적이 되었다. 특히 중요한 것은 동등이다. 즉 교육의 균등이다. 어떤 이유인지, 학자는 우쭐대고, 일방적이고, 특별해져 버렸다.

1장[58] 사회의 정치적·사회학적 상황에 미치는 교육의 영향. 교육학의 새로운 의미. 러시아는 지금 이 방향을 제시한다. 정부는 군주가 아니라 민중에 의해 지배된다. 언제나 그랬다. 하지만 지금 정부는 통신수단과 증기기관으로 민감해지고 빨라진다.

2장 아무도 어떤 것도 믿지 않는다. 즉시 모든 것을 부정해야만 한다. 새로운 세대가 하나의 희망이다.

3장 교육의 자유.

4장 자유는 불가능하다. 혹은 낮은 단계에서부터 만족스럽게 해야 한다.

5장 교육학은 경험의 과학이다.

6장 지금 무엇이 있나.

7장 어떻게 목표에 도달할까.

만일 도서 출판의 자유가 없었다면 나폴레옹 3세는 독재자가 아니었을 것이다.

교육의 필요성

프루동에게서	경제학
푸리에에게서	정치학
생시몽	종교
뒤팡루	

7.   농촌 교사

잡지의 사명은 새로운 활동을 불러일으키는 데 있는 것이 아니라, 사회에 존재하는 활동의 요구에 대답하기 위한 것이고, 하나의 목적에 정향된 힘을 나누고, 그렇게 함으로써 어떤 활동의 영향을 확대시키는 것이다. 농촌 교사의 목적은 기초 인민교육이다. 민중에게서 교육받을 요구와 좀 더 교육받은 계층에서 민중을 교육할 요구가 오늘날 우리 사회에서 감지되고 있고, 이것이 우리 잡지의 성공을 보여줄 것이라고 생각하는 것은 우리의 착각일까? 우리가 보기에 인민, 식자층, 정부는 이 요구를 가장 강하게 느끼고 있다. 특히 최근에 정부는 분명 인민교육을 복지의 필수 조건으로 인정했고, 초등학교에서 시작하는 교육 방식의 개혁을 실행할 필요성을 인정하였다. 우리에게서는 무엇보다 먼저 아카데미가 정착되었다. 그다음 대학, 그다음 김나지움이 정착되었다. 사실 사회 발달의 낮은 단계에서는 학술 김나지움과 인민학교 없이 학술 아카데미와 대학이 가능하다고 생각하는 것이 자연스러웠다.

다른 민족들처럼 러시아도 이와 같은 그릇된 생각을 했다. 지금은 눈에 띄게 초등교육기관에 대해 더 진지한 시각으로[59] 바뀌고 있다. 지금은 대학보다는 김나지움에 열중하고 있다. 시간이 흐르면 김나지움, 대학, 아카데미보다 군 소재지 학교, 농촌 학교에 마음을 쓰게 될 것이다. 다른 모든 국가보다 교육학이 더 오래된 독일과 영국에서는 이러한 변화가 이미 이루어졌다. 만일 정부가 인민교육의 필요성을 느낀다면, 귀족과 상인의 식자층은 이 필요성을 정부보다 몇 배 더 강하게 느꼈을 것이다. 그들은 민중의 기질 및 사고의 형상과 직접적으로 연관되어 있다. 민중 스스로 교육의 필요성을 느낀다는 점은 증명할 필요가 없을 것 같다. 우리가 생각하기에, 살아 있는 모든 생물이 영양분을 요구하듯이 모든 민중에게 이와 같은 요구가 존재한다. 우리의 민중은 자신의 요구를 표현할 수 있는 기관을 가지고 있지 않다. 그렇기 때문에 우리가 민중이 무엇을 원하는지 혹은 원하지 않는지 말할 권리를 가지고 있지 않다. 그러나 민중을 위한 교육은 희망이 아니라 요구다. 만일 민중이 교육받을 필요가 없다고 말한다면, 그가

---

59 원문에는 시각에라고 오기되어 있다.

하는 말은 건초 더미를 짊어진 조랑말이 자신을 고통스럽게 해서는 안 된다고 하는 말과 같다. 결국 그렇다.

우리는 우리 잡지가 시기상조라는 점에 두려움을 가지고 있지 않다. 이것은 실패의 조건 가운데 하나일 뿐이며, 실패의 조건은 더 있다. 잡지는 필요 없는 것일 수도 있고, 다른 사람이 차지한 길을 갈 수도 있으며, 이미 말한 것을 이야기할 수도 있다. 우리는 이것을 두려워해서는 안 될 것이다. 우리는 농촌 학교 학생들[60]과 농촌 학교 교사를 위한 지침서의 요구를 충족시킬 인쇄물뿐만 아니라 책도 알지 못한다. 우리는 우리의 잡지에서 이 요구에 대해 답하기를 원하고 기대하고 있다. 우리의 견해를 과감히 밝히자면, 우리의 잡지는 러시아에서 시작도 하지 않았던 인민교육으로 한 걸음 나아가야만 한다. 우리 민중들은 읽고 쓸 수 있다. 그러나 교육은 여전히 시작조차 되지 않았다. 신랄한 비웃음[61]의 대상이 되는 읽고 쓰기가 필요한지 필요하지 않은지에 관한 논쟁이 있다. 하지만[62] 읽고 쓰기라는 말 자체와 개념은 보이는 것처럼 그렇게 우스운 것이 아니다. 우리의 견해에 따르면, 이것은 우리 사회에 있는 생리학적 사실이다. 읽고 쓰기의 개념은 놀랍게도 러시아적인 개념이다. 이것은 음절 없는 철자에 대한 지

---

60 처음에는 기초학습을 위해서라는 말이 있었다. 그다음에는 마지막 단어가 지워지고 학생들이라는 말이 그 위에 쓰였다.

61 자유주의 잡지이거나 완고하거나가 지워졌다.

62 원본에는 아니нe가 있다.

식이 특정 발달 단계로 간주되고 사람들이 이 지식이 이로운지 해로운지를 논쟁한다 해도 마찬가지다. 읽고 쓰기는 발달의 단계가 아니라 우연한 습관Fertigkeit이다. 교육이라는 의미의 끈으로 엮어낼 수 있는 것은 해로운 일일까, 이로운 일일까? 아무도 대답할 수 없다. 그러나 만일 읽고 쓰기를 어떤 사람은 발달 단계의 의미로, 또 어떤 사람은 교사와 학습 과정이 학생의 도덕성과 지적 능력에 미치는 해로운 영향의 의미로 편파적이게 이해한다면 논쟁은 계속될 수 있다. 그러나 만일 읽고 쓰기에 대한 논쟁이 더 명확하게 공식화된다면, 경험상 우리는 그 유용성을 부정하는 편에 섰을 것이다.

간행물 실패의 세 번째 조건은 요구사항을 충족시키지 못하는 것이다. 이것은 출판에 대한 그릇된 시각에서 발생한다. 이와 관련하여 우리는 조용히 있을 수 없기에 우리 잡지에 게재될 논문을 선택하는 데 지침이 되는 기반을 간결하게 설명하는 것을 우리의 의무로 여긴다.

교육은 모든 사람들의 요구다. 그래서 교육은 요구를 충족시키는 형식에서만 존재할 수 있다. 교육과정의 현실과 신념의 가장 믿을 만한 징후는 충족이다. 이 충족을 통해 교육은 지각된다. 교육은 실제에서도 그리고 책에서도 강압적일 수 없다. 교육은 학생에게 즐거움을 제공해야만 한다. 이것이 지도 방침의 이상이다.

8.   인민교육에 관하여

1874년

친애하는 요시프 니콜라예비치 씨![63]

나는 대표님이 원하시는 대로 내가 최근 위원회 회의에서 진술했던 것을 대략적으로라도 쓰려고 노력하고 있습니다. 저는 이 일을 하는 것이 대단히 만족스럽습니다. 왜냐하면 예전의 나의 발언이 기록된 회의록에는(나는 그것을 방금 읽었습니다) 내가 말하지 않았던 것으로 기억되는, 명확한 의미를 가지지 않는 많은 문장이 발견되었기 때문입니다. 만일 내가 최근 회의에서 말한 것이 출판되어야만 한다면 속기사의 기록 대신에 지금 이 편지를 출판하거나 속기사가 검토할 수 있

---

63 I. N. 샤틸로프, 모스크바 문맹퇴치위원회 대표.

도록 해주십시오.

　두 학교 기관을 이용하여 어느 방법론이 더 나은지를 실험하고 시험을 치른 것은[64] 성공적이지 못했습니다. 그래서 실험 이후 완전히 상반된 평가를 내놓은 일이 가능할 정도였습니다. 실수는 학교 구성 자체에 있었습니다. 첫 번째 실수는 배울 수 있는 학업 성취도 연령에 미치지 못한 너무 어린 아이들을 학교에 보냈다는 데 있습니다. 아직 배울 능력이 안 된 아이들에게 어떤 형태로 배우는 것이 더 쉽고 더 어려운지를 실험해서는 안 되는 것이 당연합니다. 세 살배기 아이는 똑같이 어떤 것도 어떤 방법으로도 배우지 않습니다. 5~6세 아이도 거의 아무것도 습득하지 않습니다. 10~11세 아이에게서만 어떤 방법으로 그들이 더 빨리 습득하는지를 알 수 있습니다. 두 학교의 대다수 학생들은 학업 성취도 연령에 여전히 미치지 못하는 6~8세의 아이들입니다. 그러므로 나이가 많은 학생에게서만 어느 방법이 더 나은지를 알 수 있습니다. 양쪽

64　I. N. 샤틸로프의 제안에 따라 문맹퇴치위원회 지도 아래 모스크바에 두 개의 초등학교가 설립되었다. 그 가운데 한 학교는 발음중심 교육 방식에 따라 프로토포포프가 도입한 교수법이 운영되었다. 프로토포포프는 발음중심 교육 방식의 지지자들에 의해 선발된 교사다. 다른 학교에서는 L. N. 톨스토이 백작의 방식에 따라 교사 모로조프가 가르쳤다. 학생들은 연령과 능력에 따라 공평하게 두 학교로 나뉘었다. 수업은 두 학교에서 같은 시간 동안 진행되었고 두 학교는 방문객을 위해 개방되었다. 7주가 지난 후에 심사를 실시하기 위한 위원회가 예정되었고 두 방법의 장점에 대한 결론을 위한 회의도 예정되었다. 그러나 심사위원회 회원의 견해는 나뉘었고, 모든 사람들은 거의 다 개별적인 견해를 보였다. 문맹퇴치위원회는 어떤 결론도 내지 못했고 문제는 열린 채로 남겨졌다.

학교에는 이러한 학생이 세 명뿐이었고, 그래서 양쪽 학교의 성과를 비교하면서, 나는 세 명의 나이 많은 학생들에 대해 주로 이야기할 것입니다. 두 번째 실수는 방문객이 학교에 오는 것을 허용한 것입니다. 나의 저서 《기초입문서》에 삽입된 교사를 위한 짧은 지침은 다음과 같습니다. 교육의 성공을 위한 중요한 조건 가운데 하나는 공부하는 곳에는 학생들의 주의를 끌 만한 새로운 대상과 인물이 없어야 합니다. 학교에는 학생들을 유혹하는 외부 인물 몇몇이 항상 있었습니다. 이와 같은 조건은 양쪽 학교에 똑같이 유익하지 않았을 것입니다. 그러나 이 조건은 나의 학교에만 불리한 것이었습니다. 왜냐하면 나의 방식에 따르는 학습의 중요한 기반은 강제성이 없고 교사가 제기한 것에 학생이 자유롭게 흥미를 느끼는 것이기 때문입니다. 반면 발음중심으로 가르치는 학교의 학습은 아주 엄격한 규율과 강제를 토대로 합니다. 교사가 학생들의 주의를 끌 만한 것이 아무것도 없는 곳에서 학생들에게 흥미를 불러일으키는 것은 용이하지만, 새로운 인물이 끊임없이 오가는 곳에서 학생들의 주의를 끄는 것은 매우 어려울 것이라는 점을 이해할 겁니다. 또 반대로 강제적인 학교에서 오락의 영향을 덜 느낄 수 있다는 점도 이해할 겁니다.

세 번째 실수는 프로토포포프 씨가 자신의 학교에서 가르칠 때 내가 해롭다고 여기는 방법에서 벗어난 것입니다. 이 방식은 발음중심 교수법에 필수적인 교육 조건으로 간주됩니다. 의심의 여지 없이 이러한 이탈은 공부하는 아이에게 매우 유익했습니다. 만일 발음중심 교육 방식의 지지자들이 이 이탈을 우연이 아니라고 인정한다면, 그들과 나 사이에 중요한 차이점 하나가 존재하지 않는 것입니다. 자신의 방식에서 프로토포포프 씨가 이탈한 것은 첫째 그는 소위 직관교수의 요구를 수행하지 않았다는 것입니다. 교육가들의 견해에 따르면, 직관교수는 읽고 쓰기 학습과 불가분의 관계에 있고, 읽고 쓰기에 선행되어야만 합니다. 부나코프와 새로운 교육학의 모든 인사들은 대부분의 시간을 직관교수에 사용하라고 충고합니다.

내가 들은 바로는, 지난해 유명한 교육학 과정에서 모든 교육학자들과 교사들의 스승들이 학생들을 향해 방, 책상 등을 묘사하는 데 45분을 보내야만 한다는 것을 보여주었습니다. 프로토포포프 씨는 교육가들이 지시한 대로 이 일을 이행하지 않았습니다. 사실 나는 어느 날 프로토포포프 씨가 **개똥지빠귀**라는 단어를 읽으면서 학생들에게 개똥지빠귀의 얼굴을 보여주고 싶어 했다는 것을 알았습니다. 그러나 개똥지빠귀의 사진이 없었습니다. 프로토포포프 씨는 개똥지빠귀가 새라는 말을(아이들은 매우 잘 알고 있었습니다) 믿으라고 학생들에게 요청하며 서둘러 읽기 과제로 넘어갔습니다. 이와 같은 이탈은 학생들과 학업에 아주 유익합니다. 이것을 인정해야만 합니다. 그렇게 된다면 나는 논쟁할 필요가 없다는 것을 다시 한 번 말하고자 합니다.

프로토포포프 씨가 자신의 방법론으로부터 행한 또 다른

이탈은 모든 단어를 해석해주는 학교에서만 책을 읽어야 한다는 교육가들의 일반적인 규칙을 따르지 않은 것입니다. 프로토포포프 씨는 자기 학생들에게 집에서 책을 읽도록 해주었습니다. 나는 학교의 주된 목적이 학생을 다음과 같이 이끄는 것이라고 생각합니다. 즉 책에 관심 있는 학생은 집에서 읽을 수 있게 책을 가져가고, 그가 원하는 대로 책을 이해하는 것입니다. 그래서 모로조프 씨는 학생들이 책을 집으로 가져가도록 했습니다. 그러나 발음중심 교수법의 교육가들의 지침서를 통해 내가 알고 있는 바로는, 이 방식에서 아이들은 두 달 동안 오른쪽과 왼쪽, 위와 아래를 배워야만 하는 야만인으로 취급되기 때문에, 아이들에게 책을 줄 필요가 없고 모든 단어는 설명되어야 합니다. 다시 우리가 만일 이것에 동의한다면, 논쟁의 중요한 한 부분이 줄어들 것입니다.

세 번째 이탈은 프로토포포프 씨가 자신의 학생들에게 내가 해롭다고 생각하는 발음중심 학과의 교육가들이 쓴 지침서만 읽게 한 것이 아니라는 점입니다. 읽기의 가장 중요한 부분을 위해, 즉 집에서 학생들의 개인적인 관심을 유발하기 위해, 그는 바로 나의 저서들인 《기초입문서》와 《야스나야 폴랴나》를 사용하였습니다. 그는 이 두 권의 책을 학생들이 계속 가져가게 했습니다. 다시 한 번 반복하건대, 나는 이에 전적으로 동의합니다. 이 점을 인정해야 할 것입니다.

학교 구성에서 네 번째이자 가장 중요한 실수는 문에서 문으로라는 학교의 인접성이었습니다. 아이들은 함께 등하교

합니다. 많은 학생들은 같은 아파트에 함께 살기까지 합니다. 학생간의 인접성과 접근성에서 비롯된 해로운 영향은 프로토포포프 씨의 학생들이 모로조프 씨의 학생들로부터 나의 음절조합 방식을 배웠다는 것입니다. 확신하건대, 이러한 지식 덕분에 프로토포포프 씨의 학생들은 읽는 법을 배웠습니다. 프로토포포프 씨 학교의 모든 소년들은 들리는 대로 음절을 조합할 수 있습니다. 그들은 모로조프의 학생들에게서 이것을 배웠기에 첫날부터 음절조합을 할 수 있었습니다. 우리는 시험 중에 그들이 문자들 즉 베6e 레pe 등을 말하는 것을 보았습니다. 들리는 대로 음절을 조합하는 방법은 너무나 쉽습니다. 그래서 나의 예전 학교에서는 학생의 어린 동생이 학교에 올 때, 이미 음절 지식을 가지고 오게 됩니다. 그는 이 지식을 형에게서 귀동냥으로 배웠습니다. 올해 야스나야 폴랴나 학교에서 공부하기에 너무 어리다고 여겨지는 여섯 살짜리 도련님이 수업 내내 침상 위에 누워 있었고, 몇 시간의 수업이 끝난 후 기어 내려와 자기는 전부 안다고 호언장담하였습니다. 실제로 그는 다 알았습니다. 프로토포포프 씨의 학생들도 그렇습니다. 그들은 학교를 가로질러 집으로 함께 돌아와서 음절조합을 배웠습니다. 프로토포포프 씨의 교실에서 학생들은 실제로 나의 방식에 따라 음절조합을 하였습니다. 그들은 프로토포포프 씨의 요구를 만족시키기 위해서만 베6e 대신 브6ь라고 말했고, 실제로는 문자조합 방식에 따라 읽었습니다. 프로토포포프 씨는 도가 지나칠 정도로 열정적이게 학생들에게 베6e를 버리고 브6ъ라고 말하기를 요구했고, 학생들은 교사가 시키는 대로 하려고 노력했음을 밝혀야만 합니다. 내가 프로토포포프 씨의 교실에서 직접 본 바로는, 한 소년이 단어 배груша(그루시아)를 한참 동안 읽으면서 이 단어가 게re-레pe-우y-시ш-아a로 구성되었다는 점을 알고서는 이렇게 읽으려고 애를 썼지만, 교사가 요구하는 대로 그гъ-르pъ라고 읽을 수밖에 없었습니다. 이렇게 학교가 인접한 결과, 제 생각에는 프로토포포프 씨의 학생들이 발음중심 교수법 덕분이 아니라, 오히려 그 방식에도 불구하고 배울 수 있었습니다. 실제로 학생들은 훨씬 더 자연스럽고 쉬운 문자조합 방식에 따라 공부하고 있지만, 교사의 기분에 맞추어 발음중심 교육 방법에 따라 공부하는 척합니다. 나는 이 상호간의 부득이한 기만을 발음중심 교수법이 도입된 많은 학교에서 여러 차례 지적하였습니다. 인민학교에서 읽고 쓰기를 배우는 과정 그 자체를 목격한 모든 유경험자들, 가령 장학관들, 교육회 회원들이 있습니다. 그들은 발음중심 교수법이 도입된 대다수의 학교에서 이것은 명목상으로만 시행되고 있을 뿐, 실제로 아이들은 자음을 브6ы, 브вы, 드ды 등으로 부르면서, 문자조합에 따라 배우고 있음을 확인하고 있습니다. 문맹퇴치위원회가 분포되어 있는 도시 사회에서 발음중심 교수법이 시골보다 더 나은 결과를 낳는다는 점은 이와 같은 상호기만에 따른 것이라 할 수 있습니다.

문자와 음절을 알고 있는 도시에서 아이들은 발음중심 교수법에 따라 다시 공부합니다. 그들은 원래 문자조합에 따라 공부하고 있지만 우키уки, 예디еди 혹은 예е와 같이 음절에서 불필요한 부분을 무시하도록 배웁니다.

내가 최근에 참석했던 회의에서 사람들은 나에게 '나의 방식이 민중적'이라는 말이 무엇을 의미하는지 물었습니다. 그것은 이렇습니다. 교사는 열성적으로 아이들에게 독일식 방법으로 러시아어의 읽고 쓰기를 가르치고 있지만, 자신의 의지와는 달리 민중적인 방식으로 가르치게 되고, 학생들도 그것을 무의식적으로 배운다는 것을 이해하고 있습니다.

시범 학교 체제에서의 실수들은 이 정도입니다. 그러나 심사위원회 회원들이 보여준 실험 결과에 대한 가장 상반된 평가에도 불구하고, 만일 공부할 수 있는 학생들 즉 양쪽 학교의 나이 많은 학생들을 살펴볼 수 있었다면, 분명 실험 결과는 아주 명확해질 것입니다. 지식에 따라 평가하자면, 나는 프로토포프 씨의 나이 많은 학생들이 러시아식으로 읽고 쓸 수 있다고 봅니다. 이것이 전부입니다. 모로조프 학교의 학생들도 러시아식으로 읽을 수 있습니다(내가 생각하기에 더 낫습니다). 그러나 이외에도 이 학생들은 번호 매기기, 더하기, 빼기도 알고 있으며 곱셈과 나눗셈도 조금 할 줄 압니다. 그들은 슬라브어도 읽을 수 있습니다. 그렇기 때문에 모로조프 씨의 학생들이 훨씬 더 많이 알고 있습니다. 시간에 관해 평가하자면, 모로조프 씨의 학생들은 읽기 시작한 지 2주가 지나면서, 지금 프로토포프 씨의 학생들이 알고 있는 것을 알았습니다(나는 세 명에 관해 말하고자 합니다). 2주 만에 모로조프 씨의 나이 많은 학생들이 현재의 프로토포프 씨의 학생들만큼 읽어낸 것을 본 사람들과 학교의 방문객들은 이것의 진위를 확인할 수 있습니다. 모로조프 씨는 나머지 시간을 슬라브어와 산수에 그리고 더 향상된 읽기와 쓰기에 할애하였습니다. 이것은 시험으로 평가될 수 없었습니다.

이렇게 모로조프 씨의 학생들은 프로토포프 씨의 학생들이 알고 있는 것보다 훨씬 더 많이 알고 있으며, 프로토포프 씨가 투자했던 시간의 반에도 미치지 않는 시간으로 프로토포프 씨의 학생들이 아는 것을 알게 되었습니다. 내가 언급한 실수에도 불구하고 모로조프 씨가 가르친 방법이 발음중심 교수법보다 두 배나 쉽고 빠르다는 것을 증명하는 명백한 실험 결과가 바로 여기 있습니다.

만일 나이 어린 학생들을 살펴본다면, 이들에 관한 통상적인 실험 결과는 다음과 같을 것입니다. 즉 모로조프 씨의 학생들은 예외 없이 모두 문자에 따라 읽고 쓸 수 있으며 숫자와 번호 매기기도 알고 있습니다. 프로토포프 씨의 학생들도 읽고 쓸 줄 압니다. 그 이상은 아닙니다. 그리고 프로토포프 씨의 나이 어린 학생 가운데 읽을 수조차 없는 두 명의 학생은 제외시켜야만 합니다.

"읽고 쓰기를 배우는 것은 아무런 의미가 없다. 중요한 것은 발달이다." 우리는 이 말을 지난 회의에서 들었습니다. 또 발음중심 교수법의 모든 교육가로부터 이 말을 듣게 될 것이고 이 학과 교육가들의 모든 지침서에서 읽게 될 것입니다.

내가 생각하기에 우리 각자는 이 추하고 무의미한 현상들과 몇 번이고 싸워야만 했고, 이러한 현상 이면에 이 현상을 가리는 중요한 요소를 밝혀내야만 했습니다. 그래서 우리는 젊은 나이에도, 심지어 성숙한 나이에도 '정말 이 현상은 추한 것일까? 우리가 실수하는 건 아닐까?'라고 의심하기 시작했습니다. 추한 현상들이 좋은 것인지, 중요한 요소의 보호가 불법이거나 이 요소가 말뿐인 것은 아닌지 결코 확신할 수 없기 때문에, 우리는 이 현상에 대해 분열되고 우유부단한 상태로 머무르게 되었습니다. 나는 이와 같은 상태에 있었습니다. 나는 우리 가운데 많은 사람들이 아동교육을 가리는 **발달**의 요소와 관계되어 있고, 읽고 쓰기를 발달의 요소와 결합시킨다고 생각합니다. 그러나 나는 인민교육에 많은 관심을 기울였고 그것에 너무나 전념했기에, 오랫동안 우유부단한 상태에 머물렀습니다. 나는 거짓된 **발달**의 추한 현상을 좋은 것이라 말할 수 없었고, 학생의 발달이 나쁜 것이라는 점도 확신할 수 없었습니다. 그래서 나는 **발달**이란 과연 무엇인지를 연구하게 되었습니다. 나는 이 문제의 연구 결과를 알리는 것을 쓸모없는 짓으로 여기지 않습니다. 나는 **발달**이라는 말이 의미하는 바를 규정하기 위해서 부나코프 씨와 옙투셰프스키 씨의 지침서를 인용할 것입니다. 이 새로운 저서는 독일 아동교육의 결과를 통합하였고, 인민학교 교사의 참고서로 지정되었으며, 발음중심 교수법의 지지자들에 의해 그들 학교의 지침서로 채택되었습니다. 읽고 쓰기 교육에서 여러 방법을 선택할 때 어디에 기반을 두어야 하는지를 판단하면서, 부나코프 씨는 이렇게 말합니다.

근시안적이고 불확실한 기반 위에서(즉 경험에 기반하여) 학습방식에 대해 판단하는 것은 너무 의심스럽다. 인간 본성 연구에 기반한 이론적인 **토대**만이 이 영역에서 여러 가지 돌발 변수에 상관없이 확실하다고, 허술한 실수로부터 어느 정도 안정된다고 평가할 수 있다. 그래서 읽고 쓰기 학습의 가장 좋은 방법을 최종적으로 선택하기 위해, 일반적인 조건들은 무엇보다 이론적 토대와 선행된 평가에 기초해야 한다. 이 때 여러 방식에 실제 권리를 부과하는 읽고 쓰기의 일반적인 조건들은 교육학의 관점에서 만족스럽다고 말할 수 있어야만 한다. 이 조건들은 다음과 같다.

1)읽고 쓰기의 능력이 사고의 발달 및 강화와 함께 달성되도록, 이것은 아이의 지적 힘을 발달시키는 방법이 되어야 한다.

2)이것은 무뎌지지 않는 폭력이 아니라 흥미로움으로 학업을 향상시키면서, 아이의 개인적 흥미를 교육으로 이끌어야만 한다.

3)이것은 아이의 독자적 활동을 자극하고 유지하고 다독이면서 자기학습 과정을 나타내야만 한다.

4)이것은 언어의 지각을 위한 감각으로서 청각의 인상에 기반해야 한다.

5)이것은 복잡한 총체를 단순한 부분으로 나눔으로써 시작되고, 단순한 요소를 복잡한 총체로 구성하는 쪽으로 나아가면서, 분석과 종합을 결합시켜야 한다.[65]

여기에는 학습방식이 어디에 기반해야 하는지가 적혀 있습니다. 모순 없이 단순하고 명료히 하기 위해서, 나는 마지막 두 조항이 너무 지나치다고 지적하는 바입니다. 왜냐하면 분석과 종합의 결합 없이는 어떠한 가르침도, 어떠한 사상의 활동도 있을 수 없기 때문입니다. 그리고 농아를 가르치는 것이 아니라면 모든 가르침은 청각에 기반을 둡니다. 이 두 개의 조건은 교육학적 추론에서 흔히 있는 음절의 아름다움과 혼란을 위해 설정된 것이므로 의미를 가지지 않습니다. 그러나 언뜻 보기에 처음 3개는 강령처럼 전적으로 옳은 것으로 보여집니다. 물론 모든 사람들은 이 방법을 **발달시키고, 학생 개인의 흥미를 불러일으키고, 자기학습 과정을 나타내기 위해** 무엇이 필요한지 알고 싶어 합니다. 그러나 부나코프 씨와 옙투셰프스키 씨의 책에서뿐만 아니라 아동교육에 관한 이 학파 창시자들의 모든 교육학 저서에서도 왜 이 방법이 이 모든 성질을 결합시키는가라는 질문에 당신은 아무런 해답도 찾지 못할 것입니다. 당신은 오로지 모든 학습은 분석과 종합의 결합에 기반을 두어야 하고, 반드시 청각 등에 기반을 두

---

65 《가족과 학교》, 1872년, 2권. 《학습 대상으로서 모국어》, N. 부나코프, 35쪽.

어야 한다는 모호한 논의만 발견할 것입니다. 아니면 옙투셰프스키 씨처럼 인간이 어떻게 인상, 느낌, 표상, 개념을 형성하는지에 관한 추론을 발견할 것입니다. 혹은 **학생이 인식하지 못한 사상이 아니라 사물에서 시작하여 학생의 인식을 생각에까지 이르게 해야만 한다**는 규칙을 발견할 것입니다. 이러한 논의 후에 교육가들에 의해 제기된 방식이 특별하고 참되며, 요구되는 발달 사항을 제공한다는 결론이 이어집니다. 좋은 방법은 어떠해야만 하는지 정의 내린 후에 부나코프 씨는, 나의 확신과 경험에 따르면, 발달에 정반대되는 목적으로 안내하는 이 모든 기법을 설명합니다. 그다음에 그는 학생들을 어떻게 가르쳐야 하는지 진술하고 있습니다. 그는 다음과 같이 말합니다.

읽고 쓰기 학습법의 만족도 평가를 위해 앞서 언급한 기본적인 사항의 관점에서, 우리가 제기한 방식은 대체로 다음과 같은 두드러진 성격과 특성을 나타낸다.

1)이것은 발음중심 교수법으로서, 모든 발음 방식의 특수한 성질을 완벽하게 보존하고 있다. 이 방법은 처음부터 언어에 대한 올바른 관계를 확립하면서, 청각의 인상에서 출발한다. 그다음에 이것은 소리, 물질, 문자, 그 묘사를 명확하게 구별하면서 시각적 인상을 통합시킨다.

2)이것은 쓰기와 읽기를 통합하는 방법으로서, 분석과 종합을 결합하고, 분해에서 시작하여 조합으로 옮겨간다.

3)이것은 대상의 연구에서 단어와 소리의 연구로 넘어가는 방법으로서, 이 방법은 자연스러운 과정으로 진행되고 표상과 개념의 올바른 형성에 부합하고, 발달하는 형상을 통해 어린이의 본성의 모든 면에 영향을 미친다. 이것은 아이들의 관찰력을 자극하고, 관찰한 것을 그룹화하고, 그것을 언어로 전달하게끔 아이들을 다독인다. 이것은 **내적인 감정, 지식, 상상, 기억, 언어의 재능, 집중력, 자립성, 사회에서 일하는 습관, 질서 존중**을 향상시킨다.

4)이것은 아이의 모든 정신적 힘에 상응하는 과제를 주는 방식으로서, 독서에 대한 애착과 사랑을 불러일으키면서 개인적 관심을 학습으로 이끌어오고 자기학습 과정에 관심을 기울이게 한다.[66]

엡투셰프스키 씨도 똑같은 일을 하고 있습니다. 실질적인 이유를 찾고 심리학, 교수학, 방법학, 계발 교수법 등과 같은 단어에 겁먹지 않는 자에게 이 모든 것은 이해되지 않습니다. 왜 그럴까요? 철학에 흥미가 없고 그래서 스스로 교육가들의 결론을 검증하려는 열의가 없는 사람들에게 충고하건대, 이와 같은 말들에 혼란스러워하지 마십시오. 그리고 명확하지 않은 모든 것은 어떤 것의 기반도 될 수 없다는 것, 더구나 인민교육같이 중요하고 단순한 문제의 기반이 될 수 없다

---

66 부나코프, 14쪽.

는 것을 믿으십시오. 이 학파의 교육가들, 특히 이 학파의 창립자인 독일인들은 플라톤부터 칸트에 이르는 모든 철학자들의 과제였던 그 철학적 문제들을 자신들이 결국 해결한다는 그릇된 생각에서 출발합니다. 이것은 결정적으로 이렇게 해결됩니다. 그들이 인간에 의한 인상, 느낌, 표상, 개념, 추리의 획득 과정을 가장 작은 사소한 것에 이르기까지 연구하고, 소위 인간의 영혼 혹은 본질이라 불리는 구성요소들을 분석하고, 부분으로 세분화한다고. 이것은 기본적으로 이렇게 해결됩니다. 교육학은 이미 견고한 이 지식 위에서 흠잡을 데 없이 축조될 수 있다고. 이 환상은 너무나 기이해서 내가 그것을 반박할 필요도 없다고 여겨집니다. 더군다나 나는 예전 교육학 논문에 이것을 쓴 적이 있습니다. 이 학파의 교육가들이 이론의 기반으로 삼고 있는 철학적 판단은 절대 믿을 것이 못되고, 실제 철학과 어떤 공통점도 가지고 있지 않을 뿐만 아니라, 대다수 교육가들이 공감하는 어떤 정해진 명확한 표현도 쓰지 않는다는 점을 말해두어야겠습니다.

그러나 혹시 새로운 학파의 교육가들의 이론이 철학을 근거로 삼는 데 성공하지 못했을지라도 그 자체로 가치를 가지고 있지는 않을까요? 그렇다면 이 이론이 어떻게 구성되는지 살펴봅시다. 부나코프 씨는 이렇게 말합니다,

"이 어린 미개인(즉 학생들)에게 학교교육의 주요 규칙을 알려야만 하고 그리기, 읽기, 쓰기와 모든 기초교육의 첫 시간, 첫 수업에서 부딪쳐야만 하는 기본적인 개념을 학생들에

게 인식시켜야만 한다. 예를 들면 오른쪽과 왼쪽, 오른쪽으로 - 왼쪽으로, 위로 - 아래로, 옆에 - 근처에 - 주변에, 앞에 - 뒤에, 가까이 - 멀리, 앞 - 뒤, 위 - 아래, 빨리 - 천천히, 조용히 - 크게 등등이다. 이 개념들이 단순할지라도, 나에게 실제로 알려진 바로는, 부유한 가정 출신의 도시 아이들조차도 오른쪽과 왼쪽을 구별하지 못한 채 초등학교에 입학한 일이 종종 있다. 내가 생각하기에, 시골 학교 아이들을 위해서 이와 같은 개념을 반드시 설명해야 한다는 것을 확산시킬 필요는 없다. 시골 학교와 관련된 사람들은 나보다 이것을 더 모르지는 않는다."[67]

엡투셰프스키 씨도 다음과 같이 말합니다.

"인간의 타고난 능력에 대한 논쟁적인 문제의 폭넓은 영역에 깊이 빠져들지 않더라도, 우리는 아이가 실제 사물들에 대한 타고난 표상과 개념을 가질 수 없다는 점만은 알고 있다. 그들을 교육시켜야만 한다. 그리고 훈육자와 교사의 입장에서 보자면, 아이들의 올곧음과 건실함은 교육의 기술로 좌우된다. 아이의 몸을 돌보는 것보다 아이의 영혼의 발달을 살피는 것은 훨씬 더 조심스러워야 할 필요가 있다. 인간의 성장에 맞춰 몸에 필요한 음식과 여러 가지 신체적 운동도 질적으로 양적으로 선별되는데, 하물며 이성을 위한 양식과 운동의 선택에는 더 조심해야 할 필요가 있다. 한번 어긋난 토

---

67 부나코프, 18쪽.

대는 그 위에서 성장해가는 모든 것을 위태롭게 지탱하게 될 것이다."[68]

부나코프 씨는 다음과 같이 개념을 전하라고 충고합니다.

교사는 자신의 개인적인 재량에 따라 대화를 시작할 수 있다. 어떤 교사는 모든 학생에게 이름에 관해 묻고, 어떤 교사는 농장에서 무엇을 만드는지를 묻고, 어떤 교사는 누가 어디에서 왔는지, 어디에 사는지, 집에서 무엇을 하는지 묻는다. 그런 다음 중요한 주제로 넘어간다. 너는 지금 어디에 앉아 있니? 너는 왜 여기에 왔니? 우리는 이 방에서 무엇을 해야 할까? 그래, 우리는 이 방에서 공부할 것이다. 이 방을 교실이라고 부르자. 너희들의 발아래에 무엇이 있는지 전부 보아라. 하지만 말하지는 마라. 내가 지명한 사람이 말할 것이다. 너는 발아래에 무엇이 보이는지 말해보렴? 이 방에 대해 우리가 알고 있고, 말했던 모든 것을 반복해보아라. 우리는 어떤 방에 앉아 있지? 방의 어떤 부분이지? 벽에 무엇이 있지? 마루 위에 뭐가 있지?

교사는 학업 성취를 위해 처음부터 필요한 질서를 정립할 필요가 있다. 즉 학생은 질문을 받았을 때에만 대답하고, 나머지 학생들은 교사의 말과 친구의 말을 듣고 되풀이한다. 또 교사가 모든 학생을 향해 질문하였을 때, 대답하고 싶으면 왼

---

68 옙투셰프스키,《산수 방법론》, 8쪽.

손을 들어 표시하며, 조급하게 말하거나 늘어지게 말하지 않고 크고 명확하고 올바르게 말한다. 뿐만 아니라 교사는 실제로 조용히와 크게, 명확하게와 올바르게, 천천히와 빨리의 차이를 보여주면서, 학생들에게 크고 명확한 말투로 생생한 예를 들어준다. 교사는 때로는 한 아이가, 때로는 다른 아이가, 때로는 반 전체가 일제히 대답하고, 낯선 답변을 반복할 수 있게 지켜본다. 그는 자주 질문함으로써 기운이 없는 아이를 생기 있게 하고, 산만한 아이를 학업에 집중시키고, 장난치는 아이를 제어하면서, 이 아이들을 특별히 다독인다. 첫 시간에 질문을 반복하여 아이들이 완전하게 답할 수 있게 해야 한다. 우리는 교실에 앉아 있다(방 안이 아니다). 나는 내 머리 위로 천장을 보고, 왼쪽 벽에 세 개의 창문 등을 본다.[69]

옙투셰프스키 씨는 숫자 1부터 10까지 공부하기 위한 수업을 1년간 120차례 지속될 수 있게 시작하라고 충고합니다.

1. 학생들에게 정육면체를 보여주면서 교사는 '나에게 몇 개의 정육면체가 있지?'라고 묻는다. 그리고 다른 손에 몇 개의 정육면체를 가져온 다음, '여기에는 몇 개가 있지?'라고 묻는다. '많습니다. 여러 개입니다.'

여기 이 학급에 여러 개가 있는 물건을 말해보자. 의자, 창

---

69 부나코프, 18~19쪽.

문, 벽, 노트, 연필, 분필, 학생 등. 학급에 하나뿐인 물건을 말해보자. 학급 칠판, 난로, 문, 천장, 마루, 성상, 선생님 등. 만일 내가 정육면체를 주머니에 숨기면, 내 손에는 몇 개의 정육면체가 있을까? '하나도 없습니다.' 그런데 다시 조금 전만큼 정육면체가 있으려면 손에 몇 개의 정육면체를 다시 올려놓아야 할까? '한 개입니다.' '페챠가 한 번 넘어진 적이 있니?'라고 말할 때 어떻게 이해해야 하는가? 페챠는 몇 번 넘어졌는가? 페챠는 언젠가 더 넘어졌나? 왜 한 번이라고 언급되는가? 왜냐하면 어떤 한 경우에 관해서 언급하는 것일 뿐이기 때문이다. 다른 경우에 대해 말하는 것이 아니다. 여러분의 석판을(혹은 노트를) 가져와라. (교사가 교실 칠판에 1이나 2베르쇼크 길이의 선을 긋거나 같은 길이의 선을 보여준다.) 이 길이의 선 하나를 그어라. 그것을 지워라. 몇 개의 선이 남았니? '하나도 없습니다.' 이러한 선을 몇 개 그리도록 해. 아이들이 숫자 1을 알기 위해 또 다른 연습문제를 만드는 일은 부자연스러울 것이다. 그러나 아이들이 학교에서 공부하기 시작할 때부터 의심의 여지 없이 지니고 있었던 단위에 대한 표상을 그들에게 불러일으키기에는 충분하다.[70]

나아가 부나코프 씨는 칠판 등에 관한 연습문제를 풀고, 옙투셰프스키 씨는 분해된 숫자 4에 관한 연습문제를 풉니다.

---

70 옙투셰프스키, 121쪽.

개념을 전달하는 이론을 살펴보기 이전에, 자신들의 과제에서 이론 전체가 잘못된 것은 아닐까라는 의문이 무심코 떠오릅니다. 곧 다루어질 교육학 자료의 상태를 규정하는 것이 옳은 일일까요? 이때 눈에 들어온 첫 번째 상황은 상상한 어떤 아이들에 대한, 적어도 러시아 제국에서 내가 보지 못했던 아이들에 대한 이상한 입장입니다. 그들이 알려주는 대화들과 정보들은 두 살 미만의 어린아이들과 관계됩니다. 왜냐하면 두 살배기 아이들은 여기에서 알려주고 있는 모든 것을 알고 있기 때문입니다. 대답을 요구하면 이들은 앵무새가 됩니다. 6~9세의 모든 학생들은 이 질문들에서 아무것도 이해하지 못할 것입니다. 학생은 이 모든 것을 알고 있고 그래서 무엇에 관해 이야기하는지 이해할 수 없기 때문입니다. 이와 같은 대화를 요구하는 것은 학생들이 놓여 있는 발달 단계를 전혀 모르거나 알고 싶어 하지 않음을 보여주고 있습니다. 어쩌면 호텐토트[71]나 흑인의 아이들, 어쩌면 어떤 독일 아이들은 이 대화에서 그들에게 알려주고자 하는 것을 모를 수도 있습니다. 그러나 조금 우둔한 아이를 제외하고, 러시아 아이들 모두는 학교에 다니면서 위, 아래, 의자, 책상, 2, 1 등만을 아는 것이 아닙니다. 내 경험상 부모가 학교로 보낸 농부의 아이들 전부 훌륭하고 올바르게 생각을 표현할 수 있고, 타자의 생각을 이해할 수 있으며(만일 생각이 러시아어로 표현된다면),

---

71 남아프리카의 목축민족인 코이코이족을 가리킨다. ― 옮긴이

20까지 혹은 더 많이 셀 수 있습니다. 아이들은 공기놀이하면서 두 개씩, 여섯 개씩 계산하고 공기가 몇 개이고 여섯 개는 몇 쌍으로 이뤄지는지 알고 있습니다. 나의 학교에 온 학생들은 스스로 거위 문제를 가져와서 그것을 풀었습니다. 그러나 만일 교육가들이 대화를 통해 아이들에게 알리고자 하는 개념을 아이들이 가지고 있지 않다고 가정할지라도, 나는 교육가들이 선택한 수단이 옳았다고 생각하지 않습니다.

예를 들어, 부나코프 씨는 프로토포포프 씨가 활용했던 독본을 집필했습니다. 이 책은 대화와 함께 아이들의 언어 학습에 도움을 주어야만 합니다. 나는 이 책을 다시 살펴보면서, 다른 책을 인용한 부분을 제외한 이 책 전체는 언어상 실수투성이라는 것을 알게 되었습니다. 여기에 косари(풀 베는 사람) 대신에 **косцов**(낫)가 있습니다. **косцов**(낫)는 도구 혹은 낫을 파는 사람입니다. **лиска**는 엘리자베타를 모욕하는 단어가 아니라 **лиса**(여우)의 지소형입니다. 여기에는 잘 알려지지 않은 단어 **пекарка, истопка**도 있습니다. **강은 들판을 따라 흐른다, 사람은 할 수 있는 여러 가지 방법으로 즐긴다, 제빵사와 제화공 등은 노동하는 인간이다, 목은 구강의 일부다**라는 등등의 표현이 여기에 있습니다.

나는 옙투셰프스키 씨의 과제에 사용된 언어에서도 그의 무지를 발견하게 됩니다. "상인은 사과 값으로 3코페이카를 묻는다(**спрашивает**). (사과 값으로 요구한다**просит**라고 말해야 합니다.) 그런데 소녀는 **가지고 있다**" 등이 있습니다. 혹은

"농부에게 3마리의 말이 있다. 그는 말을 **짐수레(возы)**에 매었다. 말 한 마리씩을 맨 각각의 짐수레는 건초를 가지러 들판으로 갔다. 그는 몇 대의 짐수레로 들판에서 건초를 가져올 수 있을까?" 첫째, 구어에서는 짐수레라는 말로 **возы**가 아니라 **воза**를 사용합니다. 둘째, 소년은 농부가 짐수레로 어떻게 건초를 잘 옮길 수 있을까라는 수수께끼를 끊임없이 풀려고 할 것입니다. 어쨌든 옙투셰프스키 씨는 이 문제들을 통해 개념을 정립하고자 합니다. 먼저 개념 전달의 도구인 언어가 정확한지에 신경 써야 할 것입니다.

발달이 전달되는 형식에 관해 언급한 것이 있습니다. 그 내용을 살펴봅시다. 부나코프 씨는 다음과 같은 질문을 하게 합니다. "어디에서 고양이를 볼 수 있는가? 어디에서 까치를 볼 수 있는가? 모래, 땅벌, 들다람쥐는 어디에 있는가? 들다람쥐와 까치 그리고 고양이는 무엇으로 덮여 있으며, 그들의 신체 어느 부분이 그러한가?" (들다람쥐는 새로운 아동교육에서 사랑하는 동물입니다. 왜냐하면 러시아 한가운데에 있는 어떤 농부의 아이도 이 단어를 알지 못하기 때문입니다.)[72]

물론 교사는 그가 착안한 수업의 프로그램을 구성하는 이 질문들을 아이들에게 언제나 직접적으로 던지지는 않는다. 교사는 종종 어리고 발달이 더딘 아이들에게 일련의 유도질

---

72 부나코프, 22쪽.

문을 던짐으로써 프로그램의 문제를 해결하게 해야 한다. 그는 아이들을 이 유도질문들을 통해 그 순간 더 잘 보이는 사물의 측면에 집중하게 만들고 관찰한 것 가운데 어떤 것을 떠올리도록 자극한다. 가령 교사는 직접적으로 '땅벌은 어디에서 볼 수 있니?'라고 질문을 던지는 것이 아니라, 여러 학생에게 주목하면서 이렇게 물어볼 수 있다. '너는 땅벌을 보았니? 어디에서 땅벌을 보았니?' 그다음 몇 가지 증거를 대면서, 자신의 프로그램의 첫 번째 질문에 대해 대답하게 한다. 교사의 질문에 대답하면서 아이들은 종종 문제에 곧바로 이르지 않는 여러 가지 견해를 덧붙이게 될 것이다. 예를 들어 까치의 어떤 부분에 대해 이야기를 하는데, 어떤 학생이 전혀 어울리지 않게 까치는 뭔다고 덧붙인다. 다른 아이가 까치는 우스꽝스럽게 까악까악 운다고 덧붙이고, 또 다른 아이가 까치는 물건을 훔친다고 덧붙인다. 그들의 기억과 상상에서 일어난 어떤 것을 덧붙이고 말해도 좋다. 교사의 임무는 아이들의 주의를 프로그램과 일치하도록 집중시키는 것이다. 그리고 교사는 아이들의 이러한 기억과 첨언을 프로그램의 다른 부분의 연구에 참고하면 된다. 새로운 대상을 살펴보면서 아이들은 적당한 기회가 있을 때마다 이미 관찰했던 대상으로 되돌아가고자 한다. 그래서 아이들이 까치가 깃털로 덮여 있는 것을 인지했을 때, 교사가 '들다람쥐도 깃털로 덮여 있을까? 들다람쥐는 무엇으로 덮여 있나? 닭은 무엇으로 덮여 있지? 말은? 도마뱀은?'이라고 묻는다. 아이들이 까치에게 두 개의 다리가 있다는 것을 인지했을 때 교사는 이렇게 묻는다. '개는 몇 개의 다리가 있는가? 여우는? 닭은? 땅벌은? 너희들은 다리가 두 개인 짐승을 더 많이 알고 있지? 네 개인 짐승은? 여섯 개인 짐승은?'

다음과 같은 의문이 저절로 떠오르게 됩니다. "이 대화에서 아이들에게 너무나 훌륭하게 이야기하였던 모든 것들을 그들은 알고 있을까 아니면 모르고 있을까?" 만일 학생들이 이 모든 것을 알고 있다면, 왼손을 들어 올릴 필요가 없는 곳에서, 덧붙여 말하자면 거리나 집에서는 여기에서 말하도록 허락받는 것보다 훨씬 더 유려한 러시아어로 모든 것을 말할 수 있습니다. 즉 말은 털로 **덮여 있다**라고 결코 말하지 않을 것입니다. 만일 그렇다면 어떤 이유에선가 학생들은 교사가 했던 대답을 그대로 반복하도록 명령받은 것은 아닐까요? 만일 아이들이 이것을 모른다면(좋아하는 들다람쥐 이외에는 몰라서는 안 되지만), 다음과 같은 의문이 생깁니다. 교사는 그렇게 중요하게 언급되고 있는 질문의 과정에서 무엇을 지도하려는 것일까요? 동물학? 논리학? 웅변술? 만일 학문 가운데 어떤 것이 아니라 대상에서 보이는 것을 말하려는 바람뿐이라면, 대상에서 보이는 것은 너무나 많고 너무나 다양하기에 무엇을 이야기해야 할지를 안내하는 맥락이 필요합니다. 그렇지만 직관교수에서는 이러한 맥락이 없고 있을 수도 없습니다.

인간의 모든 지식은 그것을 수집하고 관계를 맺게 하고 전달할 수 있도록 세분화됩니다. 이와 같은 세분화를 학문이라고 부릅니다. 학문의 경계를 초월한 대상에 관해 말하는 것은 원하는 대로 말할 수 있다는 것입니다. 보다시피, 완전히 엉터리입니다. 여하튼 대화의 결과는 교사로 하여금 아이들에게 들다람쥐라는 단어를 가르치거나, 그 단어를 바꾸고, 특정한 순서로 배치하고(항상 올바른 순서는 아닙니다), 암기시키고, 반복시키는 것입니다. 이 때문에 일련의 지도과정에서 모든 발달을 위한 훈련은 한편으로 완전한 독단으로 인해 고통스럽고, 다른 한편으로 지나침으로 인해 고통스럽습니다. 예를 들어, 부나코프 씨의 수업에는 다른 책에서 인용하지 않은 유일한 이야기가 있습니다. 그것은 다음과 같습니다.

농부는 사냥꾼에게 고통을 토로하였다. 여우가 그의 수탉 두 마리, 거위 한 마리를 훔쳐 갔기 때문이다. 여우는 사슬에 묶여 밤새 울부짖는 집 지키는 개 '멋쟁이'를 전혀 두려워하지 않는다. 농부는 기름진 고기 조각을 넣은 덫을 놓았다. 교활한 갈색 여우가 이 집 주변을 어슬렁거렸다는 것을 아침에 눈 위의 선명한 자국을 통해 알 수 있다. 그러나 덫에는 걸리지 않는다. 사냥꾼은 농부의 이야기를 듣고, "좋아, 지금 누가 누구의 꾀에 넘어가는지 보자구!"라고 말했다. 사냥꾼은 하루 종일 총과 개를 데리고 여우가 마당 어느 곳에서 들어오는지 알기 위해 그 흔적을 쫓았다. 낮에 교활한 여우는 자신의 동굴에서 자고 있었기에 아무것도 모른다. 여우는 여기 어딘가에서 꼼짝하지 말아야만 한다. 사냥꾼은 동굴로 가는 길에 구멍을 파고 판자, 흙, 눈으로 그 위를 덮었다. 몇 걸음 뒤에 죽은 말고기 한 조각을 놓아두었다. 저녁에 사냥꾼은 장전된 총을 들고 매복하였다. 그는 모든 것을 볼 수 있고, 편하게 총을 쏠 수 있게 준비하였다. 매복하고 기다렸다. 어두워졌다. 달이 떠올랐다. 여우가 조심스럽게 주위를 살피고 귀를 기울이면서, 동굴에서 기어 나왔고 코를 들어 킁킁 냄새를 맡는다. 여우는 즉시 말고기 냄새를 감지했고, 빠르게 그 장소로 달려간다. 그리고 갑자기 귀를 쫑긋 세웠다. 꾀 많은 여우는 어제까지 보지 못한 둔덕 같은 것이 있음을 알게 된다. 보다시피 이 둔덕 때문에 그는 혼란스러워 했고, 생각에 잠겼다. 여우는 크게 빙글빙글 돌고, 냄새를 맡고, 귀를 기울이며 주저앉았다. 그리고 그는 오랫동안 멀리서 고기를 바라보았다. 우리의 사냥꾼은 결코 여우를 쏠 수 없을 만큼 멀리 있었다. 여우는 생각하고 또 생각했다. 갑자기 여우는 전속력으로 고기와 둔덕 사이를 뛰어갔다. 우리의 사냥꾼은 경계하였고, 쏘지 않았다. 사냥꾼은 교활한 여우가 둔덕 뒤에 누가 앉아 있는지를 알아내기 위해 애쓴다고 생각했다. 그가 달려가는 여우를 쏘았다가 맞히지 못한다면, 그는 자신의 귀를 못 보듯이, 이 교활한 여우를 보지 못할 것이다. 이제 여우는 안심하였다. 여우는 더 이상 둔덕을 위협적으로 생각하지 않는다. 여우는 과감하게 고기 쪽으로 성큼 다가가서 아주 만족스

303

럽게 그것을 먹는다. 그러자 사냥꾼이 실패하지 않도록 침착하고 조심스럽게 조준한다. 빵! 여우는 아픔으로 뛰어올랐고 죽은 채로 떨어졌다.[73]

여기 모든 것이 제멋대로입니다. 여우가 겨울에 농부의 거위를 훔친 것, 농부가 여우 때문에 덫을 놓은 것, 여우는 밤에 자는데 낮에 동굴에서 잔다는 것은 말이 안 됩니다. 무언가를 위해서 겨울철에 파내어 판자로 덮어놓은, 아무짝에 쓸모없는 구멍도 말이 안 됩니다. 여우가 결코 먹은 적이 없는 말고기를 먹는 것도, 사냥꾼 옆을 질주한 여우의 허튼 간교함도 말이 안 됩니다. 둔덕도, 맞히지 못할까 봐 쏘지 않은 사냥꾼도 말이 되지 않습니다. 즉 처음부터 끝까지 모조리 헛소리입니다. 만일 농민 소년에게 손을 들지 않고 말하는 것이 허용되었다면, 모든 소년이 이야기 창작자의 헛소리를 폭로할 수 있었을 것입니다.

이어서 N. 부나코프의 수업에서는 일련의 허황한 연습문제가 있는데, '누가 빵을 굽나? 누가 나무를 자르나? 누가 총을 쏘나?'와 같은 질문으로 구성됩니다. 그리고 학생은 제빵사, 나무꾼, 사수라고 대답해야만 합니다. 하지만 학생이 할머니가 빵을 굽고, 도끼가 자르고, 만일 총을 가지고 있다면 선생님이 쏜다고 대답하는 것이 옳을 수도 있습니다(《N. 부나코프

---

73 《N. 부나코프의 읽기 수업》, 3권.

의 읽기 수업》, 3권, 10쪽). **목이 구강의 한 부분이다**라는 것도 역시 말이 안 됩니다.

나머지 모든 연습문제, 예를 들면 '거위는 날아가는데 강아지는? 보리수와 자작나무는 나무인데 말은?'과 같은 것은 아주 쓸데없는 것입니다. 이외에 지적해야만 하는 것으로, 만일 실제로 학생과 일련의 대화가 전개된다면(이런 적은 결코 없습니다), 즉 만일 학생들에게 말하고 물어볼 수 있게 허용된다면, 교사는 단순한 문제를 선택하더라도(이것은 가장 어려운 문제입니다) 매 걸음 아연실색하게 될 것입니다. 왜냐하면 일부는 무지하기 때문이고(가령 프로토포포프 씨는 모로조프 씨의 학생에게 바퀴를 설명할 때, 축이라고 불리는 바퀴의 한 부분을 어떻게 부르는지를 물었습니다), 일부는 '한 명의 바보가 열 명의 현자도 대답할 수 없는 질문을 던질 수 있다ein Narr kann mehr fragen, als zehn Weise antworten'라는 현상 때문입니다.

교육학 원리에 기반을 둔 산수 교육에서도 바로 이와 똑같은 일이 발생합니다. 학생들에게 똑같이 그들이 알고 있는 것을 가르치거나 혹은 아무런 근거도 없는 유명한 방식의 짜깁기를 제 마음대로 가르칩니다. 연구수업과 열 번째 수업까지는 모든 아이들이 알고 있는 정보만을 알려줍니다. 만일 아이들이 이러한 종류의 질문에 종종 대답하지 않는다면, 이 일은 가끔 질문 자체가(짐수레처럼) 잘못 표현되거나 아이들을 불쾌하게 했기 때문에 벌어집니다. 아이들이 "노아에게는 셈, 함, 야벳이라는 세 명의 아들이 있다. 누가 이들의 아버지인가?"와 같은 종류의 질문에 대답할 때 느끼는 곤란함은 아주 드물게 아이가 단번에 대답할 수 없는 이유가 됩니다. 여기의 곤란함은 수학적인 것이 아닙니다. 이 곤란함은 과제의 설명과 문제에 똑같은 주어가 사용되지 않았기 때문에 발생하는 통사적인 것이 됩니다. 러시아식으로 표현하는 문제 출제자의 무지가 통사적인 곤란함과 뒤섞일 때, 학생은 매우 힘들어집니다. 그렇지만 이 어려움은 결코 수학적인 것이 아닙니다. 누군가는 옙투셰프스키 씨의 다음 문제를 바로 이해할 수도 있습니다. "한 소년은 네 개의 호두를 가지고 있고 다른 소년은 다섯 개의 호두가 있다. 두 번째 소년은 **첫 번째** 소년에게 자신의 호두를 몽땅 되돌려주었다. **이 소년은 세 번째** 소년에게 호두 세 개를 되돌려주었다. 그런데 나머지 호두를 세 명의 **다른** 친구들에게 똑같이 나눠주었다. **마지막** 소년들 각자는 몇 개의 호두를 가지고 있는가?" 당신은 이 문제를 이렇게 말할 것입니다. 소년에게는 네 개의 호두가 있다. 그에게 다섯 개가 더 주어졌다. 그는 세 개의 호두를 되돌려주었고 나머지를 친구 세 명에게 나눠주고 싶어 한다. 그는 각각의 소년에게 몇 개씩 줄 수 있을까? 5살짜리 소년도 이것을 풀 것입니다. 왜냐하면 아무런 문제가 없기 때문입니다. 하지만 미숙한 문제의 구성이나 기억력 부족으로 어려움에 직면하게 됩니다. 장기간의 힘든 연습을 통해 아이들이 극복하게 되는 이 통사적인 곤란함은 교사가 아이들이 아는 것을 가르치면서도 그들에게 무엇인가를 가르치고 있다고 생각하게 하는 계기가 됩니다. 산수에서 일정한 방식과 규칙에 따른 수의 조합과 분해는 이렇게 완전히 자의적으로 아이들에게 전달됩니다. 이때 일정한 방식과 규칙은 교사의 환상에서만 그 기반을 가집니다. 옙투셰프스키 씨는 이렇게 썼습니다.

4. 1)숫자 교육. 칠판의 상단 가로장에 세 개의 정육면체를 나란히 세운다. 여기에 정육면체는 몇 개인가? 그다음 네 번째 정육면체를 옆에 붙인다. 지금은 몇 개인가? 세 개와 한 개로 된 정육면체 네 개는 어떻게 구성되는가? 세 개의 정육면체에 하나의 정육면체를 덧붙여 세워야만 한다.

2)피가수 분해. 네 개의 정육면체를 어떻게 구성할 수 있는가? 네 개의 정육면체를 어떻게 분해할 수 있는가? 네 개의 정육면체를 두 개와 두 개로 분해할 수 있다. 네 개의 정육면체는 하나, 하나, 하나, 하나로 즉 하나의 정육면체 네 번으로 구성할 수 있다. 네 개의 정육면체는 세 개와 한 개로 분해할 수 있다. 한 개, 한 개, 두 개로도 구성할 수 있다. 네 개의 정육면체를 다른 방식으로 어떻게 더 분해할 수 있을까? 학생들은 이것과 다른 어떤 분해도 가능하지 않다고 확신한다. 만일 학생들이 네 개의 정육면체를 한 개, 두 개, 한 개 혹은 두 개, 한 개, 한 개 혹은 한 개, 세 개와 같은 식으로 분해하고자 한다면, 교사는 학생들에게 이 분해가 다른 순서로 된 기존의 분해의 반복이라는 것을 쉽게 보여줄 수 있다.

학생들이 제안한 분해의 새로운 방식에 따라 매번 교사는 가로장 가운데 한 곳에 여기에서 묘사되었던 형태로 정육면체를 내놓는다. 우리의 경우에는 위쪽 가로장에 네 개의 정육면체를 나란히 세울 것이고, 두 번째 가로장 위에 두 개와 두 개, 세 번째에는 하나씩 일정한 간격을 두고 네 개의 정육면체를 나누어 세운다. 네 번째에는 세 개와 한 개, 다섯 번째에는 한 개, 한 개와 두 개를 세운다.

3)분해 순서. 사실 아이들이 순서에 따라 피가수로 된 숫자를 바로 분해하는 일이 일어날 수도 있다. 그러나 그때에도 세 번째 연습문제를 쓸모없는 것이라고 여겨서는 안 된다. 분해 순서를 정하기 위해 학급에 다음과 같은 문제들을 제기한다. 여기 여러분은 두 개로 된 네 개의 정육면체, 따로 있는 하나와 세 개로 된 네 개의 정육면체를 조합하였다. 우리는 어떤 순서로 칠판 위에 정육면체를 세우는 것이 더 좋을까? 네 개의 정육면체의 분해는 무엇부터 시작할까? 개별 정육면체로 분해한 것에서 시작한다. 개별 정육면체들로 어떻게 네 개의 정육면체를 조합할 수 있나? 하나씩 네 번 가져와야만 한다. 두 개씩, 쌍으로 된 네 개의 정육면체는 어떻게 조합하는가? 두 개씩 두 번, 두 개의 정육면체를 두 번, 두 쌍의 정육면체를 가져와야만 한다. 그다음 네 개의 정육면체를 어떻게 분해해야 하는가? 세 개와 하나로 조합할 수 있다. 이를 위해서 세 개와 하나, 혹은 하나와 세 개를 가져와야 한다. 학생들에게 마지막 분해 즉 1+1+2는 허용 규칙에 맞지 않고,

처음 세 개 중 하나의 변이형이라고 설명한다.[74]

    왜 옙투셰프스키 씨는 이 마지막 분해를 허용하지 않는 것일까요? 왜 옙투셰프스키 씨가 가리킨 순서는 존재해야만 하는 것일까요? 이 모든 것은 어떤 독단과 환상의 문제입니다. 사실 생각할 수 있는 사람이라면 누구든 덧셈과 분해와 모든 수학의 원리가 하나뿐이라는 사실을 이해하고 있습니다. 여기에는 1+1=2, 2+1=3, 3+1=4 등의 원리가 있습니다. 아이들이 항상 집에서 배우는 것이 바로 이것이고, 속된 말로 10까지, 20까지 등등을 센다고 말하는 것이 바로 이것입니다. 이 과정은 어느 학생들에게나 알려져 있고, 옙투셰프스키 씨가 어떤 분해를 할지라도 이 하나로 모든 것이 설명됩니다. 4까지 셀 수 있는 소년은 4를 하나의 총체로 보고 있습니다. 3도 2도 1도 마찬가지입니다. 그렇기 때문에 그는 4가 1을 하나씩 순차적으로 더해서 생겼다는 사실을 알고 있습니다. 마찬가지로 4는 2를 하나로 쳐서 두 번 더해져서 생긴다는 것도 알고 있습니다. 왜냐하면 그는 1의 2배가 2라는 것을 알고 있기 때문입니다. 여기에서 아이들은 과연 무엇을 배울까요? 그가 알고 있는 그것, 혹은 교사의 환상에 따라 아이들이 무조건 배워야 하는 그 계산 과정입니다. 며칠 전 나는 그루베의 방식에 따른 수학 수업을 목격하게 되었습니다. 학생은 8+7은

74 《산수 방법론》, V. 옙투셰프스키, 3번째 판, 1873년, 128쪽.

얼마나 될까라는 질문을 받았습니다. 그 학생이 16이라고 서둘러 말했습니다. 그의 옆 친구도 역시 서두르며 왼손을 들어 "8+8이 16입니다. 그런데 하나가 없다면 15입니다"라고 말했습니다. 교사는 이것을 말한 학생을 제쳐두고 처음 질문받은 학생에게 15에 이를 때까지 먼저 8에다 하나씩 더하도록 엄격하게 지시했습니다. 비록 이 소년이 이미 오래전에 그가 실수했다는 것을 알았을지라도 말입니다. 이 학교에서 숫자 15는 알게 되겠지만, 16은 **모를 것임이 틀림없습니다.**

나는 많은 사람들이 직관교수와 그루베식 계산 기법에 대한 나의 긴 논박을 읽거나 듣고서는 "이게 무슨 소리야?"라고 말할까 봐 두렵습니다. 사실 이 모든 것이 비평할 가치도 없는 엉터리라는 사실은 명백하지 않겠습니까? 무엇 때문에 부나코프 씨와 옙투셰프스키 씨의 실수와 실책을 집어내고, 어떤 비평보다도 더 저급한 것을 비평할까요? 교육계에서 일어나는 일을 관찰하지 않는 동안 나는 부나코프 씨와 옙투셰프스키 씨가 우리의 교육학에서 하찮은 사람이 아니라 권위자라는 사실도, 그들이 지시했던 일이 우리의 학교에서 이미 실행되고 있다는 사실도 확신할 수 없다고 생각했습니다. 외딴곳에서 이미 자기 앞에 옙투셰프스키 씨와 부나코프 씨의 참고서를 두고 그 참고서에 따라 펜 한 개 더하기 펜 한 개는 얼마가 되고, 수탉은 무엇으로 덮여 있는지 직접적으로 묻는 교사들, 특히 여교사들을 찾을 수 있습니다. 그렇습니다. 만일 이것이 실제 문제를 위한 그리고 몇몇은 반드시 따라야만 하는 그러한 지시가 아니라 단지 이론가들의 상상이라면, 만일 이 문제가 삶에서 가장 중요한 인간의 문제 가운데 하나인 아이들의 교육에 관한 것이 아니라면, 이 모든 것은 우스웠을 겁니다. 나는 이것을 이론적 환상으로 읽었을 때 우스웠습니다. 그런데 아이들에게 이러한 일이 행해진다는 것을 보고 알게 되었을 때 안타깝고 부끄러웠습니다. 이론적인 면에서 그들이 학습 목표를 잘못 규정했다는 것을 차치하더라도, 이 학파의 교육가들은 모든 교육의 조건에서 벗어나는 치명적인 실수를 저질렀습니다. 이 가르침은 학문의 높은 수준일까요, 아니면 낮은 수준일까요? 이 가르침은 대학에서 가능할까요, 아니면 인민학교에서 가능할까요? 모든 가르침의 중요한 조건은 아주 많은 여러 종류의 현상 가운데 같은 종류의 현상들을 선별하고 이 현상들의 법칙을 학생들에게 전달하는 것으로 형성됩니다. 가령 언어(쓰고 읽기)를 공부할 때 단어의 법칙이 학생들에게 전달되고, 수학에서는 수의 법칙이 전달됩니다. 언어를 공부할 때 발화, 단어, 음절, 소리라는 분석의 법칙과 그 반대인 조합의 법칙이 정보를 이룹니다. 이 법칙이 학습의 대상이 되는 것입니다. 수학을 공부할 때는 수의 조합과 분해의 법칙이 정보를 이룹니다. (그러나 나는 수의 조합과 분해의 과정에서가 아니라 이러한 조합과 분해의 **법칙**의 정보에서 깨닫기를 원합니다.) 가령 첫 번째 법칙은 다른 숫자로 된 한 자릿수, 이 한 자릿수의 집합을 살펴볼 수 있다는 것입니다. 이것은 바로 어느 아이라도 2+1=3이라고 말하면서 행하는 바로 그것입니다. 아이는 어떤 한 자릿수로서 2를 생각합니다. 다음에 언급할 번호 매기기의 규칙들, 그다음 모든 수학의 더하기가 이 법칙에 따르고 있습니다. 그러나 **땅벌, 여우** 등에 관한 근거 없는 대화들, 혹은 10보다 작은 수로 된 과제, 모든 방식의 수의 분해는 학습 대상이 될 수 없습니다. 왜냐하면 이것들은 첫째, 대상의 경계를 벗어나며 둘째, 이 법칙들에 대해 설명하지 않기 때문입니다.

나는 이론적인 측면의 문제를 이렇게 생각합니다. 그러나 이론적인 비평은 거듭 오류를 범합니다. 그래서 나는 실제 자료와 나의 결론을 비교하고자 애쓰고 있습니다. 시험에서 프로토포포프 씨는 우리에게 직관교수와 그루베의 방식에 따른 수학의 실제 결과의 본보기를 보여주었습니다. 나이 많은 소년 가운데 한 명에게 이렇게 말합니다. "그가 '**위에**'와 '**아래에**'의 개념을 공부했다는 것을 보여주려면, **책 아래에 손을 넣어라**." 그러자 비록 세 살이지만 '**위에**'와 '**아래에**'를 알고 있는 똑똑한 소년은(나는 확신합니다) "책 아래에 손을 넣어라"라는 말을 들었을 때, 책 위에 손을 놓았습니다. 나는 이러한 예를 계속 보았습니다. 내가 말하고 싶은 것은 이러한 예들이 러시아 아이들에게 직관교수는 필요 없고, 낯설고 욕보이는 것임을 무엇보다 명확하게 보여준다는 것입니다. 러시아 아이는 천장이 아래에 있는지 위에 있는지, 아니면 그에게 다리가 몇 개인지를 진지하게 묻는 것을 믿을 수 없고 믿고 싶어 하지 않습니다(그는 교사와 자신을 아주 존중하고 있습니다). 우리는 산수 수업에서도 역시 프로토포포스 씨의 학생들이 숫자를 쓸 줄조차 모르고, 공부하는 내내 10까지 암산만 하는 것을 보았습니다. 학생들은 교사가 10 이내의 숫자에서 낸 문제에 대해서 30분 동안 아주 다양한 방식으로 대답하는 거짓 행태를 멈추지 않았습니다. 결국 암산 공부는 아무런 결과도 도출할 수 없었고, 잘못 출제된 문제를 풀 때 나타나는 통사론적인 어려움만 그들에게 변함없이 남아 있습니다. 이렇듯 실시된 시험의 실제 결과가 발달의 유익함을 보장해줄 수는 없었습니다. 그러나 나는 아주 정확하고 양심적이고 싶습니다. 어쩌면 발달과정이란 처음부터 학생들이 이미 알고 있는 것에 대한 연구라기보다는 분석으로 제한되고, 차후에 결과를 보여주는 것일지도 모릅니다. 어쩌면 처음부터 교사가 분석의 수단으로 학생들의 지식을 활용하고, 나중에 그들을 더 멀리 확실하고 쉽게 인도하여, 책상을 묘사하고 2+1을 계산하는 협소한 영역에서 지식의 실제 영역으로 이끌어 갈지도 모릅니다. 바로 이 실제 영역에 이르러 학생은 알고 있는 것을 공부하는 것에 그치지 않고, 이미 알고 있는 새로운 것을 더 쉽고 더 이성적인 새로운 방식으로 이해하게 된다는 것입니다. 이러한 가설은 독일 교육가와 부나코프를 포함한 그들의 계승자들이 이 직관교수에 관해 '조국론'과 '기초자연과학'[75]의 서론이 되어야 한다고 직접적으로 말한 것에서 확

---

75 '조국론'과 '기초자연과학'은 저학년 학생들의 교과목이다. — 옮긴이

인됩니다. 그렇지만 만일 '조국론'이라는 이 말이 아이들이 알고 있는 농가와 마을의 묘사가 아니라 어떤 실제적인 지식을 의미한다면, 우리가 부나코프 씨의 참고서에서 '조국론'을 어떻게 가르쳐야 할지 찾는 것은 헛된 일이 될 것입니다. 부나코프 씨는 200쪽에서 천장은 어디에 있고 난로는 어디에 있는지를 어떻게 가르쳐야 하는지 설명한 다음, 아주 간략하게 이렇게 말합니다. "이제 직관교수의 세 번째 단계로 넘어가야만 한다. 나는 이 단계의 내용을 다음과 같이 규정하였다." "요약하자면, 자연의 산물과 인구를 포함한 지방, 군, 현, 조국 전체에 관한 연구는 《국가학 개설》과 《자연과학입문》처럼 책 읽기가 주를 이룬다. 이 책 읽기는 처음 두 단계의 직접적인 관찰에 기대어 학생들의 지적인 시각과 표상과 개념을 확장시킨다." 이 규정에서부터 이미 여기에서 '직관'이라는 것은 해석적 읽기와 교사의 이야기의 보충자료임을 보여줍니다. 결국 3년 차의 과제는 모국어라고 불리는 학습 대상의 구성요소에 포함된 두 번째 과제 즉 해석적 읽기를 살펴보는 것과 더 밀접하게 연관되어 있습니다.

3년 차의 해석적 읽기에 주목해봅시다. 그런데 여기에서 이런저런 책들을 읽는 것이 좋고, 책을 읽을 때에는 이런저런 질문을 하는 것이 좋다는 것을 제외한다면, 새로운 정보를 어떻게 전달해야 하는지를 알려주는 어떤 것도 전혀 찾을 수 없습니다. 문제는 정말 이상합니다(적어도 나에게는 그렇습니다). 예를 들어 우신스키의 물에 대한 항목과 악사코프의 물에 대한 항목을 비교합니다. 또한 학생들에게 악사코프는 물을 자연현상으로 보고 우신스키는 물을 사물로 본다는 등등을 설명하기를 요구합니다. 그렇기 때문에 (대부분 신뢰할 수 없는) 교사의 시각과 세분화를 학생에게 강요하는 것을 마주하게 됩니다. 어떤 새로운 지식을 어떠한 방식으로 전달할 것인가에 대해서는 아무런 말도, 아무런 암시도 없습니다.

무엇을 가르쳐야 하는지를 알려주지 않습니다. 자연의 역사일까요? 지리일까요? 내가 했던 것과 같은 종류의 질문을 품고 읽는 것 외에는 아무것도 없습니다. 문법과 정서법이라는 언어 학습의 다른 측면에서도 우리는 마찬가지로 이전의 발달에 기초한 어떤 새로운 학습 기법을 헛되이 찾게 될 것입니다. 그러나 페레블레스키의 오래된 문법이 전부입니다. 이 문법은 철학적인 정의와 통사론적인 연구에서 시작되는데, 새로운 문법 참고서들과 부나코프 씨의 참고서의 토대가 됩니다.

수학에서도 우리는 실제 수학 학습이 시작되는 단계에서, 20까지 배웠던 이전 2년간 수업의 모든 발달과정에 기초하여 간소화된 새로운 어떤 것을 헛되이 찾을 것입니다. 산수에서 실제로 어려움에 봉착하게 되고, 학생이 여러 가지 면에서(예를 들어 번호 매기기에서, 덧셈에서, 뺄셈에서, 나눗셈에서, 분수의 나눗셈과 곱셈에서) 사물을 설명해야만 하는 그곳에서 어떤 간소화된 것의 그림자도, 어떤 새로운 설명도 찾을 수 없고, 오로지 발췌한 내용만 있을 뿐입니다.

이러한 가르침의 특징은 어디에나 똑같이 남아 있습니다. 학생이 알고 있는 것을 가르치는 것에 모든 주의를 기울입니다. 학생은 그가 무엇을 배우는지 이미 알고 있고, 교사의 희망에 따라 그에게 요구되는 바를 순서대로 쉽게 전달하기 때문에, 교사는 그가 무엇인가를 가르치고 있고 학생들의 성취도도 크다고 생각합니다. 그래서 교사는 가르칠 때 가장 힘든 점인 새로운 것을 가르치는 일에 아무런 주의도 기울이지 않으면서, 매우 안정적으로 같은 자리를 맴돌고 있습니다. 이 때문에 우리 교육학 도서가 직관교수와 실물교습을 위한 지침서, 유치원을 어떻게 운영할지에 관한 참고서(새로운 아동교육의 가장 혐오스러운 소산 가운데 하나입니다), 그림, 독본에 묻혀버리는 일이 발생합니다. 이 독본들에는 다양한 변화 속에서 여러가지 설명을 수반하여 여우와 멧닭에 관한 똑같은 항목들과 어떤 이유로 인해 산문으로 쓰인 똑같은 시 작품들이 반복됩니다. 그러나 우리에게는 어린이의 독서를 위한 새로운 논문은 한 편도 없으며, 러시아어 문법서도, 슬라브어 문법서도, 슬라브어 사전도, 산수도, 지리도, 인민학교용 역사도 전혀 없습니다. 모든 역량은 아이들 학습용 참고서에 흡수됩니다. 그런데 이 학습은 학교에서 필요 없으며 가르쳐서는 안 되는 것입니다. 이것은 아이들이 생활에서 배우게 됩니다. 그리고 이러한 종류의 책들이 끝없이 나타날 수 있는 것도 당연합니다. 왜냐하면 문법, 산수는 하나일 수 있지만, 부나코프 씨에게서 내가 발췌한 종류의 연습문제와 논의, 옙투셰프스키의 분해 순서는 무한히 나타날 수 있기 때문입니다. 교육학은 사람들이 어떻게 걸어야만 하는지에 관한 학문과 똑같은 상태에 처해 있습니다. 사람들은 아이들에게 이 근육을 수축시키고 다른 근육을 이완하라고 지시하면서, 어떻게 걷는지를 가르칠 규칙을 찾으려 합니다. 새로운 교육학의 이와 같은 상태는 교육학의 기본적인 두 입장에서 나온 것입니다. 1)학교의 목적은 학문이 아니라 발달이다. 2)발달과 그 목적 달성의 수단은 이론적으로 규정될 수 있다. 교육 사업이 처한 안타깝고 종종 우습기까지 한 상황은 이러한 점으로 인해 일관되게 나타납니다. 힘이 헛되이 낭비되고 있습니다. 마른 풀이 물을 갈망하듯, 지금 이 순간 교육을 갈망하는 민중은 교육을 받아들일 준비를 하고 교육을 요구합니다. 민중은 빵 대신에 돌을 받고 의혹에 휩싸여 있습니다. 교육을 축복으로 기대한 민중이 잘못했을까요? 아니면 민중에게 제안한 것에 잘못된 부분이 있는 것일까요? 문제는 학교에 관한 오늘날의 이론을 인지하고 있고, 민중들 사이에서 이 문제의 실제 상황을 알고 있는 모든 사람들이 한 치의 의심도 품지 않는다는 것입니다. 그러나 다음과 같은 의문이 저절로 생겨납니다. 어떻게 문제가 이렇게 이상한 상태로 되었을까요? 어떻게 나를 반대하는 정직하고, 교양 있고, 진심으로 자기 일을 사랑하는 수많은 사람들이 이렇게 이상한 상태에 있을 수 있었으며, 이렇게 심하게 헤맬 수 있었을까요?

이 문제가 나를 사로잡았고, 나는 여기에서 내가 찾은 답을 보고하려 합니다. 여기에는 많은 이유가 있습니다. 교육학을 잘못된 길로 인도한 가장 자연스러운 이유는 비판받아온 것을 대신할 새로운 원칙을 세우지 않고 비판을 위해 비판, 옛 것을 비판한 것입니다. 알려진 바와 같이, 만일 비판과 나란히 비판의 근거가 되는 어떠한 단서들도 제시되지 않는다면, 비판은 경박한 일이고 아주 무가치하며 종종 해롭기까지 합니다. 만일 내 마음에 들지 않아서 혹은 모든 사람이 나쁘다고 하니까, 심지어 실제로 나쁘기 때문에 나쁘다고 이야기될지라도, 내가 어떻게 하는 것이 좋을지 알지 못한다면, 이 비판은 언제나 소용없고 해롭습니다. 새로운 학파의 교육가들의 관점은 무엇보다 이전의 기법에 대한 비판에 기반을 둡니다. 이미 쓰러진 자를 때리지 않아야 할 때인 지금조차도, 모든 참고서와 모든 대화에서 우리는 다음과 같은 것을 읽고 듣습니다. **이해하지 않고 읽는 것은 해롭다. 숫자와 연산의 정의를 암기해서는 안 된다. 무의미한 암기는 해롭다. 2+3을 계산하지 못하면서 천 단위의 연산을 안다는 것은 해롭다** 등등. 중요한 출발점은 오래된 기법을 비판하는 것이고, 할 수 있다면 오래된 것에 가장 대립되는 새로운 것을 고안하는 것입니다. 하지만 새로운 기법이 시작될 수 있는 아동교육의 새로운 기반은 전혀 정립되지 않았습니다.

〈시편〉의 모든 페이지를 외워서 읽고 쓰기를 공부하고 숫자를 외워서 산수를 공부하는 등등의 상용화된 방식을 비판하는 것은 매우 쉽습니다. 내가 지적하고자 하는 것은 첫째,

지금은 이 기법을 적용할 필요가 없고 이것을 고집하는 교사도 거의 없다는 것입니다. 둘째, 만일 출판물이나 회의에서 기록된 것(내가 지적한)을 비판하면서 나를 오래된 학습방식의 수호자로 느끼게 해주고 싶었다면, 오로지 다음과 같은 이유 때문입니다. 즉 젊은 나이인 나의 반대자들은 아마도 20년 전에 내가 얼마나 많은 역량과 힘을 모아서 아동교육의 이 오래된 기법과 싸워왔는지 그리고 그것의 폐지에 영향을 주었는지를 모르기 때문입니다.

그렇게 해서 이 옛날 학습 기법은 아무 데도 쓸모가 없게 되었고 어떤 새로운 기반을 정립하지 못한 채 새로운 기법을 추구하게 되었습니다. 새로운 기반을 정립하지 못했기에, 나는 아동교육의 유일하고 견고한 기초는 두 개뿐이라고 말하고자 합니다. 1)**무엇을** 가르쳐야만 하는지의 기준 정하기, 2)**어떻게** 가르쳐야 하는지의 기준 정하기, 즉 선택된 과목이 가장 필요한 과목이고 선택된 방법이 가장 좋다고 규정하기.

아무도 이 기초에 주의조차 기울이지 않았고, 모든 학교는 자기 변명을 위해 학교의 판단을 정당화하는 유명한 사이비 철학을 흉내냈습니다. 그러나 바로 이 **이론의 토대**는 부나코프 씨가 의도치 않게 매우 충실히 표현하였듯이 기초로 여겨질 수 없습니다. 왜냐하면 이 이론의 토대는 옛날 학습방식이기 때문입니다.

15년 전 내가 중요하게 제기하려고 헛되이 시도했던 교육학의 실질적이고 긴요한 문제 즉 **왜 알아야 하는지, 누구에게**

어떻게 가르쳐야 하는지는 언급조차 되지 않은 채로 방치되었습니다. 그 결과 곧 명백해질 것이지만, 오래된 방법은 필요 없고, 왜 어떻게 알아야 하는지, 어떤 방법이 더 좋은지를 연구하지 않게 되었습니다. 그리고 즉시 옛날 방법과 완전히 반대되는 방법을 찾는 일이 벌어졌습니다. 겨울에 집이 매우 춥다고 느끼지만 왜 추운지, 어떻게 하면 따뜻하게 되는지를 신경 쓰지 않고 가능한 한 예전 집과 닮지 않은 다른 집을 찾아 나서는 사람처럼 행동했습니다. 한때 내가 외국에 있을 때 나는 곳곳에서 만났던 대사들을 기억합니다. 당시 그들은 유럽 전역을 돌아다니며 새로운 신념을 찾아내는, 즉 독일 아동 교육을 공부하는 외무성 관리들이었습니다.

우리는 가장 가까운 이웃인 독일의 학습법을 다음과 같은 이유로 선택했습니다. 첫째, 우리는 언제나 독일인을 모방하려는 특별한 경향이 있습니다. 둘째, 이것은 가장 복잡하고 교묘한 방법입니다. 만일 타자의 것을 취한다면, 가장 최근의 것 즉 유행하고 있고 교묘한 것이 될 것입니다. 셋째, 특히 이 방법은 우리의 오래된 방법과 가장 반대되기 때문입니다. 이렇게 새로운 방법들은 독일인에게서 차용되는데, 하나만 차용되는 것이 아니라 이론적 토대, 즉 이 방법들의 사이비 철학적 정당성도 함께 가져오게 됩니다. 그리고 이 이론적 토대는 큰 역할을 하였고 또 하고 있습니다. 부모들이나 교육계에 종사하는 상식적인 사람들은 이 방법이 실제로 좋은 것인가라는 의심을 드러냅니다. 그러면 즉시 그들에게 이렇게 말합니다. "그러면 저명한 페스탈로치, 디스터베크, 덴젤, 부르스트, 교수방법론, 계발교수법, 교수학, 교육집중주의는 어떻게 된 겁니까?" 그리고 무모한 자들은 손을 흔들면서 이렇게 말합니다. "그만, 주님이 그들과 함께 하십니다. 그들이 더 잘 알고 있습니다" 이 독일식 방식에는 교사에게 유리한 점이 훨씬 많습니다(이 방식을 특히 뜨겁게 지지하는 이유입니다). 이 방식에서 교사는 많은 노력을 기울일 필요가 없고, 계속 공부할 필요도 없으며, 학습 그 자체나 학습방법에 관해 연구할 필요도 없습니다. 이 방법에 따르면, 교사는 대부분의 시간을 아이들이 알고 있는 것을 가르칩니다. 이 외에도 교사는 참고서에 따라 가르치면 되기에 교사에게는 쉽습니다. 무의식적으로, 인간의 타고난 나약함 때문에 교사는 이 편이성을 소중히 생각합니다. 나는 가르치고 있고 중요하고 가장 현대적인 일을 하고 있다는 굳은 신념을 가지고, 아이들에게 책에 있는 들다람쥐에 대해 말하거나 말에게는 다리 네 개가 있다고 말하거나 정육면체를 두 개씩 혹은 세 개씩 옮겨 놓고 2+2는 얼마인가라고 묻는 것은 아주 즐겁습니다. 그런데 만일 들다람쥐 대신에 어떤 중요한 것을 말하거나 읽어야 하고 문법, 지리학, 교리의 역사와 사칙연산의 기초를 가르쳐야 한다면, 교사는 자기 완성을 위해 노력하고 많은 것을 다시 읽고 자신의 지식을 쇄신해야 할 것입니다.

이렇게 옛날 방식은 비판받게 되어, 독일인에게서 다른 방식을 차용하게 됩니다. 이 방식은 우리 러시아의 현학적이지 않은 지적 경향에는 너무나 낯섭니다. 그리고 이 방식의 이상함은 명확하게 눈에 띄기에 러시아에서 결코 뿌리내릴 수 없습니다. 하지만 이 방식은 작은 규모에서일지라도 적용되고 있습니다. 그리고 이 방식이 적용되어서 가끔 어떤 면에서는 옛날 교회 방식보다 더 나은 결과까지도 보여줍니다. 더 나은 결과를 낳는 것은 다음과 같은 이유 때문입니다. 즉 우리가 옛날 방식을 비판(독일에서 최초로 시작됩니다)하여 이 방식을 수용하기 때문에, 이 방식에는 실제로 오래된 방식의 단점들이 사라집니다. 비록 옛날 방식의 정반대편에, 독일인의 타고난 독특한 현학을 통해 극단으로까지 이르게 되는 그 반대편에, 예전보다 더 큰 새로운 단점이 나타날지라도 말입니다. 예전에 우리는 모음의 소리에 불필요한 긴 첨가음을 결합시켜(буки에서 уки, веди에서 еди)[76] 읽고 쓰기를 가르쳤는데, 독일인들은 에스es, 엠em, 베be, 세ce처럼 자음을 때로는 모음 뒤에, 때로는 모음 앞에 결합시켜 읽고 쓰기를 가르쳤습니다. 여기에 어려움이 있었습니다. 지금은 다른 모순에 빠졌는데, 모음의 결합 없이 자음을 명명하고 싶어 합니다. 우신스키 문법에서(우신스키는 우리의 발음중심 교수법의 선구자입니다) 그리고 모든 발음중심 교수법의 참고서에서 문법을 응용할 때 자음은 **따로 발음할 수 없는 소리**로 규정되어 있습니다.[77] 그

---

76 러시아 알파벳을 읽을 때, а(a), б(bje), в(vje)를 예전에는 аз, буки, вѣди로 읽었다. — 옮긴이
77 《국어》, 3년 차.

래서 무엇보다 먼저 학생에게 바로 이 소리를 가르칩니다. 내가 브бъ를 따로 발음할 수 없고 언제나 거의 븨бы라고 발음하게 된다고 지적했을 때, 사람들이 나에게 이렇게 말했습니다. 즉 모든 사람들이 이 발음을 할 수 있는 것이 아니고, 자음 소리를 발음하기 위해서는 많은 기술이 있어야 하기 때문에 이 현상이 발생한다고 말입니다. 내가 직접 본 바로, 프로토포포프 씨는 학생이, 나의 개념상, 아주 만족스러울 정도로 짧게 브бъ를 발음하였지만, 가능한 한 분리될 때까지 열 번 정도 그것을 교정하였습니다. 우신스키가 정한 대로, 발음할 수 없거나 발음하기 위해 특별한 묘수가 필요한 그 소리인 브бъ, 쓰съ에서부터 현학적인 독일의 참고서에 맞춰 읽고 쓰기의 학습이 시작됩니다.

예전에는 음절을 의미 없이 외웠습니다(이것은 안 좋은 것입니다). 이것과는 완전히 반대로 새로운 방식은 음절을 결코 분리하지 않을 것을 제시합니다. 이것은 결정적으로 긴 단어에는 불가능하고 실제로 실행된 적이 전혀 없습니다. 발음중심 교수법에 따르는 교사라면 누구라도 학생이 단어의 한 부분에서 숨을 쉬고 그 부분을 개별적으로 발음해야만 한다고 느낍니다. 프로토포포프 씨는 이것을 했습니다. 하지만 여기에서는 어떤 것도 인지되지 않습니다. 왜냐하면 이것은 **음절**을 인정하는 꼴이기 때문입니다. 예전에는 너무 수준이 높고 의미가 깊어서 아이들이 이해할 수 없는 〈시편〉을 읽었습니다(이것은 좋지 않습니다). 지금은 반대로 어떤 의미도 가지지 않는 문장을 읽도록 하고, 이해되는 모든 단어를 설명하게 하지만 이해되지 않는 단어는 외우게 합니다. 옛날 학교에서 교사는 학생들과 아무런 말도 하지 않았습니다. 지금은 교사에게 학생과 무엇이든 이야기하도록 지시를 내립니다. 학생들이 알고 있는 것이든 알 필요가 없는 것이든 말입니다. 예전에는 수학에서 연산의 정의를 배웠습니다. 지금은 연산 그 자체를 하지 않습니다. 왜냐하면 옙투셰프스키 씨를 따라 3년 차에서야 번호 매기기를 시작하고, 아이들에게 1년 내내 10까지 계산하는 것만 가르쳐야 하기 때문입니다. 예전에는 교사가 수학의 다른 면인 문제의 풀이과정(방정식 작성)에 주목하지 않으면서, 학생들에게 추상적인 큰 숫자의 연산을 시켰습니다. 지금은 학생들이 번호 매기기와 연산에 주목하기 전에 문제의 풀이과정, 작은 숫자를 이용한 방정식 작성을 공부합니다. 그럼에도 불구하고 이 실험은 교사에게 방정식 작성의 어려움이나 문제풀이가 일반적으로 학교의 발달이 아니라 삶의 발달로 극복된다는 것을 보여주고 있습니다. 학생이 큰 수로 된 문제풀이에 힘들어 한다면, 그에게 작은 수로 된 똑같은 문제를 제공하는 것보다 더 나은 방법이 없다는 것을 알 수 있습니다. 이것은 매우 옳은 말입니다. 삶에서 작은 숫자로 된 문제를 손가락을 접어가며 푸는 것을 배운 학생은 풀이과정을 인식하고, 이 과정을 큰 숫자로 된 문제로 옮겨갑니다. 이것을 깨달은 후, 새로운 교육자들은 작은 숫자로 된 문제의 풀이만 가르칩니다. 즉 학습의 대상이 아니라 삶의 문제를 가르칩니다. 문법 교육에서 새로운 학교는 옛것의 비판, 정반대되는 기법의 습득이라는 자신의 출발점을 따르게 됩니다. 예전에는 품사의 정의를 외우고, 어원에서 통사론으로 넘어갔습니다. 지금은 통사론뿐만 아니라 아이들에게 전달하고자 하는 논리학에서 시작됩니다. 페레블레스키 문법의 축소판인 부나코프 씨의 문법은 그 예마저도 똑같습니다. 그 문법에 따르면, 문법 학습은 통사론의 연구로 시작됩니다. 통사론의 고전적인 형식에 종속되지 않은 러시아어에서 이러한 통사론 연구는 어렵고 위태롭다고까지 말할 수 있을 것입니다. 그래서 대체로 새로운 학교는 몇 가지 단점을 멀리했는데, 이 가운데 가장 중요한 단점이 자음에 쓸데없는 것을 덧붙이는 것이고 정의를 암기하는 것입니다. 이 점에서 옛날 방법보다 우월성을 가지고, 읽고 쓰기에서 이따금 더 나은 결과를 보여주기도 합니다. 그렇지만 이것 때문에 새로운 단점을 지니게 됩니다. 그것은 읽기의 내용은 가장 무의미하고, 학문으로서 산수는 이미 전혀 배울 필요가 없다는 것입니다.

실제로(여기에서 학교의 장학관들, 학교를 방문한 교육위원회 회원들, 교사들의 말을 인용하겠습니다) 이 독일식 방식이 적용된 많은 학교에서 이렇게 드문 예외가 발생하고 있습니다. 아이들은 발음중심 교수법이 아니라 문자조합 방식에 따라 공부하고 브6ъ 대신에 자음 브6ы, 브вы라고 부르고, 단어를 음절에 따라 분리합니다. 직관교수는 완전히 제외되고, 산수는 전혀 진전이 없으며, 아이들에게 읽어줄 만한 것이 아무것도 없습니다. 교사들은 자신도 모르게 이론적인 요구에서 벗어나 민중의 요구를 따르게 됩니다. 곳곳에서 반복되는 이러한 실제 결과는 방법의 오류를 증명한 것이라 할 수 있습니다. 그러나 참고서를 집필하고 규칙을 지시하는 교육계는 민중과 그 요구를 아예 모르거나 전혀 알고 싶어 하지 않기에, 이 방식의 실체에 대한 입장은 일의 진행에 타격을 주지 않습니다. 교육가의 세계에 존재하고 있으며, 교육가들의 학습방식과 궁극적인 모든 기법이 시작되는 민중에 관한 시각은 표현되기 어렵습니다. 부나코프 씨는 대단히 순수하게 러시아 학교에서 아이들을 위한 직관교수와 **발달**이 필요하다는 증거로 페스탈로치의 말을 인용합니다. 페스탈로치는 이렇게 이야기합니다. "민중들에게 어떤 개념을 전달하는 것보다 더 어려운 것은 없다. 단순한 민중들 사이에 살고 있는 누구라도 나의 이 말을 논박해도 좋다. 사실 아무도 여기에 반박하지 않을 것이다. 스위스의 사제들은 민중이 배우기 위해서 그들에게 왔을 때, 민중은 자신들에게 한 말을 이해하지 못한다고 확신한다. 그러나 사제들도 민중이 그들에게 하는 말을 이해하지 못한다. 시골로 이사한 도시의 거주자는 말을 잘하지 못하는 현지인 때문에 놀란다. 시골의 하인이 주인과 함께 의논하는 법을 배우게 되는 동안 수년이 흘러간다." 스위스에서 보통 사람과 교양 있는 계층의 이러한 관계는 우리나라에서도 동일한 관계의 기초가 됩니다.

누구나 알고 있는 사실을 장황하게 말하는 것은 괜한 짓이라고 생각합니다. 바로 독일 전역에서 민중은 플랏도이치 Plattdeutsch라고 불리는 독특한 언어로 말하고, 독일계 스위스에서 이 플랏도이치는 독일어와 아주 동떨어져 있다는 것이 그렇습니다. 러시아에서는 반대로 **우리**는 나쁜 언어로 말하지만, 민중은 언제나 좋은 언어로 말합니다. 러시아에서는 만일 페스탈로치의 말이 교사들에 대해 말하는 농민의 이름으로 이야기된다면 훨씬 믿음이 간다는 점도 역시 장황하게 말할 필요가 없습니다. 농민과 농민의 자녀는 교사들이 말하는 것을 이해하는 것은 정말 어렵다고 아주 당당하게 말할 것입니다. 민중에 대한 무지는 이 교육가들의 세계에서 너무나 팽배해서, 농민학교에 미개인이 오는 것 같다고 과감하게 말합니다. 그래서 교육가들은 민중에게 **아래**에 무엇이 있고 **위**에 무엇이 있는지, 교실 칠판은 받침대 위에 있고 그 아래에 상자가 있다는 점을 과감하게 가르칩니다. 만일 학생들이 교사에게 질문한다면 교사도 알지 못하는 것이 너무나 많다는 사실을 교육가들은 모릅니다. 예를 들어 칠판에서 페인트를 지우면 거의 모든 소년이 이 칠판은 어떤 나무로 만들어졌는지 말할 것입니다. 이것은 전나무, 보리수 혹은 사시나무라고 말하겠지만, 교사는 이것을 말하지 못할 것입니다. 또한 소년이 고양이와 암탉에 관해서는 교사보다 언제나 더 많이 알고 있다는 것을 교육가들은 모릅니다. 왜냐하면 소년이 교사보다 고양이와 암탉을 더 많이 관찰했기 때문입니다. 또 소년이 마차에 관한 문제 대신에 까마귀, 가축, 거위에 관한 문제를 알고 있다는 사실을 교육가들은 모릅니다. (까마귀에 관한 문제: 까마귀 떼가 날아왔고, 참나무는 서 있었다. 만일 까마귀가 두 마리씩 앉는다면 까마귀가 부족하고, 한 마리씩 앉는다면 참나무가 부족하다. 까마귀는 몇 마리이고, 참나무는 몇 그루인가? 가축에 관한 문제: 100루블로 100마리의 가축을 산다. 송아지는 50코페이카, 암소는 3루블, 황소는 10루블이다. 몇 마리의 황소, 암소, 송아지를 살 수 있나?) 독일식 학교의 교육가들은 러시아 농민 소년의 타고난 총명함, 실생활에서의 발달, 온갖 거짓에 대한 혐오, 모든 속임수에 비웃으려는 각오를 생각조차 하지 않습니다. 그래서 그들은 40명의 영리한 어린 눈빛 아래에서 그렇게 대담하게(내가 직접 보았습니다) 아이들을 비웃으며 장난을 치고 있습니다. 이 때문에 민중을 알고 있는 진정한 교사라면 아래가 무엇이고 위가 무엇이며 2+3이 5가 된다는 것을 농민의 자녀들에게 가르치라는 아무리 엄격한 지시가 내려졌더라도, 담당 학생들을 알고 있는 진정한 교사라면 단 한 명도 이와 같은 일을 할 수 없을 것입니다.

우리가 이러한 이상한 착각에 빠진 이유는 이렇습니다. 1)민중에 대한 무지. 2)학생들이 알고 있는 것을 가르치려는 무의식적인 편의성. 3)독일인에게서 차용하려는 우리의 경향. 4)새로운 기반의 정립 없는 옛것에 대한 비판. 이 마지막 이유로 인해 새로운 학파의 교육가들은 다음과 같이 되어버립니다. 즉 외형상 옛 방식과 새로운 방식의 극단적 차이점에도 불구하고, 새로운 방식은 그 원리에 따라, 학습방식과 결과에 따라 옛 방식과 완전히 똑같아집니다. 두 방식의 중요한 토대는 가르치는 사람이 무엇을 어떻게 가르쳐야 할지를 주저하지 않고 확실하게 알고 있다는 것입니다. 이와 같은 지식은 민중들의 요구와 경험에서 우러나온 것이 아닙니다. 하지만 이론적으로 **무엇을 어떻게** 가르칠 필요가 있다고 단호하게 결정하였고 그렇게 가르치고 있습니다. 내가 짧게 **교회의 교사**라고 부르는 옛날 학교 교육자는 주저하지 않고 확실하게 기도서와 〈시편〉을 암송하고, 기도서와 〈시편〉에 따라 가르쳐야 한다고 알고 있습니다. 그는 자신의 방식에 어떤 변형도 허용하지 않습니다. 이와 똑같이 새로운 독일식 학교의 교사도 주저하지 않고 확실하게 부나코프 씨와 옙투셰프스키 씨를 따라 가르치고, 단어 '콧수염'과 '땅벌'에서 시작해야 하며, 위에 무엇이 있고 아래에 무엇이 있는지 물어보고, 사랑스러운 들다람쥐에 관해 말해야 한다고 알고 있습니다. 그도 또한 자신의 방식에 어떤 변형도 허용하지 않습니다. 양측 다 그들이 최고의 방식을 알고 있다는 확고한 신념을 가지고 있습니다. 동일한 토대에서 향후의 유사성이 시작되는 것입니다. 만일 당신이 교회의 읽고 쓰기 담당 교사에게 아이들이 그의 방식에 따라 오랫동안 힘들게 읽고 쓰기를 배우고 있다고 말한다면, 그는 당신에게 문제는 읽고 쓰기가 아니라 기도서 학습을 의미하는 **신에 관한 읽기**에 있다고 대답할 것입니다. 독일식 방식에 따른 러시아어 읽고 쓰기 담당 교사도 당신에게 똑같은 말을 할 것입니다. 그가 말한 문제는 읽기, 쓰기와 계산하기의 기술을 빠르게 획득하는 것이 아니라 **발달시키는 것**에 있습니다(모두 이것을 말하고 씁니다). 양측 모두 학습의 목표를 읽기, 쓰기, 계산하기와는 상관없는 어떤 것 즉 의심의 여지 없이 필요한 다른 것에 둡니다.

이러한 유사성은 아주 세밀한 부분까지 연장됩니다. 두 방법에서 모두 취학 전의 학습과 학교 밖에서 얻은 지식에는 주목하지 않습니다. 입학한 학생들은 똑같이 모르는 것으로 간주되고, 모두 처음부터 배우도록 강요받습니다. 만일 교회의 학교에 아a 베6e와 같은 글자 혹은 음절을 아는 소년이 입학했다면, 부키-아즈—바 식으로 그는 처음부터 다시 배웁니다. 독일식 학교에서도 똑같은 일이 행해지는데, 프로토포포프 씨는 자신의 학교에서 소년들에게 베6e에서 브6ь로 다시 가르치기 위해 많은 노력을 기울였습니다. 그리고 그는 나에게 많이 힘들다고 푸념하였습니다.

두 학교에서 똑같이 몇몇 학생들은 읽고 쓸 줄 **모르는 일**이 발생합니다. (나의 방식으로 진행되는 학교의 기존 교사들의 말을 인용하자면, 우리 학교에는 이와 유사한 사건이 단 한 번도 없었습니다.) 프로토포포프 씨의 7명의 학생 가운데 한 학생은 학술적으로 문맹 퇴치가 되지 않은 것으로 보입니다.

양쪽 방법에서 똑같이 학습의 기술적인 면은 지적인 면을 압도합니다. 교회의 학교처럼 이 학교에서도 학생들은 예쁜 필적과 낭독할 때 좋은 발음을 지니고 있습니다. 이들은 아주 정확하게 말하듯이 읽는 것이 아니라 쓰듯이 읽습니다. 두 방법 모두 똑같이 학교에서 변하지 않는 외적인 질서가 지배적입니다. 그리고 아이들은 변함없이 두려움에 싸여 있으며, 가장 엄격하게 할 때만 말을 듣습니다. G. 코롤레프 씨는 발음 중심 교수법에서 지시봉을 외면하지 않는다는 점을 넌지시 상기시켰습니다. 나는 독일식을 따르는 학교에서도 이것을 보았고, 새로운 독일식 학교에서도 지시봉 없이 운영하는 것은 불가능하다고 생각합니다. 왜냐하면 독일식 학교는 교회의 학교와 마찬가지로 아이들이 알고 싶어 하는 것을 물어보지 않고, 교사의 판단에 따라 필요하다고 여겨지는 것을 가르치기 때문입니다. 그래서 이 학교는 강제성을 기초로 하고 있습니다. 하지만 강제성은 대체로 매질에 의해서만 학생들을 다룰 수 있습니다. 교회의 학교와 새로운 독일식 학교는 동일한 기반에서 출발하여 동일한 결과를 도출하면서 완전히 닮아갑니다. 그렇지만 만일 둘 중 하나를 선택하라면, 나는 어쨌든 교회의 학교를 선택할 것입니다. 단점은 똑같습니다. 그러나 교회의 학교 측에는 천년의 관습과 민중에게 힘을 가지는 교회의 권위가 있습니다.

나는 비판이란 평가를 하면서 잘못된 점이 어떻게 되어야 하는지를 알려줄 때에만 유익하다고 진술하였습니다. 이를 고려하여 독일식 학교의 연구와 비판을 끝내기 위해, 나는 나의 학습방식의 토대가 되고 당연하다고 생각하는 학습의 기반에 관해 말할 필요가 있다고 생각합니다.

모든 교육 활동의 확실한 기반이 어디에 있는지를 밝히기

위해서 나는 내가 발간한 잡지 《야스나야 폴랴나》에서 15년
전에 말했던 것을 되풀이해야만 하겠습니다. 이 되풀이는 학
교의 새 교육자들에게는 지겹지 않을 것입니다. 왜냐하면 내
가 쓴 글은 당시 잊힌 것이 아니라 교육자들의 주목을 전혀
받지 못했기 때문입니다. 어쨌든 당시 내가 밝혔던 것이 확고
한 토대 위에 이론으로서 교육학을 정립할 수 있었다는 생각
은 변함없습니다. 내가 인민교육 사업에 착수했던 15년 전에
는 이 사업에 대해 편견에 사로잡힌 어떤 이론과 시각도 가지
고 있지 않았으며, 오로지 직접 이 일에 영향을 주고 싶다는
하나의 바람으로 우리 학교의 교사가 되었습니다. 그때 나는
바로 두 가지 문제에 부딪혔습니다. 1)**무엇을 가르쳐야 하는
가? 2)어떻게 가르쳐야 하는가?**

지금처럼 그때에도 이 문제에 관한 해답에는 가장 큰 논란
이 있었습니다.

나는 자신의 좁은 이론의 영역에 갇힌 몇몇의 교육가들에
게는 창문에서 나오는 빛만 있을 뿐 아무런 논란거리가 없다
고 생각한다는 점을 알고 있습니다.

이렇게 생각하는 사람들이 깨달았으면 하는 점은 그들도
정반대되는 그룹과 똑같아 보인다는 것입니다. 교육에 관심
있는 모든 대중에게는 예전에 그랬던 것처럼, 가장 큰 논란거
리가 있습니다. 지금처럼 그때에도 **무엇을 가르쳐야 하는가**
라는 질문에 어떤 사람은 이렇게 대답했습니다. 읽고 쓰기 외
에 초등학교에서 가장 중요한 것은 자연과학에 관한 지식이

라고. 또 어떤 사람은 지금처럼 그것은 필요 없다, 심지어 해롭다고 말했습니다. 일부는 지금과 마찬가지로 역사와 지리라고 이야기했으며, 다른 일부는 이것의 필요성을 부정했습니다. 어떤 사람은 슬라브어와 문법, 율법을 말했고, 다른 사람은 그것을 불필요한 것이라고 보았고 발달을 가장 중요한 것으로 인정했습니다. **어떻게 가르쳐야 하는가**라는 질문에 관해서는 훨씬 더 큰 논란이 있었고 지금도 마찬가지입니다. 완전히 상반되는 읽고 쓰기와 산수 학습의 여러 방식이 제시되었고 제시되고 있습니다.

서점에서는 부키-아즈-바 식 자습서, 부나코프의 읽기 수업, 졸로토프의 사진집, 다라간 씨의 입문서가 나란히 판매되었고, 모든 도서에는 지지자들이 있었습니다. 이러한 질문을 접하게 되었지만 나는 러시아 문헌에서 이 질문에 대한 어떤 답변도 찾을 수 없었고, 그래서 유럽의 문헌으로 눈을 돌렸습니다. 교육학에 관해 쓴 글을 읽고, 유럽에서 교육학의 가장 훌륭한 대표자라고 불리는 사람과 직접 알게 된 후에도 나는 단 한 번도 나를 사로잡았던 질문의 대답을 찾을 수 없었습니다. 그리고 나는 학문으로서 아동교육에는 이 질문이 존재하지 않는다는 것, 유명한 학계의 교육가는 자신이 사용하는 방식을 가장 좋은 방식이라고 확고하게 믿고 있다는 것을 알게 되었습니다. 왜냐하면 그들은 이 방식들이 절대적인 진리에 기반을 두고 있다고 생각하기 때문입니다. 또 나는 이 방식에 비평적인 태도를 취하는 것이 소용없다는 것을 알게 되었습니다. 그런데 말했다시피, 내가 선입견에 사로잡힌 어떤 이론도 없이 인민교육에 착수했기 때문인지, 아니면 어떻게 가르쳐야 한다는 법칙을 미리 정해놓지 않고 이 일에 착수해서 스스로 외떨어진 시골 인민학교에서 교사가 되었기 때문인지, 나는 **무엇을 어떻게 가르쳐야 하는가**라는 문제를 해결하는 규범이 반드시 존재해야 한다는 생각을 거부할 수 없었습니다. 〈시편〉이나 생물 분류를 외우도록 가르쳐야 할까요? 독일식 알파벳에서 번역된 발음에 따라 가르쳐야 할까요? 아니면 기도서에 따라 가르쳐야 할까요? 이 문제를 해결할 때 나에게 도움이 된 것은 나의 타고난 몇 가지 교육학적인 기지와 내가 취했던 친밀하고 열정적인 태도입니다. 나의 학교를 구성하고 있는 40명의 어린 농부들과 친근하고 직접적인 관계를 형성하고(나는 그들을 어린 농부들이라고 부릅니다. 왜냐하면 나는 그들에게서 러시아 농부들이 두드러지게 보여주었던 총명함, 실제 생활에서 얻어 축적된 풍부한 지식, 해학, 단순함, 모든 거짓에 대한 혐오의 특징을 찾을 수 있었기 때문입니다) 그들이 필요로 하는 지식을 획득하기 위한 감수성과 개방성을 알아본 다음, 나는 바로 옛날 교회 학습방식은 이미 우리 시대에 진부해졌고 그들에게 쓸모가 없다는 것을 느꼈습니다. 나는 추천받은 다른 학습방법을 시험해보았습니다. 그러나 수업에서의 강제성은 나의 신념과 성격에 반대되는 것이기 때문에 나는 강요하지 않았고, 무언가 석연치 않게 수용되고 있다는 것을 깨달았습니다. 그래서 나는 고집을 부리지 않고 다른 것을 찾았습니다. 야스나야 폴랴나 학교와 다른 학교의 선생님들은 나와 함께 자유에 기초하여 가르쳤습니다. 나와 그 교사들은 이 시도들을 통해 교육학의 세계에서 학교에 관해 기술된 모든 것이 현실과는 가늠할 수 없는 심연으로 분리되었다는 것을 알게 되었습니다. 그리고 제시된 양식 가운데 많은 방법들, 예를 들어 직관교수, 자연과학, 발음중심 방식 등은 혐오와 비웃음을 불러일으키고 학생들에게 수용되지 않는다는 것도 알게 되었습니다. 우리는 학생들이 기꺼이 받아들일 수 있는 내용과 방법을 찾게 되었고, 나의 교수법을 만들게 되었습니다. 하지만 이 방법은 다른 모든 방법들과 비슷해지고, 이 방법이 다른 방법들보다 왜 더 나은지에 관한 문제는 마찬가지로 해결되지 않았습니다. 결국 '무엇을 어떻게 가르쳐야 하는가'라는 규범의 문제는 나에게 훨씬 더 큰 의미가 되었습니다. 그것을 해결한 다음에야, 나는 내가 가르쳤던 것과 방법이 해롭고 무익한 점이 없었다는 사실을 확신할 수 있었습니다. 이 문제는 그 당시에도 지금도 나에게 모든 아동교육의 중요한 초석으로 생각되고 있으며, 이 문제의 해결에 교육잡지 《야스나야 폴랴나》를 바쳤습니다. 몇 편의 논문에서(이 논문들에서 인용한 것을 듣는다는 것은 매우 기쁜 일입니다. 왜냐하면 나는 당시에 말했던 것을 지금도 부정하지 않기 때문입니다) 나는 이 문제를 의미 있게 제기하려 했고, 할 수 있는 한 이 문제를 해결하기 위해 애썼습니다. 그때 나는 교육학 문헌에서 공감은 물론 반대조차도 찾을 수 없었습니다. 내가 제기한 문제에 완전히 무관심하였습니다. 몇 가지 세부사항에 대한 비난은 있었습니다. 하지만 문제 자체에는 분명 아무도 관심을 기울이지 않았습니다. 그때 나는 젊었고 이 무관심이 나를 괴롭혔습니다. "당신은 무엇을 어떻게 가르쳐야 하는지 어떻게 압니까?"라는 의문을 품은 내가 다음과 같은 사람과 비슷하다는 점을 몰랐습니다. 예를 들어 어떻게 하면 국민에게서 세금을 더 거둘까 고심하는 튀르키예의 파샤 회의에서 "여러분, 누구에게 얼마의 조세를 거둬들일지 알기 위해서는 조세 징수의 권리가 어디에 기초하고 있는가라는 문제를 해결해야만 합니다"라고 제안한 사람 말입니다. 필경, 모든 파샤들은 징수의 규모에 골몰하면서 침묵으로 부적절한 질문에 답했을 것입니다. 그러나 이 문제를 피할 수는 없습니다. 15년 전에 모든 학파의 교육가들은 이 문제에 주목하지 않았습니다. 그들은 나머지 다른 사람들이 모두 거짓을 말하고 자신들만 진실하다고 믿었습니다. 그리고 그들은 자신의 논제를 믿지 못할 철학에 근거하여 태연하게 자신들의 법칙을 제안하였습니다. 그들은 철학을 자신들 이론의 발판으로 삼고 있습니다.

어찌 되었든, 만일 우리가 선입견에 사로잡힌 이론을 완전히 버리기만 한다면 이 문제는 그렇게 어렵지 않습니다. 나는 이 문제를 설명하고 해결하려 시도했습니다. 나는 로호마니노프 씨가 인용했던 논문에서 원하는 사람이라면 읽을 수 있었던 주장을 반복하지 않고, 내가 내렸던 결과를 말하고자 합니다. "아동교육의 유일한 규범은 자유이고 유일한 방법은 경험이다." 그리고 나는 15년 후 나의 견해를 조금도 바꾸지 않았습니다. 하지만 나는 일반 교육뿐만 아니라 초등학교 인민 교육의 특수한 문제에 관해서도 이 말이 의미하는 것을 아주 정확하게 이야기할 필요가 있다고 생각합니다. 백 년 전 유럽과 우리나라에서 '무엇을 어떻게 가르쳐야 하는가'라는 것은 문제가 될 수 없었습니다. 교육은 종교와 불가분의 관계에 있었습니다. 읽고 쓰기를 배운다는 것은 성경을 배우는 것을 의미했습니다. 마호메트교도에게는 지금까지도 읽고 쓰기가 종교와 깊은 관계를 맺고 있습니다. 공부한다는 것은 《코란》을 가르치는 것을 의미합니다. 그런고로 아랍어를 가르치는 것이 됩니다. 그러나 곧 종교가 '무엇을 가르쳐야 하는가'라는 문제의 기준에서 벗어나자, 학교는 종교에서 독립하게 되었습니다. 그러자 이 문제가 떠올랐습니다. 하지만 이것은 문제가 되지 않았습니다. 왜냐하면 학교는 종교에서 갑자기 해방된 것이 아니라 눈에 띄지 않는 잰걸음으로 해방되었기 때문입니다. 이제는 모두가 인정하듯이, 종교는 교육 방식의 내용도 될 수 없고 안내서도 될 수 없습니다. 교육은 당연히 다른 것을 그 토대로 요구합니다. 이 요구는 무엇으로 이루어지고, 무엇에 기초하고 있을까요? 이 기초가 확고부동한 것이 되기 위해서는 철학적으로 의심의 여지 없이 증명되거나 적어도 모든 교육자가 이것에 동의해야만 합니다. 과연 그렇게 될까요? '무엇을 가르쳐야 하는가'를 정하는 기반을 철학에서 찾을 수 없다는 사실은 아무런 의심도 할 수 없습니다. 하물며 이 일은 추상적인 것이 아니라 무수한 삶의 조건에 따르는 실천적인 것입니다. 이 일에 종사하는 모든 사람들이 대체로 동의하는, 모든 이들의 상식적인 표현처럼, 실제적인 기반으로 받아들일 수 있다고 합의하는 것에서 이 기초를 찾는다는 것은 훨씬 드문 일입니다. 인민교육의 문제뿐만 아니라 상류층 교육의 문제에서도, 우리는 교육의 최고 대표자들 사이에 의견이 분분한 것을 보았습니다. 가령 고전주의와 현실주의의 문제가 그렇습니다. 토대가 없음에도 불구하고, 교육은 자신의 길을 가고 있고 전체적으로 하나의 원칙 즉 자유를 따르고 있습니다. 고전적인 학교와 현실적인 학교가 나란히 존재합니다. 이들 각각은 스스로를 유일하고 진정한 학교라고 여깁니다. 그리고 학부모가 아이들을 이 학교도 저 학교도 보내기 때문에 양측 모두 요구를 충족시키고 있습니다.

인민학교에서도 똑같이 '무엇을 가르쳐야 하는가'를 정할 권리는, 우리가 이 문제를 어떤 면에서 볼지라도, 민중 즉 학생이나 아이들을 학교에 보내는 학부모의 몫입니다. 그래서 인민학교에서 아이들에게 '무엇을 가르쳐야 하는가'라는 문제의 답을 우리는 민중에게서 얻게 됩니다. 하지만 어쩌면 우리는 '교양 있는 우리가 무례한 민중의 요구에 굴복해서는 안 된다. 민중에게 우리가 바라는 것을 가르쳐야만 한다'라고 말할 수 있을 것입니다. 많은 사람들이 그렇게 생각하지만, 나는 여기에 관해 한 가지만은 말할 수 있습니다. 왜 당신이 이것 혹은 저것을 고르는지 의심의 여지가 없는 근거를 대십시오. 고등교육을 받은 사람들 사이에서 교육에 대해 두 가지 상반된 시각이 존재하지 않는 사회를 제시해주십시오. 교육이 수도승의 손에 있다면 민중은 이 마음으로 교육되고, 교육이 진보주의자의 손에 있다면 민중은 저 마음으로 교육되는 일이 반복되지 않는 곳을 보여주십시오. 나에게 이런 것이 없는 사회를 보여주십시오. 그러면 나는 당신에게 공감할 것입니다. 이러한 사회가 없다면, 다른 규범은 없습니다. 학생들의 자유만 있습니다. 그리고 인민학교의 경우 학생들의 자리를 그들의 부모님 즉 민중의 요구가 차지합니다. 이 요구는 정해져 있고 아주 명백하고 러시아 전역에서 동일할 뿐만 아니라 너무나 이성적이고 너무나 방대합니다. 그래서 이 요구는 민중에게 '무엇을 가르쳐야 하는가'를 논쟁하는 사람들의 다양한 요구를 포괄합니다. 이 요구는 다음과 같습니다. 러시아어와 슬라브어 읽고 쓰기에 관한 지식과 연산이 그것입니다. 민중은 교육에서 의심의 여지 없이 특별히 이 프로그램만을 선정하고 언제 어디서나 이 프로그램에 만족합니다. 민중은 자연과학사, 지리, 역사(성경을 제외하고), 직관교수를 언제 어디서나 쓸모없고 시시한 것으로 간주합니다. 이 프로그램은 하나의 동일 사상과 견고한 정의에 의해서가 아니라, 내가 생각하기에, 자신들의 요구의 방대함과 시각의 신빙성 때문에 주목받습니다. 민중은 여러 가지 관점에 동요되지 않고 가장 정확한 지식의 두 가지 영역 즉 언어와 수학만을 용인하고 나머지 전부를 쓸모없는 것이라 여깁니다. 나는 민중이 아주 옳다고 생각합니다. 왜냐하면 첫째, 이러한 지식에는 민중이 참을 수 없는 얼치기 지식과 거짓이 없습니다. 둘째, 이 두 지식의 영역은 방대합니다. 러시아어와 슬라브어 지식과 연산, 즉 어원론적이고 통사론적인 형식 및 문학을 지닌 죽은 언어와 살아 있는 언어 지식 그리고 모든 수학의 기초인 산수가 지식의 프로그램을 이룹니다. 교양 있는 계층에서도 이 지식을 가진 사람은 불행하게도 극히 드뭅니다. 셋째, 이 프로그램에 따라 민중은 초등학교에서 지식의 다음 길을 열어줄 것을 배우기 때문에 그들은 옳습니다. 왜냐하면 두 언어와 그 형식의 기초적인 지식 그리고 그 위에 산수 지식은 다른 모든 지식을 자기 주도적으로 획득할 수 있는 방법을 온전히 보여줄 것이기 때문입니다. 민중은 그들과 관련된 거짓된 방식을 느끼는 것처럼, 여러 가지 지식이 혼합되어 있는 이상하고 지리멸렬한 단편들이 그들에게 제안되었을 때, 이 거짓을 밀어내고는 이렇게 말합니다. "나는 하나만 알면 된다. 교회와 나의 언어 그리고 수의 법칙. 나에게 필요한 지식은 내 스스로 취할 것이다." 이렇게 '무엇을 가르쳐야 하는가'의 규범으로서 자유를 허용한다면, 민중이 새로운 요구를 표명하지 않는 한 인민학교의 프로그램은 명확하고 확고하게 결정된 셈입니다. 바로 가능한 한 높은 수준의 슬라브어, 러시아어, 산수입니다. 이외에는 **없습니다.** 이것이 인민학교 프로그램의 영역에 관한 규정입니다. 그러나 이 규정 아래 세 교과목의 관리를 획일적으로 해달라고 요구해서는 결코 안 됩니다.

물론 이러한 과정에서 이 세 과목 모두 균일한 성공을 달성하는 것이 바람직합니다. 그러나 한 과목이 다른 과목보다 우수하다고 해서 해롭다고 말해서는 안 됩니다. 문제는 과정의 경계를 벗어나지 않는 것입니다. 부모들의 요구에 따라, 특히 교사의 지식에 따라 한 과목이 특별히 두드러질 수 있습니다. 사역자에게서는 슬라브어, 지방 학교의 교사에게서는 러시아어 혹은 산수가 두드러질 수 있습니다. 이 경우에도 민중의 요구는 충족될 것이고, 가르침은 기본적인 규범에서 벗어나지 않을 것입니다.

'어떻게 가르쳐야 하는가' 즉 '어떻게 알아야 하는가' '어떤 방법이 최선인가'라는 문제의 두 번째 측면도 똑같이 해결되지 않은 채로 남아 있습니다.

'무엇을 가르쳐야 하는가'라는 문제의 첫 번째 측면처럼, 학업의 과정을 논의의 근거로 삼을 수 있다는 전제는 한 학파와 다른 학파를 완전히 상반되게 만들어버립니다. '어떻게 가르쳐야 하는가'라는 문제에서도 똑같은 면을 볼 수 있습니다. 읽고 쓰기 학습의 가장 기초 단계를 예로 들어봅시다. 어떤 사람은 카드로 배우는 것이 가장 쉽다고 확신합니다. 다른 사람은 브6ъ 브въ 식으로, 어떤 사람은 코르프 식으로, 또 다른 사람은 베6e, 베ве, 게re 식으로 배우는 것이 가장 쉽다고 주장합니다. 마지막 회의에서 회원 가운데 한 사람이 수도원의 소녀가 부키-아즈—바 식으로 6주 만에 읽는 것을 배웠다고 말했습니다. 자신의 방식이 우월하다고 확신하는 모든 교사

341

는 그가 다른 사람보다 빨리 가르친다는 점을 들어, 혹은 부나코프 씨와 독일 교육가들의 양식에 따라 평가한다는 점을 들어 그 우월성을 증명합니다. 수백 가지 방법이 있는 오늘날에는 선택할 때 무엇에 따라 지도할지를 정확하게 알아야만 합니다. 이론도 평가도 학습의 결과도 이것을 온전하게 보여줄 수는 없습니다.

교육과 학습은 보통 추상적으로 연구됩니다. 즉 어떤 주체에게서(아이 한 명이거나 다수의 아이들) 어떻게 가장 쉬운 최선의 방법으로 일정한 학습 행위를 이끌어낼까 하는 문제가 연구됩니다. 이러한 시각은 완전한 거짓입니다. 어떤 교육과 학습이라도 그것을 목적으로 하는 두 사람 혹은 두 집단 사이의 관계를 살펴볼 수밖에 없습니다. 다른 정의보다 훨씬 더 보편적인 이 정의는 특히 인민교육과 관련됩니다. 인민교육은 대단히 많은 사람들을 교육하는 것이 문제가 됩니다. 그래서 여기에서는 이상적인 교육에 관한 것은 문제가 될 수 없습니다. 대체로 인민교육에서는 '최상의 교육을 어떻게 해야 할까'와 같은 문제를 제기해서는 안 됩니다. 이것은 민중의 영양에 관해 '가장 영양소가 풍부하고 좋은 빵을 어떻게 구워야 하나'라는 문제를 제기해서는 안 되는 것과 같습니다. 문제는 이렇게 제기되어야 합니다. 공부하려는 자와 가르치려는 자 사이에 어떻게 최상의 관계를 정립할 수 있을까? 혹은 체로 친 밀가루로 어떻게 최상의 빵을 만들까? 결국 어떻게 가르쳐야 하는가, 가장 좋은 방법은 어떤 것인가라는 문제는 가르치는 자와 배우려는 자 사이에 어떤 관계가 최선의 관계인가라는 문제입니다.

'교사와 학생 사이의 가장 좋은 관계는 자연스러운 관계다. 자연스러운 관계의 반대는 강압적인 관계다.' 이 점에 대해서 누구도 논쟁하지 않을 것입니다. 만일 그렇다면 모든 방법의 기준은 가르칠 때 관계의 자연스러움이 큰가 작은가, 강제성이 많은가 적은가에 있습니다. 아이들이 덜 강압적으로 공부할수록 더 좋은 방법이고 더 강압적으로 공부할수록 더 나쁜 방법입니다. 나는 이 명백한 진리를 증명하지 않아도 되는 것이 기쁩니다. 보건위생상 역하거나 고통을 유발하는 음식이나 약, 자극을 주는 것이 유익하지 않은 것과 마찬가지로, 공부할 때 아이들에게 지겹고 싫어하는 것을 공부하라고 강요할 필요는 없습니다. 모두 이 점에 동의할 것입니다. 만일 필요하므로 아이들에게 강요한다면, 이것은 방법의 미숙함만을 증명할 뿐입니다. 아이를 가르쳐본 모든 사람들은 교사가 자신이 가르치고 있는 과목에 대해 잘 모르고 그 과목을 덜 사랑할수록, 그에게는 엄격함과 강제성이 더 필요하다는 것을 알고 있습니다. 반대로 교사가 그 과목을 더 많이 알고 사랑할수록 그의 가르침은 더 자연스럽고 자유로울 것입니다. 성공적인 학습을 위해서는 강제가 아니라 학생의 흥미를 유발하는 것이 필요하다는 생각에는 나와 반대되는 학파의 모든 교사들도 동의할 것입니다. 우리 사이의 차이점은 가르침이란 아이의 흥미를 유발해야 한다는 명제에 있습니다. 그들은 이에 상반되는 **발달**에 관한 수많은 다른 명제들 속에서 이것을 상실해버렸습니다. 그들은 발달에 대해 확신하고 이것을 강요합니다. 반면 나는 학생의 흥미 유발, 최대한의 편안함 그리고 비강제성과 자연스러움을 좋은 교육과 나쁜 교육의 기본적이고 유일한 척도라고 생각합니다.

우리가 교육학의 역사를 주의 깊게 살펴본다면, 교육학의 모든 전진운동은 교사와 학생의 관계가 점점 더 자연스러워질 때, 가르침의 강제성이 더 줄어들고 편안함이 더 커질 때 이루어집니다.

옛날에 나에게 그렇게 했기에, 지금 나는 그들이 '학교에서 허용해야만 하는 자유의 경계를 어떻게 찾을 것인가'라고 반박하리라 예상합니다. 이에 관해 나는 이 자유의 경계는 교사에 의해, 교사의 지식에 의해, 학교를 총괄하는 교사의 능력에 의해 저절로 결정된다고 대답할 것입니다. 자유는 지시될 수 없습니다. 자유의 척도는 교사의 다소간의 지식과 재능의 결과입니다. 이 자유는 규칙이 아닙니다. 자유는 학교끼리 비교할 때 그리고 학교 교육에 도입된 새로운 방식을 비교할 때 검증의 역할을 합니다. 강제성이 작은 학교가 강제성이 많은 학교보다 더 우수한 학교입니다. 학교에 어떤 방식이 도입될 때 기강의 강화를 요구하지 않는 방식이 좋은 방식입니다. 엄격함을 많이 요구하는 방식은 좋은 방식이 아닙니다. 예를 들어, 나의 학교처럼 다소 자유로운 학교를 택해서 학교에서 책상과 천장에 관한 대화를 시작하거나 정육면체를 다시 세우도록 시도해보십시오. 그리고 학교가 얼마나 엉망이 되는지, 학생들을 질서정연하게 통솔하기 위한 엄격함이 얼마나 필요한지 살펴보십시오. 학생들에게 역사를 재미있게 이야기하거나 문제를 내보십시오. 아니면 한 학생은 칠판에 쓰고 다른 학생은 그 학생의 실수를 고치도록 지시해보십시오. 모든 학생을 걸상에서 내려오게 하십시오. 그러면 모든 학생이 공부할 것이고, 장난도 치지 않는 것을 보게 될 것입니다. 엄격함을 강화할 필요는 없을 것입니다. 그러고 나서 이 방식이 좋다고 과감히 말할 수 있을 것입니다.

나는 교육학 논문을 통해 학생의 입장에서 무엇을 어떻게 가르쳐야 하는가를 선택할 자유만이 모든 교육의 기초가 될 수 있다고 생각한 이론적 이유를 진술하였습니다. 실제로 처음에는 충분히 큰 규모로, 그다음은 아주 작은 규모로 나는 이 규칙을 내가 말한 학교에 꾸준히 적용하였습니다. 결과는 교사들과 학생들에게 긍정적이었으며, 새로운 방식의 연구를 위해서도 언제나 유익했습니다. 수백 명의 방문객이 야스나야 폴랴나 학교에 방문하여 이것을 보고 알고 있었기 때문에, 나는 감히 이렇게 말할 수 있습니다. 〔프로토포포프 씨는 모로조프 씨를(아마도 나를) 의심했습니다. 이 방식이 실패로 돌아가지 않게끔 우리가 훈련된 소년을 가짜로 만들었다고 말입니다. 고백하건대, 그 말을 듣고 우스웠습니다.〕

교사들에게 학생들에 대한 이와 같은 태도의 결과는 그들이 알고 있는 방식이 최고의 방식이라고 여기는 데 있지 않습니다. 이 결과는 교사들이 다른 방식을 알려고 노력하였고, 다른 교사의 방법을 알기 위해 그들과 친해지려 노력했으며, 새로운 방법을 시험했다는 데 있습니다. 가장 중요한 것은 스스로 끊임없이 공부했다는 것입니다. 교사는 실패가 학생의 잘못 즉 학생들의 게으름, 장난기, 우둔함, 귀를 기울이지 않는 태도, 눌변이라고 결코 생각하지 않았습니다. 교사는 이 실패가 오직 자신의 잘못임을 확실히 알았습니다. 그는 학생들의 모든 단점에 대한 해결책을 찾으려 노력했습니다. 학생들에게 그 결과는 다음과 같았습니다. 그들은 기꺼이 배우려 했고 언제나 교사에게 겨울 야간 수업을 부탁했고, 교실에서 아주 자유로웠습니다. 나의 확신과 경험에 따르면, 이것이 성공적인 교육과정의 중요한 조건입니다. 교사들과 학생들 사이에는 언제나 친근하고 자연스러운 관계가 만들어졌습니다. 이러한 관계에서 교사는 자신의 학생들을 완전히 파악할 수 있습니다. 만일 외적인 첫인상에 따라 교회의 학교, 독일식 학교와 나의 학교의 차이점을 규정한다면, 가장 큰 차이점은 다음과 같을 것입니다. 즉 교회의 학교에는 학생들의 부자연스럽고 단조로운 독특한 외침과 가끔 엄격한 교사의 고함 소리가 들릴 것입니다. 독일식 학교에서는 교사 한 사람의 목소리와 가끔 학생들의 소심한 목소리가 들릴 것입니다. 나의 학교에서는 교사와 학생들의 큰 목소리가 거의 함께 들릴 것입니다.

  학습방식의 결과는 그 방식이 좋다거나 싫다는 이유로 하나의 학습방식을 수용하거나 철회하는 것이 아닙니다. 학습방식의 결과는 강제성 없이 학생들이 습득하느냐 혹은 하지 않느냐에 따르게 됩니다. 나 자신과 나의 방식에 따라 가르쳤던 모든 교사들(20명이 넘는)에 의해 나의 방식이 응용되어 언제나 성공적인 결과를 얻을 수 있었습니다(정확하게 말하자면, 나의 학교에서는 프로토포프 씨의 학생들처럼 읽고 쓰기를 못하는 학생이 단 한 명도 없었다는 의미입니다). 그런데 이 외에도, 내가 말했던 원리들의 응용은 15년 동안 여러 가지로 변형되었습니다. 나의 학습방식은 이 변형에 따랐습니다. 그리고 이 변형은 민중의 요구와 동떨어지지 않았을 뿐만 아니라 민중과 점점 더 가까워졌습니다. 적어도 우리의 민중은 방법 그 자체를 알고 그 방법을 평가합니다. 그리고 내가 발음중심 교수법에 관해 말할 수는 없겠지만, 민중은 교회의 방법보다 나의 방법을 선호합니다.

학생들은 학교 밖에서 스스로 배우고 있습니다. 프로토포프 씨의 학교에서 그러했고, 많은 학교에서도 부단히 반복되고 있습니다. 나는 이 방법에 따라 직접 아이들을 가르치는 두 명의 어머니를 알고 있습니다. 발음중심 교수법에 따른 학습을 요구받았던 학교에서 나의 학교로 옮겨온 교사들이나 교회식으로 학습이 진행된 곳에서 옮겨온 교사들은 지금 나의 방식을 경험한 후, 자기들 마음대로 예전의 방식을 버렸습니다. 내가 한 번도 이것을 요구하지 않았음에도 불구하고 말입니다. 어떤 방법도 알지 못하는 교사들, 심지어 반문맹의 사람들도 학교에 머무는 하루나 이틀 동안 나의 방식을 배웁니다. 학습방식은 교사에게 너무나 단순하고 자연스러워서, 수업할 때 특별한 사전지식을 필요로 하지도 않습니다. 또 과정을 다 끝내지도 않은 신학교 학생들 중에서 우리의 모로조프 씨와 같은 훌륭한 교사가 배출되었습니다. 모로조프 씨는 모스크바에서 공부하고 신학교에서 과정을 다 끝내지 않은 채 나에게 왔습니다. 그는 읽고 쓰기도 잘하지 못하던 젊은이였습니다. 나의 방식에 따라 운영되는 학교에서 교사는 발음 중심 학파에서 해왔고 해야만 했던 대로 가만히 있을 수는 없습니다. 새로운 독일식 방식에 따르는 교사는 만일 그가 앞으로 나아가고 향상되기를 원한다면 교육학 문헌을 따라야만 합니다. 즉 들다람쥐에 관한 대화와 정육면체의 배열에 관한 새로운 착안을 읽어야 합니다. 나는 이것이 개인적인 교육에서 교사를 발달시켰다고 생각하지 않습니다. 이와는 반대로 나의 학교에서는 언어와 수학이라는 수업 과목이 유용한 지식을 요구하기 때문에, 학생을 앞으로 나아가게 하기 위해서 모든 교사는 자신도 배워야 한다는 요구를 느끼게 됩니다. 이와 같은 일이 나의 학교의 모든 교사들에게 부단히 반복되었습니다.

이 외에도 학습방식 그 자체는 한 번에 영원히 고착되는 것이 아닙니다. 학습방식은 가장 쉽고 간단한 방식에 도달하기를 지향합니다. 그러므로 교사가 수업할 때 학생들의 태도에서 취할 수 있는 지시사항에 따라 변형되고 개선됩니다.

나는 나의 방식과 정반대되는 것을 보았습니다. 불행히도 이것은 최근에 부자연스럽게 도입된 독일식 방식을 따르는 학교에서 실시되고 있습니다. '무엇을 어떻게 가르쳐야 하는가'를 결정하기 전에, '왜 우리는 이것을 알아야 하는가'라는 문제를 해결해야 한다는 것을 인정하지 않았다는 사실은 교육가들을 현실과 완전히 분리시켜 버렸습니다. 그리고 15년 전에 이론과 실제 사이에서 느꼈던 혼란은 지금 마지막 경계에까지 다다랐습니다. 민중이 모든 면에서 교육을 요청하는 지금, 교육학은 개인의 환상 속으로 더 멀리 떠나버렸습니다. 이와 같은 양분은 놀랍도록 혼란한 상태에 이르렀습니다.

교육학의 요구와 현실 사이의 이와 같은 부조화는 최근에 학습의 문제에서뿐만 아니라, 학교 문제의 매우 중요한 다른 측면 즉 학교 행정의 문제에서 특히 날카롭게 폭로되고 있습니다. 이 문제가 어떤 상태에 있었고 어떤 상태에 있으며 어떤 상태일 수 있을지를 보여주기 위해서, 나는 툴라현 크라피벤스키군에 관해 말할 것입니다. 나는 이곳에 살고 있고, 이곳을 알고 있습니다. 이곳은 그 상황상 중부 러시아의 많은 군의 유형을 띠고 있습니다.

내가 조정관[78]이었던 1862년에는 만 명이 살던 지역에 14개의 학교가 개교하였습니다. 이 외에도 같은 지역의 하급 성직자들의 집 주변과 잡역부들의 농가에 10개의 학교가 있었습

---

78 농노 해방 후 농민과 지주 사이의 토지 문제를 중재하는 인물. — 옮긴이

니다. 내가 알고 있는 바로는 군의 다른 세 지역에 15개의 대규모 학교와 하급 성직자와 잡역부의 자녀를 위한 30개의 소규모 학교가 있었습니다. 지금 조사된 것보다 작지 않은 당시 학생의 수와, 일부는 좋지 않았고 일부는 좋았지만 대체로 지금보다 나쁘지 않았던 수업은 차치하고, 나는 당시 이 문제가 어떻게 어디에 기반을 두고 있는지에 관해 말할 것입니다. 아주 작은 예외를 제외하고 당시 모든 학교는 교사와 매달 수업료를 지불하는 학부모 사이의 계약에, 혹은 교사와 모든 것을 일괄적으로 지불하는 농민공동체 사이의 약정에 기반을 두었습니다. 부모와 교사 혹은 공동체와 교사 사이의 이와 같은 관계는 아주 드물지만 군과 현의 일부 지역에서도 가끔 접할 수 있습니다. 누구든 교육의 질에 관한 문제를 제쳐둔다면, 부모 및 농민과 교사의 이러한 관계는 가장 공정하고 자연스럽고 바람직한 관계라는 데 동의할 것입니다. 하지만 1864년 규정의 도입과 함께 이 관계는 사라졌고 점점 사라져가고 있습니다. 현실에서 이 문제를 알게 된 모든 사람들은 이 관계가 사라지면서 민간이 교육 문제에 참여할 수 있는 기회가 점점 적어진다는 것을 깨닫게 될 것입니다. 이것은 자연스러운 일입니다. 몇몇 자치회에서는 학교를 위한 농민집회마저 지방행정집회로 변경됩니다. 교사의 급료, 직분, 학교의 배치, 이 모든 것이 이 일의 대상이 되는 사람과는 완전히 별개로 행해지고 있습니다. (이론적으로 농민은 의심의 여지 없이 자치회 회원입니다. 하지만 실제로는 이 구태의연한 방식으로 인해 그들은 자신들의 학교에 아무런 영향력도 미치지 못합니다.) 이 것이 공정했다는 점은 누구도 확신하지 못할 것입니다. 하지만 문맹의 농민이 좋고 나쁨을 판단할 수 없기에 우리가 그들을 위해서 우리가 알고 있는 대로 설립해주어야만 한다고 말할 것입니다. 그런데 우리가 어떻게 알고 있습니까? 우리 모두가 같은 의견을 가지고 있는지, 어떻게 만들어야 하는지 확실히 알고 있을까요? 때로는 아주 나쁜 결과가 나올 수도 있지 않습니까? 왜냐하면 우리는 가끔 그들 스스로가 만들었던 것보다 훨씬 엉성하게 만들기도 했기 때문입니다. 그래서 학교 문제의 행정적인 면에 관해서 나는 자유라는 똑같은 기반으로 세 번째 문제를 다시 제기하려 합니다. "어떻게 학교를 설립하고 분포시키는 것이 더 나은지를 우리가 어떻게 알 수 있을까?" 이 문제에 관해 독일 아동교육은 그 체계를 위한 일관된 답을 내놓습니다. 독일 아동교육은 가장 좋은 학교가 어떤 학교인지 알고 있습니다. 독일 아동교육은 건물, 걸상, 수업시간 등 아주 세밀한 부분까지 명확하고 정확한 이상을 만들었습니다. 그리고 다음과 같은 답을 제시합니다. 학교는 반드시 이 본보기에 따라야만 한다고. 이 한 학교만 좋은 학교이고 나머지 모든 학교는 해롭다고. 닭고기 스프를 모든 프랑스인에게 주고자 했던 앙리 4세의 바람이 실현되지 않았다고 해서 이 바람이 거짓이었다고 말해서는 안 될 것입니다. 그러나 아주 의심스러운 품질의 이 스프가 닭고기가 든 스프가 아니라 영양가 없는 멀건 국물이라면 문제는 완전히 다른 차원에 놓이게 됩니다. 사실 학문이라 불리는 교육학은 이 문제에서 권력과 뗄 수 없게 연결되어 있습니다. 독일에서도 우리나라에서도 이상적인 한 학급, 두 학급[79] 등의 학교가 규정되어 있습니다. 교육 당국과 행정 당국은 민간이 스스로 자신의 교육을 만들고 싶어 한다는 사실을 알리려고 하지 않습니다. 실제로 인민교육에 관한 이와 같은 시각이 학교의 문제에 어떻게 반영되어 있는지 살펴봅시다.

1862년부터 우리 민중에게는 읽고 쓰기(교육)가 필요하다는 생각이 점점 더 확고해져 갔습니다. 교역자의 학교, 고용된 교사의 학교, 지역공동체 산하의 학교 등 여러 곳에서 학교를 설립하였습니다. 나쁜 학교건 좋은 학교건 이 학교들은 자생적인 것이었고, 민간의 직접적인 요구로 성장하였습니다. 1864년 규범의 도입으로 이런 분위기는 훨씬 강화되었고, 1870년 보고서에 따르면 크라피벤스키군에는 학교가 60개에 이르렀습니다. 정부 관료와 자치회 회원이 점점 더 많이 학교 문제에 개입하자, 크라피벤스키군에는 40개의 학교가 문을 닫았고, 낮은 평가를 받은 새 학교는 개교를 금지당했습니다. 내가 알기로, 학교를 폐쇄한 사람들은 이 학교가 단지 유명무실하게 존재할 뿐이고 매우 열악하다고 확신했습니다. 그렇

---

79 한 학급 학교는 교사 한 명에게서 3년 미만의 교육을 받는다(《교육용어사전》 참고). 두 학급 학교는 5~6년을 기간으로 하며 처음 3년을 1단계 학급 1-ый класс 이라 불렀고, 4~5년 차를 2단계 학급 2-ый класс이라고 불렀다(《소비에트 대백과사전》 참고). ─ 옮긴이

지만 나는 이것을 믿을 수 없습니다. 왜냐하면 트로스, 라민초프, 야스나야 폴랴나, 이 세 마을의 학교 때문입니다. 나는 이 학교들에서 읽고 쓰기를 잘 배운 학생들을 알고 있습니다. 그런데 이 학교들이 폐교되었습니다. 내가 알기로, 많은 사람들은 개교를 금하는 것이 무엇을 의미하는지 이해하지 못하는 것 같습니다. 이것은 미덥지 못한 교사들을(아마도 니힐리스트와 관련된 것 같습니다) 허용하지 않겠다는 교육부의 회람에 기초하여 학교 위원회가 소규모 학교, 교회지기와 군인이 가르치는 학교 등을 금지시켰다는 것을 의미합니다. 이 학교들은 농민들이 스스로 열었고, 아마도 회람의 사상에 적합하지 않을 것입니다. 그 대신에 우수하다고 생각되는 교사가 배치된 20개의 학교가 있습니다. 왜냐하면 그들은 월급으로 은화 200루블씩 받기 때문입니다. 그리고 자치회는 우신스키의 책을 배포합니다. 이 학교들은 '한 한급 학교'라고 불리고 프로그램에 따라 가르치게 됩니다. 그리고 7월과 8월의 여름을 제외하고 1년 내내 가르칩니다.

예전 학교의 역량에 대한 문제는 제쳐두고, 학교의 행정적인 면을 살펴보고, 이 측면에서 과거는 어떠했고 지금은 어떠한지를 비교해봅시다. 학교의 행정 외적인 측면에는 5개의 중요한 문제가 있습니다. 이것은 학교와 너무나 긴밀하게 연관된 것이므로, 인민교육의 성공과 확산은 대부분 이것들의 좋고 나쁨에 따라 좌우됩니다. 이 5개의 문제는 다음과 같습니다. 1)학교의 장소, 2)수업시간의 배분, 3)지역에 따른 학

교의 분포, 4)교사의 선발, 5)가장 중요한 것으로 — 재정 수
단 — 교사들의 보수입니다.

　민간이 직접 자신들을 위한 학교를 설립할 때, 장소에 관한
문제로 곤란해 하는 일은 드뭅니다. 만일 지역공동체가 부유
하고 어떤 공공건물, 곡물창고, 텅 빈 술집이 있다면, 지역공
동체가 장소를 마무리 짓습니다. 만일 이것이 없다면, 지역공
동체는 때로는 지주에게서 장소를 사기도 하고 때로는 스스
로 짓기도 합니다. 만일 지역공동체가 부유하지 않고 크지 않
다면, 지역공동체는 농부에게서 장소를 임대하거나 교사가
농가에서 농가로 옮겨 다닐 수 있게 순번을 정합니다. 대부분
의 지역공동체가 그러하듯이, 만일 지역공동체가 주변의 농
노, 군인, 사역자 가운데 누군가를 교사로 선발한다면, 학교
는 이 사람들의 집을 장소로 정하고, 지역공동체는 난방만 담
당합니다. 어느 경우에도 나는 학교의 장소 문제로 지역공동
체가 골머리를 앓았다는 이야기를 들어본 적이 없습니다. 학
교 위원회가 그러하듯, 수업에 지정된 돈의 반도 건물에 소비
되지 않았습니다. 심지어 전체 금액의 6분의 1 혹은 10분의
1 정도 지출하기도 합니다. 좌우간 농민공동체가 갖추어진다
면, 장소에 관한 문제는 결코 곤란하다고 여겨진 적이 없습니
다. 고위 관료의 영향하에 지역공동체가 학교를 위해 철제 골
조 위에 석조 건물을 건설했다는 예는 있습니다. 농민들이 생
각하기에, 학교는 건물이 아니라 교사가 중요하므로 학교가
상시 기관일 필요는 없습니다. 부모가 배우기만 한다면, 다음

세대는 학교 없이도 읽고 쓸 수 있을 것입니다. 지방 행정청의 모든 과제는 검사하고 분류하는 것이기 때문에, 그들이 어디서든 조건으로 내세우는 바에 따르면, 학교의 중요한 기반은 건물이고, 학교는 영구적인 조직입니다. 나에게 알려진 바에 따르면, 학교는 지금 반 정도의 돈을 건물에 소비하고, 빈 학교는 3급 학교 목록에 기재합니다. 크라피벤스키 자치회에서 2000루블 가운데 700루블의 돈이 건물에 소비됩니다. 지방 행정청은 교사가(이 교사는 민간이 생각하기에 교육받은 교육가입니다) 재단사처럼 농가에서 농가로 다니거나 닭장 같은 농가에서 가르칠 수 있을 정도로 자신을 낮출 수 있다는 점을 인정할 수 없습니다. 그러나 민간은 아무것도 생각하지 않고 오로지 그가 자신의 돈으로 원하는 사람을 고용했다는 것만 알고 있습니다. 그리고 만일 주인-고용주가 닭장 같은 농가에 살고 있다면, 고용인-교사가 이를 꺼려서는 안 됩니다.

학교 시간의 배분에 관한 두 번째 문제에 따르면, 민중은 언제 어디서나 변함없이 하나만을 요구합니다. 이 요구는 수업을 **겨울에만** 진행하는 것입니다.

어디든 똑같은데, 부모는 봄부터 자식들을 보내지 않습니다. 학교에 오는 아이들은 약 4분의 1 혹은 5분의 1 정도입니다. 어린아이거나 부잣집 아이들이 내키지는 않지만 학교로 갑니다. 민간이 직접 교사를 고용할 때 그들은 언제나 겨울 몇 달 동안 교사를 고용합니다. 지방 행정청은 여름 두 달 동안만 교육 시설을 비워놓을 수 있으며, 한 학급 마을 학교에서도 그렇게 해야만 한다고 제안합니다. 지방 행정청의 시각에서 보자면 이것은 아주 합당합니다. 아이들은 배운 것을 잊어버리지 않을 것이고, 교사는 1년 내내 생활을 보장받습니다. 그리고 장학사는 여름에 학교를 돌아다니는 것이 편리합니다. 그러나 민간은 이에 관해 아무것도 모릅니다. 민중의 상식은 그에게 이렇게 말합니다. "겨울에 아이는 10시간씩 잔다. 그래서 그들의 머리는 맑다. 아이들에게는 겨울에 걱정거리와 일이 없다. 만일 겨울 동안 필요한 1.5루블짜리 램프와 그 정도의 등유로 저녁까지 오랫동안 가르친다면, 배움은 충분할 것이다." 여름이면 농민들에게 어떤 아이라도 필요하다는 사실은 말할 것도 없고, 여름에 소년은 생활의 수업을 받게 됩니다. 이것은 학교의 수업보다 더 중요합니다. 민중은 이렇게 말합니다. "우리가 1년 동안 교사에게 지불할 이유는 없다. 우리가 겨울 동안 그에게 더 많이 추가 지급한다면, 그는 더 영광스러워 할 것이다. 그래서 우리는 1년 동안 월급 12루블 받는 교사보다는 7달 동안 월급 25루블을 받는 교사를 찾는다. 그러면 교사는 여름에 다른 곳에 고용될 것이다."

지역에 따른 학교의 분포라는 세 번째 문제에 따르면, 민중을 관리하는 것은 학교 위원회가 관리하는 것과는 특별히 구별됩니다. 첫째, 학교는 크든 작든 특정 지역에 배분되어 있고 언제나(민간 스스로 관리합니다) 인구의 전체 특징에 좌우됩니다. 민중이 소매업에 더 많이 종사하고, 임금 노동자이며,

도시에 더 가깝고, 민중에게 읽고 쓰기가 더 필요한 그곳에 큰 학교가 있습니다. 황량한 농지가 더 많은 지방에는 학교가 더 적습니다. 둘째, 민간이 스스로 운영할 때 민간은 모든 부모가 자비를 들인 학교를 이용할 수 있도록, 즉 학교로 자녀들을 보낼 수 있도록 학교를 분포시킵니다. 외떨어지진 않았지만 전체 인구의 절반 이상이 모여도 30~40가구인 작은 마을의 농민들은 그들의 아이들이 통학할 수 없는 읍내의 임금이 높은 교사보다는 자기 마을에 있는 임금이 낮은 교사를 선호합니다. 이와 같은 학교의 분포 때문에 농민들이 설립한 학교들은 요구되는 학교 모델에서 벗어난 것도 사실입니다. 대신 이 학교들은 여기저기 지역의 조건에 따라 아주 다양한 형태를 띠게 됩니다. 어떤 곳의 사역자는 한 달에 50코페이카로 자신의 방에서 이웃 마을에서 온 여덟 명의 소년들을 가르칩니다. 또 어떤 작은 마을은 겨울 동안 8루블로 군인을 고용하였고, 그는 농가를 돌아다닙니다. 어떤 곳의 부유한 잡역부는 자신의 아이들을 위해 5루블과 식료품으로 교사를 고용했고, 이웃 농민들도 제 아이를 위해 교사에게 2루블씩 추가 지불하면서 잡역부에게 합류합니다. 어떤 큰 시골이나 아주 가까운 읍은 1인당 15코페이카씩 1200명이 모아서 겨울 동안 180루블로 교사를 고용하였습니다. 또 어떤 곳의 사제는 때로는 돈으로, 때로는 일을 돕는 것으로, 때로는 이런저런 물품으로 보수를 받으면서 가르칩니다. 이러한 면에서 농민의 시각과 자치회의 시각 사이에 중요한 차이점이 있습니다. 바로 농민들은 그들에게 다소간 유리하게, 지방의 조건에 따라 학교를 설립한다는 것입니다. 이 학교는 더 나을 수도 있고 더 나쁠 수도 있습니다. 어쨌든 이렇게 자신들을 위한 교육을 하지 않았던 지역은 한 곳도 없습니다. 반면 자치회 조직 아래 인구의 반 이상은 **앞으로도 한참 동안** 교육받을 수 있는 가능성을 전혀 가질 수 없습니다. 인구의 반을 이루는 소규모 마을의 입장에서 지방 행정청은 아주 결정적으로 작용합니다. 지방 행정청은 이렇게 말합니다. "우리는 장소가 있고, 읍내의 농민들이 교사에게 200루블을 지불할 돈을 모은 곳에 학교를 설립할 것이다. 부족한 부분은 자치회에서 조달할 것이고, 학교는 목록에 기재된다. 학교와 떨어져 있는 시골에서 원한다면 아이들을 데려와도 좋다." 물론 농민들은 멀기 때문에 데려가지는 않습니다. 그들은 돈만 냅니다. 그렇게 야세네츠키 읍에서 모든 사람들은 세 개의 학교에 돈을 냈지만, 마을 세 곳만, 전체 3000명 중 450명만 학교를 이용합니다. 이렇게 인구의 7분의 1만이 학교를 이용하지만 모든 사람이 돈을 냅니다. 체르모센스키읍에는 900명이 있고 학교도 있습니다. 하지만 학교에서는 30명의 학생만 공부합니다. 왜냐하면 읍내의 모든 마을이 흩어져 있기 때문입니다. 900명의 사람이면 약 400명의 학생이 있어야 합니다. 어쨌든 야세네츠키와 체르모센스키에서 학교 분포의 문제는 만족스럽게 해결되었다고 생각합니다.

교사 선발의 입장에서 민간은 역시 자치회와는 완전히 다른 시각에 따라 행동합니다. 교사를 선발하면서, 민간은 나름 대로 교사로서 그의 가치를 살펴보고 평가합니다. 만일 교사가 주변에 살고 있으면, 민간은 그의 학업 결과가 어떠했는지 알고 있습니다. 민간은 학업 결과에 따라 그가 훌륭한 교사인가 그렇지 못한 교사인가를 평가합니다. 교사로서의 자질 외에도 민간은 교사가 농민에게 가까운 사람인지, 그가 농민의 생활을 이해할 수 있고 러시아어를 할 수 있는지를 살펴봅니다. 그래서 항상 마을 시민인 교사를 선호합니다. 이때 민간은 어떠한 계층에도 편견이나 혐오감을 가지고 있지 않습니다. 귀족, 관리, 상인, 군인, 보조사제, 수도사, 모두 괜찮습니다. 순박한 러시아인이면 됩니다. 그래서 농민들은 자치회처럼 사역자를 교사에서 제외시킬 어떤 이유도 가지고 있지 않습니다. 자치회는 낯선 사람들 가운데 교사를 선발하고 도시에서 초빙합니다. 민간은 그들 주변에서 교사를 찾습니다. 이러한 면에서 지역공동체와 자치회 사이에 중요한 차이점이 있습니다. 그것은 자치회가 하나의 유형을 형성하였다는 것입니다. 교사는 교육학 수업을 들었고, 신학교나 전문학교 과정을 끝내고 200루블을 받습니다. 민간은 훌륭하다면 이러한 교사도 제외시키지 않고 평가합니다. 그래서 민간은 아주 다양한 모든 교사를 가지는 셈입니다. 이 외에도 대부분의 학교위원회는 선호하는 일정한 교사 유형이 있습니다. 그리고 대부분 민중에 낯설고 민중을 낯설어하는 유형은 선호하지 않습니다. 가령 툴라현의 많은 군에서 좋아하는 유형은 분명 여교사입니다. 좋아하지 않는 유형은 사역자입니다. 툴라현 전역과 크라피벤스키에는 성직자 출신의 교사가 있는 학교가단 한 곳도 없습니다. 이것은 행정적인 면에서 매우 주목할만한 일입니다. 크라피벤스키군에는 50개의 교구가 있습니다. 사역자는 가장 임금이 적은 교사입니다. 왜냐하면 그들은정착지가 있고 대부분 자신의 집에서 아내와 딸의 도움을 받아 가르칠 수 있기 때문입니다. 그들 모두는 짐짓 아주 해로운 사람으로 취급받습니다.

교사들의 임금에 대한 자치회의 시각과 민간의 시각의 차이는 이미 앞에서 거의 언급되었습니다. 그 차이는 이렇습니다. 1)민간은 재정에 따라 교사를 채용하고, 경험상 다양한임금을 받는 교사가 있다는 것을 알고 있습니다. 한 달에 밀가루 2푸드에서부터 30루불까지 받는 교사들이 있습니다. 2)교사에게 수업 가능한 겨울 몇 달간의 보수를 지급해야 합니다. 3)민간은 장소를 만들고 교사에게 보수를 지급할 때, 언제나 가장 저렴한 지급 방법을 찾을 수 있습니다. 그들은 밀가루, 건초, 계란, 눈에 잘 띄지 않지만 교사의 상황을 개선시켜줄 여러 가지 작은 물건들을 줍니다. 4)중요한 것은 이 일에 직접적인 이해관계가 없는 행정부가 아니라, 학생의 부모나 학교의 이익을 이용하는 모든 지역공동체가 교사에게 임금을 주고 추가 지급한다는 것입니다.

지방 행정청은 이런 면에서 이제까지 해왔던 것과는 다르게 행동할 수 없습니다. 전형적인 교사 월급의 기준은 주어졌고, 자금이 있을지라도 계속해서 모아야만 합니다. 예를 들어 지역공동체가 학교 설립을 제안한다면, 읍에서는 가구당 일정한 양의 코페이카를 냅니다. 자치회는 얼마나 추가 지불할지 생각합니다. 다른 학교들의 요구가 없다면, 자치회는 더 많이 냅니다. 때로는 지역공동체가 낸 것보다 두 배를 더 내기도 합니다. 만일 가끔씩 모든 비용이 할당되었다면, 자치회는 더 적게 내거나 아예 거절합니다. 가령 크라피벤스키군에 90루블을 낸 지역공동체가 있다면, 자치회는 학교를 위해 보조교사와 함께 여기에 300루블을 추가 지불합니다. 또 250루블을 내는 지역공동체가 있다면, 자치회는 50루블을 더 냅니다. 56루블을 제안한 어떤 지역공동체가 있다면, 자치회는 지역공동체의 추가 지불과 학교의 개교를 거부합니다. 왜냐하면 정상적인 학교를 위해 이 돈은 부족하기 때문입니다. 하지만 돈은 이미 배분됩니다. 이렇게 행정적인 면에서 민간과 자치회 시각 사이에 다음과 같은 중요한 차이가 있습니다. 1)자치회는 장소에 많이 주목하고 많은 돈을 지불합니다. 민간은 가정의 경제적인 수단으로 이 곤경을 벗어나고, 일시적인 임시기관으로 읽고 쓰기를 가르치는 학교에 주목합니다. 2)지방 행정청은 7월과 8월을 제외한 1년 내내 수업을 요구하고, 결코 야간 수업을 진행하지 않습니다. 민간은 오로지 겨울에만 수업을 요구하고 야간 수업을 좋아합니다. 3)지방 행정청에는 정해진 교사들의 유형이 있습니다. 지방 행정청은 이 유형보다 낮은 수준의 교사가 있는 학교를 인정하지 않고, 사역자와 지방의 학자를 혐오합니다. 민중은 어떤 기준도 인정하지 않고 주로 지역 주민 가운데서 교사를 선발합니다. 4)지방 행정청은 무작위로 즉 정상적인 교육기관을 조성할 수 있는가에 따라 학교를 배치합니다. 그리고 그들은 이러한 배치로 인해 학교에 수용되지 못하는 반 이상의 인구에 대해서는 신경 쓰지 않습니다. 민간은 학교의 정해진 외형만을 인정하는 것은 아닙니다. 민간은 다양한 방식을 통해 얻은 모든 자금으로 교사들을 확보합니다. 그들은 적은 자금으로는 초라하고 허름한 학교를 설립하고 많은 자금으로는 훌륭하고 값비싼 학교를 설립합니다. 민간이 주로 주목하는 것은 모든 지역에서 자신들의 돈으로 교육받을 수 있느냐는 것입니다. 5)지방 행정청은 충분히 높은 수준의 임금을 정하고 자치회로부터 추가 금액을 마음대로 확대합니다. 민간은 가능한 한 절약합니다. 그래서 그들은 아이를 교육시키는 가구에서 직접 지급하도록 임금을 할당합니다.

이와 같은 요구에서 민간의 상식이 어느 정도 명확하게 표현된다는 점을 환기시킬 필요는 없을 것 같습니다. 이것은 그 발생에서 이미 인민교육 사업에 족쇄를 채우고자 하는 인위적인 설립과는 대조적입니다. 이외에도 정의라는 감정이 뜻하지 않게 사업의 이와 같은 질서를 불쾌하게 생각합니다. 실제 무슨 일이 일어났는지 보십시오. 민중은 교육의 필요성을 느꼈고 자신의 목적을 달성하기 위해 행동하기 시작했습니다. 민중이 낸 세금 외에 그들은 자신들의 교육을 위한 세금을 더 부과받았습니다. 즉 교사를 고용하게 되었습니다. 우리는 무엇을 했을까요? "그러면 너희가 더 내라." 우리는 이렇게 말했습니다. "가만히 있어. 너희는 바보 멍청이야. 돈을 줘봐. 우리가 너희에게 더 좋은 것을 만들어 줄게."

민중은 돈을 냈습니다. (내가 말했듯이, 많은 자치회에서 학교를 위한 모금을 바로 세금으로 바꿨습니다.) 돈을 가져왔고, 민중을 교육했습니다.

내가 부자연스러운 교육이 이루어진다는 것을 반복할 필요는 없을 것 같습니다. 그런데 이 일은 어떻게 추진됐을까요? 최근 조사에 따르면 크라피벤스키군에는 여성을 포함하여 4만 명이 있습니다. 1862년 연령별 정교회 인구 1만 명에 대한 부냐콥스키식 분포표에 따르면, 6~14세 남자는 1834명, 여자는 1989명, 합이 1만 명당 3823명입니다. 내가 조사한 바에 따르면, 인구의 증가로 인해 그 수는 이보다 많습니다. 그렇기 때문에 학생 인구의 평균치는 감히 4000명이라고 할 수 있습니다. 학교에는 평균적으로 큰 중심지에는 60명, 작은 중심지에는 10~25명의 학생이 있습니다. 모든 사람이 공부하기 위해서는 인구의 반 이상이 있는 작은 중심지에 10, 15, 20명의 학생으로 된 학교가 필요합니다. 그래서 내 생각으로 학교의 기준은 30명이 넘지 않습니다. 1만 6000명이라면 몇 개의 학교가 필요할까요? 1만 6000 나누기 30은 530개의 학교입니다. 비록 학교가 개교하여 7세에서 15세까지의 모든 학생들이 입학하더라도 그들 모두가 총 8년 동안 다니지는 않는다고 가정해봅시다. 4분의 1 즉 130개 학교, 따라서 4200명의 학생을 감해봅시다. 400개의 학교가 있어야 한다고 가정할 수 있습니다. 현재 20개의 학교만 설립되었습니다. 자치회가 2000루블을 주고, 1000루블을 추가 지불하여 3000루블이 되었습니다. 농민들에게서 1인당 15코페이카씩 몇 명에게서 모아 약 4000루블이 됩니다. 학교 건물에 700루블, 1년 교육과정에 1200루블이 소요됩니다. 그리고 자치회가 강습회나 다른 허튼짓에 낭비하지 않고, 아주 단순하고 이성적으로 활동할 것이고, 모든 농민으로부터 새 교육기관을 위한 세금을 15코페이카씩 모은다고 가정해봅시다. 앞으로 이 일은 어떻게 될까요? 농민으로부터 6000, 자치회에서 3000, 합계 9000입니다. 10개의 학교를 더한다고 생각해봅시다. 정확하게 이 학교들을 유지하는 데 9000루블이면 됩니다. 이것은 학교 위원회가 높은 수준의 이성적·경제적 활동을 할 경우에만 그렇다는 말입니다. 결국 지방 행정에서 4만 명을 위한 30개의 학교는 군 단위의 교육 사업이 확산할 수 있는 가장 높은 임계점입니다. 만일 모든 농민이 1인당 15코페이카의 세금을 내고, 아주 의심스럽지만, 농민이 아니라 자치회가 이 돈을 관리할 경우에만 교육 사업은 이러한 최대치에 도달할 수 있습니다. 나는 자치회 측의 3000루블까지의 증액 가능성에 대해 언급하지 않을 것입니다. 왜냐하면 3000루블의 증액은 똑같은 농민들에게 부과될 것이기 때문입니다. 다른 측면에서 보자면, 이 증액은 어떤 것으로도 보장되지 않고, 전혀 예상할 수 없는 재원이 되기 때문입니다. 그러면 인민교육 사업을 당위의 상태 즉 4만 명을 위한 400개의 학교를 만들기 위해, 학교가 장난이 아니라 민중의 실제 요구에 답하기 위해 다른 출구는 없습니다. 학교에 필요한 금액 300루블을 조성하기 위해서 1인당 15코페이카가 아니라 3루블씩 농민에게 부과하는 것입니다. 그런데 나는 왜 필요한 만큼의 학교를 갖추어야 하는지 그 이유를 모르겠습니다. 가장 단순한 수리 계산법은 학교의 성공을 위한 하나의 방법이 방식의 간소화, 단순화, 학교 건설의 저렴화라는 것을 보여줍니다. 그런데 교육가들은 마치 내기라도 하듯이 어떻게 하면 교육을 더 힘들고, 더 복잡하고, 더 비싼 것으로 만들까('더 나쁘게'라고 덧붙이지 않을 수 없습니다) 궁리하고 있습니다. 과연 우리에게 이것이 보이지 않는 걸까요? 나는 부나코프 씨와 옙투셰프스키 씨의 개념에 따라 초등학교 설립에 절대적으로 필요한 교과서를 300루블로 계산하였습니다. 그런데 교육계에는 신학교에 400루블을 받을 만큼 잘 다듬어진 교사가 양성되고 있다는 말만 있습니다. 그들은 시골에서 일하지 않을 것입니다. 아동교육의 개선 과정에서 만일 군이 12만 루블을 모은다면, 교육가들은 나사가 죄어진 책상을 갖추고 교사를 위한 세미나가 열리는 20개 학교에 자리를 찾았을 것이 확실해 보입니다. 크라피벤스키군에는 40개의 학교가 폐쇄되었습니다. 그리고 학교를 폐쇄시킨 사람들은 그들에게 지금 20개의 좋은 학교가 있기 때문에, 이것으로 학교 사업을 진전시켰다고 확신하고 있습니다. 우리는 과연 이것을 보지 못했을까요? 가장 눈에 띄는 것은 이와 같은 요구를 한 사람들은 민중에게 이것이 필요한지 아닌지를 조금도 신경을 쓰지 않는다는 것입니다. 그들이 민중을 위해서 이 모든 것을 준비했는데도 말이죠. 또한 더 신경을 쓰지 않는 것은 누가 이 비용을 낼 것인가입니다. 자치회는 이 모든 요구사항에 정신이 흐려져서, 간단한 계산과 단순한 정의도 보지 못합니다. 어떤 사람이 나에게 도시에서 그를 위해 한 달치 밀가루 2푸드를 사달라고 요청합니다. 그런데 나는 그 돈으로 악취가 나는 사탕 한 상자를 사주고는 만족하지 않는 그의 무례함을 질책합니다. 바로 이와 똑같습니다.

비평이란 좋지 않은 것이 어떠한지를 보여주어야만 한다는 규칙을 준수하면서, 나는 학교 사업이 어린애 장난이 아니라 장래성을 가지려면 어떻게 이루어져야 하는지를 보여주기 위해 애쓰고 있습니다. 해답은 처음 두 문제와 똑같이 자유입니다. 원하는 자신의 학교를 설립할 자유를 민간에 주고, 학교를 조직하는 일에 최대한 개입하지 말아야 합니다. 문제를 이렇게 바라볼 때만 학교의 확산을 막는 불가항력적인 중요한 장애가 사라지게 됩니다. 중요한 장애는 바로 **자금의 부족과 자금 확충의 불가능성입니다.** 첫 번째에 대해 민간은 학교들이 저예산으로 운영될 수 있게끔 가능한 모든 조치를 취하겠다고 말합니다. 두 번째에 대해 민간은 자신들이 주인이라면 자금은 언제나 찾게 된다고 답변합니다. 하지만 민간은 그들에게 필요하지 않은 시설에 자금을 보태는 것에는 동의하지 않습니다. 민간의 시각과 지방 행정청의 시각의 본질적인 차이는 다음과 같습니다. 1)민간의 견해에 따르면, 하나의 정해진 학교의 기준과 형식은 없습니다. 하지만 지방 행정청이 제시한 것처럼, 기준과 형식을 벗어나거나 이에 미치지 못하는 학교는 이미 공인되지 않았습니다. 어느 학교나 있을 수 있습니다. 아주 우수하고 돈이 많은 학교도 있고, 아주 나쁘고 돈이 적은 학교도 있습니다. 그러나 가장 나쁜 학교에서도 읽고 쓰기를 배우고 학교를 이용할 수 있습니다. 부유한 교구에서 더 훌륭한 사제를 임명하고 교회가 더 호화롭게 세워지는 것처럼, 부자 마을에 더 좋은 학교를 건립할 수 있고, 가난한 마을에 더 나쁜 학교를 건립할 수 있습니다. 하지만 기도하는 것은 부자 교구와 가난한 교구가 똑같듯이, 똑같이 배웁니다. 2)민중은 자신들의 교육에서 첫 번째 필수조건으로 비록 가장 낮은 수준일지라도 모든 것에서 동등하고 동일한 교육의 공급을 꼽습니다. 그다음 다시 향후의 동등한 교육의 향상을 전제로 합니다. 지방 행정청은 전체 사람들 가운데 20분의 1로 선발된 몇몇의 행운아들을 교육시킬 필요가 있다고 여기는 듯합니다. 교육이 훌륭하다는 본보기로서 말입니다. 3)차이는 이렇습니다. 지방 행정청은 계산할 줄 모르고 일부러 계산하기를 원하지 않기 때문에, 모든 학교의 문제를 비용이 높고 비싸고 민중에게는 완전히 낯선 수준으로 끌어올렸습니다. 교육에 필요한 것이 높은 비용이라면, 이와 같은 상태에서는 어떤 결과도 기대할 수 없고, 학생의 수도 결코 확대될 수 없습니다. 계산할 줄 알고 잇속에 밝은 사람은 분명 이미 오래전부터 내가 말했던 계산을 했을 것입니다. 민간은 400 루블씩이나 필요한 호화로운 학교들이 좋은 학교일지라도 그들에게 필요하지 않다는 것을 명명백백히 알고 있습니다. 그들은 학교의 지출을 모든 수단을 동원하여 줄이고자 노력하고 있습니다.

이 일이 어린애 장난이나 오락이 아니라 장래성을 가지기 위해서 자치회는 어떻게 행동하고 무엇을 해야 할까요? 민중의 요구에 부응하고 가능한 한 비용을 더 절감하고 학교의 형식을 해방시키고 학교 설립의 가장 큰 힘을 지역공동체에 위임해야 합니다.

이를 위하여 자치회는 학교를 위한 기금의 배분, 지역에 따른 학교 할당을 아예 거절하고, 이 할당을 농민들에게 위임해야만 합니다. 교사의 임금 책정, 건물의 임대, 구입과 건설, 장소와 교사의 선정, 이 모든 것을 농민들에게 완전히 위임해야만 합니다. 자치회 즉 학교 위원회는 학교가 어디에 무엇을 기반으로 설립이 되었는지 알려줄 것을 지역공동체에 요청해야 합니다. 이 요청은 지금 자행되는 것처럼 학교를 폐쇄하기 위한 것이 아니라, 학교 존립 조건을 인지한 후 터전을 잡은 학교를 위한 수당에 한번 정해진 일정한 몫을 자치회에서도 보낼 수 있게 하기(만일 이 조건들이 위원회의 요구와 일치한다면) 위함입니다. 지역공동체는 학교의 운영비를 책정하는데,

그에 따른 자치회의 몫은 학교의 수와 자치회의 자금과 요구를 고려하여 2분의 1, 3분의 1, 4분의 1 정도입니다. 가령 20명이 있는 한 마을은 겨울에 아이들을 가르칠 임시 교사를 월 2루블에 고용합니다. 학교 위원회에서 위임받은 한 인사는(나중에 이야기할 것입니다) 이 정보를 들은 다음 임시 교사를 초빙하여 그가 무엇을 알고 있는지, 어떻게 가르칠 것인지를 묻습니다. 만일 조금이라도 임시 교사가 읽고 쓸 수 있고 해가 되지 않는다면, 그에게 자치회가 정한 몫인 2분의 1, 3분의 1, 4분의 1을 지급합니다. 학교 위원회는 지역공동체가 한 달에 5루블에 고용한 성직자, 혹은 한 달에 15루블에 고용한 교사를 똑같이 대우합니다. 물론 학교 위원회는 지역공동체가 직접 고용한 교사도 그렇게 대우합니다. 만일 지역공동체가 학교 위원회에 부탁한다면, 위원회는 똑같은 조건의 교사를 지역공동체에 추천합니다. 그러나 이때 자치회는 교사들이 지금처럼 200루블을 받을 수 없다는 것을 잊어서는 안 됩니다. 학교 위원회는 모든 출신의 교사, 1루블부터 30루블까지 월급을 받는 모든 교사의 인력풀 역할을 해야만 합니다. 건물에 대해서 학교 위원회는 한 푼도 지출하지 않고 한 푼도 보태지 않을 것입니다. 이것은 가장 비생산적인 지출 가운데 하나이기 때문입니다. 자치회는 지금처럼 한 달에 2~5루블인 임금이 적은 교사가 닭장 같은 농부의 집들 혹은 농가들로 옮겨다니는 방식을 꺼려서는 안 됩니다. 자치회가 반드시 기억해야 할 것은 학교의 원형, 지향해야만 하는 이상이 칠판과 걸상 달린 책상이 있는 철제 골조 위의 석조 건물이 아니라, 농부가 살고 있고 농부가 식사를 하는 의자와 테이블을 갖춘 농가라는 것입니다. 그리고 이것은 프록코프를 입은 교사와 머리를 틀어 올린 여교사가 아니라 조끼와 셔츠를 입거나 농부용 스커트와 머리에 수건을 두른 교사이고, 수백 명의 학생들이 아니라 5, 6명에서 10명까지의 학생입니다. 자치회는 지금처럼 어떤 교사 유형에 대한 애착이나 반감을 가져서는 안 됩니다. 예를 들어, 지금 툴라 자치회에는 김나지움이나 신학교 출신의 여교사 유형을 편애하고, 툴라현의 대부분의 학교는 이들에 의해 지도되고 있습니다. 크라피벤스키군에는 수도승 출신의 교사에게 이상한 반감이 있습니다. 그래서 군에는 50개의 교구가 있지만 사역자 출신의 교사는 단 한 명도 없습니다. 교사들을 추천할 때 자치회는 두 가지 중요한 고려 사항에 따라야만 합니다. 첫째, 교사는 가능한 한 임금이 적어야 합니다. 둘째, 교사는 그 교육상 가능한 한 민중에게 가까워야 합니다. 이 문제에 대한 대립된 시각 덕분에 이해할 수 없는 현상, 예를 들어 크라피벤스키군에(모든 현과 현 내의 대다수가 거의 똑같습니다) 50개의 교구와 20개의 학교가 있고, 20개 학교 모두 성직자나 사역자 출신 교사가 단 한 명도 없다는 점을 설명할 수 있습니다. 현재 도시에서 시골로 옮겨온 교사들과 여교사들이 받을 수 있는 보수의 4분의 1 정도의 작은 보수로 기꺼이 교사직을 받아들이지 않을 사제 혹은 보조 사제, 교회지기, 그들의 딸들과 아내를 찾을 수 없는 교구는 없는데도 말입니다. 하지만 사람들은 나에게 이렇게 말할 것입니다. "남녀 순례자, 술 취한 군인들, 쫓겨난 서기와 교회지기들과 함께 하는 학교는 어떻게 될까요? 형식 없는 학교에 대한 관리가 어떻게 가능할까요?" 이것에 대해 내가 대답하자면 첫째, 순례자와 군인, 교회지기 출신의 이 교사들은 사람들이 생각하는 것처럼 그렇게 아주 나쁘지는 않습니다. 나의 학교 수업에서 나는 이들 학교 출신의 학생들을 자주 맡게 됩니다. 이들 가운데 몇몇은 빨리 읽고 아름답게 쓸 줄 알고, 이 학교에서 습득한 나쁜 습관들을 바로 버렸습니다. 우리는 이 학교에서 배워서 읽고 쓸 줄 아는 농부들을 잘 알고 있으며, 이 읽고 쓰기가 쓸모없거나 해롭다고 말해서는 안 됩니다. 내가 대답하고자 하는 두 번째는, 이렇게 심사받은 교사들은 특히 나쁠 수 있습니다. 왜냐하면 그들은 완전히 오지에 던져졌고, 어떤 도움이나 지침도 없이 가르쳤기 때문입니다. 나이 많은 교사들 가운데 당신에게 그가 새로운 방식을 모르고 자신은 어중간한 교육을 받았다고 안타깝게 말하지 않을 사람은 한 명도 없습니다. 또 교사들 가운데 많은 사람들, 특히 젊은이들 가운데 사역자는 기꺼이 새로운 방식으로 공부할 준비가 되어 있습니다. 이 교사들은 전혀 쓸모가 없는 사람처럼 바로 거부되어서는 안 됩니다. 그들 사이에도 더 나쁘고 더 좋은 교사들이 있습니다(그리고 나는 그들 가운데 아주 능력 있는 자들도 보았습니다). 그들을 비교하고 더 훌륭한 자를 선별하여 칭찬하고, 다른 훌륭한 교사들과 그들을 만나게 하고, 그들을 가르쳐야 합니다. 이것은 가능하고, 학교 위원회의 업무도 이것에 있어야만 합니다.

그런데 만일 그들이 군의 100여 곳에 배치된다면, 그들을 어떻게 통제하고 감독하고 가르쳐야 할까요? 내 생각에, 자치회와 학교 위원회의 업무는 사업의 교육적인 측면을 감독하는 것으로 이루어져야 합니다. 다음과 같은 조치가 취해진다면 이것은 가능할 것입니다. 만일 모든 자치회에서 어떤 인물이 인민교육의 확산 혹은 협력의 책무를 지게 된다면, 그 인물은 한 명이어야만 합니다. 이 인물은 돈을 받지 않는 학교 위원회 회원이거나 적어도 1000루블의 임금을 받으며 자치회에 고용된 사람이어야 합니다. 이 인물이 군 소재지의 교육적 측면을 관리하게 됩니다. 이 인물은 김나지움 과정에서 전반적으로 새로운 교육을 받아야 합니다. 즉 기본적으로 러시아어와 슬라브어 일부를 알아야 하고, 산수와 대수를 알아야 하며, 교사여야 합니다. 다시 말해서 교육학의 실무를 알아야 합니다. 이 인물은 신세대 교양인이어야 합니다. 왜냐하면 내가 언급했다시피, 오래전에 대학을 졸업하고 자신의 교양을 새롭게 하지 않은 사람의 지식은 교사들의 지도뿐만 아니라 마을 학교의 시험에도 부족할 수 있기 때문입니다. 이 인물은 똑같은 지역에서 교사 생활을 지속해야 합니다. 이것은 다른 교사들과 관련된 교육학 자료를 자신의 요구와 방침들에 부단히 활용하기 위함이고, 오해와 실수에 대비하여 가장 중요한 수단인 현실에 대한 생생한 관계를 지향하기 위함입니다.

만일 어떤 자치회가 이러한 사람을 데리고 있지 않고 고용하려고 하지 않는다면, 내가 생각하기에 그 자치회는 돈을 주는 것 외에는 인민교육에 관해 결정적으로 아무것도 해서는 안 됩니다. 왜냐하면 일의 행정적인 부분에 가하는 어떤 간섭도 (지금 자행되고 있습니다) 해롭기만 하기 때문입니다.

자치회 회원이거나 자치회에서 고용한 고등교육을 받은 사람은 군내에서 보조교사가 있는 가장 좋고 모범이 되는 학교에서 근무해야 합니다. 이 주임 교사는 이 학교에 새로운 학습방식을 도입하고 적용하는 것 외에 나머지 학교도 살펴봐야만 합니다. 이 학교는 교사가 온갖 정육면체와 카드를 도입했고 독일인이 만들어낸 어리석음을 도입했다는 의미에서 모범이 되어서는 안 됩니다. 이 학교는 여기에서 교사가 다른 학교에 다니는 똑같은 농민의 아이들을 대상으로, 대부분의 교사들이 — 학교에서 대부분을 이루고 있는 교회지기와 군인들 — 습득했던 가장 단순한 기법을 실험한다는 의미에서 모범이 되어야 합니다. 내가 제안했던 구조에서 규모가 크고 넉넉한 학교(내가 생각하기에 20개의 학교당 한 학교의 비율로)는 큰 중심가에 생기고, 규모가 큰 이 학교에는 신학교 과정을 끝낸 정도의 교육 수준을 가진 교사들이 있기 때문에, 주임 교사는 이 큰 모든 학교를 돌아다니고, 일요일마다 이 교사들을 모으고, 그들에게 결점을 지적하고, 새로운 방식을 제시하고, 자신들의 교육을 위한 충고와 책을 주고, 그들을 일요일마다 자신의 학교로 초대합니다. 주임 교사의 서재는 몇 권의 성경, 슬라브어와 러시아어 문법, 산수, 대수학으로 이루어져야 합니다. 주임 교사는 시간이 조금 있다면 소규모 학교를 방문하고 그 학교의 교사들을 초대합니다. 그러나 소규모 학교의 교사를 살펴보는 의무는 고참 교사에게 위임합니다. 마찬가지로 고참 교사들은 각자 주변을 돌아다니고, 이 학교들은 고참 교사들을 일요일과 평일에 자신들의 학교로 초대합니다. 자치회는 교사에게 출장 경비를 지불하거나, 지역공동체가 제공한 비용에 추가하여 지역공동체로부터 출장용 마차를 얻어냅니다. 교사들이 모임을 갖고, 공평하고 우수한 학교를 방문하는 것은 성공적인 일의 진행을 위한 중요한 조건 가운데 하나입니다. 그래서 자치회는 이러한 모임의 조직에 특별히 주목해야 하고 지출을 아까워해서는 안 됩니다. 이 외에 50명 이상의 학생이 있는 큰 학교들에는 현재 학교에 있는 보조교사들 대신에, 남녀 학생들 가운데 가르치는 일에 재능 있는 학생을 선발해 2~3명씩 보조교사가 되게 해야 합니다. 이 보조교사에게 임금 50코페이카에서 1루블을 지급하고 교사는 그들이 다른 사람들에게 뒤처지지 않도록 저녁마다 그들과 함께 따로 공부합니다. 가장 우수한 학생 가운데 선발된 이 보조교사들은 규모가 작은 학교의 낮은 수준을 바꿀 미래의 교사가 되어야 합니다. 물론 크고 작은 학교의 교사 모임을 조직하고, 고참 교사들이 순회하고, 학생에서 보조교사가 된 이들이 교육하는 것은 아주 다양한 방법으로 이루어질 수 있습니다. 그러나 문제는 많은 학교일지라도(그 수가 100명당

한 학교의 수준에 이를지라도) 이런 식으로 관찰하는 것이 가능한가라는 것입니다. 이 구조에서는 소규모 학교 교사도 큰 학교 교사도 그들의 노력이 인정되고, 시골 벽지에 출구 없이 파묻히지 않고, 그들에게 동료와 지도자가 있음을 느낍니다. 또 교육의 문제에서도, 향후 자신의 개인적 교육과 상황의 개선에도 그들에게 길과 출구가 있음을 느낍니다. 이러한 구조에서 공부에 재능이 있는 순례자나 교회지기는 스스로 공부할 것입니다. 배울 능력이 없거나 배우고 싶지 않은 사람은 다른 사람으로 교체됩니다. 교육기간은 모든 농부들이 원하는 대로 겨울의 7개월 동안입니다. 그러므로 임금은 월로 정해져야만 합니다. 이 구조에서 교육 확산의 속도와 균형은 말할 것도 없고, 민중이 학교에 대한 필요성을 느끼는 그 중심에 설립되는 이점이 있습니다. 그 중심에서 학교들은 자생적이며 따라서 견고하게 정착합니다. 민중의 본성이 교육을 요구하는 그곳에서 교육은 견고해질 것입니다. 보십시오. 도시에서, 잡역부와 부유한 농민들 사이에서 아이들은 어쨌든 읽고 쓰기를 배웁니다. 그리고 결코 잊어버리지 않습니다. 우리가 자주 보는 바와 같이, 인가가 드문 지역에서는 지주가 학교를 설립할 것이고, 아이들도 잘 배울 것입니다. 하지만 10년 뒤에 모든 것을 잊어버리고 이 사람들은 예전처럼 문맹이 됩니다. 그래서 자생적으로 학교가 생겨난 크고 작은 중심지는 특히 소중합니다. 이와 같은 학교가 생겨났고 미흡할지라도 뿌리를 내린다면, 사람들은 조만간 읽고 쓸 수 있을 것입니다. 그래서 이러한 싹을 소중히 해야만 하고, 우리의 기호에 맞지 않는 학교라는 이유로 폐쇄해서는 절대 안 됩니다. 즉 싹을 잘라내서는 안 되고, 어울리지 않는 가지를 다른 곳에 인위적으로 접목해서도 안 됩니다. 이 구조에서만 비용이 많이 드는 인위적인 신학교를 설립하지 않고도 바로 이 학교에서 교육받은 남녀 학생 가운데 선발된 우수한 자들로 임금이 적은 인민교사 인원을 충당할 수 있을 것입니다. 이 사람들은 군인과 교회지기를 대신하고 민중과 교양 있는 계층의 모든 요구를 완전히 충족시켜줄 것입니다. 이 구조의 중요한 이점은 이 구조가 인민교육 발달의 미래를 보여준다는 것입니다. 즉 이 구조가 비용이 많이 드는 학교와 그 학교들의 수적 확대를 위한 재원의 결핍으로 인해 자치회가 이르게 된 막다른 골목에서 우리를 끌어낼 것입니다. 민간이 스스로 학교를 위한 중심지를 선택하고, 스스로 교사를 선발하고 급여의 규모를 정하고, 직접 학교의 이점을 이용할 때에만, 학교를 위해 필요한 자금을 보태게 됩니다. 나는 마을 사람 한 명당 50코페이카씩 자기 마을 학교에 지불했던 지역공동체를 알고 있습니다. 그러나 모든 사람이 학교를 이용하지 않는 한, 읍에서 농민들에게 15코페이카씩 학교에 내도록 강요하기는 힘듭니다. 농민들은 모든 군과 자치회에 코페이카를 보태지는 않습니다. 왜냐하면 자신이 내는 돈에 대한 이익을 이용할 수 없다고 느끼기 때문입니다. 이러한 구조에서만 100명당 하나씩 분포된 모든 학교와 원만한 운영을 위한 자금을 곧 구하게 될 것입니다. 현 구조에서 이 자금을 찾는 것은 불가능할 것입니다. 이 외에 내가 제안한 구조에서는 농민공동체와 지역의 지식인 대표인 자치회의 이익이 불가분의 관계를 맺게 될 것입니다. 자치회가 농민이 제공하는 재원의 3분의 1을 제공한다고 가정해봅시다. 이 돈을 주면서 자치회는 분명 이런저런 방식으로 돈이 어둠으로 사라지지 않을까 걱정할 것이고, 농민공동체에서 제공한 돈 3분의 2를 감독하는 일에 신경 쓸 것입니다. 돈을 내놓으면서 자치회는 지역공동체가 실제로 학교를 원한다는 점 역시 알고 있습니다. 왜냐하면 지역공동체가 돈을 주었기 때문입니다. 농민공동체는 자치회가 일부의 돈을 내어주는 것을 보고, 학습 과정을 주시할 자치회의 권리를 믿고 인정하고 있습니다. 이와 함께 적은 자금을 보유한 학교와 풍부한 자금을 보유한 학교 사이에 존재하는 차이를 일목요연하게 볼 수 있고, 그래서 그들의 자금에 따라 필요하고 가능한 학교를 선택하게 됩니다.

제안된 구조가 기존의 구조와 어떤 차이점이 있는지 보여주기 위해 내가 알고 있는 크라피벤스키군을 다시 인용하고자 합니다. 민중이 원하는 지역과 형태로 민간이 학교를 개교할 수 있게 허락한다면, 당장 새롭게 아주 많은 학교가 다시 생겨날 것이라는 사실은 의심의 여지가 없습니다. 확신컨대, 50개의 교구가 있는 크라피벤스키군의 모든 교구에는 학교가 반드시 존재할 것입니다. 왜냐하면 교구는 언제나 인구의 중심지이고, 사역자 중에 가르치는 데 재능 있는 한 사람 정도는 발견될 것이고, 그는 기꺼이 이 일에 열의를 가지고 이익을 취할 것이기 때문입니다. 사역자 학교 외에도 폐쇄되었던 40개의 학교가 개교할 것입니다. (확실히는 30개입니다. 왜냐하면 폐교된 학교의 수에 사역자의 학교도 포함되어 있기 때문입니다.) 그리고 기존의 20개 학교와 함께 머지않아 400개에 가까운 학교가 다시 개교할 것입니다.

사람들이 나를 믿든 믿지 않든, 나는 크라피벤스키군에서 민간의 손에 이 일이 전달될 때 380개의 학교가 개교할 것이고 도합 400개의 학교가 될 것이라고 생각합니다. 그리고 나는 내가 기존의 질서를 고려하여 제안한 조건들에서, 현재보다 거의 20배가 되는 이 400개의 학교의 존립이 가능할지를 판단해보고자 합니다.

모든 농민이 한 명당 15코페이카를 지불하고 자치회가 3000루블을 제공한다고 가정하면 9000루블이 모입니다. 이 금액은 예전의 구조에서는 30개의 학교만 충당할 수 있었을 것입니다. 하지만 새로운 구조에서는 다음과 같이 이루어질 것입니다.

옛날 학교 가운데 10개의 학교는 해체되지 않는 채 남아 있으리라고 생각됩니다. 나는 이 큰 학교들의 교사에게 겨울의 7개월 동안 한 달에 20루블씩 1400루블을 제안합니다.

나는 각 교구에 한 달에 5루블씩 지불하면 되는 학교가 남아 있으리라고 생각합니다. 50개 학교에 1750루블이 듭니다.

내가 생각하기에 나머지 340개 학교는 임금을 낮게 하여

한 달에 2루블씩 지불합니다. 한 학교에 15루블씩 340개교이면 5100루블입니다. 400개의 학교는 총합 8250루블의 임금이 나갑니다. 학교의 교재와 출장비로 750루블이 남습니다.

교사들 급여 수치는 제가 임의로 책정한 것이 아닙니다. 친애하는 교사들이 현재 1년 동안 매달 받는 것보다 더 많습니다. 마찬가지로 사역자도 대부분 그들이 가르쳐서 받는 만큼 받게 됩니다. 한 달에 2루블씩인 임금이 싼 학교들은 실제 농민들이 고용하는 것보다 훨씬 더 많이 책정된 것입니다. 그렇기 때문에 이 계산은 과감히 수용될 수 있을 것입니다. 이러한 계산에서 비용이 많이 드는 10개 학교의 고참 교사들과 10명 혹은 그 이상의 사역자가 관건이긴 합니다. 그러나 이 계산에서만 학교의 문제는 진지하고 가능한 수준에 있으며, 명확하고 정해진 미래를 볼 수 있다는 것은 확실합니다.

처음에 나는 문맹퇴치위원회 회의에서 진술한 것을 복원하고 싶었습니다. 하지만 나는 내가 했던 말이 아니라 내가 하지 않았던 말을 훨씬 더 많이 썼습니다. 그러나 요점은 바로 그때 그곳에서 내가 말했던 것이 아니라 말하고자 하는 것에 있습니다. 나는 나의 모든 교육학 신조를 진술할 기회를 얻게 되어 기쁘게 생각합니다. 왜냐하면 나의 이 작업은 가장 쓸모없는 인간의 활동 가운데 하나인 논쟁에 시간을 허비하지 않도록 해주었기 때문입니다.

만일 지금 내가 진술한 것으로 아무도 설득하지 못한다면, 내가 원하는 것을 표현하지 못했다는 것을 의미합니다. 나는 논쟁으로 누군가를 이기기를 원하지 않습니다. 나는 듣고 싶어 하지 않는 사람들과 마찬가지로 귀 기울이지 않는 자가 가장 희망이 없다는 것을 알고 있습니다. 또 나는 지주들에게 어떤 일이 일어나는지 알고 있습니다. 새 탈곡기를 비싼 값으로 구입해서 설치했고 탈곡을 했습니다. 나사가 단단히 죄어지지 않은 듯 거칠고 지저분하게 탈곡되어 알곡이 짚 속에 그대로 남아 있습니다. 하지만 손해를 감수하고 탈곡기를 버리고 다른 식으로 탈곡하는 것이 확실히 이익이 될지라도 돈은 낭비되고 탈곡기는 놓여 있습니다. 주인은 "탈곡하도록 해"라고 말합니다. 이와 같은 일이 똑같이 일어날 것입니다. 나는 오랫동안 직관교수가 번성할 것이고, 산수 대신에 정육면체와 단추, 문자 학습을 위한 불필요한 발음, 필요한 400개의 저렴한 인민학교 대신에 20개의 값비싼 독일식 학교가 오랫동안 번성할 것도 알고 있습니다. 하지만 나는 또한 러시아 민중의 상식은 그에게 강요된 부자연스러운 거짓 학습 체계를 받아들이지 않으리라는 것도 잘 알고 있습니다.

중요한 관계자이자 평가자인 민중은 지금 그들을 위해 교육이라는 정신적 양식을 어떠한 방식으로 준비하는 것이 더 좋은지에 관한 여러 가지 기발한 제안을 들으면서 어떤 주의도 기울이지 않습니다. 그들에게는 모든 것이 같습니다. 왜냐하면 민중은 자신들의 지적인 발달이라는 위대한 일에 거짓된 일을 하지 않고 나쁜 것을 받아들이지 않아야 한다는 점을 잘 알고 있기 때문입니다. 그래서 민중을 독일식으로 교육하고 가르치고 훈련시키려는 시도는 호박에 침주기가 될 것입니다.

레프 톨스토이 백작

9.　　　1월 12일 교육 기념일

"시골의 기념일보다 더 무서운 것이 있겠는가!" 시골의 기념일만큼 민중 삶의 미개함과 혐오스러움을 명백하게 드러내는 것은 결코 없다. 사람들은 일상을 산다. 그들은 건강한 음식을 적당히 섭취하고 열심히 일하고 다정하게 소통한다. 몇 주, 때로는 몇 달 동안 그렇게 지속된다. 그러나 갑자기 이 선량한 삶은 뚜렷한 아무런 이유도 없이 파괴된다. 정해진 어느 날 모든 사람들이 동시에 일하기를 멈추고, 대낮부터 맛있는 음식을 먹기 시작하고 준비한 맥주와 보드카를 마시기 시작한다. 모두 마신다. 늙은이들은 젊은이, 심지어 아이들에게도 술을 마시도록 강요한다. 모두 서로 축하하고 키스하고 껴안고 소리치고 노래한다. 그들은 상냥하게 대하기도 하고, 칭찬하기도 하고, 화를 내기도 한다. 모두가 말하지만 아무도 듣지 않는다. 소음과 소란이 시작되고 때로는 싸움이 시작된다. 저녁 무렵에 어떤 사람들은 넘어지고 쓰러지고 되는 대로 널브러져 있다. 아직 힘이 있는 사람들은 그들을 데려간다. 하지만 또 다른 사람은 알코올의 악취로 공기를 가득 채우면서 뒹굴며 몸을 움츠린다.

다음 날 이 모든 사람들이 찌뿌둥한 채로 일어나 조금 회복한 후에, 다음 이날이 올 때까지 다시 일에 종사한다.

이것은 과연 무엇인가? 이것은 무엇 때문인가? 이것이 축일祝日이다. 사원의 제일祭日이다. 한 곳에서는 성모출현제, 다른 곳에서는 성모궁입제, 또 다른 곳에서는 카잔성화제가 행해진다. 성모출현제와 카잔성화제가 무엇을 의미하는지 아무도 모른다. 사람들이 아는 하나는 안치식에는 놀아야만 한다는 것이다. 사람들은 유흥을 기다린다. 삶의 힘든 노동 후에 기쁨이 그에게 찾아온 것이다.

그래, 이것은 노동자의 미개함을 가장 날카롭게 표현한 것 가운데 하나다. 술과 유흥은 민중에게 견딜 수 없는 유혹이다. 축일이 온다. 그들 각자는 인간의 모습을 잃어버릴 때까지 의식을 혼돈시킬 준비가 되어 있다.

그래, 미개한 민중이다. 그러나 여기 1월 12일 기념일이 있다. 신문에는 다음과 같은 공지 사항이 게재되었다. "모스크바 황실 대학의 졸업생 친목회가 그 개교일인 1월 12일 오후 5시 볼쇼이 모스크바 호텔 정문 쪽 레스토랑에서 개최됩니다. 친목회 입장권은 6루블에 받을 수 있습니다. (입장권을 받을 수 있는 장소가 열거된다.)"

그러나 이러한 회식은 하나가 아니다. 이와 같은 회식은 모스크바, 상트페테르부르크, 지방에 10여 개가 더 있을 것이다. 1월 12일은 오래된 러시아 대학의 기념일 즉 러시아 교육 기념일이다. 교육의 꽃은 자신의 기념일을 축하하는 것이다.

교육의 양극단에 있는 사람들은 미개한 농민들과 러시아의 가장 교양 있는 사람들일 것이다. 즉 성모궁입제나 카잔성화제를 축하하는 농민들과 교육 기념일을 축하하는 교양인들은 아주 다르게 자신들의 기념일을 축하해야만 한다. 그러나 가장 교양 있는 사람들의 기념일은 가장 미개한 사람들의 축일과 외형적인 것을 제외하고는 어떤 것으로도 구별되지 않는다. 농민들은 기념일의 의미와는 전혀 관계없이 성모출현제나 성모궁입제를 핑계로 먹고 마신다. 교양인들은 성 타티야나와 전혀 관계없이 먹고 마시기 위해 성 타티야나 기념일을 핑계로 삼는다. 농민들은 교병膠餅과 국수를 먹고 교양인들은 바닷가재, 치즈, 고기 스프, 필레 등을 먹는다. 농민들은 보드카와 맥주를 마시고, 교양인들은 여러 종류의 음료를 마신다. 드라이하고, 강하고 약하고, 쓰고 달콤한 화이트 와인과 레드 와인, 보드카, 리큐르와 샴페인을 마신다. 농부들의 향락 비용은 20코페이카에서 1루블이다. 교양인의 비용은 사람당 6루블에서 20루블이다. 농민들은 교부에 대한 자신의 사랑을 이야기하고 러시아 노래를 부른다. 교양인들은 모교를 사랑한다고 말하고 꼬인 혀로 무의미한 라틴어 노래를 부른다. 농민들은 진흙탕에 넘어지지만 교양인은 벨벳 의자에 넘어진다. 여기저기서 아내와 아이들이 욕을 하며 농민들을 끌고 가지만, 교양인들은 술에 취하지 않고 비웃는 하인에 의해 끌려간다.

사실 이것은 두려운 일이다. 무서운 일이다! 그들의 견해에 비춰, 가장 교육 수준이 높은 사람들이 몇 시간 동안 먹고 마시고 담배를 피우고 갖가지 무의미한 소리를 지르는 것 외에 달리 교육 기념일의 의미를 찾을 수 없다는 사실이 무섭다. 젊은이들의 지도자인 노인들이 결코 사라지지 않고 평생토록 흔적을 남기는 수은 중독과 같은 알코올 중독을 조장한다는 것이 무섭다. (처음에는 이 교육 기념일에 자신들의 스승에 의해 고무된 수백 명의 젊은이들이 죽을 듯이 마셔대다 영원히 망가지고 타락하게 된다.) 하지만 가장 무서운 것은 이 모든 일을 하는 사람이 이미 나쁜 것과 좋은 것, 비도덕적인 것과 도덕적인 것을 구별할 수 없을 만큼 자만심으로 멍청해졌다는 점이다. 이 사람들은 그들이 놓여 있는 상태가 계몽과 교육의 상태이고, 계몽과 교육이 자신의 모든 약점을 묵과할 권리를 부여한다는 것을 굳게 믿고 있기에 제 눈의 대들보를 볼 수 없게 되었다. 이 사람들이 혐오스러운 폭음이라고밖에 달리 부를 방법이 없는 것에 몰두하고, 폭음 중에 자기 자신에 대해 기뻐하고 계몽되지 않은 민중에 대해서는 애잔하게 생각한다.

어떤 어머니라도 술 취한 아들의 모습을 보았을 때는 말할 것도 없이, 모든 주인이 주정뱅이 일꾼을 기피할 가능성에 관한 생각 하나만으로도 괴로워한다. 또한 흐트러지지 않은 사람이라면 누구라도 자신이 취했다는 것을 부끄럽게 여긴다. 그러나 여기 교육받은 계몽된 사람들이 술에 취한다. 그리고 그들은 부끄럽고 나쁜 것은 전혀 없다고 확신하고, 너무나 사랑스럽고 만족스럽게 웃으며 자신이 과거에 폭음했던 우스운 에피소드를 되뇌며 이야기한다. 문제는 다음과 같은 지경에 이르렀다는 것이다. 즉 노인들에 의해 젊은이들을 단합시키기 위한 가장 보기 흉한 술자리, 즉 해마다 교육과 계몽의 이름으로 되풀이되는 술자리에 대해 아무도 모욕감을 느끼지 않는다. 이 술자리는 술을 마실 때나 그 후에 들뜬 기분과 생각에 취해 기뻐하고 과감하게 다른 사람들, 특히 거칠고 무식한 민중의 도덕성을 판단하고 평가하는 데 주저하지 않게 만든다.

어느 농민이든 만일 자신이 취했다면 잘못했다고 생각하고 사람들에게 자신의 폭음에 대해 용서를 구한다. 일시적인 타락에도 불구하고, 거기에는 좋고 나쁜 것에 관한 의식은 살아 있다. 우리 집단에서는 이 의식이 사라지기 시작했다.

그래 좋다. 당신은 이 일에 익숙해졌고 그래서 버릴 수 없다. 그래, 만일 어떻게도 제어할 수 없다면 계속하라. 하지만 1월과 2월 그리고 매달 12일에도 15일에도 17일에도 이렇다면 부끄럽고 혐오스럽다는 것만은 알아야 한다. 그리고 이것을 안다면, 당신 혼자만 비도덕적인 경향에 조용히 몸을 맡기라. 당신이 당신의 막내 동생이라고 부르는 젊은이를 시끌 벅적하게 타락시키는 지금과는 다르게 말이다. 절제하지 못하는 시민의 어떤 다른 도덕성이 있고, 무절제하지 않은 시민의 어떤 다른 비도덕성이 있다는 가르침으로 젊은이를 혼란시키지 말라. 모든 사람이 알고 당신도 알고 있다시피, 다른 모든 시민의 덕목에 앞서 악덕을 절제해야만 한다. 모든 무절제는 나쁘고, 특히 술에 대한 무절제는 가장 나쁘다. 왜냐하면 양심을 망치기 때문이다. 그래서 어떤 고양된 감정이나 대상을 말하기 이전에 폭음이라는 저급하고 미개한 결점으로부터 자신을 해방시켜야 하며, 술에 취하지 않은 모습으로 고양된 감정을 말해야 한다. 자신과 사람들을 기만하지 않는 것처럼, 젊은이들을 기만하지 말라. 젊은이들은 당신이 지탱했던 미개한 관습에 동참하면서, 그들이 엉뚱한 일을 하고 있고 매우 소중하고 돌이킬 수 없는 무엇인가를 잃어버린다고 느끼고 있다.

당신도 알다시피, 과음했을 때 잃게 되는 맑은 정신과 신체보다 더 중요하고 좋은 것은 없다. 당신은 당신의 영원한 모교라는 수사가 엉망으로 취했을 때조차 당신을 감동시킬 수 없음을 알고 있다. 또한 당신은 젊은이들이 당신의 추한 술자리에 참석하면서 잃어버린 순진무구함 대신에 어떤 것도 그들에게 줄 수 없다. 그렇게 그들을 타락시키고 혼란스럽게 하지 말라. 노아가 그러했고 농민이 그러하듯이, 모든 사람들은 소리치고 뒤흔들고 책상 위에 올라설 만큼 마셔대는 것뿐만 아니라, 아무런 필요도 없이 교육 기념일을 기리기 위해서 맛있는 것을 먹고 알코올로 몽롱해지는 것을 부끄러워하고 있고 부끄러워할 것이라는 점을 알아두라. 젊은이들을 타락시키지 말라. 본보기로서 당신 주변의 하인을 타락시키지 말라. 사실 당신을 위해 일하는 수백 명의 사람들은 당신에게 와인과 음식을 가져다주고 당신을 집에다 데려다준다. 사실 이 모든 사람들 즉 살아 있는 사람들은 우리 모두와 마찬가지로 그들을 위해 다음과 같은 가장 중요한 삶의 문제를 제기한다. 무엇이 좋고 무엇이 나쁜가? 어떤 전례를 따라야 하는가? 당신은 다른 사람들이 당신을 계몽의 대표자라고 여기기를 바라고 또 스스로도 그렇게 생각한다. 하지만 하인, 마부, 수위, 러시아 시골 사람들 모두가 당신을 그렇게 생각하지 않는 것은 여전히 좋은 일이다. 만일 그러했다면, 그들은 당신을 보고서 교육 전체에 대해 실망했을 것이고 교육을 업신여겼을 것이다. 그렇지만 지금 비록 당신을 계몽의 대표자로 여기지 않을지라도, 어쨌든 그들은 당신이 모든 것을 알고 있고, 그렇기에 따라할 수 있고 따라해야만 하는 학식 있는 신사라고 생각한다. 그런데 불행한 그들은 당신들에게서 무엇을 배울 수 있을까?

이렇게 자문해볼 수 있겠다. 무엇이 더 강할까? 공개 강의를 함으로써 민중에게 확산되는 계몽일까? 아니면 러시아에서 가장 교양 있는 사람들이 기념하는 1월 12일 축연과 같은 볼거리로 인해 민중에게 확산되고 유지되는 미개함일까? 내가 생각하기에, 만일 모든 강의와 박물관이 폐지되고 이와 함께 축제와 회식이 중지되고, 요리사와 하녀, 마부, 문지기들이 서로서로 대화하게 된다면, 또 그들이 모시는 교양 있는 모든 사람들이 폭식과 폭음으로 기념일을 축하하지 않고 술 없이 즐기고 담소를 나눈다면, 교육은 잃을 것이 아무것도 없을 것이다. 이제 이해할 때다. 교육은 안개에 싸인 다른 어떤 초상이나 구술과 서면상의 말이 아니라, 사람들의 모든 삶의 파급력 강한 실례로 확산된다는 것을. 또한 도덕적 삶에 기반하지 않은 교육은 결코 교육이 아니고, 언제나 어둠과 혐오가 될 뿐이라는 것을.

10. 훈육에 관하여

V. F. 불가코프의 편지에 대한 답변

저는 선생님의 요구를 들어드리고자, 즉 선생님의 질문에
답하고자 합니다.

훈육과 교육에 관한 저의 오래전 논문과 최근 논문은 모순
되고 불명확하다고 충분히 여길 수 있습니다. 나도 논문들을
살펴보았고 그렇게 판단하였습니다. 내가 예전에 진술한 것
을 고수하려고 애쓰지 않고, 지금 내가 이 주제들에 관해 생
각하는 것을 솔직하게 말한다면, 나에게도 선생님에게도 더
간단해질 것입니다.

최근에 바로 이 주제가 나를 사로잡았기 때문에 나에게 이
것은 더 간단할 것입니다.

먼저, 나는 당시 교육학 논문에서 훈육과 교육을 분리했던
것이 인위적이었다고 말하려 합니다. 훈육과 교육은 분리되

지 않습니다. 지식을 전달하지 않는다면 훈육해서는 안 되지만, 모든 지식은 훈육으로 효과를 발휘합니다. 그렇기 때문에 나는 이런 구분을 하지 않고, 교육 하나만 이야기할 것입니다. 즉 내가 생각하는 기존 교육 방식의 단점이 무엇이고, 다른 방식은 안 되고 반드시 그렇게 되어야만 하는 교육은 어떤 형태인지에 관해 말할 것입니다.

고백하건대, 자유가 학생들과 교사들을 위한 진정한 교육의 필수조건이라는 것은 예전과 같습니다. 즉 여러 지식을 획득하는 조건이 되는 처벌의 위협과 보상에 관한 약속(권리 등)은 진정한 교육을 촉진시키지 않을 뿐만 아니라 무엇보다 전정한 교육에 방해가 됩니다.

내가 생각하기에 강압이 없는 완전한 자유, 이 하나는 배우는 사람에게도 가르치는 사람에게도 유익하고, 현재 곳곳에 수용된 강압적이고 타산적인 교육이 낳은 대부분의 악으로부터 사람들을 벗어나게 합니다. 비록 세상에 대한 종교적 입장일지라도, 우리 시대 대부분의 사람들에게 나타난 어떤 단호한 도덕적 규칙의 부재, 학문과 사회 구조와 특히 종교에 대한 거짓된 시각 그리고 여기에서 도출된 파괴적 결과, 이 모든 것은 대단히 강제적이고 타산적인 교육 방식에서 야기된 것들입니다.

때문에 교육이 결실을 맺기 위해서, 즉 점점 더 큰 혜택을 향한 인간의 운동을 촉진하기 위해서, 교육은 자유로울 필요가 있습니다. 교육이 가르치는 사람과 배우는 사람에게 자유로우면서, 제멋대로 선택되고 불필요하고 엉뚱하게 전달되고 심지어 해롭기까지 한 지식의 집합이 되지 않기 위해서는, 교육자처럼 피교육자에게도 이런저런 공통된 기반이 있어야만 합니다. 이 기반의 결과로 학습과 교습을 위해 인간의 이성적인 삶에 가장 필요한 지식이 선별될 것이고, 그 중요도에 따라 배우고 가르치게 될 것입니다. 배우는 사람도 가르치는 사람도 사회의 모든 사람들도 똑같이 자유롭게 인정할 수 있는 인간 삶의 의미와 의의를 이해하는 것, 즉 종교는 언제나 이 기반이 되었고, 종교 외에 다른 것은 이 기반이 될 수 없습니다.

사람들이 삶에 관해 하나의 공통된 종교적 견해로 통합되고 그 견해를 믿는 곳에, 이것은 예전에도 그렇게 존재했고 지금도 존재하고 있습니다. 이것은 소수를 제외하고 모든 사람이 기독교를 믿었던 수백 년 전 기독교 세계에서도 그렇게 존재했습니다. 당시 사람들에게는 교과목을 선택하고 교과목을 배분하기 위한 견고하고 공통된 기반이 있었고, 그렇기 때문에 강제적인 교육에 대한 요구는 전혀 없었습니다.

이것은 수백 년 동안 그렇게 존재했습니다. 그러나 오늘날 기독교 세계의 대다수 사람들에게 공통된 신념은 이미 없습니다. 우리 시대에 사회적 여론을 관리하는 가장 영향력 있는 학자 계층은 교회에서 교육하는 형태로서의 기독교를 인정하지 않게 되면서 이미 어떤 종교도 믿지 않습니다. 게다가 소위 우리 시대 진보적인 인사들은 어느 종교라도 언젠가 한때 인류에 필요했지만 지금은 진보에 장애만 되는 해묵은 경험 같은 것이라고 확신합니다. 그리고 진보 인사들은 맹목적으로 그들을 믿고 교육에 매진하는 젊은 세대에게 부지런히 직간접적인 방식으로 이 점을 확신시키고 있습니다. 정부 인사만 민간의 이러한 종교가 그들의 목적에 유익할 경우에 한하여 표면적으로 교회의 교육을 지지합니다.

우리 시대와 우리 세계에서 대다수 사람들에게 공통된 종교, 즉 인간의 삶의 의미와 소명에 대한 이해가 없을 때, 다시 말해서 교육의 기반이 없을 때, 어떠한 지식의 선택과 공유도 가능하지 않습니다. 교육을 이끌 수 있는 모든 이성적 기반이 없는데다, 권력을 가진 사람들을 위해 그들에게 유익해 보이는 교과목을 젊은 세대가 배우도록 강제할 가능성으로 인해, 모든 기독교 민중들 사이에서 교육은, 내가 생각하기에, 혐오스럽고 초라한 상태가 되었습니다.

과목의 수는 무한하고, 각각의 지식이 도달하게 되는 완성도도 무한합니다. 지식의 영역은 구의 중심에서 뻗어 나와 끝없이 연장될 수 있는 무한한 반경과 비교될 수 있습니다. 그렇기 때문에 교육의 완성은 학생들이 우연히 선택한 지식의 영역에서 많은 것을 습득한다고 도달되는 것이 아닙니다. 교육에서 이 완성은 첫째, 무수히 많은 지식 가운데 무엇보다 가장 중요하고 필요한 과목에 관한 지식을 학생들에게 전달함으로써 성취됩니다. 둘째, 이것은 이 지식이 비교적 동일한 단계에 이르게 됨으로써 성취됩니다. 전달되는 지식은 조화로운 총체성을 형성하도록 해야 합니다. 이것은 구를 결정하는, 길이가 동일하고 서로 균등한 개별 반경과 유사합니다.

유럽에서 이와 같은 지식의 선택과 공유는 사람들이 자신들을 통합하는 어떤 형식의 기독교 신앙이라도 그 신앙을 믿는 동안에는 가능했습니다. 대다수 사람들에게 이러한 신앙이 없어진 오늘날, 어떤 지식이 대체로 유익하고 어떤 지식이 해로운지, 어떤 지식이 먼저 필요하고 어떤 지식이 나중에 필요한지, 이런저런 지식이 어떤 단계에 도달해야만 하는지에 관한 문제는 그 해결을 위한 아무런 토대도 가지고 있지 않습니다. 문제는 이런저런 지식을 강제적으로 전달할 가능성을 가진 사람들에 의해 닥치는 대로, 완전히 제멋대로 해결됩니다. 문제는 그 사람들을 위해 그 당시 가장 편리하고 유리한 대로 해결됩니다.

그 결과 우리 사회에 놀라운 현상이 벌어집니다. 구와 계속 비교를 하자면, 바로 우리 시대의 지식은 고르지 못할 뿐만 아니라 가장 기형적인 상호관계 속에서 배분됩니다. 몇몇 반경은 가장 큰 규모에 도달하지만, 다른 반경들은 거의 형체도 없습니다. 가령 사람들은 거리, 밀도, 우리로부터 수십억 베르스타 떨어진 별의 운동, 미생물의 삶, 유기체 발생에 관한 가설, 고대 언어의 문법 그리고 이와 유사한 무의미한 지식을 획득합니다. 하지만 사람들은 그들의 형제 즉 바다 건너 수천 마일, 수세기 떨어져 있는 사람들뿐만 아니라, 지금 이웃 국가에서 형제들과 나란히 살아가는 사람들이 어떻게 살고 있고 어떻게 살았는지에 관해 최소한의 개념도 가지고 있지 않습니다. 즉 사람들은 그들의 형제가 무엇을 먹고, 어떤 옷을 입고, 어떤 일을 하고, 어떻게 결혼하고, 아이들을 어떻게 교육하고, 그들의 풍습과 관습, 특히 신앙이 어떠한지에 대해서 최소한의 개념도 없습니다. 사람들은 학교에서 마케도니아의 알렉산드로스 대왕, 루이 14세와 그의 애인들에 대한 모든 것을 알게 됩니다. 그리고 그들은 물질의 화학 성분, 전기, 라듐, 소위 권리와 신학에 대한 모든 '학문들', '위대하다'고 여겨지는 여러 작가들이 쓴 중편과 장편 소설 등에 관해 상세하게 알고 있습니다. 그들은 전혀 필요하지 않고 오히려 해롭고 하찮은 것에 대해 알고 있습니다. 하지만 사람들은 자신들의 삶의 의미와 사명을 이해했고 또 이해하고 있는지를, 그리고 살았었고 또 살아가는 있는 전체 인구의 3분의 2인 수십억 비기독교인의 삶의 규칙이 어떠한지를 인식했고 또 인식하고 있는지를 전혀 알지 못합니다.

이 때문에 우리 세계의 놀라운 현상이 발생합니다. 그것은 우리 사이에서 가장 교양 있다고 여겨지는 사람이 기실 가장 무식한 사람이라는 점입니다. 이 사람들은 아무도 알 필요가 없는 많은 것을 알고 있지만, 모든 사람이 가장 먼저 알아야만 하는 것은 모릅니다. 게다가 이 사람들은 희망이 없을 만큼 너무나 무식합니다. 왜냐하면 이 사람들은 그들이 매우 학식이 있고 교양 있는 사람이라고 확신하기 때문입니다. 즉 그들은 그들의 개념에 따라 인간이 알아야 하는 모든 것을 알고 있다고 확신합니다.

기독교 세계라고 일컬어지는 우리 세계에서 가르칠 주요 과목은 누락될 뿐만 아니라 부정되기 때문에 놀랍고도 슬픈 현상이 발생합니다. 어떤 지식일지라도 이 과목 없이는 의미를 획득할 수 없는데도 말입니다. 종교적·도덕적 가르침의 필요성, 다시 말해서 모든 사람들에게 불가피하게 제기된 다음과 같은 문제에 대해 아주 옛날부터 가장 현명한 사람이 당시 학생인 젊은 세대에게 내놓은 해답을 전달하는 일이 누락되고 부정됩니다. 그 문제는 첫째, 나는 무엇이며, 무한한 세계 전체에 대한 나의 개별적인 삶의 태도는 어떠한가? 둘째, 세계에 대한 나의 이 태도에 맞춰 나는 어떻게 살아야 하고, 무엇을 해야 하고, 무엇을 하지 말아야 하는가라는 것입니다.

이 두 질문에 대한 해답은 모든 사람에게 공통된 종교적 교리이고, 여기에서 발생한 도덕의 가르침입니다. 도덕의 가르침 역시 모든 민족에게 동일합니다. 모든 교육, 훈육, 학습의 중요한 주제가 되어야 할 이 해답은 기독교 민중들의 교육에서 완전히 배제됩니다. 배제되는 것보다 훨씬 더 나쁜 것은 우리 사회에서 진정한 종교적·도덕적 가르침에 정반대되는, 소위 주님의 법령이라고 불리는 조잡한 미신과 허술한 궤변으로 바뀌는 것입니다.

나는 우리 사회에 존재하는 교육 방식의 가장 큰 취약점이 여기에 있다고 생각합니다. 그래서 나는 오늘날의 교육이 지금처럼 해롭지 않으려면, 그 기반에 우리 교육에는 없는 가장 중요하고 필수적인 두 개의 과목을 지속적으로 개설해야만 한다고 생각합니다. 그것은 삶의 종교적 이해와 도덕적 가르침입니다.

바로 이 과목들에 대해서 나는 내가 저술한 《독서클럽》에 다음과 같이 썼습니다.

인류가 존재한 이래로, 모든 민중에게는 언제나 교사가 있었다. 교사들은 인간에게 무엇이 가장 필요한지를 다룬 학문을 만들었다. 이 학문은 언제나 인간 각자의 사명과 모든 인간의 사명이 어디에 있고, 그래서 인간 각자의 이익과 모든 인간의 이익이 어디에 있는지에 관한 지식을 자신의 주제로 삼았다. 이 학문은 다른 모든 지식의 의의를 규정하는 데 주요 단서가 된다.

학문의 과목은 **무수히** 많다. 모든 사람들의 사명과 이익이 어디에 있는지에 관한 지식이 없다면, 이 무수히 많은 과목에서 선택의 가능성도 없다. 따라서 이 지식이 없다면 나머지 모든 지식과 기술은 우리의 교과목이 그러하듯 쓸모없는 것이 될 것이다. 쓸모없는 것은 해로운 위안거리일 뿐이다.

우리 시대의 사람들이 꾸려왔던, 의식과 반대되는 무분별한 삶을 설명할 수 있는 유일한 방법은 바로 젊은 세대가 무수히 많고 가장 복잡하고 어렵고 불필요한 과목을 배운다는 것이다. 그들은 필요한 한 가지만은 배우지 않는다. 그것은 인간의 삶의 의미가 어디에 있는지, 그들이 어떻게 지도받아야 하는지 그리고 이 문제에 관해 무엇을 생각해야 하고 우리 시대 전 세계의 가장 현명한 사람들이 이 문제를 어떻게 해결하는지에 관한 것이다.

흔히 "대다수의 일반 사람들에게는 종교적인 교리와 도덕의 가르침이 없다"라고들 말합니다. 그러나 이것은 사실이 아닙니다. 첫째, 모든 인류에게 공통된 교리는 언제나 존재했고 존재하며 존재하지 않을 수 없기 때문입니다. 왜냐하면 모든 사람들의 삶의 조건은 언제 어디서나 똑같기 때문입니다. 둘째, 항상 수백만 명의 사람 가운데에서 가장 현명한 자들이 인간 앞에 놓여 있는 삶의 중요한 문제의 답을 사람들에게 전해주기 때문입니다.

만일 우리 시대 몇몇 사람들이 이러한 교리가 없었고 없다고 여긴다면, 이것은 이 사람들이 모호하고 왜곡된 것을 교리의 본질이라고 받아들이기 때문에 발생합니다. 이 모호함과 왜곡됨으로 인해 모든 교리에서 기본적인 종교적·도덕적 진리가 감춰집니다. 사람들이 삶의 문제를 진지하게 받아들이기만 한다면, 크리슈나, 부처, 공자에서부터 그리스도, 마호메트와 최신 종교적 사상가에 이르기까지 모든 교리에서 동일한 종교적·도덕적 진리가 그들에게 열릴 것입니다.

교육의 기반이 되는 이와 같은 이성적인 종교적·도덕적 교리에서만 이성적인 교육, 인간에게 해롭지 않은 합리적인 교육을 할 수 있습니다. 이와 같은 이성적인 교육의 기반이 없다면, 다른 어떤 것도 존재할 수 없습니다. 지금은 오로지 학문이라고 불리는 공허하고 불필요하며 무작위적인 지식의 퇴적물만 있을 뿐입니다. 이 지식은 인간에게 이롭지 않을 뿐만 아니라, 인간에게 요구되는 일군의 지식의 필요성을 감추면서 인간에게 가장 큰 해를 입힙니다.

우리가 좋아하든 좋아하지 않든, 이성적인 교육은 오로지 종교와 도덕에 관한 교리에 기반을 둘 때만 가능합니다.

중심에서 뻗은 반경과 계속 비교를 하자면, 종교와 도덕에 관한 교리는 다른 지식과 관련해서 상호 수직을 이루는 세 직경과 유사합니다. 바로 이 세 직경은 구의 모든 반경의 방향과 상호관계, 길이의 정도를 결정하는데, 이때 길이는 세 직경이 조화로운 총체 즉 구를 이룰 수 있는 데까지 나아갑니다.

그래서 나는 이렇게 생각합니다. 아이들과 교육받는 어른들에게 본래 가장 먼저 전달되어야 하는 중요한 첫 번째 지식은 인간의 인식에 다가가는 사람들 저마다의 영혼에서 일어난 영원하고 불가피한 질문에 대답하는 것입니다. 첫째, 나는 도대체 무엇이고, 무한한 세계에 대해 어떤 태도를 취해야 하는가? 둘째, 이것은 첫 번째 문제에서 나오는 질문인데, 나는 어떻게 살아야 하고, 모든 가능한 조건에서 언제나 좋은 것으로 여겨야 하는 것은 무엇이며, 언제나 나쁜 것으로 여겨야 하는 것은 무엇인가?

이 문제에 대한 해답은 사람들 저마다의 마음속에 영원히 존재했고 존재하고 있으며, 이 문제의 해답에 관한 설명은 이

전에 살았던 수십억 명과 지금 살아가는 수백만 명의 사람들 사이에 없을 수 없습니다. 이 설명은 사실 종교와 도덕의 교리에 있습니다. 이것은 어떤 시공간에 있는 어떤 한 민족의 종교와 도덕의 교리에서가 아니라 모세, 소크라테스, 크리슈나, 에픽테토스, 붓다, 마르쿠스 아우렐리우스, 공자, 예수, 사도 요한, 마호메트에서부터 루소, 칸트, 페르시아의 바브[80], 인도의 비베카난다[81], 채닝, 에머슨, 러스킨, 스코보로다[82]에 이르기까지 세상의 가장 훌륭한 모든 사상가에 의해 똑같이 진술된 종교적·도덕적 교리의 기반에 있습니다.

그래서 나는 이 두 개의 과목이 교육의 기반이 되지 않는 한, 어떤 합리적인 교육도 있을 수 없다고 생각합니다.

이후의 교과목에 관해 언급하자면, 나는 그 과목들의 순서는 종교와 도덕에 관한 교리를 모든 지식의 기반으로 인정할 때 저절로 밝혀질 것이라 생각합니다. 일이 이렇게 이루어진다면, 종교와 도덕 다음의 첫 번째 과목은 가장 가까운 사람들의 삶에 대한 연구가 될 것이라는 사실은 아주 명백합니다. 즉 우리 민족, 부유한 계층, 가난한 계층, 여성, 아이들, 그들의 직업, 생존 수단, 관습, 신념, 세계관이 될 것입니다. 자기

---

80 바브Bab(1819~1850). 바하이교의 3대 중요 인물 중 한 명이자 바브교의 창시자. — 옮긴이

81 비베카난다Vivekananda(1862~1902). 19세기 인도의 종교가.

82 흐리호리 스코보로다Gregory Skovoroda(1722~1794). 러시아와 우크라이나의 철학자이자 교육자. — 옮긴이

민중의 삶에 대한 연구 후에 교육 사업이 올바르게 정립된다면, 멀리 떨어진 다른 민중들의 삶, 그들의 종교적 신념, 정부 조직, 기질과 관습의 연구도 그만큼 중요한 대상이 될 것이라고 생각합니다.

하지만 종교적·도덕적 교리, 바로 이 두 과목은 우리의 교육학에서 완전히 배제되었고 지역, 강, 산, 산맥 이름을 연구하는 지리학과 지배자의 활동과 그 삶을 묘사하는, 주로 그들의 전쟁과 정복, 그들로부터의 해방을 묘사하는 역사로 대체되었습니다.

내가 생각하기에 교육의 기반으로 종교와 도덕을 정립할 때에는 자신과 비슷한 인간의 삶의 연구 즉 소위 민속학이 첫 번째 위치를 차지할 것이고, 이성적인 삶을 위해 그 중요성에 따라 동물학, 수학, 물리학, 화학과 다른 지식이 상응하는 위치를 차지할 것입니다.

나는 지식의 보급에 관해 확신할 수 있는 것은 아무것도 없다고 생각합니다. 내가 확신할 수 있는 단 하나는 종교와 도덕의 교육을 기본적이고 중요한 과목이라고 인정하지 않고서는 지식의 어떠한 합리적 배분도 없으며, 따라서 학습하는 자에게 유익하고 합리적인 지식의 전달도 있을 수 없다는 것입니다.

종교와 도덕 교육을 기본으로 인정하고 교육이 완전히 자유로울 때, 나머지 모든 지식은 그 지식의 특성에 따라, 그 지식을 습득하고 깨닫게 될 사회적 조건에 준하여 배분됩니다.

그래서 교육의 문제에 관심을 가진 사람들에게 중요하고도 유일한 근심거리는 무엇보다 우리 시대에 적합한 종교적·도덕적 교리를 만드는 것이고, 그렇게 만든 교리를 교육의 첫머리에 둘 수 있어야만 한다는 것입니다. 내가 생각하기에, 이 일이 행해지지 않는 한, 오늘날 우리 시대의 교육뿐만 아니라 모든 학문의 첫 번째이자 유일한 과제는 이 일이 될 것입니다. 태양을 돈다는 별들의 중력을 계산하거나, 수백만 년 동안 존재하여 우리 시대에까지 이른 유기체의 기원을 연구하거나, 황제와 지도자의 삶을 기술하거나, 신학 또는 법률의 궤변을 만들어내는 학문을 통해서가 아니라,[83] 실제로 사람들에게 필요하기 때문에 존재하는 바로 그 하나의 학문을 통해서 말입니다. 이 학문은 사람들에게 필요한 것입니다. 왜냐하면 언제 어느 곳에서나 삶을 시작하는 모든 이성적인 사람이 꾸준히 제기해온 이런저런 문제에 가장 좋은 형태로 답하면서, 개별 인간과 전 인류의 이익을 촉진시키기 때문입니다.

내가 말하려는 것은 이게 전부입니다. 이것이 선생님께 도움이 된다면 기쁠 것 같습니다.

야스나야 폴랴나
1909년 5월 1일

---

[83] 필사본에는 바보 같거나 기만적인 다른 것이 지워져 있다.

11. 교사의 중심 과제는 어디에 있는가?
인민교사들과의 대화에서

교육 사업은 어쩌면 유익하지 않을 뿐만 아니라 가장 해롭고 나쁜 일 가운데 하나일 수 있고, 어쩌면 가장 시시한 일일 수도 있고, 어쩌면 인간이 자신의 삶을 바칠 수 있는 가장 유익한 일 가운데 하나일 수도 있다.

학교가 나아가는 방향을 교사가 지지했을 때, 이것은 가장 해로운 일이 될 것이다.

교사가 기본 방향을 지지하지도 반대하지고 않고, 산수와 문법, 철자법의 어떤 외적이고 기계적인 학습에 제한된다면, 이것은 시시한 일이 될 것이다.

교사가 자신의 재량껏 학생들에게 종교적이고 기독교적인 요소를 기반으로 한 도덕적 확신과 습성을 진실하게 불어넣게 된다면 가장 훌륭한 일 가운데 하나가 될 것이다.

나는 나의 학교에서 일했을 때, 다음과 같이 시작했다.

가장 먼저 나는 학생들에게 성경 〈마태복음〉 22장 35~40절을 읽어주었다.

"그중 한 사람이 예수를 시험하며, 선생님, 율법에서 가장 큰 계율은 무엇입니까라고 물었다."

"예수가 그에게 말하기를, 너의 온 마음, 온 영혼, 온 이성을 다해 너의 주님을 사랑하라."

"이 계율이 첫 번째 가장 큰 계율이다."

"이와 유사한 두 번째 계율은 너 자신처럼 네 이웃을 사랑하라이다."

"모든 율법과 예언은 이 두 가지 계율에서 확립되느니라."

이 구절을 읽은 다음, 나는 아이들에게 읽은 것을 반복하라고 했다. 가장 뛰어난 학생들이 읽은 것의 핵심을 되풀이하였다.

"이해했습니까?"라고 나는 묻는다.

"이해했습니다."

"이렇듯 그리스도의 율법은 짧고 이해할 수 있습니다. 여러분은 율법에 따라, 신과 이웃을 사랑하며 살 수 있다고 생각하십니까?"

"글쎄요. 할 수 있을 것 같습니다." 몇몇이 이렇게 말했다.

내가 묻는다. "신을 사랑한다는 것은 무엇을 의미합니까?"

대부분 말이 없다. 그때 나는 학생들에게 요한의 첫 번째 서간에서 신에 대해 언급한 부분을 이야기한다. 나는 4장 20

절을 읽는다.

"주님을 사랑하지만 자신의 형제를 미워한다고 말한 자가 있다면 그는 거짓말쟁이다. 왜냐하면 눈에 보이는 형제를 사랑하지 않는 자가 어떻게 보이지 않는 주님을 사랑할 수 있는가?"

또 이렇게 말한다. (나는 4장 8절을 읽는다.) "사랑하지 않는 자는 주님을 알지 못한다. 왜냐하면 주님이 곧 사랑이기 때문이다."

"그렇기 때문에 주님을 사랑한다는 것은 모든 사람을 사랑하기 위해 노력한다는 것을 의미합니다."

여기에 주님에 대한 사랑의 첫 번째 계율이 있다.

이웃을 사랑하라는 두 번째 계율은 첫 번째 계율과 똑같다. 다만 이웃을 어떻게 사랑해야 하는지를 보여준다는 점에서만 첫 번째 계율과 두 번째 계율의 차이점이 있다. 사도 요한의 서간에서 어느 누구도 주님을 본 적이 없었다는 점이 언급된다. 만일 우리가 서로 사랑한다면, 주님은 우리 안에 계신다.

이웃을 사랑하는 자만이 주님을 사랑할 수 있다. 사랑하지 않는 자는 주님을 인식하지 못한다. 왜냐하면 주님이 곧 사랑이기 때문이다.

자기 자신처럼 이웃을 사랑해야 한다는 것은 자신이 원하지 않는 것을 다른 사람에게 행하는 것이 아니라, 원하는 것을 행하는 것이다.

나는 "이해했습니까?"라고 묻는다.

대부분 이해한다.

"성경에 쓰여 있듯이, 이 계율에 모든 율법이 있습니다." 나는 계속한다. "그 계율을 실천하려는 자가 세상에서 잘 사는 것이며, 실천하지 못하는 자는 잘 살지 못하는 것입니다. 우리는 계율을 실천하려 노력할 것입니다. 처음에 계율을 실천하는 것은 매우 어려워 보입니다. 하지만 모든 일은 어렵고, 그래서 모든 것을 배워야 합니다. 이 계율들을 실천하는 법을 배우기 위해서는 다음의 4가지 사항을 기억해야 합니다. 1)주님과 주님의 율법을 기억해야 하고, 혼자 있을 때도 사람들과 함께 할 때도 기억해야 합니다. 2)사람들에게 화를 내지 않고, 싸우지 않고, 욕하지 않고, 평가하지 않고, 사람들에 대해 나쁜 생각을 하지 말아야 합니다. 3)고통받는 존재 즉 사람뿐만 아니라 가축과 짐승도 가엾게 여기고, 괴롭히지 않고 도와야 합니다. 4)우리 안의 양심의 소리 즉 주님에 대한 기억과 주님의 율법을 거스르는 어떤 것도 하지 말아야 합니다. 주님과 주님의 율법을 기억하기 위해서는 자주 기도하는 것이 좋습니다. 교회에서, 아침저녁뿐만 아니라 한낮에도, 특히 무엇인가 어려울 때 혹은 스스로 약해졌을 때 주님을 기억하고 속으로 이렇게 기도하는 것이 좋습니다. '주님 도와주십시오! 제가 실수하지 않게, 악행을 저지르지 않게 도와주십시오.'"

기도하기만 하면 지금 어려운 일은 완화될 것이고, 만일 나쁜 일을 하고 싶다면 머뭇거릴 것이다.

두 번째는 손에 의지하여 싸우지 말고, 혀에 의지하여 특별히 나쁜 말로 욕하지 않는 것이다. 이성적인 사람은 무의미한 나쁜 말로 욕하는 것을 부끄럽고 멍청한 짓이라고 여겨야 함을 기억해야 한다. 게다가 욕하지 않는 법을 배워야 하며, 등 뒤에서 사람을 비난하지 않는 것을 배워야 한다. 우리가 그들을 평가하면, 그들도 우리를 평가할 것이다. 여기에는 어떤 미덕도 없다. 오로지 서로에 대한 미움만이 있다.

세 번째는 만일 사람들이 어떤 일로 힘들어 한다면 그들을 가엾게 여기고, 특히 힘없는 아이와 노인, 장애인을 어느 정도 도와야 할 뿐 아니라 온갖 짐승과 가축도 가엾게 여기는 것이다. 가축과 짐승을 가엾게 여기지 않고, 사람들을 동정하지 않고 가엾게 여기지 않는다면, 마음은 황폐해지고 사랑하는 법을 잊어버린다. 사랑하는 것은 세상에서 가장 소중한 것이다.

네 번째는 담배와 술로 기억과 이성을 마비시키지 말라는 것이다. 종종 아이들은 어른들을 닮기 위해 술과 담배를 즐기고 익숙해진다. 그런 다음에는 행복하지도 않다. 그렇기 때문에 젊은 시절부터 담배를 피우거나 과음하지 않겠다고 맹세하는 것이 좋다. 인간에게 가장 소중한 것은 바로 영혼에 대한 기억이다. 재앙은 이것을 약물로 약화시킨다는 데 있다. 영혼에 대해 기억하고 생각해야 하는 곳에서, 담배를 피우고 술을 마셔서 다 잊어버리고는 맑은 정신으로는 결코 하지 않을 일을 하게 된다.

나의 교실에는 나이 많은 학생들이 있었는데, 그때 나는 그들에게 아가씨들과 온갖 나쁜 농담을 하는 것을 조심하고, 어느 아가씨라도 그들에게 자매라는 것을 기억하며, 결혼할 때에만 자매들 가운데 한 사람이 평생의 아내가 된다고 말했다. 나는 또 그들에게 이렇게 말했다. 주님께서는 이러한 일들을 수치스럽게 여기도록 남녀 아이의 영혼에 불어넣었고, 이 수치스러움을 경계해야만 하며, 수치스러운 어떤 짓도 해서는 안 된다고 말이다.

내가 말한 것으로 내릴 수 있는 결론은 대체로 다음과 같다. 즉 모든 일에서 필요한 단 하나는 사랑으로 사는 것이다. 말했듯이, 신은 사랑이고 신은 우리의 영혼 속에 살아 있다. 즉 신의 뜻에 따라, 사랑에 따라 살아야만 한다. 신의 뜻에 따라 살기 위해서는 이러한 삶을 방해하는 모든 것을 자신으로부터 멀리해야만 한다. 이것을 방해하는 것은 1)그리스도의 가르침 즉 신과 이웃에 대한 사랑의 망각, 2)악의, 싸움, 욕설, 비난, 3)우리가 사람들과 가축을 가엾게 여기지 않는 것, 4)의식이 혼동되고 양심을 저버리는 것, 5)남녀 사이에 수치심을 깨뜨리는 것이다.

내가 생각하기에 이러한 혹은 그 유사한 교훈은 학생들에게 필요할 뿐만 아니라 신 앞에서, 자신의 양심 앞에서 자기 일을 엄격하게 보는 교사에게도 필수적이다. 〈마태복음〉 18장 6절은 이렇게 말씀한다. "나를 믿는 힘없는 자 가운데 한 사람을 유혹하려는 자는 차라리 그의 목에 작은 맷돌을 걸어 바다 깊은 곳에 빠뜨리는 것이 더 나으리라."

그렇다. 교육과 계몽 사업에 종사하는 사람들이 아이들 앞에서 행해지고 있는 기만이라는 무서운 악을 힘이 닿는 한까지 고치려 노력하지 않는다면, 그 죄는 크다. 이때 연장자들이 자신들을 기만할 수도 있다고는 상상조차 할 수 없는 아이들은 연장자로부터 그들의 예민하고 성실한 마음에 진실이라고 주어진 것을 기뻐하고 신뢰하며 받아들인다. 이것은 진실이 아닐 뿐만 아니라 이어지는 그들의 삶 전체를 왜곡시키는 간교한 거짓이다. 이 죄는 무섭다. 때문에 만일 농촌 교사들인 여러분이 힘닿는 만큼 여러분에게 맡겨진 아이들의 예민하고 진실을 갈망하는 심장에 영원한 종교의 진실, 아이들의 영혼에 쉽게 인지되는 진정한 기독교 도덕의 기반을 심어놓지 않는다면, 큰 죄와 잘못이 될 것이다.

1909년 9월

민중, 자유, 삶 중심의 톨스토이 교육 이념

소설《전쟁과 평화》《안나 카레니나》《부활》등의 작가로 국내에 잘 알려진 톨스토이는 문학작품뿐만 아니라 다양한 사회활동을 펼쳤던 세계사적 의의를 지닌 인물이다. 그의 여러 사회활동 가운데 하나가 교육 사업이다. 많은 연구자들은 그의 교육활동을 시기별로 분류하여 자세하게 조명하고 있다. 쿠드랴바야Kudrjavaja N.V.의 분류에 따르면, 첫 번째 시기는 야스나야 폴랴나에서 학교 교육에 관심을 기울였던 1859~1862년, 두 번째 시기는 교육 방법론에 관한 연구에 매진했던 1870년대, 마지막 시기는 종교적·도덕적 이념을 강조했던 1870~1890년대다. 이러한 분류에서 쉽게 알 수 있듯이 톨스토이는 오랜 시간 동안 교사이자 교육이론가이며, 학교 교재의 저자인 동시에 교육잡지《야스나야 폴랴나》의 발행인으로서 다방면에 걸쳐 교육활동을 펼쳤다.

유서 깊은 귀족 가문 출신인 톨스토이가 교육활동을 시작한 시점은 대학을 중퇴하고 자신의 영지인 야스나야 폴랴나로 돌아왔을 때다. 이때 그는 하인 포카의 도움을 받아 농민의 아이들과 공부하기 시작한다. 하지만 그가 곧 군대에 입대하면서 이 교육활동은 중단된다. 그 후 1857년에 톨스토이는 독일, 프랑스, 스위스, 이탈리아 등을 방문했고, 그곳에서 교육기관의 활동을 연구하게 된다. 당시 일기에서 그는 "가장 중요한 것은 내 머리에 마을 인근에 사는 모두를 위한 학교를 만든다는 생각이 떠올랐고, 이런 종류의 활동이 전부 머리에 그려졌다는 것이다"라고 밝히며, 교육 사업에 대한 열의를 보여주었다.

1859년에 그는 본격적으로 학교를 만들고 학생들을 가르치는 일에 힘쓴다. 톨스토이는 더 나은 교육 수준을 갖추기 위해, 1860년 7월부터 9개월 동안 다시 서유럽을 방문한다. 당시의 여행은 인민교육을 조직하기 위한 모든 것 즉 교육학 기초 지식, 윤리 이론, 학교, 유치원, 보육원, 학교 교재 등을 연구하기 위한 것이었다. 서유럽의 여러 교육 환경을 둘러보면서, 톨스토이는 서유럽의 교습법이 러시아의 토양과 맞지 않다는 사실을 깨달았다. 이 문제를 해결하기 위해 그는 야스나야 폴랴나의 교사와 함께 다양한 실험을 하면서, 러시아 민중을 위한 교습법 개발에 몰두한다. 하지만 당시 톨스토이가 보여주었던 교수법과 그에 따라 운영되었던 야스나야 폴랴나 학교는 많은 비판과 견제를 받았다. 이 학교는 여러 가지 상황으로 인해 개교와 폐교를 거듭했지만, 톨스토이는 소신을 굽히지 않고 가난한 농민의 아이들을 위한 교육을 펼쳐나간다.

톨스토이에게 학교의 개념은 건물에 있지 않다. 그에게 학교는 지식을 다른 사람에게 전달할 목적을 가진 사람의 전방위적인 의식적 활동, 즉 학생을 위한 교사의 의식적 활동이 펼쳐지는 교육의 한 부분이다. 그래서 배움이 있는 모든 곳이 학교라 할 수 있다. 총의 조작을 가르치고 종교를 가르치는 곳도 학교이고, 여러 가지 지식을 줄 수 있는 박물관도 학교가 될 수 있다. 더불어 학교는 상시 기관일 필요도 없다. 학교는 민중의 요구에 맞춰 계절에 따라, 지역의 사정에 따라 융통성 있고 탄력 있게 운영되어야 한다.

　이러한 학교 운영 기획을 선보이면서, 톨스토이는 학생들에게 유용한 교재 개발을 서둘렀고, 자신이 발행한 잡지 《야스나야 폴랴나》를 비롯한 다양한 경로를 통해 교육에 관한 자신의 견해를 밝혔다. 교육에 관한 논문을 살펴보자면, 그는 먼저 교육의 개념을 정립하기 위해 애쓰고 있다. 톨스토이는 교육을 "인간을 발전시키고 인간에게 더 넓은 세계관을 제공하고 새로운 지식을 알려주는 모든 영향력의 총화"라고 정리한다. 이때 그는 교육이 반드시 삶과의 관련성 속에 놓여 있어야만 한다는 점을 강조하였다. 그는 교육이란 삶이 인간에게 보여주는 모든 영향의 결과, 혹은 인간에게 미치는 모든 삶의 조건의 영향 그 자체로 이해하였다. 학생들은 삶과 자연과 사람과 직접적으로 관계하여 노동하면서, 유익한 것을 배우게 된다. 톨스토이는 물질적인 생활을 안정시키는 법을 상실한 배움을 경계하였다. 톨스토이는 삶과 유리된 교육에 회의를 드러내고, 많이 배운 학생일수록 생활력이 떨어지는 무능한 인물이 될 수 있는 점을 우려하였다. 톨스토이는 교육이 실제 생활 및 노동의 조건과 긴밀하게 관련되어야 함을 다시 한 번 확인시켜주었다.

이러한 톨스토이 교육관의 저변에는 루소의 영향력이 자리를 잡고 있다. 그는 〈누가 누구에게서 글쓰기를 배울 것인가? 농민의 아이들이 우리에게서? 혹은 우리가 농민의 아이들에게서인가?〉에서 이렇게 밝혔다.

"전 시대에 걸쳐 모든 사람에게 아이는 무죄, 순결, 진선미의 형상으로 나타난다. 인간은 완전하게 태어난다는 루소의 위대한 말이 있다. 이 말은 돌멩이처럼 단단하고 참된 것으로 남아 있다. 태어났을 때 인간은 진선미의 조화의 원형이다."

톨스토이는 이 말을 기저로 삼으면서, 교육가는 유아기가 조화의 원형임을 망각하고 조화를 추구하기보다는 발달만을 강조하는 실수를 저지른다고 주장한다. 어른들이 만들어낸 거짓된 완결에 도취하여 교육은 아이들을 망쳐버린다는 것이다. 그는 거짓된 교육이 자행하는 강제성의 위험을 언급하며 교육의 자유를 특히 강조하였다. 그에 따르면 교사와 학생이 맺는 최상의 관계는 강제성이 없는 자연스럽고 자유로운 관계다. 학교에서의 자유는 교사의 능력에 의해 결정된다. 교사가 자신의 교과목을 사랑한다면, 학생들의 흥미를 유도할 강제성은 필요 없다. 따라서 학교에서 자유의 척도는 교사의 지식과 재능에 따라 결정된다. 또한 학생의 입장에서도 자유는 중요하다. 그들은 자유롭게 자기에게 필요한 수업을 선택하고 필요한 교수법을 요구할 수 있다. 교육은 결코 교사가 원하는 것을 강제하여 학생이 받아들이도록 강요할 수 없는 것이다.

나아가 톨스토이는 흔히 말하는 교육의 진보를 향한 믿음을 가지지 않았다. 그는 진보가 과연 '누구에게 이익이 되는가?'라는 의문을 제기한다. 그는 당시 진보의 산물로 철도, 인쇄술, 전보 등의 통신수단을 예로 들면서, 이것은 소수를 위한 수단일 뿐이라고 판단한다. 러시아인의 대부분을 차지했던 농민은 진보의 효과를 요구하지 않았고, 진보의 혜택을 누리지도 못했다. 그래서 그는 진보를 믿고 진보를 위한 인간을 양성하는 작업에 결코 동의하지 않았다. 톨스토이가 추구하는 교육은 농민과 민중을 향해 있으며 그들의 삶의 요구를 충족시켜줄 수 있어야 한다.

이렇듯 톨스토이가 추구하는 교육 체계는 민중, 자유, 지역사회 및 자연이 결합된 삶이라는 교육 원칙을 구현하는 것이다. 그는 농민 아이들과 함께하는 수업이 "시적이고 매력적이며 즐거운 사업"이라고 확신하는 실천가이자 민중 교사였다. 그는 민중을 위한 학교를 운영하였고, 민중에게 필요한 지식과 대상을 항상 고민하였고, 여러 시행착오를 겪으며 교육실험을 이어갔다. 쿠차코바Kutyakova N. K.에 따르면, 이러한 톨스토이의 실험적인 교육 정신은 톨스토이를 19세기 교육학의 가장 위대한 대표자로 만들었고, 러시아 교육학 발전에 특별히 공헌을 한 인물로 기억하게 했다. 또한 그의 교육 이념은 현대 교육의 기초와 아동의 성격 형성에서 교육의 역할에 대한 더 깊은 이해를 가능하게 했다는 평가를 받고 있다.

그래서 톨스토이의 실험 정신을 담은 학교는 그가 죽은 후에도 변함없이 운영된다. 톨스토이 학교는 그의 막내딸 알렉산드라가 1928년에 다시 개교하여 명맥을 이어가게 되었고, 제2차 세계대전을 겪은 후 1948년에 새 모습으로 단장하여 톨스토이 이념에 따라 다양한 교육 실험을 지속하고 있다. 현재 이 학교는 '야스나야 폴랴나 교육 단지'로 명명되고 있으며, 톨스토이 교육 정신에 따르는 교육의 보급에 힘쓰면서 러시아 교육에 여전히 굳건한 톨스토이 정신을 보여주고 있다.

본 번역서는 《레프 톨스토이 전집》(모스크바, 1928~1958) 중 〈훈육과 교육Воспитание и образование〉(1862), 〈인민교육의 장에서 사회활동에 대하여Об общественной деятельности на поприще народного образования〉(1862), 〈누가 누구에게서 글쓰기를 배울 것인가? 농민의 아이들이 우리에게서? 혹은 우리가 농민의 아이들에게서인가?Кому у кого учиться писать, крестьянским ребятам у нас или нам у крестьянских ребят〉(1862), 〈교육의 정의와 진보Прогресс и определение образования〉(1862), 〈교육잡지 《야스나야 폴랴나》 발행 중단에 대해О прекращении издания педагогического журнала 『Ясная поляна』〉(1862), 〈교육학 과제에 관하여О задачах педагогии〉(1860),

〈농촌 교사Cельский учитель〉(1860), 〈인민교육에 관하여O народном образовании〉(1874), 〈1월 12일 교육 기념일Праздник просвещения 12-го января〉(1889), 〈훈육에 관하여O воспитании〉(1909), 〈교사의 중심 과제는 어디에 있는가?В чём главная задача учителя?〉(1909)를 번역한 것임을 밝힌다.

레프 톨스토이 연보

1828년(출생)	8월 28일(신력 9월 9일), 야스나야 폴랴나에서 니콜라이 일리치 백작과 마리야 니콜라예브나 사이의 4남 1녀 중 넷째로 태어나다.
1830년(2세)	8월 4일 어머니 마리야 니콜라예브나가 여동생을 낳다 사망하다.
1837년(9세)	1월 모스크바로 이사. 7월 21일 아버지 니콜라이 일리치 백작 사망. 숙모가 다섯 남매의 후견인이 되다.
1844년(16세)	형제들과 함께 카잔으로 이사. 카잔대학교 동양어학과에 입학하다.
1845년(17세)	법학과로 전과하다.
1847년(19세)	카잔대학교를 중퇴하고 야스나야 폴랴나로 귀향하다. 농민들의 가난한 삶을 목격하고 그들을 돕기 위해 노력했으나 좌절하다.
1848~1849년 (20~21세)	모스크바와 상트페테르부르크를 오가며 법학 공부를 계속하지만 졸업 시험에서 탈락하다. 사교계 생활과 도박, 사냥 등에 빠져 방황하며 경제적 어려움에 직면. 바흐, 쇼팽 등의 음악에 심취하여 피아노 연주에 탐닉하다. 야스나야 폴랴나에 돌아와 농민학교를 열지만 만족할 만한 성공을 거두지 못하다.
1851년(23세)	큰형 니콜라이를 따라 캅카스로 떠남. 지원병으로 참전. 〈어린 시절〉 집필.
1852년(24세)	포병 부사관으로 포병대 입대. 문예지 《동시대인》에 〈어

던 시절〉이 게재되고 극찬을 받다.

1853년(25세)   퇴역한 큰형을 따라 톨스토이도 퇴역하려 했으나 터키와 의 전쟁으로 군 복무가 연장되다.

1854년(26세)   1월 장교로 승진. 몇몇 장교들과 함께 〈군사 신문〉 발행 계획을 세웠으나 당국에 의해 금지됨. 11월 세바스토폴에 서 크림전쟁에 참전하다. 〈소년 시절〉 발표.

1855년(27세)   6월 《동시대인》에 〈세바스토폴 이야기〉 발표. 크림전쟁 패배 후 군에서 제대하다. 12월 상트페테르부르크에서 투 르게네프 등 작가들과 만나다.

1856년(28세)   〈세바스토폴 이야기〉 연재 계속. 12월 소설 〈지주의 아 침〉 발표.

1857년(29세)   《동시대인》에 〈청년 시절〉 발표. 유럽여행을 다녀와 야스 나야 폴랴나에 정착. 농사일을 하다.

1858년(31세)   〈세 죽음〉 발표.

1859년(32세)   〈가정의 행복〉 발표. 농민 자녀를 위한 학교 개설.

1860년(32세)   교육 문제에 관심을 두고 〈국민 보통 교육 초안〉을 기초 함. 7월 두 번째 유럽 여행을 떠나다. 9월 큰형 니콜라이 사망.

1862년(34세)   교육 잡지 《야스나야 폴랴나》 간행. 소피야 안드레예브나 와 결혼하다.

1863년(35세)   〈카자흐 사람들〉 발표. 맏아들 세르게이가 태어나다.

1864년(36세)   작품집 1, 2권 간행. 딸 타티야나가 태어나다.

1865년(37세)   《러시아 통보》에 《1805년》(《전쟁과 평화》 1, 2권) 발표.

1866년(38세)   둘째 아들 일리야가 태어나다.

1867년(39세)   《전쟁과 평화》 3, 4권 집필.

1868년(40세)   《전쟁과 평화》 5권 집필.

1869년(41세)   《전쟁과 평화》 6권 집필. 셋째 아들 레프가 태어나다.

1871년(43세)   둘째 딸 마리야가 태어나다. 《철자법 교과서》 집필.

1873년(45세)   《안나 카레니나》 집필 시작. 러시아 과학 아카데미 언어·문화 분과 준회원으로 선출됨. 사마라 지방에 온 가족과

	함께 가 기근 구제사업을 하다.
1875년(47세)	《러시아 통보》에 《안나 카레니나》 연재를 시작하다.
1877년(49세)	《안나 카레니나》 탈고. 넷째 아들 안드레이가 태어나다.
1878년(50세)	《안나 카레니나》 단행본 출간.
1879년(51세)	다섯째 아들 미하일이 태어나다.
1880년(52세)	《고백》을 탈고했으나 출판이 금지되다. 성서번역에 착수.
1881년(53세)	단편소설 〈사람은 무엇으로 사는가〉 집필. 알렉산드르 2세 황제 암살에 가담한 혁명가들의 사형집행을 반대하는 청원을 황제에게 제출하다. 가족과 함께 모스크바로 이주. 톨스토이 자신은 모스크바와 야스나야 폴랴나를 오가며 생활하다.
1882년(54세)	모스크바 인구 조사에 참가하다. 이 조사를 통해 노동자들의 비참한 현실을 깨닫게 된다. 〈모스크바에서의 민세 조사에 대하여〉, 〈교회와 국가〉 발표.
1883년(55세)	《나의 신앙은 어디에 있는가》 탈고.
1884년(56세)	야스나야 폴랴나에서 첫 번째 가출 시도. 셋째 딸 알렉산드라가 태어나다.
1885년(57세)	〈바보 이반〉, 〈두 노인〉, 〈촛불〉, 〈사랑이 있는 곳에 하나님이 계시다〉, 〈홀스토메르〉 등을 집필하다.
1886년(58세)	단편소설 〈세 수도승〉, 중편소설 〈이반 일리치의 죽음〉, 희곡 〈어둠의 힘〉 등을 집필.
1887년(59세)	《인생에 대하여》, 중편소설 〈크로이체르 소나타〉 집필.
1888년(60세)	모스크바에서 야스나야 폴랴나까지 도보로 여행하다. 여섯째 아들 이반이 태어나다.
1889년(61세)	희곡 〈계몽의 열매〉, 중편소설 〈악마〉 집필.
1890년(62세)	중편소설 〈세르게이 신부〉 집필.
1891년(63세)	저작권을 거부하고 1881년 이전까지 발표한 모든 작품의 저작권 포기 각서에 서명하다. 중앙 러시아, 동남 러시아 등 기근이 발생한 지역의 농민 구제를 위해 활동. 〈기근 보고〉, 〈법원에 관해서〉 등을 집필하다.

1892년(64세)	〈신의 나라는 네 안에 있다〉 탈고.
1895년(67세)	단편 우화 〈주인과 일꾼〉 탈고. 여섯째 아들 이반 사망. 《부활》 집필 시작.
1896년(68세)	희곡 〈그리고 빛은 어둠 속에서 빛난다〉 탈고. 《부활》 집필 중단. 중편 〈하지 무라트〉 초판본 완성.
1897년(69세)	〈예술이란 무엇인가〉 집필.
1898년(70세)	두호보르 교도의 캐나다 이주 지원 자금 마련을 위해 《부활》 집필을 다시 시작하다. 지속적으로 기근 구제사업을 전개하다.
1899년(71세)	잡지 《니바》에 《부활》 연재 시작. 《부활》 탈고.
1900년(72세)	〈우리 시대의 노예제〉, 〈애국심과 정부〉 발표.
1901년(73세)	종무원이 톨스토이의 파문을 결정. 〈종무원 결정에 대한 답변〉 집필, 3월 상트페테르부르크 학생 시위에서 폭력 진압이 발생하자, 이에 항의하는 호소문을 작성. 크림반도로 요양을 떠나다.
1902년(74세)	〈신앙이란 무엇이며, 그 본질은 무엇인가〉, 〈노동하는 민중들에게〉 등을 발표. 폐렴과 장티푸스로 병의 상태가 악화되다. 6월 야스나야 폴랴나로 돌아옴.
1903년(75세)	회고록과 셰익스피어에 대한 논문 집필.
1904년(76세)	러일 전쟁에 대하여 전쟁 반대론을 펼친 〈재고하라〉 발표. 〈하지 무라트〉 개작 완료. 8월 형 세르게이 사망.
1905년(77세)	논설 〈세기말〉, 〈러시아의 사회 운동에 대하여〉, 단편소설 〈항아리 알료샤〉, 〈코르네이 바실리예프〉, 중편소설 〈표도르 쿠지미치 신부의 유서〉 집필.
1906년(78세)	둘째 딸 마리야 사망.
1907년(79세)	농민 자녀 교육을 재개하다. 어린이를 위한 《독서계》 창간. 톨스토이 비서 구세프가 체포되다.
1908년(80세)	탄생 80주년 축하회가 열리다. 사형 제도에 반대해 〈나는 침묵할 수 없다〉, 〈폭력의 법칙과 사랑의 법칙〉 발표.
1909년(81세)	중편소설 〈누가 살인자들인가〉 집필. 마하트마 간디로부

터 서한을 받고, 무력으로 악에 맞서서는 안 된다는 내용을 담은 답신을 보냄. 유언장을 작성하다.

1910년(82세) 톨스토이의 유언장으로 인해 가족들 사이에 불화가 일어나자 10월 28일 가출하다. 11월 3일 평생을 써 온 일기에 마지막 감상을 쓰고, 11월 7일 아스타포보 역에서 폐렴으로 사망하다. 11월 9일 태어나서 평생을 보낸 야스나야 폴랴나 숲의 세상에서 가장 작고 소박한 한 평 무덤에 안장되다.

옮긴이 박미정

경북대학교 노어노문학과 강사. 경북대학교 노어노문학과를 졸업하고, 동 대학원에서 러시아 작가 고골 연구로 석·박사학위를 받았다. 박사학위 논문은 〈고골의 중편소설과 서술 주체〉이다. 옮긴 책으로 톨스토이의 《비폭력에 대하여》가 있다.

톨스토이 사상 선집

무엇을 어떻게 가르쳐야 하는가?

초판 1쇄 발행 · 2023년 4월 17일

지은이 · 레프 니콜라예비치 톨스토이
옮긴이 · 박미정
책임편집 · 이기홍
디자인 · 주수현

펴낸곳 · (주)바다출판사
주소 · 서울시 종로구 자하문로 287
전화 · 02-322-3885(편집) 02-322-3575(마케팅)
팩스 · 02-322-3858
이메일 · badabooks@daum.net
홈페이지 · www.badabooks.co.kr

ISBN 979-11-6689-147-2 04800
ISBN 979-11-89932-75-6 04800(세트)